HELEN COX

Der Tod wartet in Durham

Weitere Titel der Autorin:

Mord am Münster
Mord im Buchladen
Mord im Yorkshire-Moor

Über die Autorin:

Helen Cox wurde in Yorkshire geboren und studierte an der Universität of York St. John Kreatives Schreiben. Als Journalistin schrieb sie bereits sowohl für zahlreiche Magazine und Websites als auch für TV und Radio. Fünf Jahre lang gab sie ihr eigenes unabhängiges Film-Magazin heraus. Inzwischen hostet sie den Podcast THE POETRYGRAM und schreibt neben den Krimis auch Lyrik, Liebesromane und Sachbücher. Sie lebt in Sunderland im County Durham.

HELEN COX

Der Tod wartet in Durham

MISS EDWARDS UND DAS RÄTSEL UM DIE VERSCHWUNDENE STUDENTIN

Kriminalroman

Übersetzung aus dem Englischen von
Barbara Röhl

Lübbe

NACHHALTIG PRODUZIERT

Die Bastei Lübbe AG verfolgt eine nachhaltige Buchproduktion. Wir verwenden Papiere aus nachhaltiger Forstwirtschaft und verzichten darauf, Bücher einzeln in Folie zu verpacken. Wir stellen unsere Bücher in Deutschland und Europa (EU) her und arbeiten mit den Druckereien kontinuierlich an einer positiven Ökobilanz.

FSC www.fsc.org
MIX
Papier | Fördert gute Waldnutzung
FSC® C014496

Vollständige Taschenbuchausgabe

Deutsche Erstausgabe

Titel der englischen Originalausgabe:
»Death Awaits in Durham«
Originalverlag: Quercus Editions Ltd, an Hachette UK company

Textredaktion: Dr. Ulrike Strerath-Bolz, Friedberg
Umschlaggestaltung: Guter Punkt, München | www.guter-punkt.de unter
Verwendung von Illustrationen von © iStock/Getty Images Plus: phatthanit_r |
dugguri | Lagui | ayurara | zizar2002 | Alleksander | GlobalP | tada |
Elizaveta Efimova | aklionka
Satz: hanseatenSatz-bremen, Bremen
Gesetzt aus der Bembo Std.
Druck und Verarbeitung: GGP Media GmbH, Pößneck

Printed in Germany
ISBN 978-3-404-19364-6

2 4 5 3 1

Sie finden uns im Internet unter luebbe.de
Bitte beachten Sie auch: lesejury.de

Eins

Ein Verzweiflungsschrei drang blechern aus den Lautsprechern des Laptops. Der gellende Aufschrei verstummte abrupt, und dann herrschte Stille.

Langsam sah Grace zu Kitt hinüber. Sie saß am Fußende von Graces Bett in deren Wohnheimzimmer, das ihr die Verwaltung der Venerable Bede's Berufsakademie zugewiesen hatte. Insgeheim genoss Grace den Gegensatz zwischen der zugeknöpften Kitt und der kitschig-coolen Powerpuff-Girls-Decke, die sie aus Leeds mitgebracht hatte. Wenn sie sich etwas davon anmerken ließ, würde Kitt allerdings den Sitzplatz wechseln. Und dabei war dieser leicht komische Anblick das Einzige, was sie von der morbiden Geschichte um Jodie Perkins und das, was ihr letztes Jahr zugestoßen war, ablenkte. Und das nach gerade einmal vier Wochen an der Akademie.

»Na schön, dieser Schrei reicht, um jedem Albträume zu bereiten. Wie haben Sie davon gehört?«, fragte Kitt stirnrunzelnd.

»Na, ich müsste schon taub und blind sein, um nicht davon zu wissen. Das ganze erste Studienjahr redet von nichts anderem. Die Person, die Jodie überfallen hat, wurde nie gefasst, und deshalb fragen sich alle, wer die Nächste ist. Ob eine von uns entführt werden wird, um nie wieder gesehen zu werden, genau wie sie.«

Einen Moment lang starrte Kitt ihre ehemalige Assistentin an, die an der Vale-of-York-Universität für sie gearbeitet hatte, bevor sie sich hier am Venerable Bede für Bibliothekswissenschaften eingeschrieben hatte. »Und diese Tonaufnahme lag einfach so herum?«

»Nicht wirklich«, sagte Grace und strich sich eine braune Locke hinters Ohr. »Die Akademie hat ein Studentenradio. Sie befand sich im Tonarchiv.«

»Sagen Sie mir, dass Sie sich nicht reingehackt haben«, sagte Kitt und schloss die Augen, als könnte sie das vor der unvermeidlichen Antwort bewahren.

»Das Passwort war VENERABLEBEDE2020. Kommen Sie schon, das kann man wirklich nicht als Hacking bezeichnen. Ich habe WLAN-Passwörter in Pubs gesehen, die schwerer zu erraten waren.«

Kitt schlug die Augen auf und schüttelte matt den Kopf. »Solange Ihnen klar ist, dass ich nicht Ihre Kaution stellen werde, wenn Sie sich erwischen lassen …«

Die Frauen wechselten einen Blick. Sie wussten beide, dass Kitt definitiv die Person wäre, die die Kaution übernahm, sollte Grace durch ihre impulsive Art irgendwann hinter Gittern landen. Schließlich konnte Grace nicht ihre Eltern anrufen, vor allem nicht nach den Ereignissen des Sommers.

»Spielen Sie's noch mal ab«, sagte Kitt.

Grace holte tief Luft und richtete sich darauf ein, den etwas nervenaufreibenden Audio-Clip noch einmal anzuhören. Nicht gerade das, was man ein leichtes Hörvergnügen am Sonntagabend nennen würde. Da sie annahm, dass Kitt ihre Gründe dafür hatte, um die Zugabe zu bitten, tat

Grace ihr den Gefallen und klickte mit der Maus auf den »Play«-Button.

»Ihr hört Castle Rock FM, eine Radiostation von Studenten für Studenten, und ich bin Randy Hobbs.« Die Stimme des Moderators klang zuckersüß und so klebrig, dass Grace beinahe zusammengezuckt wäre. Sie hatte sich den Clip schon fünfmal angehört, aber die Stimme des DJs war davon nicht angenehmer geworden. »Also, alle aus dem ersten Studienjahr kennen wahrscheinlich unsere nächste Anruferin, Jodie Perkins, die Kfz-Mechanik studiert. Sie hat sich bei der Sendung gemeldet, weil sie behauptet, ein Geheimnis aufgedeckt zu haben, das die ganze Community von Venerable Bede erschüttern wird. Eine ziemlich heftige Behauptung, wenn man bedenkt, dass sie erst vier Wochen hier studiert. Wir haben sie jetzt live in der Leitung. Hallo, Jodie?«

»Randy?« Jodie kreischte den Namen des DJs beinahe, und man hörte ein Rascheln, als würde sie rennen und das Handy bewege sich dabei auf und ab.

»Ja, Jodie, wir können dich hören. Alles in Ordnung bei dir? Es heißt, du hättest uns etwas über eine Person zu erzählen, die hier am Venerable Bede ziemlich bedeutend ist.«

»Yeah«, sagte Jodie. Das Rascheln wurde langsamer und verstummte dann. Danach zu urteilen, wie sie ins Handy atmete, hörte es sich an, als ringe sie nach Luft. »So, wie es am Venerable Bede läuft, wird das wahrscheinlich manche Leute nicht überraschen, aber ich habe nachgeforscht, und jetzt habe ich den Beweis dafür, dass … dass … was? Nein … Was machst *du* denn hier?«

»Alles in Ordnung, Jodie?«, hakte Randy nach.

»Nein! Es ist … Sssss…«, brachte Jodie nur heraus, dann hörte man so etwas wie ein Handgemenge, und anschließend erscholl der schon allzu vertraute, markerschütternde Schrei.

Kurz herrschte Schweigen, dann ergriff Kitt das Wort.

»Was war das für ein Ton am Ende? Sie schien etwas durch die Zähne zu zischen.«

»Keine Ahnung«, sagte Grace. »Sie schien etwas sagen zu wollen. Einen Namen vielleicht?«

»Und die Polizei hat Jodie nie gefunden, auch keine Leiche?«

»Nichts. Die Polizei war sich nicht mal sicher, ob überhaupt ein Mord passiert ist. Keine Leiche. Keine forensischen Spuren eines Kampfes.«

»Was ist mit Zeugen?«, fragte Kitt.

»Niemand hat sich gemeldet. Randy Hobbs hatte die Nachtschicht. Das alles ist an einem Mittwoch in den frühen Morgenstunden passiert. Um die Zeit sind nicht allzu viele Leute unterwegs.«

»Aber sie hat am Ende des Clips eindeutig mit jemandem geredet, wahrscheinlich mit der Person, die sie überfallen hat. Das ist zumindest ein Hinweis auf einen Kampf.«

»Ich kenne nicht alle Einzelheiten, aber wir hören die Stimme der anderen Person nicht, daher wissen wir nicht, was an ihrem Ende der Leitung vor sich ging. Sie schreit auf, aber das hätte auch gewesen sein können, als sie vor der unbekannten Person weggerannt ist, und vielleicht ist sie entkommen und verschwunden. Wir wissen nicht, ob der oder die Unbekannte sie erwischt hat, wir wissen nicht einmal, ob die Person sie wirklich tätlich angegriffen hat.«

»Wir wissen es nicht, aber ihr Verschwinden könnte darauf hinweisen«, sagte Kitt. »Es ist tragisch, Grace, vor allem, weil das Mädel so jung war, aber ich kann mir nicht gut vorstellen, wie ich bei diesem Stand der Dinge behilflich sein kann.«

Grace starrte Kitt durchdringend an. »Erzählen Sie mir nicht so was. Ich kenne niemanden, der besser qualifiziert wäre, dieses Rätsel zu lösen, als Sie.«

»Das würde ich Mal an Ihrer Stelle aber nicht hören lassen«, sagte Kitt mit einem merkwürdigen leisen Grinsen.

»Inspektor Hallorans Gang hatte schon ihre Chance, die Sache zu klären. Jetzt sind wir dran.«

»Bei Ermittlungen geht es nicht unbedingt darum, sich abzuwechseln. Und ich bin mir auch nicht sicher, ob es ganz angemessen ist, die Polizei als ›Hallorans Gang‹ zu bezeichnen …«

Grace verschränkte die Arme. »Ich dachte, Sie hätten diesen Privatdetektiv-Kurs gemacht, um Leuten zu helfen?«

»Schon, aber Privatermittler helfen ihren Klienten. Zahlenden Klienten.«

»Ja, und? Heißt das, Sie wollen nicht an diesem Fall arbeiten, weil Sie damit kein Geld scheffeln können?«

Kitt stieß einen Seufzer aus, der fast zu leise war, um hörbar zu sein. Beinahe. »Es geht nicht um Geld. Es geht um Spesen. Verzeihen Sie, dass ich kein Geld in eine von Grace Edwards koordinierte Phantom-Ermittlung stecken will. Jede Art von Operation erfordert einen gewissen Einsatz an finanziellen Mitteln. Ich stehe noch am Anfang und habe nur die grundlegende Ausstattung. Da wir gerade davon reden, haben Sie mich deswegen gebeten, meine Ausrüstung mitzubringen? Ich dachte, Sie wollten bloß damit herumspielen.«

»Na ja, niemand könnte es einem Mädchen verübeln, einen Tassenhalter auszuprobieren, der in Wirklichkeit eine Kamera ist, aber die Gelegenheit, mit Spionageausrüstung zu experimentieren, tritt doch in den Hintergrund, wenn ein junges Mädchen vermisst wird und wahrscheinlich tot ist.«

»Eine schreckliche Sache, einfach furchtbar, aber es würde weit mehr als meine verfügbaren Ressourcen brauchen, um eine Spur aufzunehmen, die seit einem Jahr kalt ist. Und in solchen Fällen, wenn ein so junger Mensch verschwindet, hat man auch eine Verantwortung, sensibel gegenüber den Angehörigen zu sein. Wir können nicht einfach so über sie herfallen und Erinnerungen aufrühren.«

»Das verlange ich ja gar nicht, aber wir müssen doch irgendwo anfangen. Die begrenzten Ressourcen machen diesen Fall doch zu einer noch größeren kreativen Herausforderung, oder? Und außerdem dachte ich, Sie wollten Ihre eigene Agentur aufmachen.«

»Will ich immer noch.«

»Tja, Sie werden niemals in der Lage sein, in der Bibliothek auf Teilzeit zu gehen *und* Ihre Büchersucht zu finanzieren, solange Sie sich keinen Ruf als hartgesottene Ermittlerin aufbauen, und die Chancen dafür stehen schlecht, wenn sie bloß ein paar untreue Ehepartner im Stadtzentrum von York beschatten.«

»Ach, wirklich«, sagte Kitt mit wissendem Blick. »Und Sie haben einen besseren Plan, nehme ich an?«

»Einen Cold Case wie das Verschwinden von Jodie Perkins aufzuklären, würde Ihren Bekanntheitsgrad bestimmt erhöhen.«

Kitt zog die Nase kraus; ihre Miene wirkte zweifelnd.

»Zwingen Sie mich nicht, Ihnen das YouTube-Video von Jodies Eltern vorzuspielen, in dem sie um Informationen bitten. Es ist herzzerreißend«, legte Grace nach. Sie behielt für sich, dass sie noch gute zehn Minuten geschluchzt hatte, nachdem der Clip zu Ende gewesen war. »*Wir wissen, dass du irgendwo da draußen bist, Jodie, Liebes*«, hatte Jodies Mutter gesagt. »*Wir werden nicht zulassen, dass du zu einem dieser Vermisstenfälle wirst, die niemals aufgeklärt werden. Wir geben nicht auf.*«

Eltern, die mit so viel Liebe appellierten, um ihre Tochter nach Hause zu holen, hätten Grace an einem normalen Tag ein oder zwei Tränchen verdrücken lassen; doch momentan hatte die Sache einen besonders empfindsamen Nerv getroffen. Es war sechs Wochen her, seit sie mit ihrer eigenen Mutter telefoniert hatte. Sie hatte sich einzureden versucht, das sei gut. Dass vielleicht eine Zeit der räumlichen Trennung dazu beitragen würde, ihre Mutter daran zu gewöhnen, dass sie ihr nie den Grad an Gehorsam leisten würde, der traditionell von einer jungen Frau indischer Abstammung erwartet wurde. Doch abgesehen davon war sie überzeugt, dass jeder da draußen, der den Fernsehappell der Perkins' gesehen hatte, sich nach seiner Familie sehnen würde.

Grace fühlte sich in Durham einsamer, als sie erwartet hätte. Sie war von ihren Freunden zu Hause in York und Leeds getrennt, FaceTime war nicht dasselbe, wie sich im Pub zu treffen oder zum Tanzen in ein Lokal zu gehen, und hier hatte sie eigentlich noch keinen Anschluss gefunden. Der Umstand, dass Durham praktisch eine Halbinsel war, die vom Wear-Fluss umschlungen wurde, trug nicht gerade dazu bei, dieses Gefühl von Isolation zu lindern. Der Appell von Jodies Eltern, die über die Fernsehnachrichten versuchten, ihre verschollene Tochter zu finden, hatte Graces Abwehr endgültig den Rest gegeben.

»Nicht nötig«, sagte Kitt und unterbrach Graces Grübelei. »Ich kann mir nur vorstellen, was die Eltern des Mädchens durchgemacht haben, daher zögere ich, alte Wunden aufzureißen. Überhaupt, haben Sie nicht genug zu tun, ohne sich in eine Privatermittlung zu stürzen? Normalerweise wollen Sie doch mitmachen, weil Sie nichts Aufregendes zu tun haben, aber jetzt haben Sie gerade eine neue Ausbildung an einer neuen Institution in einer neuen Stadt angefangen. Ich kann mir nicht vorstellen, dass Sie nicht genug Beschäftigung haben.«

»Ja, ich habe mit der Akademie genug zu tun, aber als ich gehört habe, was diesem Mädel passiert ist … Na ja, es hat mir keine Ruhe gelassen.«

Kitts Stirnrunzeln vertiefte sich.

»Ich weiß, ich habe einen bösen Witz darüber gerissen, dass jetzt alle denken, sie wären als Nächste an der Reihe; aber die Wahrheit ist, dass ich mir aufrichtig Sorgen mache, jemand könnte dieses Mädchen entführt und ihr etwas angetan haben, und dass das Gleiche jemand anderem passieren könnte. Ich weiß, Sie meinen, wir sollten keine alten Wunden aufreißen, und das verstehe ich. Aber wenn Eltern nicht wissen, was ihrem Kind zugestoßen ist, glauben Sie wirklich, dass solch eine Wunde jemals heilt?«

»Wahrscheinlich nicht«, räumte Kitt ein.

»Wir brauchen Jodies Eltern ja nicht unbedingt einzubeziehen, solange wir nicht sicher sind, reale Ansatzpunkte zu haben. Falls wir etwas entdecken, durch das sie einigermaßen mit der Sache abschließen können, wäre das nicht einen Versuch wert?«

»Ja, Sie haben recht. Und wenn Sie sich deswegen aufrichtig Sorgen machen, wirft das auch noch einmal ein anderes Licht auf die Situation.«

»Wie bitte, haben Sie da gerade gesagt, ich hätte recht? Kann ich das schriftlich haben?«

»Oh, hören Sie schon auf!«, gab Kitt zurück. »Vielleicht will ich Sie ja auch nur beschwichtigen, damit Sie nicht davonlaufen und Ihre eigene Ermittlung starten – die Sie ohne meine Anleitung zweifellos verpfuschen würden. Außerdem ist es wahr, dass ich zwar momentan meine Brötchen mit ehelicher Untreue verdiene, aber das kann man wohl kaum als geistig anregende Arbeit bezeichnen.«

»Dann machen Sie mit?«

»Wenn es Ihrem Seelenfrieden dient, schaue ich mir die Sache an. Aber ich kann nicht versprechen, dass ich den Fall löse. Verstehen Sie mich nicht falsch, ich bin gut. Und mein enzyklopädisches Wissen hat mir bei ähnlichen Ermittlungen immer gute Dienste geleistet.«

Grace versuchte, nicht über Kitts Aufschneiderei zu grinsen. Sie kannte die Anzeichen dafür, dass ihre ehemalige Chefin sich für eine Ermittlung erwärmte, und hatte nicht vor, irgendetwas zu tun, um ihre Begeisterung zu dämpfen.

»Ich will aber nicht, dass Sie sich zu große Hoffnungen machen. Ich bin nur bis Mittwoch in der Stadt, das heißt, dass ich in drei kurzen Tagen wieder in der Bibliothek sein muss. Ich kann die Sache in den folgenden Wochen weiter im Auge behalten, aber wahrscheinlich wird danach die Dynamik nachlassen. Dann nimmt meist die Arbeit überhand.«

»Ganz bestimmt sind drei Tage mehr als genug Zeit für Kitt Hartley, die Meisterdetektivin, um eine heiße Spur zu finden!«

»Wenn Sie mich noch mal so nennen, fahre ich sofort nach Hause«, sagte Kitt, obwohl ein leises Lächeln verriet, dass sie sich an den Namen gewöhnen könnte, wenn man ihr den Hauch einer Chance gab. »Ich hatte schon genug Probleme damit, überhaupt herzukommen, Sie müssen es nicht mit idiotischen Spitznamen noch schlimmer machen.«

»Ach ja. Sie sollten ja Ihren Jahresurlaub nicht im Oktober nehmen, weil da so viel zu tun ist. Hat Michelle Krieg mit Ihnen gespielt?«

»Natürlich. Aber ich habe den größten Teil davon ausgeblendet, indem ich die *Jane-Eyre*-Miniserie aus dem Jahr 2006 vor meinem inneren Auge abgespult habe. Hat das Schlimmste abgehalten. Aber selbst, wenn ich einen Monat Zeit hätte, müssen Sie verstehen, dass die Spur inzwischen kalt ist, und … und … Grace!«

»Was?«, fragte Grace, doch als sie sah, in welche Richtung Kitts Blick ging, musste sie eine Hand vor den Mund halten, um ein Kichern zu unterdrücken.

»Warum haben Sie dieses alberne Bild von mir auf Ihrem Nachttisch?« Kitt wies auf ein Foto, das Grace gerahmt hatte. Sie hatte es vor Ewigkeiten aufgenommen, nicht lange, nachdem sie als Kitts Assistentin angefangen hatte. Auf dem Foto biss Kitt gerade in ein großes Stück ihres selbst gebackenen Ingwerkuchens. Grace hatte den Rahmen vor Kitts Ankunft auf den Nachttisch gestellt, um ihr einen Streich zu spielen, und war – um die Wahrheit zu sagen – ein wenig pikiert gewesen, weil Kitt das Bild nicht eher bemerkt hatte. Sie war seit ungefähr dreißig Minuten hier, und Grace war kein Fan von aufgeschobener Bedürfnisbefriedigung.

»Ich weiß wirklich nicht, warum Sie so beleidigt tun. Ich kriege Sie jetzt nicht mehr jeden Tag zu sehen, und das fehlt mir. Sie sollten sich geschmeichelt fühlen!«

Kitt warf Grace einen scharfen Blick zu. Aber wenn Grace ganz ehrlich zu sich war, war das eigentlich keine Lüge, sondern eine milde Beschönigung. Sie hatte Kitt vermisst, und zwar mehr, als sie sich anmerken ließ. So aufgeregt sie auch über ihren Studienplatz hier am Venerable

Bede war – demselben Institut, an dem auch Kitt Bibliothekswissenschaften studiert hatte –, hatte es doch bedeutet, die einzige Familie, die sie hatte, zurückzulassen, nachdem ihre Blutsverwandten deutlich zum Ausdruck gebracht hatten, dass sie nichts mehr mit ihr zu tun haben wollten.

»Falls Sie gehofft hatten, ich würde mich geschmeichelt fühlen, hätten Sie ein vorteilhafteres Foto aussuchen sollen«, sagte Kitt. »Ich kann Ihnen sagen, ich beginne noch einmal über das Empfehlungsschreiben nachzudenken, das ich Ihnen ausgestellt habe, um Ihnen den Platz hier zu besorgen.«

Grace reagierte mit einem langen, volltönenden Kichern.

»Sie können sich rehabilitieren, indem Sie mir erzählen, dass Sie wenigstens einen Ansatzpunkt für diese Ermittlung haben«, lenkte Kitt ein.

Grace, die immer noch lächelte, klickte ein paarmal mit der Maus. »Wo besser anfangen als bei den Menschen, die nie aufgehört haben, nach ihr zu suchen?«

Grace sah zu, wie Kitt die Website überflog, die sie aufgerufen hatte und auf der um Informationen zu Jodies Verschwinden gebeten wurde. Der Kopf der Seite zeigte ein großes Foto von Jodie. In dem Moment, als Grace es gesehen hatte, hatte sie das Gefühl gehabt, sie flehe sie an, nach ihr zu suchen. Und Grace hatte ihr das stille Versprechen gegeben, alles in ihrer Macht Stehende zu tun, um sie zu finden. Als junge Frau, die sich plötzlich in einer unvertrauten Umgebung wiederfand und sich allein durchschlagen musste, hatte Grace ein geschärftes Bewusstsein dafür entwickelt, wie viele Mädchen verschwanden und nie wieder auftauchten. Grace hatte keine Hoffnung darauf, bald ihren Weg zu finden, doch sie glaubte fest daran, dass sie mit Kitts Hilfe die Kraft aufbringen würde, Jodie zurückzuholen.

»Wer ist dieser Kerl?«, fragte Kitt. Sie wies auf das Bild eines Mannes, der ungefähr in Graces Alter zu sein schien. Er hatte kurzes schwarzes, zurückgegeltes Haar. Grace hatte die Website vor Kitts Eintreffen ein paarmal angesehen und bei näherer Betrachtung festgestellt, dass seine dunkelbraunen Augen von Natur aus verletzt wirkten.

»Das ist Patrick Howard. Er studiert hier im dritten Jahr Prävention und Resozialisierung. Er wäre wahrscheinlich unser erster Anlaufpunkt, wenn wir noch damit warten wollen, Jodies Eltern zu kontaktieren. Er war mit Jodie zusammen, als sie verschwunden ist.«

»Jugendliche Schwärmerei? Oder etwas Ernsteres?«, fragte Kitt.

»Sie waren verlobt, und den Gerüchten zufolge hat er sich ihr Verschwinden nie verziehen.«

Kitt beugte sich vor, um Patricks Foto genauer in Augenschein zu nehmen. Sie inspizierte sein Gesicht ein paarmal und musterte aufmerksam seine Züge. »Ich frage mich«, sagte sie schließlich, »ob er deshalb nie über Jodies Verschwinden hinweggekommen ist, weil er etwas damit zu tun hatte.«

Zwei

»Wir kommen noch zu spät, wenn wir uns weiter verzetteln«, sagte Grace und sah auf die Uhr.

»Ich weiß, ich weiß, aber lassen Sie mir noch eine Minute, um sie anzusehen«, sagte Kitt.

Grace unterdrückte ein Aufseufzen. An jedem anderen Tag wäre sie diejenige gewesen, die die überpünktliche Kitt aufhielt – und es schmeckte ihr nicht besonders, ihre eigene Medizin kosten zu müssen.

Gestern Abend, kurz bevor Kitt zu ihrer Pension im Stadtzentrum von Durham aufgebrochen war, hatten sie sich darauf geeinigt, dass Grace ein Treffen mit Patrick Howard vereinbaren würde, um Jodies Verschwinden eingehender zu diskutieren. Patrick hatte sich sofort bei ihr gemeldet, und sie hatte ein Treffen gegen Mittag absprechen können – gleich nach ihren Vorlesungen am Vormittag. Anschließend hatten Kitt und sie sich für Viertel vor zwölf vor der Bibliothek der Venerable Bede's Akademie verabredet. Es hatte Grace nicht erstaunt, dass Kitt diesen Treffpunkt ausgesucht hatte, aber sie hatte nicht damit gerechnet, dass Kitt in der zunehmend frischen Oktoberluft davorstehen und ganz ähnlich hingerissen zu dem Gebäude aufschauen würde, wie es Grace – gelegentlich – miterlebt hatte, wenn sie zu ihrem Freund aufsah, Detective Inspector Halloran.

Kurz musterte Grace Kitts Profil. Wie immer in den Herbst- und Wintermonaten trug Kitt ihren rotbraunen Filzhut, und ihr rotes Haar bauschte sich in dem scharfen Wind. Grace konzentrierte sich auf den weiten, beinahe suchenden Blick in Kitts eisblauen Augen und fragte sich, wie Kitt wohl entscheiden würde, wenn sie jemals zwischen ihrer Liebe zu Büchern und ihrer Liebe zu Halloran wählen müsste. Zum Glück für Halloran war es unwahrscheinlich, dass sie je in diesen Zwiespalt geraten würde.

Obwohl Grace sie anstupste, fuhr Kitt fort, bewundernd die viktorianische Linienführung an der aus rotem Backstein errichteten alten Bibliothek zu betrachten. Grace fand genau wie Kitt, dass die Bibliothek eine Schönheit war. Die Studenten eilten durch einen prachtvollen Torbogen hinein, der von zwei hohen Säulen gestützt wurde. Wenn man den Blick nach oben wandte, entdeckte man vier große Erkerfenster, eins auf jedem Stockwerk der Bibliothek, die von einer Reihe kunstvoll verzierter Giebel gekrönt wurde. Doch das vielleicht auffälligste Element des Gebäudes war der Turm, der sich dahinter erhob und das Dach stolz überragte.

Die Architekten des Venerable Bede's hatten offenbar anerkannt, dass die Bibliothek das Kronjuwel der Hochschule war, da sie direkt im Herzen des Campus lag, neben der Studentenvereinigung und einem See: dem größten künstlichen See Europas und mit recyceltem Plastik ausgekleidet, wie die Broschüre der Akademie werbewirksam verkündete. Die Fakultäts- und Vorlesungsgebäude, die ebenfalls aus rotem Backstein errichtet waren, hatte man als großes Quadrat rund um die Bibliothek hochgezogen, und dahinter lagen die Wohnheime und das kleine campuseigene Einkaufszentrum.

»Schwer zu glauben, dass es über zehn Jahre her ist, seit ich hier gesessen und alles studiert habe, was es über die Katalogisierung und Organisation des geschriebenen Worts zu wissen gibt«, sagte Kitt mit verträumter Miene. »Seit ich an der Vale-of-York-Universität angefangen habe, war es meine Mission, dafür zu sorgen, dass mein Teil der Bibliothek es mit der Erhabenheit dieses Hauses aufnehmen kann.«

»Tja, je eher wir hineingehen, desto schneller können Sie feststellen, ob es Ihnen gelungen ist«, sagte Grace. Es war fünf nach zwölf. Inzwischen kamen sie wirklich zu spät zu ihrem Treffen mit Patrick Howard, und sie machte sich Sorgen, er könnte wieder gehen, wenn sie nicht bald auftauchten. Grace hatte lange drauf gewartet, bei einer von Kitts Ermittlungen an vorderster Front mitzuwirken, und hatte nicht vor, sich nur wegen Kitts Besessenheit für alles, was mit Bibliotheken zu tun hatte, die Chance durch die Finger rinnen zu lassen, selbst einen Fall zu lösen. Vor allem angesichts des privaten, stillen Versprechens, das sie dem Opfer gegeben hatte.

»Ach, schon gut, dann kommen Sie«, sagte Kitt. Doch es stellte sich heraus, dass es ebenso schwierig war, Kitt in die oberste Etage der Bibliothek zu bugsieren, wo sie sich mit Patrick treffen sollten, wie es gewesen war, sie über die Schwelle zu bekommen. Kitt, die offensichtlich high vom Geruch alter Bücher war, begann die Stapel zu durchwühlen, schoss mit ihrem Handy Fotos von besonderen Bänden und überflog fast jede Fachzeitschrift, auf die ihr Blick fiel.

Erst nachdem Grace ihr versichert hatte, dass sie nach dem Treffen mit Patrick reichlich Zeit für all das haben würden, gab Kitt nach und folgte Grace die Treppe ins oberste Stockwerk hinauf.

»Ich glaube, das ist er«, erklärte Grace. Sie winkte dem Mann zu, der vor einer Reihe von Lesepulten am Fenster saß, durch das man in der Ferne die Kirchtürme und Festungsmauern der mittelalterlichen Stadt erkennen konnte.

Patrick winkte zurück und stand auf, während Grace und Kitt sich zwischen niedrigen Bücherregalen und einer weiteren Reihe von Lesetischen den Weg zu ihm suchten.

Graces erster Gedanke war, dass Patrick größer wirkte, als sie erwartet hatte. Ziemlicher Unsinn, da es fast unmöglich war, die Größe eines Menschen anhand eines Selfies zu beurteilen. Sein Haar war länger als auf dem Foto und wellte sich an den Ohren. Er trug eine Brille, die auf dem Bild auch nicht zu erkennen gewesen war; sie saß auf einer Nase, von der manch einer behauptet hätte, sie sei ein wenig zu groß und zu spitz für sein Gesicht.

»Patrick?«

»Grace?«

»Ja, und das ist die Freundin, die ich erwähnt habe, Kitt Hartley.«

Patrick schüttelte den beiden die Hand. Seine Geste hatte etwas Sanftes, das Graces Lächeln breiter werden ließ.

»Ich habe Ihnen drei Plätze freigehalten«, erklärte Patrick und zeigte auf ein paar Stühle. Grace und Kitt setzten sich. »Ich freue mich so, dass Sie gekommen sind. Ich … ich dachte schon, Sie hätten es sich anders überlegt.«

»Ja, entschuldigen Sie die kleine Verspätung«, sagte Grace und versuchte, es nicht allzu betont klingen zu lassen, während sie gleichzeitig wünschte, sie hätte eine Möglichkeit, Patrick mitzuteilen, dass ihr unpünktliches Erscheinen nicht ihre Schuld war. Der Mann war schon gebeutelt genug, ohne warten zu müssen und sich zu fragen, ob ein paar Unbekannte, die versprochen hatten, ihm zu helfen, überhaupt auftauchen würden. »Aber wir haben einiges an Erfahrung auf diesem Gebiet und würden gern helfen, wenn wir können.«

Patrick lächelte. »Es hat mich ... gefreut, Ihre Nachricht zu erhalten. Die meisten Leute, die wir engagiert hatten, um die Sache zu untersuchen, und die meisten der Menschen, die aus reiner Herzensgüte freiwillig dabei waren, haben inzwischen aufgegeben und Jodie als hoffnungslosen Fall abgeschrieben.« Sein Lächeln verflog, und ein gequälter Ausdruck huschte über sein Gesicht. Bei dem Anblick spürte Grace ein heftiges Ziehen irgendwo in ihrem Inneren. Sie hatte selbst noch nie eine Langzeitbeziehung gehabt – ihr Argument war, dass sie noch nicht lange genug auf der Welt war, um sich so ernsthaft auf einen anderen Menschen einzulassen –, doch in diesem Moment stellte sie sich unwillkürlich vor, wie grauenhaft es wäre, wenn ihre erste Liebe verschwinden würde wie Jodie. Wie lebte man mit dem Gedanken, dass das Letzte, was man je wieder von dieser Person hören würde, ein verzweifelter Schrei war, der live über das Studentenradio gesendet worden war? Aus irgendeinem Grund konnte sie ihr Hirn nicht ganz dazu bringen, sich darauf einzulassen. Aber der Blick auf Patricks Miene verschaffte ihr einen kleinen Eindruck davon, wie viel Kummer damit verbunden war.

»Ist von den freiwilligen Helfern noch jemand übrig, der bereit wäre, mit uns zusammenzuarbeiten?«, fragte Kitt und kam, Patricks Beispiel folgend, gleich zum Wesentlichen. »Je mehr Menschen bei solchen Unternehmungen mit im Boot sind, desto besser.«

»Meine Mutter ist die Einzige, die noch so engagiert ist wie ich. Sie können wir also immer um einen Gefallen bitten, wenn wir ihn brauchen. Ich glaube, sie hat Mitleid mit mir. Weil ich nicht aufgeben kann. Mich nicht neu orientieren, verstehen Sie?«

»Ja«, sagte Kitt. »Ich weiß, wie es ist, an jemandem festzuhalten, weil man das Gefühl hat, ihn nicht loslassen zu können. Ich würde das niemandem wünschen, und es tut mir leid, dass Sie das durchmachen müssen.«

Patrick nickte langsam und bedrückt, schien sich aber dann bewusst darum zu bemühen, ihnen zuzulächeln. »Das Gute ist allerdings, dass Mum finanziell ziemlich gut gestellt ist. Dank einer Abfindung nach ihrer Scheidung vor ein paar Jahren konnte sie vorzeitig in den Ruhestand gehen und ist in der Lage, für Ihre Zeit und Ihre Kosten aufzukommen – Grace hat erwähnt, dass Sie ausgebildete Privatermittlerin sind. Ich habe schon mit Mum gesprochen, und sie ist sehr gern bereit, für Ihre professionellen Dienste zu zahlen.«

Daraufhin hellte sich Kitts Miene sichtlich auf. »Ich habe meine Ausbildung vor ein paar Monaten abgeschlossen und seitdem einige kleinere Fälle übernommen.«

Grace kniff die Augen zusammen. Kleinere Fälle? Das kam ihr etwas untertrieben vor, wenn man bedachte, dass sie einmal einen Serienkiller seiner gerechten Strafe zugeführt hatten. Es sah Kitt gar nicht ähnlich, ihre Rolle bei der Aufklärung der Verbrechen, an denen sie mit Halloran und Banks gearbeitet hatte, herunterzuspielen. Doch dann fiel Grace ein, dass die Zurückhaltung ihrer Freundin wahrscheinlich darauf beruhte, dass sie eigentlich keine Details über ihre Mitwirkung preisgeben durfte. Falls Hallorans Vorgesetzte je herausfanden, wie viel Informationen über die Fälle er an Kitt weitergegeben hatte, würde ihn das wahrscheinlich seinen Dienstausweis kosten.

»Ich habe kein Interesse daran, Profit aus dieser Angelegenheit zu schlagen«, fuhr Kitt fort, »aber wenn ich ein

Budget hätte, könnte ich eine richtige Ermittlung für Sie durchführen. Vor allem anderen müsste ich allerdings ein paar erste Recherchen anstellen. Ich will Sie nicht hinhalten, aber da die Spur kalt ist, kann ich Ihnen keine verbindlichen Zusagen machen.«

»Das verstehe ich, aber werden Sie noch einen Versuch starten? Ich meine, nachforschen? Sehen, ob Sie sie finden können oder wenigstens erfahren, was ihr passiert ist?«

Kitt nickte. »Wenn es noch etwas über die Ereignisse dieser Nacht herauszufinden gibt, dann werde ich mein Bestes tun, um es aufzudecken.«

»Das weiß ich wirklich zu schätzen. Momentan ist mir jede Hoffnung willkommen. Der Jahrestag von Jodies Verschwinden war … hart.« Kurz sah Patrick auf den Tisch hinunter. Irgendein Student, den das Buch, das er ansah, gelangweilt hatte, hatte den Namen »Gemma« in das Holz gekratzt und ein Herz rundherum eingeschnitzt. Grace betete, dass dieses Detail Patrick nicht auffallen würde. So, wie dieser Kerl drauf war, konnte er weitere Erinnerungen an das, was er verloren hatte, wirklich nicht gebrauchen.

»Tut mir schrecklich leid, was Sie alles durchgemacht haben«, sagte Grace.

Kitt schien das Gefühl zu haben, Patrick schon zu viele Hoffnungen gemacht zu haben. »Diese Jahreszeit muss sehr schwierig für Sie sein«, setzte sie daher hinzu, »aber ich muss betonen, dass es zu früh sein könnte, Hoffnung zu schöpfen.«

»Machen Sie sich keine Gedanken«, sagte Patrick. »Ich bete zwar für das Beste, aber mir ist nur allzu bewusst, was Sie möglicherweise herausfinden werden. Jetzt will ich nur die Wahrheit, ganz gleich, was Sie finden.« Obwohl der Verlust seiner Verlobten immer noch frisch war, bemerkte

Grace, dass Patrick sich bei diesen Worten aufrichtete, und das flößte ihr ein wenig Vertrauen ein, dass er mit dem, was sie entdecken würden, umgehen konnte – was natürlich fast alles sein könnte.

Kitt zog Notizbuch und Stift aus ihrer Manteltasche. »Ich fürchte, ich kann kein Licht in die Sache bringen, ohne Sie zu bitten, mir noch einmal einiges zu erzählen, worüber Sie wahrscheinlich lieber nicht sprechen würden.«

»Verstehe«, sagte Patrick liebenswürdig. »Wie schon gesagt, ich bin zu allem bereit, um für Jodie zu tun, was ich kann.«

»Das ist die richtige Einstellung«, sagte Kitt mit einem leisen, aufmunternden Lächeln. »Zuerst muss ich mit Jodies Verschwinden beginnen. Ich habe den Radio-Clip gehört und gesehen, dass die Aufnahme auf drei Uhr dreiundzwanzig morgens am Mittwoch, dem neunten Oktober des letzten Jahres, datiert ist. Können Sie mir noch etwas dazu sagen? Irgendetwas, was die Polizei über die Art ihres Verschwindens herausgefunden hat und was hilfreich sein könnte? Und gehen Sie ruhig in die Einzelheiten.«

»Nach dem, was die Polizei nicht lange nach Jodies Verschwinden verlautbart hat und was auch in der Lokalpresse stand, haben sie den Standort ihres Handys geortet, kurz vor dem Anruf beim Radio. Sie ist die Moatside Lane entlanggekommen und dann in Richtung Campus zu dem Pfad am Fluss hinuntergegangen, auf der Seite des Flusses, auf der auch die Kathedrale liegt.«

»Nach dem Audio-Clip, den ich gehört habe«, sagte Kitt, »bin ich nicht sicher, ob sie wirklich gegangen ist. Sie war außer Atem. Es klang für mich, als wäre sie gerannt.«

»Ja … Sie haben recht. Ich habe mir den Clip schon lange nicht mehr angehört. Zu schmerzhaft, verstehen Sie?

Aber ich erinnere mich, dass sie schwer geatmet hat. Ich hatte angenommen, das wären die Nerven oder so gewesen, wegen dem, was sie in der Radiosendung sagen wollte. Aber Sie glauben, sie wusste vielleicht, dass ihr jemand folgte? Und dass sie vor jemandem davongelaufen ist?«, fragte Patrick.

»Ich finde, das ist ziemlich wahrscheinlich angesichts … na ja, angesichts dessen, was am Ende der Aufnahme passiert«, sagte Kitt. »Aber lassen Sie sich von mir nicht unterbrechen. Erzählen Sie uns, was Sie über die Ermittlungsergebnisse der Polizei wissen.«

»Viel mehr gibt es da nicht zu berichten. Zehn Minuten nach der Aufnahme ist das Signal ihres Handys nicht mehr zu orten. Ein paar Stunden später hat die Polizei es ein Stück flussabwärts am Stauwehr gefunden, wo es angespült worden war, und zur Untersuchung mitgenommen. Eine ihrer Theorien war, dass Jodies Angreifer es in den Fluss geworfen hat, damit man sie – wohin er sie auch immer danach bringen wollte – nicht anpeilen konnte.«

»Scheint eine vernünftige Vermutung zu sein und verrät uns etwas über den Angreifer«, sagte Kitt und machte sich ein paar Notizen, während Grace versuchte, sich nicht vorzustellen, was Jodie unmittelbar danach zugestoßen sein mochte. »Die Person war clever genug, das Handy loszuwerden, was auf Berechnung schließen lässt. Jemand, der spontan angreift, würde vielleicht nicht daran denken, also kann man von Vorsatz ausgehen. Entweder das, oder es war nicht das erste Vergehen des Angreifers. Er oder sie hatte einen Plan. Ich nehme an, auf dem Handy waren keine Fingerabdrücke?«

»Wenn das Handy im Fluss gelegen hat, könnten überhaupt noch Fingerabdrücke daran sein?«, fragte Grace.

»Das macht es weniger wahrscheinlich«, räumte Kitt ein. »Aber es besteht immer die Möglichkeit, dass einige verborgene Abdrücke zurückbleiben. Mit bloßem Auge sind sie nicht zu erkennen, doch gewisse Chemikalien können sie im Labor sichtbar machen.«

»Bei Jodie hatten wir dieses Glück nicht«, erklärte Patrick. »Wenn, dann wären die Abdrücke in der Datenbank der Polizei gewesen, und sie hätten vielleicht bei den Ermittlungen zu einem anderen Verbrechen eine Übereinstimmung gefunden. Aber die einzigen Fingerabdrücke auf dem Gerät waren Teilabdrücke von Jodie. Was eine der anderen Theorien unterstützt – dass Jodie gar nicht entführt wurde. Dass sie in dieser Nacht am Fluss irgendeine Auseinandersetzung hatte und ihr Handy selbst ins Wasser geworfen hat, weil sie aus eigenem Antrieb verschwinden wollte.«

»Glauben Sie daran?«, fragte Grace.

»Keine Sekunde«, erklärte Patrick. »Selbst wenn Jodie mit irgendetwas nicht fertigwurde, wäre sie nicht einfach untergetaucht und hätte ihre Eltern und mich im Ungewissen darüber gelassen, was passiert war oder ob sie überhaupt noch lebt. Es war einfach nicht ihre Art, uns so wehzutun.«

Kitt zog die Augenbrauen hoch und machte sich noch ein paar Notizen – auf eine Art, die Grace vermuten ließ, dass sie die Möglichkeit, dass Jodie freiwillig untergetaucht war, noch nicht ausschloss. Das wäre zwar eine bittere Pille, wenn jemand, den man liebte, einem all das zumutete, aber wenigstens wäre Jodie dann noch am Leben. Was doch sicherlich das beste denkbare Ergebnis wäre.

»Dann hat man am Schauplatz von Jodies Verschwinden keine weiteren Hinweise gefunden?«, fragte Kitt. »Ich gehe mal davon aus, dass die Polizei den Abschnitt des Flusses durchsucht hat, zu dem sie Jodie während ihres Telefonats mit dem Radiosender verfolgen konnte.«

»Ja, die Studenten im Sender haben die Polizei gerufen, sobald es passiert war. Sie haben das Handy unten am Fluss lokalisiert und waren, wie sie sagten, nach etwas über einer Stunde vor Ort.« Kurz traten Patrick Tränen in die Augen, doch er blinzelte sie weg. »Ganz gleich, was die Polizei oder sonst jemand sagt, ich weiß, dass sie sich nicht einfach verdrückt hat. Sie wollte sogar in dieser Nacht, bevor sie verschwunden ist, bei mir vorbeikommen.«

»Sie war bei Ihnen zu Hause?«, fragte Kitt, während Grace sich dachte, dass der Umstand, dass Jodie in dieser Nacht bei Patrick gewesen war, noch nicht dagegensprach, dass sie aus eigenem Antrieb untergetaucht war. Möglich, dass sie zu ihm gegangen war, um sich für immer von ihm zu verabschieden.

»Laut den Handy-Daten der Polizei war sie kurz vor Viertel vor drei mehrere Minuten vor meinem Haus – was an und für sich eigenartig ist. Wir waren viel früher verabredet – der Plan war, dass sie gegen neun Uhr abends vorbeikommen sollte. Aber ich bin eine ganze Zeit vor neun eingeschlafen und habe ihr Klopfen nicht gehört. Wir hatten so viel Spaß bei den Erstsemester-Orientierungswochen, dass wir nicht wollten, dass es zu Ende geht. Deswegen waren wir in der Woche davor jeden Abend unterwegs gewesen, und in dieser Woche auch ein paarmal. Ich war vollkommen erledigt.«

»Ich hatte ja keine Ahnung, dass Studenten aus dem zweiten Studienjahr sich für Aktivitäten in den Einführungswochen interessieren«, sagte Kitt.

»Man ermuntert uns, auszugehen und uns mit den Neuankömmlingen zu treffen. Und natürlich sind in diesen

Wochen auch viele aus dem zweiten Jahr unterwegs, weil sie hoffen, jemand von den Neuen abzuschleppen. Aber ich wäre sowieso dabei gewesen, weil es Jodies erstes Jahr war und ich mit ihr ihre ersten paar Wochen hier feiern wollte. In den ersten drei Wochen des Studienjahrs bin ich nie vor vier Uhr morgens nach Hause gekommen, und das muss mich an diesem Abend eingeholt haben.« Patrick unterbrach sich, und seine Züge verkrampften sich. »Als früh am nächsten Morgen die Polizei vor meiner Tür stand, hatte ich beim Aufwachen unwahrscheinlich viele verpasste Anrufe und mehrere kryptische Voicemails von ihr, in denen sie sagte, sie wolle mich treffen, aber nicht gesagt hat, wo oder wann. Als ich keinen ihrer Anrufe angenommen habe, muss sie vorbeigekommen sein, um direkt mit mir zu reden. Ich versuche, nicht daran zu denken, verstehen Sie. Da stand sie vor meinem Haus und hat wahrscheinlich an die Tür gehämmert und versucht, mich zu erreichen. Wäre ich bloß wach geblieben, dann hätte ich schon um neun, als sie nicht aufgetaucht ist, gewusst, dass etwas nicht stimmte. Oder ich hätte einen ihrer Anrufe angenommen. Ich hätte ihr helfen können!«

»Falls Jodie etwas zugestoßen ist, dann ist nur die Person dafür verantwortlich, die ihr das angetan hat«, erklärte Kitt.

»Ich weiß. Es ist bloß die Vorstellung, dass ich friedlich geschlafen habe und keine Ahnung hatte, während sie …« Patrick schüttelte den Kopf. »Aber wer weiß, was passiert ist. Am Fluss wurden keine Blutspuren gefunden. Die Polizei hat abgesehen von Jodies Handy überhaupt keine Spuren entdeckt.«

»Nicht einmal einen Fußabdruck, der zu ihrem passte?«, fragte Kitt.

»Nichts«, erklärte Patrick. »In der Nacht, als Jodie verschwunden ist, hat es stark geregnet, und unten am Fluss wird es dann schlammig.«

»Also wären klare Fußabdrücke, oder sogar nur Teilabdrücke, unwahrscheinlich, und alle anderen Spuren könnten weggespült worden sein, vielleicht schon innerhalb einer Stunde – vor allem, wenn es zu keinem heftigen Kampf gekommen ist«, sagte Kitt leise seufzend.

»Die Polizei hatte eine Chance, als Jodie beim Sender angerufen hat. Sie wussten sofort, dass etwas passiert war, aber durch das Wetter sind sie ins Hintertreffen geraten, bevor sie überhaupt angefangen hatten. Ich bin allerdings auch nicht überzeugt davon, dass sie wirklich alles versucht haben.«

»Wie kommen Sie darauf?«, fragte Grace. »Glauben Sie aus irgendeinem Grund, dass die Polizeiermittlung nicht umfassend war?«

»Ich will kein schlechtes Licht auf die Polizei werfen«, erklärte Patrick. »Jodie war achtzehn, als sie verschwunden ist. Alt genug, um ihr eigenes Ding zu machen. Außerdem gab es bei Jodies Verschwinden gewisse Begleitumstände. Es war nicht nur der Mangel an forensischen Beweisen, der die Polizei auf die Idee gebracht hat, Jodie könnte durchgebrannt sein, statt der Möglichkeit, dass sie entführt wurde, richtig auf den Grund zu gehen.«

»Und was waren das für Umstände?«, fragte Kitt. Sie hörte auf, sich Notizen zu machen, und starrte Patrick durchdringend an.

»An dem Tag, als sie verschwunden ist, stand Jodie komplett neben sich.«

»Wie kam's?«, fragte Grace.

»Sie hatte den Studienplatz an der Akademie über ein Stipendienprogramm bekommen. Am Morgen des Tages, an dem sie verschwunden ist, hatte sie einen Brief von unserer Dekanin, Regina Berkeley, bekommen. Darin stand, ihr Stipendium sei gestrichen, und sie werde von der Akademie verwiesen.«

»Warum?«, wollte Kitt wissen.

»Die Geschichte war die: Bei einer stichprobenartigen Durchsuchung der Schließfächer wurde in Jodies Fach eine ziemlich große Tüte Marihuana gefunden.«

»Wer hat diese Suche durchgeführt?«, fragte Kitt mit gezücktem Stift.

»Es ist die Politik der Akademie, so etwas sporadisch durchzuführen. Es wird jemand gewesen sein, der hier arbeitet, höchstwahrscheinlich jemand von der Hausverwaltung, aber wir haben nie einen Namen erfahren. Das Ganze war eine Nacht-und-Nebel-Aktion. Berkeley hat uns bezüglich der Drogen zum Schweigen verpflichtet. Sie hatte panische Angst, die Presse könnte das herausfinden. Hat behauptet, sie versuche nur, Jodies Andenken zu schützen, aber es war offensichtlich, dass sie sich mehr Sorgen machte, es könnte ein negatives Licht auf die Akademie werfen. Ich will ihren Namen aber nicht in den Schmutz ziehen – die Medien werden jeden Vorwand nutzen, um durchblicken zu lassen, das Opfer sei selbst schuld, und die Vorstellung, dass Jodie nach nur ein paar Wochen hier in Drogengeschäfte verwickelt war, hat ihre Eltern, vorsichtig gesagt, verstört.«

»Sie liegen nicht verkehrt, was die Medien angeht«, sagte Kitt. »Aber waren die Drogen, die in Jodies Schließfach gefunden wurden, der alleinige Grund für den Rauswurf?«

»Ich vermute mal, Grace hat Sie darüber informiert, wie die Finanzierung hier läuft?«

»Ich habe selbst hier studiert«, erklärte Kitt. »Daher bin ich ohnehin vertraut damit. Studenten mit staatlichen Krediten werden nicht akzeptiert, also muss man entweder gut betucht sein oder, ein wenig à la Charles Dickens, einen reichen Gönner haben.«

»Wie ich schon sagte, Jodie hatte ihren Studienplatz über ein Stipendium bekommen. Und was den Fund in ihrem Schließfach angeht, so wäre jemand mit reichen Eltern, also kein Stipendiat, für so etwas vielleicht verwarnt worden, und dann wäre alles unter den Teppich gekehrt worden, um den tadellosen Ruf der Akademie zu wahren.«

»Aber jemand wie Jodie, die sich durch ein Stipendium finanzierte, wurde nicht so nachsichtig behandelt?«, fragte Kitt gereizt.

Patrick schüttelte den Kopf.

»In der Tonaufnahme erwähnt Jodie, sie wolle darüber sprechen, ›wie es am Venerable Bede's läuft‹«, sagte Grace. »Hat sie das gemeint? Diese Doppelmoral?«

»Das, und die Atmosphäre hier war … erdrückend ist ein starkes Wort; sagen wir nur, dass Berkeley die Akademie mit eiserner Hand regiert und sich von niemandem reinreden lässt«, erklärte Patrick.

»Klingt zunehmend, als wäre Regina Berkeley die erste Person, mit der ich reden muss«, sagte Kitt.

»Einen Versuch ist es wert, obwohl ich nicht weiß, ob sie Ihnen etwas erzählen wird. Jodie war außer sich über Berkeleys Anschuldigungen.«

»Kann ich mir vorstellen«, sagte Kitt. »Sie waren verlobt, stimmt das?«

»Ja. Lassen Sie mich raten: Sie finden, dass wir zu jung zum Heiraten waren«, sagte Patrik und lächelte wissend.

»Heutzutage ist es ungewöhnlich, so früh zu heiraten«, räumte Kitt ein.

»Ich weiß. Das haben wir oft gehört«, sagte Patrick.

»Aber wir waren schon etliche Jahre zusammen, bis ich ihr dann den Antrag gemacht habe.«

»Wie lange?«, sagte Grace und fragte sich, ob er angesichts des Alters der beiden gleich eine Geschichte erzählen würde, nach der er und Jodie mit sieben auf dem Spielplatz Mann und Frau gespielt und beschlossen hatten, es offiziell zu machen, wenn sie älter waren.

»Ich bin in der Mittelstufe mit Jodie zusammengekommen. Wir sind beide in Chester-le-Street aufgewachsen und in dieselbe Schule gegangen. Ihre Familie hatte ein Haus in der Gegend geerbt, war aber nicht so wohlhabend wie die Eltern der anderen Schüler. Eines Tages habe ich sie gegen ein paar Idioten in Schutz genommen, die sie gemobbt haben, weil sie arm war, und innerhalb einer Woche waren wir zusammen.«

»Sehr galant«, sagte Grace lächelnd.

Patrick zuckte mit den Schultern. »Ich habe bloß versucht, das Richtige zu tun, aber es ist ganz gut gelaufen. Ich war im Jahrgang über ihr. Wir sind auch in der Oberstufe zusammengeblieben, und als ich einen Studienplatz in Prävention und Resozialisierung gesucht habe, habe ich beschlossen, nach Durham zu gehen, um in ihrer Nähe zu bleiben. Wir haben die Beziehung während meines ersten Studienjahrs hier zusammengehalten, bis sie das Stipendium bekam. Und in der ganzen Zeit, seit ich sie kenne, habe ich nie erlebt, dass sie Drogen genommen hätte. Sie konnte genauso viel Alkohol vertragen wie wir alle – manchmal sogar mehr als ich –, aber sie pflegte zu witzeln, sie sei zu knapp bei Kasse, um sich eine Drogensucht leisten zu können.«

»Wo kamen dann die Drogen her, wenn sie nicht Jodie gehört haben?«, fragte Grace.

»Keine Ahnung. An dem Tag ihres Verschwindens hatten

wir uns am Vormittag getroffen. Sie hat mir von dem Brief erzählt und erklärt, die Drogen gehörten nicht ihr, sie seien ihr untergeschoben worden. Sie sagte, sie hätte eine Ahnung, was passiert sei, und würde dem nachgehen. Ich habe angeboten, ihr zu helfen, aber aus irgendeinem Grund wollte sie nichts davon wissen. Wir … haben uns gestritten …« Wieder traten Patrick Tränen in die Augen. Erneut blinzelte er sie weg. »Wir sind an diesem Tag nicht gerade im Guten auseinandergegangen. Ich war wütend, weil sie sich von mir nicht helfen ließ. Ich habe nicht eingesehen, warum ich nicht tun durfte, was ich konnte, um das in Ordnung zu bringen. Aber sie hat darauf bestanden. Sie konnte sehr eigensinnig sein«, erklärte er. »Ironischerweise war das eine der Eigenschaften, die ich an ihr besonders geliebt habe.«

Grace und Kitt lächelten Patrick beide verhalten zu.

»Schließlich haben wir uns darauf geeinigt, dass sie am selben Abend bei mir vorbeikommen und mir erzählen würde, was sie herausgefunden hatte. Als Nächstes werde ich dann um fünf Uhr morgens von der Polizei geweckt, die mein Haus stürmt. Mir wird klar, dass Jodie nicht da ist, und dann hat mir die Polizei erzählt, was passiert war. Erst da habe ich herausgefunden, dass sie, als sie mich nicht wecken konnte, mit dem, was sie herausgefunden haben mag, zum Radiosender gegangen ist.«

»Und was glauben Sie, warum sie sich an den Radiosender gewandt hat?«, fragte Grace.

»Ich wünschte, das wüsste ich. Direkt nach Jodies Verschwinden hat die Polizei nicht viel preisgegeben, daher musste ich mich für Informationen auf Bertrand verlassen – und mit dem war auch nicht viel anzufangen.«

»Ber… Oh, Randy? Randy Hobbs?«, sagte Grace.

»Ja, so nennt er sich, wenn er auf Sendung ist. Und besteht darauf, dass man ihn so anredet, wenn man per Telefon an seinem Programm teilnimmt. Aber niemand, der ihn kennt, kann sich dazu durchringen, ihn so anzusprechen, wenn er nicht vor dem Mikrofon sitzt.«

»Wenig erstaunlich«, sagte Kitt. »Was hat er denn erzählt, als Sie auf ihn zugegangen sind? Über Jodies Anruf bei ihm?«

»Er hatte auch keine Erklärung«, sagte Patrick und fuhr sich durchs Haar. »Er konnte mir nur sagen, dass Jodie ein Geheimnis über jemand Hochrangigen an der Akademie entdeckt hatte und dass sie ihn kurz nach drei angerufen und angefleht hat, sie so schnell wie möglich auf Sendung gehen zu lassen. Es klang nach einem großen Knüller, deswegen hat er sich nicht lange bitten lassen. Sobald er die Musik gespielt hatte, die er für die nächsten zwanzig Minuten in der Warteschleife hatte, hat er sie zurückgerufen, damit sie die Enthüllung live machen konnte, und, na ja, den Rest kennen Sie.«

»Warum hat sie sich ausgerechnet Randys Programm ausgesucht?«, fragte Kitt. »Hätte es nicht größere Wirkung gehabt, ein so großes Geheimnis zur Hauptsendezeit zu enthüllen?«

»So, wie Bertrand es mir erzählt hat, war das nicht wirklich geplant. Sie hat in letzter Minute in der Sendung angerufen und versucht hineinzukommen. Wahrscheinlich hatte sie gehofft, damit zu mir kommen zu können, und als sie mich nicht erreicht hat, hatte sie aus irgendeinem Grund das Gefühl, an die Öffentlichkeit gehen zu müssen. Falls ihr danach etwas zustoßen würde, dann würde es eine Aufzeichnung ihrer Entdeckung geben, auch wenn die Sendung nicht viele Zuhörer hatte. Aber wie Sie wissen, ist sie nicht mal so weit gekommen.«

»Was immer sie aufgedeckt hat, kann aber nicht von landesweiter Bedeutung gewesen sein«, sagte Grace. »Sonst hätte sie einfach zu einem der großen Medienkanäle gehen können, die rund um die Uhr Nachrichten senden. Es muss etwas auf lokaler Ebene gewesen sein – etwas, was größtenteils die Community am Venerable Bede's anging.«

»Und Randy hatte keine Ahnung, was das Geheimnis war oder wen es betraf?«, fragte Kitt.

»Er sagte, er hätte versucht, es Jodie zu entlocken, bevor sie es live enthüllen würde«, erklärte Patrick. »Aber sie wollte ihm nichts verraten. Das Ganze ist einfach eigenartig und vollkommen untypisch für sie.«

»Tja, es ist noch zu früh, um irgendwelche Schlüsse zu ziehen, was wirklich bei ihr los war«, sagte Kitt. »Wie Grace schon sagte, kann ich mir, so wie Jodie damit umgegangen ist, nicht vorstellen, dass die Sache von nationaler Bedeutung ist. Aber Jodie wird seit über einem Jahr vermisst, und seit dieser Nacht hat sie niemand mehr gesehen. Als Letztes hat sie versucht, eine Enthüllung über jemanden in dieser Community öffentlich zu machen. Tut mir leid, das sagen zu müssen, aber einstweilen müssen Sie sich auf das Schlimmste gefasst machen. So, wie es klingt, hat das Geheimnis, das sie entdeckt hat, für die Welt im Ganzen nicht viel Bedeutung gehabt, aber es scheint so wichtig gewesen zu sein, dass jemand hier auf die Idee hätte kommen können, es sei es wert, dafür zu töten.«

Drei

Schweigen senkte sich über Patrick, Grace und Kitt, und einen Moment lang konnten sie einander nicht ansehen. Grace versuchte, ihr Ausweichen natürlich erscheinen zu lassen, indem sie auf die Stadt unter ihnen hinausschaute. Aus diesem Blickwinkel konnte sie erkennen, wie grün Durham eigentlich war. Die Bäume zeigten satte Rot- und Grünschattierungen. Dadurch und zusammen mit den kunstvoll verzierten historischen Gebäuden wirkte die Stadt äußerst idyllisch. Schwer zu glauben, dass sich an der ehrwürdigen Ruhestätte nicht eines, sondern zweier Heiliger eine solche Tragödie ereignet hatte.

Patrick brach das Schweigen als Erster.

»Ich verstehe, was Sie meinen. Im letzten Jahr habe ich jeden Tag, immer wenn es an der Tür klopfte, halb damit gerechnet, Jodie zu sehen. Oder ich erwarte, ihre Stimme zu hören, wenn ich ans Telefon gehe – selbst, wenn die Anruferkennung sagt, dass sie es nicht ist. Ich habe versucht, an der Hoffnung festzuhalten, dass sie einen Weg finden wird, Kontakt zu mir aufzunehmen. Aber wie Sie selbst sagten, ist ihr Verschwinden über ein Jahr her, und ich habe nichts von ihr gehört. Wenn sie am Leben wäre und sich bei mir melden wollte, hätte sie inzwischen bestimmt eine Möglichkeit gefunden. Also muss ich wohl anfangen, mich darauf einzustellen, dass Jodie wirklich für immer fort ist.«

Kitt holte tief Luft und legte ihren Stift auf ihrem Notizbuch ab.

Da Grace nicht richtig wusste, wie sie ihm sonst noch zeigen sollte, wie leid ihr das Ganze tat, griff sie über den Tisch und drückte Patrick schnell die Hand. Sie verband das mit einem mitfühlenden Lächeln. Er konnte es verständlicherweise nicht erwidern, aber seine Augen leuchteten dankbar auf.

Kitt räusperte sich und griff wieder nach ihrem Stift. »Genau wie die Polizei müssen wir offen sein, was die Umstände rund um Jodies Verschwinden angeht. Ich weiß, Sie sagten, Jodie hätte selbst keine Drogen genommen, aber Sie haben auch berichtet, die Tüte, die in ihrem Schließfach gefunden wurde, sei von beträchtlicher Größe gewesen.«

»So wurde sie in dem Brief beschrieben, den Jodie erhalten hat. Das sind die Worte von Dekanin Regina Berkeley«, erklärte Patrick.

»Ich weiß, es ist kein angenehmer Gedanke, aber wäre es möglich, dass Jodie mit Drogen gehandelt hat? Wenn sie nicht viel Geld hatte, hat sie sich womöglich damit über Wasser gehalten.«

Patrick runzelte die Stirn und überlegte kurz, schüttelte dann aber den Kopf. »Auf so etwas hätte sie sich einfach nicht eingelassen. Ehrlich gesagt, glaube ich nicht, dass sie Zeit dazu gehabt hätte. Sie war eine der wenigen Frauen, die Kfz-Mechanik studierten, und musste wie besessen arbeiten, um zu beweisen, dass sie genauso gut war wie die Typen, mit denen sie zusammengearbeitet hat. Während sie hier war, hatten wir abends viel Spaß beim Ausgehen, aber tagsüber hat sie sich auf ihr Studium konzentriert.«

»Und sie hat wirklich immer Bücher gewälzt, wenn sie behauptet hat, sie studiere?«

»Ich … Also, ich habe nicht ihre Hausaufgaben nachgesehen oder so, aber ihre Tutoren haben in den ersten Wochen ein paar Eingangsprüfungen durchgeführt, und in denen hat sie sich wirklich gut geschlagen, also gehe ich davon aus. Und außerdem waren wir da schon fast fünf Jahre zusammen. Wir wollten heiraten. Ich habe genug Geld, und sie wusste, dass ich ihr immer etwas zuschießen würde. Bevor sie etwas Fragwürdiges oder noch Schlimmeres getan hätte, wäre sie zu mir gekommen.«

»Ich weiß, dass Sie das gern glauben wollen«, sagte Kitt. »Aber wenn sie sich für etwas schämte, wäre sie damit vielleicht nicht zu jemandem gegangen, den sie liebte. Ich weiß, wenn jemandem, den wir gernhaben, etwas zustößt, wollen wir nur das Beste von dieser Person denken. Aber sind Sie sicher, dass Jodie nichts vor Ihnen versteckt hat? Hat sie ungewöhnliches Verhalten an den Tag gelegt, irgendetwas?«

»Die gleiche Frage hat mir die Polizei auch gestellt«, sagte Patrick. »Besonders, nachdem das mit den Drogen ans Licht kam. Sie dachten, wenn sie wirklich überfallen oder entführt wurde, wäre sie vielleicht in etwas Größeres verwickelt gewesen, das viel schlimmere Konsequenzen gehabt hätte als einen Verweis von der Akademie. Vielleicht hätte sie sich ja mit einem hiesigen Drogenboss überworfen. Aber das Merkwürdigste an ihrem Verschwinden ist vielleicht, dass es vollkommen aus heiterem Himmel kam. Bis zu dem Tag, an dem sie verschwunden ist, hat sie sich nicht anders verhalten als in der ganzen Zeit, in der wir an der Schule zusammen waren. Sie war einfach die gute alte Jo.« Patrick öffnete den Mund, als wollte er noch etwas hinzusetzen, doch Kitt unterbrach ihn mit einer weiteren Frage.

»Fällt Ihnen jemand ein, der Jodie vielleicht schaden wollte? Oder jemand, mit dem sie vor ihrem Verschwinden nicht gut ausgekommen ist?«

»Spontan kommt mir niemand in den Sinn. Andererseits war sie auch noch nicht lange an der Akademie, und um ehrlich zu sein, war Jodie ziemlich introvertiert. Sie war sehr wählerisch damit, wen sie in ihren Freundeskreis aufnahm. Sie hatte gerade angefangen, hier ein paar Freundschaften zu schließen, aber das stand alles noch sehr am Anfang.«

»Gut zu wissen«, sagte Kitt. »Etwas muss ich aber noch von Ihnen erfahren, und es tut mir leid, Sie das zu fragen, Patrick, aber es geht nicht anders. Sie sagten, in der Nacht ihres Verschwindens wären Sie zu Hause gewesen und hätten geschlafen. Kann das jemand bezeugen?«

»Nein, und das ist typisch mein Pech. Da ich Prävention und Resozialisierung studiere, weiß ich, dass in einem solchen Fall der Verdacht zwangsläufig auf mich fällt. Und für die Nacht, in der Jodie verschwunden ist, kann niemand bezeugen, wo ich war. Ich lebe in einer Wohngemeinschaft, aber meine Mitbewohner waren in dieser Nacht bei einer Veranstaltung der Studentenvereinigung. Sie sind erst um fünf Uhr morgens nach Hause gekommen, und deswegen konnten sie es auch nicht hören, als Jodie in den frühen Morgenstunden geklopft hat. Zwischen unserem Haus und der Stelle, an der Jodie geortet wurde, hängen hier und da Kameras. Ich bin auf keiner von ihnen zu sehen, aber die Polizei hat mich darüber informiert, dass Umwege existieren, auf denen ich ihnen hätte ausweichen können. Ich muss also selbst zugeben, dass mein Alibi nicht das ist, was man wasserdicht nennen würde.«

Bei diesen Worten musterte Kitt Patrick auf eine Art, die Grace ein wenig verblüffend fand. Sie begriff nur allzu gut, dass man bei Ermittlungen aufpassen musste, wem man traute, aber Patrick verhielt sich genau wie ein trauernder Verlobter. Unverkennbar. Konnte Kitt nicht einfach in Patricks betrübte braune Augen schauen und sich sicher sein, dass er nicht schuld an Jodies Verschwinden war? Grace konnte das. Und Kitt war normalerweise so eine gute Menschenkennerin, dass Grace bestürzt darüber war, dass sie das nicht auch sah.

»Tja, ich weiß Ihre Offenheit zu diesem speziellen Thema zu schätzen«, erklärte Kitt mit immer noch leicht zusammengezogenen Augen. »Eine richtige Ermittlung muss jeden Ansatz verfolgen, daher müssen Sie mir alle weiteren Fragen verzeihen, die ich vielleicht später noch stellen muss.«

»Ich verstehe Ihre Position, und ich habe nichts zu verbergen. Tun Sie einfach alles, was Sie müssen, um herauszufinden, was Jodie zugestoßen ist, und schicken Sie mir alle Rechnungen oder Quittungen hierher«, erklärte Patrick und reichte Kitt eine Karte.

»Eine Visitenkarte mit zwanzig, das ist … effizient«, sagte Kitt.

»Ja, machen Sie sich nur lustig. Mum hat darauf bestanden, als ich noch in der Oberstufe war, obwohl ich nichts betrieb, was auch nur entfernt mit Geschäften zu tun hatte – außer, man zählt es als geschäftlich, dass ich im Schlafanzug Wiederholungen von *Revenge* angesehen habe.«

Bei der bildlichen Vorstellung kicherten Kitt und Grace.

»Ihre Mum klingt sogar noch penetranter als meine«, sagte Grace.

Patrick rückte seine Brille zurecht. »Sie meint es gut. Die Abfindung, die mein Dad bei der Scheidung gezahlt hatte, war hilfreich, aber sie hat auch ihr eigenes Geld verdient. Sie hat eine Firma geleitet, die Luxusmöbel herstellte, und die lief gut, deswegen war sie besessen davon, dass ich geschäftliche Kontakte aufbauen sollte, bevor ich überhaupt bewiesen hatte, dass ich zu etwas tauge.« Ganz kurz schlug Patrick die Augen nieder. »Nachdem klar wurde, dass ich nicht einfach über Jodies Verschwinden hinweggehen würde, hat sie vorgeschlagen, dass ich mir neue drucken lasse, damit ich wegen den Appells, sie zu finden, leicht erreichbar bin.«

»Hatte sie ein enges Verhältnis zu Jodie?«, fragte Kitt.

»Relativ. Die beiden haben sich gelegentlich gesehen, als Jodie und ich in der Schule zusammen waren, und nachdem wir uns verlobt hatten, haben sie öfter miteinander geredet. Ich war nicht gerade der Experte für Polsterbezüge und Porzellan, den Mum zu der Zeit brauchte. Aber im Großen und Ganzen war ich froh, Jodie für mich zu haben, ohne elterliche Überwachung.«

Grace verzog das Gesicht. »Ja, Eltern können einem etwas in die Quere kommen, wenn sie wollen.«

»Ich glaube, ich habe Dad seit der Scheidung ganze fünfmal gesehen, daher war es bloß meine Mum, aber das war schlimm genug. Manchmal sah es so aus, als legte sie es darauf an, alle romantischen Momente zu ruinieren, die ich zu inszenieren versuchte.«

Kitt lachte. »Oh, ich bin mir sicher, dass sie bloß nach Ihnen sehen und sich davon überzeugen wollte, dass alles in Ordnung war.«

»Ja«, räumte Patrick widerwillig lächelnd ein. »Im Gegensatz zu Dad war sie immer für mich da. Vor allem nach Jodies Verschwinden. Ich … Ich bin da ein wenig aus der Spur geraten. Bin in ein paar Modulen an der Akademie durchgefallen. Dachte daran, das Studium abzubrechen. Ich glaube, Mum hat einfach versucht, das Problem mit Geld zu lösen für den Fall, dass da draußen jemand war, der uns eine Erklärung geben könnte, um damit abzuschließen. Ganz zu schweigen von Alec und Jean – Jodies Eltern.«

»Natürlich wäre ich sehr gern die Person, die Ihnen wenigstens eine Erklärung liefert«, sagte Kitt.

»Ich auch«, warf Grace ein.

»Wenn Ihnen also noch etwas einfällt, was von Bedeutung sein könnte, zögern Sie bitte nicht, sich mit mir oder Grace in Verbindung zu setzen.«

»Eines müssen Sie aber noch über den Tag wissen, an dem Jodie verschwunden ist«, erklärte Patrick. »Es wird ein wenig weit hergeholt klingen, aber Sie sollen alle Informationen haben, die ich auch der Polizei gegeben habe.«

»Her damit«, sagte Kitt.

»Als ich mich am Morgen an dem See auf dem Campus mit Jodie getroffen habe – als sie mir das mit den Drogen und dem Brief mit dem Verweis von der Akademie erzählt hat –, war da ein Mann. Ich glaube, er hat uns beobachtet.«

Grace rutschte auf ihrem Platz herum. Einige der Fälle, an denen Kitt in der Vergangenheit gearbeitet hatte, hatten sie gelehrt, dass Stalking und Mord oft Hand in Hand gingen. Der Gedanke, jemand könnte sie selbst auf Schritt und Tritt beobachten, war ihr unheimlich. Hatte jemand Jodie im Auge behalten? Und wenn ja, warum?

»Wie sah dieser Mann aus?«, fragte Grace.

»Es fällt mir insgesamt schwer, mich an viel aus dieser Zeit zu erinnern, aber er trug einen langen schwarzen Mantel und eine Sonnenbrille.«

»Eine etwas eigentümliche Kombination«, sagte Grace.

»Im Sommer vielleicht, aber es war Herbst, und es war einer dieser hellen, kalten Morgen, daher habe ich mir nicht viel dabei gedacht.«

»Können Sie sich noch an etwas anderes an ihm erinnern?«, hakte Kitt nach.

»Er hatte kurzes braunes Haar und war ziemlich kräftig gebaut.«

»Und Sie haben der Polizei von diesem geheimnisvollen Mann erzählt? Hat sie irgendwelche Hinweise gefunden?«

»Ich habe es ihnen erzählt, aber ich glaube, sie haben mir das nicht wirklich abgenommen. Damals war ich ihr Hauptverdächtiger und hatte kein Alibi. Ich hatte Mailbox-Nachrichten auf meinem Handy, in denen Jodie mich bat, sie zu treffen. Sie waren überzeugt davon, dass ich mich entweder mit ihr getroffen hatte oder Jodie zum Fluss gefolgt war, nachdem sie mein Haus verlassen hatte, und … ihr etwas Schreckliches angetan habe. Sie hatten zwar nie forensische Beweise gegen mich, aber ich glaube, sie waren der Meinung, dass ich mir diesen Kerl ausgedacht hatte, um sie von der Spur abzubringen.«

»Verstehe«, sagte Kitt und nickte. Ihr Ton ließ Grace vermuten, dass Kitt sich ebenfalls fragte, ob Patrick den Mann in Schwarz erfunden hatte. Sie musste zugeben, dass es fadenscheinig klang, aber andererseits, warum sollte Patrick sich so etwas ausdenken? Er hatte gerade erklärt, dass es keine forensischen Beweise gab. Zeugen hatten sich keine gemeldet, und da nie eine Leiche gefunden worden war, hatte die Polizei nichts gegen ihn in der Hand. Er hatte keinen Grund gehabt, einen imaginären Angreifer aus dem Hut zu zaubern. Jedenfalls keinen, den Grace sich denken konnte.

»Und Sie haben keine Ahnung, wer dieser Mann gewesen sein könnte?«, fragte Kitt. »Und Jodie hat sich nicht anmerken lassen, ob sie ihn kannte?«

»Etwas … Etwas an ihm kam mir vage bekannt vor, aber

durch die Sonnenbrille konnte ich nicht sein ganzes Gesicht erkennen. Ich habe Jodie nicht mal auf ihn aufmerksam gemacht, weil ich mich auf andere Dinge konzentriert habe – vor allem darauf, sie zu überreden, mir zu verraten, was los war. Ich dachte, vielleicht hätte ich den Typ schon mal irgendwo auf dem Campus gesehen und er käme mir deshalb bekannt vor.«

»Vielleicht hatten Sie das ja«, sagte Grace. »Hier laufen schließlich Tausende von Studenten herum, von den Angestellten ganz zu schweigen.«

»Das habe ich mir auch gesagt, aber im Rückblick glaube ich das nicht«, sagte Patrick. »Und seitdem habe ich ihn auch nicht mehr gesehen. Nur an dem einen Tag. Seine Bewegungen haben mir zu dem Zeitpunkt nicht viel bedeutet, aber nachdem Jodie verschwunden war, wurde mir klar, dass sie gegangen war und er auch, weniger als eine Minute später. Zuletzt habe ich gesehen, wie er sich in dieselbe Richtung wie Jodie entfernte.«

Vier

Grace und Kitt gingen hintereinander die Moatside Lane entlang, auf der Spur von Jodie Perkins' letzten bekannten Schritten. Es war eine schmale Seitengasse, die zwischen der Hauptstraße und der Umgebung der Kathedrale entlangführte und Grace an Yorks zahlreiche verwinkelte Gassen erinnerte. Auf beiden Seiten des Fußwegs erhoben sich Backsteinmauern, an einigen Stellen von Büschen überwuchert, die erste Anzeichen dafür zeigten, sich dem Herbst zu ergeben.

»Warum in aller Welt sollte Jodie so früh am Morgen herkommen?«, fragte Kitt. »Es ist am Tag schon unheimlich genug.«

»Ich glaube, Sie hatten recht damit, dass Jodie schnell gelaufen ist«, sagte Grace. »In dem Clip klang es, als würde sie rennen, und sie war außer Atem, als sei sie schon einige Zeit unterwegs. Wenn sie versucht hat, jemanden abzuschütteln, ist sie vielleicht hier reingelaufen, um ihn loszuwerden, aber das hat nicht geklappt.«

Die beiden traten auf die Silver Street, die für einen Montagnachmittag erstaunlich belebt war. Ladenbesucher und Paare schlenderten vorbei, plauderten und lachten, während sie über das Kopfsteinpflaster flanierten.

»An einem Mittwoch um halb drei Uhr morgens muss es hier menschenleer sein«, sagte Grace, wandte sich zum Fluss und ging die Passage entlang, die kurz vor der Framwellgate Bridge zum Wasser führte. Denselben Weg, den Jodie vor ihrem schicksalhaften Anruf bei Castle Rock FM eingeschlagen hatte.

»Mir kommt es nicht so vor, als hätte sie den kürzesten Weg zurück zum Campus genommen«, sagte Kitt.

»Was die Theorie unterstützt, dass sie versucht hat, jemanden in die Irre zu führen, der ihr folgte«, sagte Grace. »Vorausgesetzt, sie wollte zurück zum Campus, nachdem sie an Patricks Haus gewesen war.«

Die beiden gingen flussaufwärts am Wear-Fluss entlang und verfolgten Jodies Schritte zurück. Sie waren ein paar Minuten unterwegs, als Graces Handy klingelte. Beim Blick auf die Anruferkennung stockte ihr der Atem. Ihre Mutter. Sie wollte schon auf den Button zum Annehmen des Anrufs tippen, doch etwas ließ sie zögern. Die letzten Worte ihrer Mutter, bevor sie in ihr Wohnheimzimmer gezogen war, hallten ihr noch in den Ohren. Jetzt hatte sie sich mit voller Absicht in eine mögliche Mordermittlung gestürzt, um sich von dem Problem mit ihrer Familie abzulenken. Da erschien es ihr kontraproduktiv, ihrer Mutter eine weitere Gelegenheit zu geben, ihr das Gefühl zu vermitteln, sie sei klein und undankbar. Daher sah sie stattdessen zu, wie der Anruf auf die Mailbox ging. Dann senkte sie kaum wahrnehmbar den Kopf und steckte das Handy wieder in die Manteltasche.

»War das zufällig Ihre Mum?«, fragte Kitt.

»Nein, George Clooney. Er hat letzte Woche angerufen, um mir zu gestehen, dass er nicht ohne mich leben kann, und seitdem muss ich seine Anrufe wegdrücken.«

»Bisschen alt für Sie, oder?«, sagte Kitt, die sich Mühe gab, ihr Lächeln zu unterdrücken.

»Müssen Sie gerade sagen. Halloran ist auch ein paar Jahre älter als Sie.«

»Halloran ist aber nicht alt genug, um mein Vater zu sein, besten Dank. Und glauben Sie nicht, dass ich Sie nicht durchschaue. Sie versuchen bloß, das Thema zu wechseln.«

Grace kicherte leise. Kitt entging nichts. Nie. Und das hatte etwas Beruhigendes. Die anderen Bibliothekswissenschafts-Studenten waren nett, aber ihr fehlte die Klugheit ihrer Ex-Chefin und Freundin, die so oft Erkenntnisse und Einblicke an den Tag legte, die weit über ihre siebenunddreißig Jahre hinausgingen. Kitt gegenüber hatte sie nie durchblicken lassen, wie sehr sie ihr gefehlt hatte, denn die beiden waren es nicht gewöhnt, sentimental zu werden. Aber sie waren beide dankbar für die Freundschaft der anderen. Ihr ständiger Austausch von Wortgefechten, die an leichte Beleidigungen grenzten, entsprach eher der in Yorkshire üblichen Art, Zuneigung zu zeigen, aber Kitt hob sich dadurch ab, dass sie die einzige beträchtlich ältere Person war, die sie noch nie zusammengebrüllt oder ihr den Mund verboten hatte, wenn sie versuchte, eine Meinung zu äußern. Natürlich kam es durchaus vor, dass Kitt Grund hatte, Graces gelegentlich mutwilliges Verhalten zu zügeln, aber das tat sie immer auf gutmütige Art.

»Ja, genau, Super-Spürnase, das war Mum.«

»Reden Sie immer noch nicht mit ihr?«

»Mit keinem von ihnen. Mum. Dad. Meinen Brüdern.«

Kitt starrte Grace durchdringend an. »Hören Sie, ich weiß ja, Sie haben das Gefühl, dass sie sich alle gegen Sie verschworen haben ...«

»Vier gegen eine, das ist wohl kaum eine faire Auseinandersetzung. Obwohl ich klüger bin als meine beiden schwachsinnigen Brüder zusammen. Eigentlich kann man die beiden nur als eine Person zählen.«

Kitt lachte. »Sie haben Sie bloß gern, Grace. Manchmal ist es schwer zu erkennen, aber unsere Familien tun manchmal aus Liebe etwas, was uns nicht besonders gut gefällt.«

»Ich weiß. Aber es müsste nicht so ablaufen. Sie haben mir schließlich ein Ultimatum gestellt. Wenn das Liebe ist, brauche ich momentan keine. Es gibt andere Arten, jemandem seine Zuneigung zu zeigen, als ihm Druck zu machen, sich den eigenen Zukunftsvorstellungen zu beugen.«

Grace zuckte zusammen, als die Erinnerungen sich wieder zu Wort meldeten. Sie hatte getan, was sie konnte, um das Gesicht ihrer Mutter auszublenden, wie diese erklärte, sie würde Grace das Geld für das Studium am Venerable Bede's geben, aber wenn sie dorthin ginge, wäre das das Letzte, was sie je von ihnen bekommen würde, und sie wollten sie nicht wiedersehen.

»Ich weiß, ich weiß. Und wenn Sie glauben, dass Ihr Herz am Studium der Bibliothekswissenschaften hängt …«

»Ich bin mir noch gar nicht total sicher«, gestand Grace. »Wie soll man mit zweiundzwanzig genau wissen, was man mit dem Rest seines Lebens anfangen will? Antworten Sie nicht, denn ich wette, Sie wussten das genau.«

»Durchaus denkbar, dass ich eine Idee hatte, dass meine Zukunft dort lag, wo die größtmöglichen Bücherregale standen«, sagte Kitt.

»Kann ich mir vorstellen«, sagte Grace. »Aber ich wollte mit diesem Studiengang einfach etwas Neues ausprobieren, das mehr ›ich‹ war. Etwas, das nicht Jura oder Betriebswirtschaft oder ein medizinisches Fachgebiet war, bloß weil mir immer alle gesagt hatten, ich würde so was studieren. Als

Kompromiss habe ich an der Vale of York diesen Abschluss in Psychologie gemacht, aber es hat sich herausgestellt, dass das nicht meine Leidenschaft war. Und habe ich nicht das Recht, selbst über mein Leben zu entscheiden?«

Mit einem Mal wurde Grace klar, dass ihre Stimme lauter als beabsichtigt geworden war, und sie holte tief Luft. »Ich muss bloß herausfinden, wer ich ohne meine Familie wirklich bin. Bis jetzt haben sie getan, was sie konnten, um mich davon abzuhalten. Als machten sie sich Sorgen, was ich anstellen könnte, wenn ich mir selbst überlassen bin.«

»Das ist ein Gedanke, der mich nachts ebenfalls nicht schlafen lässt.«

Darüber lachte Grace unwillkürlich, und erwartungsgemäß wechselte Kitt freundlicherweise das Thema.

»Jetzt ist es nicht mehr weit. Sobald ich mir die Stelle ansehen kann, an der Jodie verschwunden ist, sollte ich in der Lage sein, ein paar Theorien darüber zu entwickeln, was ihr in der ungefähr einen Stunde zwischen ihrem Anruf beim Radiosender und dem Eintreffen der Polizei vor Ort zugestoßen ist.«

Die beiden hatten sich vor etwa neunzig Minuten von Patrick verabschiedet. Nachdem Kitt für den späten Nachmittag einen Termin bei der Dekanin Regina Berkeley vereinbart hatte, hatte sie darauf bestanden, den Abschnitt am Fluss aufzusuchen, an dem die Polizei Jodies Handy geortet hatte. Ein Stück weiter ragte in der Ferne der klobige Bau der Kathedrale von Durham auf. Das Gebäude aus dem 11. Jahrhundert wurde zum Teil von Bäumen im Herbstlaub verdeckt, und die Sonne fiel so auf die goldfarbenen Glockentürme, dass Grace über den Anblick lächeln musste – trotz ihrer Familienprobleme und des makabren Zwecks ihres Spaziergangs am frühen Nachmittag.

»Haben wir denn wirklich eine Chance, da unten etwas zu entdecken, was die Polizei noch nicht gefunden hat? Vor allem wenn man bedenkt, wie lange ihr Verschwinden schon her ist«, fragte Grace, die bemerkte, dass ihre Schuhe jetzt schon schlammverschmiert waren. Bisher hatte sie Kitts Ermittlungen größtenteils durch extensive Online-Recherchen unterstützt. Doch jetzt, vor Ort, wurde ihr klar, dass sie viel lieber lokale Drogenringe in der Unibibliothek jagte, als sich ihr neues Paar lachsrosa Moschinos zu verderben, die sie sich zum Anfang des Studienjahrs gegönnt hatte.

»Nein, ich glaube nicht, dass wir nach all der Zeit materielle Spuren finden, aber ich muss mir die Stelle ansehen, wenn ich mich in die Person einfühlen will, die sie in jener Nacht mutmaßlich überfallen und entführt hat. Und wenn wir schon hier sind, kann es nicht schaden, sich umzuschauen. Man weiß nie.«

»Kann schon sein … Aber Patrick hat gesagt, in der Nacht, in der Jodie verschwunden ist, hätte es stark geregnet.«

»Ja, obwohl ich noch keinen Grund habe, Patrick Howards Worte für bare Münze zu nehmen.«

»Hatte ich doch den Eindruck, dass Sie ihm ein paar argwöhnische Blicke zugeworfen haben! Aber er ist der Klient. Und er hat Ihnen sehr geholfen.«

»Ältester Trick der Welt«, schnaubte Kitt. »Wenn Sie die Ermittlung unterstützen, können Sie dazu beitragen, sie zu steuern. Das habe ich auf die harte Tour gelernt. Abgesehen von der persönlichen Erfahrung, schauen Sie doch nur *Die Morde des Herrn ABC* an.«

Grace widerstand dem Drang, die Augen zu verdrehen. Sie hatte schon überlegt, dass es zu lange her war, seit Kitt sich auf einen Krimi bezogen hatte. »Ein Roman von Agatha Christie?«

»Ein sehr guter. Aber selbst wenn Sie ihn nicht gelesen haben, müssen Sie doch zu Ihrer Zeit die eine oder andere Folge von *Columbo* gesehen haben. Ganz gleich, wie alt man ist, die Serie wird so oft wiederholt, dass man ihr einfach nicht entkommt. Die Person, die am stärksten darauf brennt, dem Ermittler zu helfen, ist immer der Mörder. Zugegeben, wir wissen noch nicht, ob Jodie lebt oder tot ist. Aber so, wie diese Tonaufnahme klang, ist ihr hier unten etwas zugestoßen, und ich würde meine Erstausgaben darauf verwetten, dass dahinter jemand steckt, der ihr nahegestanden hat. Patrick zum Beispiel. Glauben Sie mir, die Wahrheit hinter dem Ganzen wird genauso verblüffend sein wie die Auflösung eines *Point-Horror*-Gruselromans.«

»Aber das hier ist das wahre Leben«, versuchte Grace es, obwohl sie schon wusste, dass Kitt ihre nächste Bemerkung nicht schätzen würde. »Sie können doch keinen echten Fall auf der Grundlage von Romanfällen untersuchen.«

»Hat bisher auch nicht geschadet, ganz gleich, was Halloran dazu vielleicht anzumerken hat«, erklärte Kitt versonnen lächelnd. »Manchmal ist es der beste Weg zur Lösung eines Rätsels, wenn man die Geschichte dahinter findet. Mehr ist ein Motiv ja eigentlich nicht. Die Geschichte davon, warum der Täter seine Tat verübt hat.«

»Na gut, und was glauben Sie, was Patricks Geschichte ist?«, fragte Grace. »Was hätte er für ein Motiv gehabt, um Jodie loszuwerden?«

»Könnte alles Mögliche sein, von einer gut versteckten Neigung zum Missbrauch bis zu einem Streit, der aus dem Ruder gelaufen ist – er hat schließlich zugegeben, dass sie an dem Tag, an dem sie verschwunden ist, eine Auseinandersetzung hatten. Aber die offensichtlichste Erklärung angesichts dieser Aufnahme aus der Radiosendung ist, dass er etwas mit dem großen Geheimnis, das sie enthüllen wollte, zu tun hatte, genau wie diese hochrangige Person an der Akademie. Oder dass aus irgendeinem Grund seine Motivation, diese Person zu schützen, stärker war als die, auf Jodie aufzupassen.«

»Also, ich kann diese Theorie nicht wirklich in Übereinstimmung mit dem Mann bringen, mit dem wir gerade geredet haben«, sagte Grace kopfschüttelnd.

»Na ja, überlegen Sie doch mal. Jodie wollte sich aus irgendeinem Grund nicht von Patrick bei dieser Sache helfen lassen. Sie ist in den frühen Morgenstunden zu ihm gegangen, aber erst, nachdem sie einen ganzen Tag allein recherchiert hatte. Aus irgendeinem Grund wollte sie ihm an diesem Vormittag nichts von ihrem Verdacht erzählen. Vielleicht, weil er etwas mit ihm zu tun hatte. Durchaus möglich, dass sie an diesem Abend nicht zu Patrick ging, um ihn um Hilfe zu bitten. Sondern dass sie vorhatte, ihn mit dem, was sie wusste, zu konfrontieren.«

Grace hielt einen Moment inne. Es war unbestreitbar eigenartig, dass Jodie nicht bereit gewesen war, sich von Patrick bei dem Problem helfen zu lassen, mit dem sie am letzten Tag, an dem sie lebend gesehen worden war, gerungen hatte. Schließlich hatten die beiden sich nicht gerade erst kennengelernt. Sie waren seit fast fünf Jahre zusammen und wollten heiraten! Das passte nicht zusammen, vor allem, da er bei ihrem Zusammentreffen so einfühlsam gewirkt hatte. Eigentlich war es kaum vorstellbar, dass Jodie etwas gehabt hatte, was sie ihm nicht erzählen konnte. »Dieser Teil ist merkwürdig. Aber sie hat ihm von den Drogen erzählt, und dass sie die Sache untersuchen wollte. Wenn sie sich Sorgen machte, ihre Entdeckung könnte etwas mit ihm zu tun haben, warum hätte sie ihm das überhaupt erzählen sollen? Das war doch mehr als genug Information, um ihn wissen zu lassen, dass das Spiel aus ist, wenn sie belastende Beweise gegen ihn hat – oder gegen jemanden, den er zu schützen versucht.«

»Jemanden verschwinden zu lassen, vor allem jemanden, den man angeblich liebt, ist eine extreme Handlungsweise. An diesem Punkt hatte sie nur Verdachtsmomente, keinen Beweis. Er könnte gehofft haben, dass sie nichts Konkretes entdeckt und er eine Möglichkeit findet, die Situation auf andere Art zu entschärfen. Ich meine nicht, dass Patrick ein schlechter Mensch ist, noch nicht. Ich weise nur darauf hin, dass er Jodie vielleicht hat verschwinden lassen, weil er keine andere Möglichkeit sah, irgendein schwieriges Problem zu lösen, das wir noch nicht verstehen.«

»Dann glauben Sie das Gleiche wie die Polizei damals: dass Patrick Jodie, nachdem sie bei ihm zu Hause war, zum Fluss hinunter gefolgt ist und … ihr etwas angetan hat?«

»Wir wissen nicht genau, ob Jodie in dieser Nacht nicht mit Patrick geredet hat. Er behauptet, geschlafen zu haben, aber vielleicht stimmt das nicht, und sie hat ihn mit den Beweisen konfrontiert, die sie hatte. Beweisen, die wir nicht kennen. Möglich, dass sie gedroht hat, beim Radio anzurufen, und er ihr deswegen nachgegangen ist. Vielleicht hat er auch gar nicht mit ihr geredet, sondern ist ihr einfach hierher gefolgt.«

»Aber da ist noch das Timing des Überfalls: Es ist passiert, als Jodie gerade dieses große Geheimnis aufdecken wollte. Wenn Patrick sie überfallen hat, muss er irgendwie gewusst haben, dass sie beim Radio anrufen würde. Sonst hätte er nicht ausgerechnet in diesem Moment zu so drastischen Maßnahmen greifen müssen.«

»Möglich, dass er nur gesehen hat, dass sie mit jemandem telefoniert hat, und in Panik geraten ist, sie könnte ihn verraten – und andere, die vielleicht damit zu tun hatten. Aber er scheint diesen Ran… diesen Bertrand Hobbs von außerhalb des Radios zu kennen – er hat diesen Witz über seinen Namen gemacht. Vielleicht hat er ja einen Tipp bekommen. Bertrand Hobbs steht ganz weit oben auf meiner Liste von Leuten, mit denen ich sprechen will. Ich interessiere mich sehr dafür, was er zu sagen hat.«

»Ich finde auch, dass Randy Priorität ist, da er der Letzte war, der mit Jodie geredet hat. Aber so, wie Patrick von ihr gesprochen hat, finde ich es einfach schwer zu glauben, dass er so etwas getan haben soll.«

»Vielleicht war er es ja nicht selbst«, sagte Kitt. »Möglich, dass er wusste, er könnte ihr nicht wehtun oder Schlimmeres, wenn er ihr in die Augen sehen müsste. Vielleicht existiert dieser mysteriöse Mann in Schwarz ja, aber Patrick hat ihn angeheuert.«

»Sie glauben wirklich, er würde sich all die Mühe machen und dann einen falschen Suchappell einrichten? Wenn ich so etwas getan hätte, würde ich mich unauffällig verhalten.«

»Ja, aber wenn es ihm irgendwie gelungen ist, Jodie zu beseitigen, hat er vielleicht das Gefühl, schlauer als alle anderen zu sein. Die Website mit dem Appell könnte nur eine weitere Schicht der Vorspiegelung sein. Er hatte es ganz schön eilig, uns mit dem Geld seiner Mutter anzuheuern. Wenn er Geld genug hat, um eine Privatermittlerin anzustellen, ist die Familie nicht arm, so viel ist sicher. Vielleicht hat er jemandem Geld in die Hand gedrückt, um Jodie zu beschatten und ihn zu alarmieren, wenn diese Person etwas entdecken würde, was ihm Sorgen machte.«

»Warum hat er Jodie dann nicht einfach zu sich nach Hause eingeladen und sie dort bedroht, oder was auch immer?«

»Vielleicht sollte ja niemand sehen, wie sie in sein Haus ging, bevor sie verschwunden ist. Sie haben ja gehört, wie die Polizei darauf reagiert hat, dass Jodies Handy in dieser Nacht bis zu seinem Haus verfolgt wurde. Das Einzige, was ihn wahrscheinlich vor einer Festnahme gerettet hat, ist die Aufzeichnung der Radiosendung, die bestätigt, dass Jodie sein Haus lebend verlassen hat. Das Flussufer dagegen ist ein ziemlich anonymer Ort, an dem man gut verschwinden kann.«

»Kommt mir trotzdem wie ziemlich viel Mühe vor, wenn Sie mich fragen.«

»Ich weiß«, sagte Kitt. »Aber wenn das Geheimnis, das Jodie aufgedeckt hat, bedeutend genug war, um jemandes Karriere oder Ruf zu ruinieren, dann ist es weniger erstaunlich, dass jemand sich große Mühe machen würde, um es zu vertuschen.«

»Hoffentlich wird Randy etwas ausplaudern, was die Sache klärt«, sagte Grace und fragte sich, was – wenn überhaupt – der DJ wirklich über Jodies Verschwinden wusste.

»Er steht auf der Liste, aber zuerst müssen wir mehr über diese Drogen erfahren, die angeblich in Jodies Schließfach gefunden wurden. Wenn wir klingen, als wüssten wir mehr über die ganze Situation, als wirklich der Fall ist, können wir Randy vielleicht dazu verleiten, etwas zu verraten, was er eigentlich lieber für sich behalten würde. Er wusste, dass Jodie in der Sendung etwas enthüllen wollte, zu einem Zeitpunkt, als anscheinend niemand sonst Bescheid wusste. Das bedeutet, dass er in einer einzigartigen Position war, jemanden vorzuwarnen, was Jodie vorhatte, oder etwas mit einem Komplizen zu arrangieren.«

»Stimmt. Zwischen Jodies ursprünglichem Anruf bei seiner Sendung und dem Rückruf für die große Enthüllung wurde ungefähr zwanzig Minuten lang Musik gespielt. Aber was Dekanin Berkeley angeht, glauben Sie wirklich, sie wird uns etwas über die Drogen erzählen?«

»Das finden wir um vier Uhr heraus.«

Grace nickte. Sie hatte beobachtet, dass Kitt in der Sekunde, in der die beiden die Bibliothek verlassen hatten, im Büro der Dekanin angerufen hatte. Kitt hatte so getan, als gehe es bei dem Treffen mit der Dekanin um irgendeine hochgestochene Kooperation zwischen der Akademie und der Vale-of-York-Universität. Grace hatte keine Ahnung, wie genau sie von dort aus zu Drogen, die im Schließfach einer verschwundenen Studentin gefunden worden waren, überleiten wollte. Aber so, wie sie Kitt kannte, würde sie schon einen Weg finden.

»Oh, warten Sie. Hier ist es«, erklärte Kitt, schaute sich um und verglich ihre Umgebung dann mit einer handgezeichneten Karte. Sie hatte Patrick gebeten, sie ihnen zu skizzieren. »Laut Patrick ist das die Stelle, an der die Polizei Jodie geortet hat. Das ergibt Sinn, sehen Sie: Das Stauwehr liegt ein kleines Stück weiter flussabwärts. Dort wurde ihr Handy gefunden. Was mag sich nur in der Nacht, als Jodie verschwunden ist, hier abgespielt haben?«

Fünf

Während der nächsten paar Minuten redeten die beiden nicht, sondern schauten sich um. Kitt umkreiste ein paar Bäume in der Nähe, musterte den Boden und kämpfte mit wuchernden Büschen. Grace stapfte unterdessen durch das höhere Gras am Ufer und trat lange Halme beiseite, die bald vertrocknen würden, wenn die Novemberfröste richtig einsetzten. Einige Minuten später sahen die beiden einander kopfschüttelnd an. Es wäre auch zu viel verlangt gewesen, noch Beweise zu finden, die, den Elementen ausgesetzt, ein Jahr überdauert hätten.

Grace begann der Mut zu verlassen.

Vielleicht hatte sie zu viel *Line of Duty* gesehen, aber obwohl sie wusste, dass das ziemlich unwahrscheinlich war, hatte sie sich tief im Inneren Hoffnungen gemacht, sie könnte etwas Ungewöhnliches entdecken, was die Polizei beim ersten Mal übersehen hatte. Oder sogar etwas aufstöbern, was zweifelsfrei bewies, dass Patrick nicht hinter dem Verschwinden seiner Verlobten steckte. Dann hätte sie Kitt bis ans Ende aller Zeiten damit verspotten können, die bessere Menschenkennerin zu sein.

Doch das Glück war ihr nicht hold. Selbst wenn es in der Nacht von Jodies Verschwinden nicht stark geregnet hätte, war, wie Kitt sagte, zu viel Zeit vergangen. Auch wenn Patrick das Gefühl hatte, die Ermittlungen der Polizei hätten in einigen Punkten zu wünschen übrig gelassen, hätte sie doch ganz bestimmt diesen Abschnitt des Flusses durchkämmt.

»Na schön, einen Versuch war es wert. Aber konzentrieren wir uns darauf, eine Hypothese darüber zu formulieren, wo Jodie nach dem Anruf beim Sender gelandet sein könnte.«

Grace erschauerte, als sie sich diesen Flussabschnitt im unheimlichen Licht der frühen Morgenstunden vorstellte. »Wenn sie vor der Person weggerannt ist, die sie überfallen hat, muss sie wie erstarrt gewesen sein, als sie eingeholt wurde.«

»Kann ich mir vorstellen«, sagte Kitt. »Was heißt, dass sie vielleicht versucht hat zu schreien, zu rufen oder anderweitig auf sich aufmerksam zu machen. Möglich, dass sie sich gewehrt hat. Wie ist es ihrem Angreifer dann gelungen, sie so spurlos verschwinden zu lassen?«

»Diese Stelle wird von den Bäumen ziemlich gut abgeschirmt«, sagte Grace. »Stärker als auf anderen Teilen des Wegs. Wahrscheinlich hat der Angreifer sich diese Strecke absichtlich ausgesucht. Vielleicht hat er sie überrumpelt und sich ihr von hinten mit einer Waffe genähert. Einem Messer vielleicht.«

»Ich finde auch, dass das Überraschungsmoment ein Vorteil für einen Angreifer gewesen wäre, aber aus der Tonaufnahme wissen wir, dass er den nicht hatte. Jodie hat ihren Angreifer gesehen und schien ihn zu erkennen, was unwahrscheinlich ist, wenn er von hinten kam.«

»Oh …« Grace nickte. »Ja. Sie haben recht. Okay, aber wenn die Person von vorn auf sie zugekommen ist, denn so muss es gewesen sein, warum ist sie dann nicht weggelaufen oder so?«

»Wenn es jemand war, den sie kannte, und so scheint es gewesen zu sein, hat sie vielleicht nicht geahnt, in welcher Gefahr sie schwebte, bis es zu spät war.«

»Was außer einer Waffe, die auf sie gerichtet war, hätte sie zu solch einem Schrei bewegen können?«

»Ich weiß es nicht«, gab Kitt zu. »Aber was auch immer hier passiert ist, ich bezweifle, dass Jodie lange bei Bewusstsein geblieben ist. Abgelegen oder nicht, das hier ist öffentliches Gelände, und selbst in den frühen Morgenstunden hätte jemand vorbeikommen und alles mit ansehen können.«

»Hätte der Angreifer ihr nicht einfach ein Messer in den Rücken halten können oder so? Um sie gefügig zu machen, damit sie hinging, wo er sie hinbringen wollte?«

»Das ist eine Möglichkeit, aber es fühlt sich ein wenig zu glatt an. Es haben sich keine Zeugen gemeldet, aber der Angreifer konnte sich nicht hundertprozentig sicher sein, unterwegs niemandem zu begegnen. Jodie hätte nur um Hilfe rufen müssen, wenn ein Fremder vorbeiging, und der Angreifer hätte viel mehr um die Ohren gehabt, als er wahrscheinlich wollte.«

»Also … Wenn Sie sagen, sie war nicht mehr lange bei Bewusstsein … Meinen Sie, sie wurde hier unten umgebracht?« Bei dem Gedanken überlief es Grace plötzlich kalt.

»Es gibt drei offensichtliche Möglichkeiten. Erstens, der Angreifer hat sie auf der Stelle getötet und ihre Leiche in den Fluss geworfen. Doch dafür existieren keine forensischen Hinweise. Abgesehen von allem anderen sinken Leichen im Wasser zwar zunächst, doch meist lassen Veränderungen, die post mortem auftreten, sie irgendwann an der Oberfläche treiben. Selbst wenn man den Körper beschwert, wird er für gewöhnlich irgendwo angespült. Jodies Leiche hatte ein Jahr Zeit, angeschwemmt zu werden, aber es wurde nichts gemeldet. Jedenfalls nicht laut den Suchvorgängen, die ich gestern Abend durchgeführt habe.«

»Dann können wir das ausschließen?«

»Nicht vollständig. Nicht jeder kommt an die Oberfläche. Es hängt von vielen Variablen ab, aber ich würde sagen, es ist weniger wahrscheinlich.«

»Was sind die anderen beiden Möglichkeiten?«

»Dass Jodie hier unten getötet und ihre Leiche dann weggebracht wurde, sobald es sicher war, und anderswo beseitigt wurde. Oder Jodie wurde bewusstlos geschlagen, vermutlich mit einem harten Gegenstand, und lebendig an einen anderen Ort gebracht. Da der Angreifer wusste, dass sie zu der Zeit telefonierte, und er damit rechnen musste, dass früher oder später die Polizei auftauchen würde, ist wahrscheinlich, dass er sie nicht hier umgebracht hat.«

»Weil das Risiko bestand, dass er vielleicht einen Fehler machen würde und sie erwischt würden, wenn er es überstürzen und sie hier töten würde?«

»Genau. Sie haben gemeint, der Angreifer habe sich diese Stelle ausgesucht, weil sie abgeschiedener war, aber Tatsache ist, dass er sich nicht aussuchen konnte, wo er Jodie umbringt.«

»Wegen des Anrufs.«

»Ja. Dass Jodie diesen Anruf getätigt hat, muss ihn zum Handeln gezwungen haben. Er musste zuschlagen, sonst wäre es zu spät gewesen. Es war Glück für ihn und Pech für Jodie, dass dieser Abschnitt des Flusses so schlecht einsehbar ist.«

»Aber der Anruf hätte seine Optionen für die nächsten Schritte eingeschränkt.«

»Richtig. Er hätte sie hier auf der Stelle töten können, aber es ist nicht einfach, eine Leiche spurlos verschwinden zu lassen, zumal, wenn man nicht viel Zeit hat. Viele Serienkiller haben das ganz gut hinbekommen, doch früher oder später kommen Beweise zutage, und eine Leiche wird gefunden – oder Teile davon.«

»Aber Jodie ist wirklich verschwunden.«

»Was entweder bedeutet, dass die Person oder die Personen, die sie überfallen haben, sehr, sehr gut darin waren, die Leiche zu beseitigen, oder dass sie irgendwo noch am Leben ist.«

»Ich hoffe wirklich auf Letzteres«, sagte Grace und erinnerte sich an Patricks Blick, als er von seiner verschollenen Verlobten gesprochen hatte. Wäre es nicht wundervoll, wenn Kitt und sie Jodie nach all dieser Zeit lebendig finden würden? Sicher, es war gut möglich, dass sie ihre Gründe hatte, sich nicht bei Patrick zu melden – andere, als unter Zwang festgehalten zu werden –, aber so oder so hätte er wenigstens die Gewissheit, dass sie in Sicherheit war, und könnte einen Schlussstrich unter diesen Teil seines Lebens ziehen. Sich neu orientieren.

Kitt öffnete den Mund, um etwas zu sagen, schien es sich jedoch anders zu überlegen. Sie kniff die Augen zusammen und verstummte kurz, bevor sie einen anderen Gedanken aufgriff. »Wenn der Angreifer Jodie irgendwo hingebracht hat, ob tot oder lebendig, muss er entweder sehr stark gewesen oder einen Komplizen gehabt haben, der ihm geholfen hat, den Körper hochzuheben.«

»Ich weiß nicht; ich habe Fotos von Jodie auf der Appell-Website gesehen. Sie war klein und zierlich.«

»Müssen Sie gerade sagen«, sagte Kitt.

Grace lächelte. »Jedenfalls wäre es wahrscheinlich nicht

schwierig, sie hochzuheben – einmal angenommen, der Angreifer war männlich.«

»Nicht unbedingt. Es fällt schwerer, jemanden hochzuhieven, der bewusstlos ist, wegen der ungünstigen Gewichtsverteilung. Aber wenn er sie hiergelassen hätte, hätte die Polizei sie gefunden. Also, wo wurde sie hingebracht?«

Am Fluss entlang sah Grace zu den steinernen Bögen der Framwellgate-Brücke. »Vielleicht hat ja ein Fahrzeug an der Straße auf sie gewartet.«

»Vielleicht, und das ist sicher eine Richtung, in die man denken sollte. Das Problem ist, dass es ein Jahr nach dem Vorfall unwahrscheinlich ist, noch Aufzeichnungen von Überwachungskameras zu finden, daher müssen wir uns wahrscheinlich auf das verlassen, woran sich Augenzeugen von diesem Morgen erinnern. Außerdem hat die Polizei, ganz gleich, was Patrick von der Ermittlung halten mag, das wenigstens überprüft.« Kitt reckte den Hals und schaute nach rechts und links die leichte Biegung im Fluss entlang. »Die einzige andere Möglichkeit, die mir einfällt, ist, dass sie hier in der Gegend etwas gefunden haben, wo sie Jodie vorübergehend ablegen konnten.«

»Warum sollten sie sich damit abgeben? Sie müssten ja irgendwann aus ihrem Versteck kommen, selbst wenn sie eins gefunden hätten.«

»Sie hätten gewusst, dass die Polizei unterwegs ist und die nächsten paar Tage wenigstens diesen Flussabschnitt durchkämmen würde. Sie hatten zwei Alternativen: flüchten oder sich irgendwo in der Nähe verstecken, bis die Polizei ihre Ermittlungen verlagert hat.«

»Tja, hier ist aber außer den Büschen nichts. Außerdem war es eine regnerische Nacht, daher bezweifle ich, dass das ein guter Plan gewesen wäre. Und unter den Brückenbögen kann man sich auch nicht verkriechen, ohne gesehen zu werden.«

Kitt kniff die Augen zusammen. »Sie haben recht.« Sie zog ihr Handy hervor und begann, auf dem Bildschirm zu tippen. »Hmm.«

»Was?«

»Was ist das für ein Gebäude dort?« Kitt drehte ihr Handy so, dass Grace die Karte sehen konnte, die sie hochgeladen hatte. Sie hatte sie größer gezoomt und zeigte jetzt auf ein kleines, rechteckiges Gebäude auf der anderen Flussseite, zwischen der Prebends- und der Kingsgate-Brücke. »Alle anderen Gebäude sind gekennzeichnet, aber dieses nicht. Ich erinnere mich aus meiner Studienzeit auch an keine bedeutsamen Gebäude in diesem Abschnitt, aber das ist inzwischen natürlich zehn Jahre her.«

»Ähm, ich bin mir nicht sicher, aber auf dieser Seite des Flusses liegt ein altes Nebengebäude. Das ist allerdings mindestens zehn Minuten Fußweg entfernt. Sie hätten Jodie doch nicht die ganze Strecke tragen können, oder?«

»Oh ja, Sie haben recht, jetzt weiß ich es wieder. Dort steht ein Nebengebäude. Sie hätten sich gut dort verstecken können, verstehen Sie? Obwohl es ein Stück entfernt liegt. Es würde Sie überraschen, was Menschen in Momenten der Verzweiflung tun. Wenn es geregnet hat, wäre es immer noch besser gewesen, als in dem kalten Regen draußen zu stehen.«

»Alles ist besser als das«, sagte Grace und nickte. »Ich bin in Leeds groß geworden und weiß, wovon ich spreche.«

»Also gut. Bis ich mich nach Material aus den Überwachungskameras von den Hauptstraßen für diese Nacht erkundigen kann, ist das unsere vielversprechendste Option«, erklärte Kitt. »Und deshalb bleibt uns nur eins übrig.« Ohne ein weiteres Wort schlug sie in einem Tempo, mit dem Grace kaum mithalten konnte, den Weg am Fluss ein.

Mindestens zwanzig Minuten später näherten sich Kitt und Grace einem alten, baufälligen Nebengebäude aus verwittertem Backstein, das für Grace in der kurzen Zeit, seit der sie in Durham lebte, zu einem Teil der Landschaft geworden war. Sie hätte nicht zählen können, wie oft sie schon zwischen Campus und Stadt hier vorbeigekommen war. Der Weg am Fluss entlang war nicht der kürzeste, aber zweifellos malerischer und außerdem eine gute Gelegenheit, sich ein wenig schnelle Bewegung zu verschaffen – ein Ausgleich für die viele Pizzen, mit denen sie sich in ihren ersten paar Wochen am Venerable Bede's getröstet hatte. Bei dem Gedanken, dass sie so oft an diesem Gebäude vorbeigegangen war, das möglicherweise mit Jodies Verschwinden in Verbindung stand, krampfte sich ihr der Magen zusammen.

Kitt ruckte heftig an der Holztür, die an einigen Stellen verfault zu sein schien. Als sie nicht sofort nachgab, versuchte sie es noch ein paarmal. »Abgeschlossen«, sagte sie dann seufzend.

Grace sah sich an der Seite des Bauwerks um, um festzustellen, ob ein anderer Weg hineinführte, aber Kitt hatte es schon an der einzigen Tür probiert, und die Fenster lagen zu hoch, um hindurchsehen zu können.

Grace trat ein paar Schritte zurück. »Sie … Sie glauben doch nicht, dass Jodies Leiche noch da drinnen liegen könnte, oder?« Sie hatte als Jugendliche genug Horrorfilme gesehen, und das war genau die Art Gebäude, wo wahrscheinlich etwas Unheimliches passieren würde.

»Höchst unwahrscheinlich. Die Chance ist groß, dass zwischen letztem Oktober und jetzt jemand in dem Gebäude war. Außerdem, wenn dort eine Leiche läge, hätte wahrscheinlich jeder, der vorbeikam, sie riechen können, und wir würden es zweifellos auch jetzt noch wahrnehmen. Leichen neigen dazu, auf diese Art auf sich aufmerksam zu machen. Aber das heißt nicht, dass der Angreifer sich das Gebäude nicht zunutze gemacht und keine unauffälligeren Spuren zurückgelassen hat, die nur ein geübtes Auge entdecken kann. Wenn der – oder wahrscheinlicher, die – Angreifer sich verstecken wollten, wäre das der perfekte Platz, und angesichts des offenen Geländes hier ist es schwer vorstellbar, wohin sie sich sonst gewandt haben könnten, ohne aufzufallen – außer, wie Sie vorhin vorgeschlagen haben, sie wären in einem Auto geflüchtet.«

»Die Sache ist bloß, dass es zu Fuß ziemlich weit von der Stelle ist, an der Jodies Handy zuletzt geortet wurde.«

»Das ist die Straße aber auch. Ich würde sogar behaupten, dass es riskanter gewesen wäre, die Leiche hinauf zur Straße zu schaffen, wo mit größerer Wahrscheinlichkeit Zeugen sein würden. Das Gebäude liegt ein wenig isoliert und ein Stück von der Stelle entfernt, an der Jodie zuletzt gesehen wurde. Für den Angreifer war das wahrscheinlich perfekt. Vergessen Sie nicht, dass Jodies Handy im Fluss gefunden wurde. Die Angreifer wussten, dass man ihnen auf die Spur kommen würde, und haben einiges getan, damit das nicht passierte. Dieses Gebäude ist so weit vom Ort von Jodies Verschwinden entfernt, dass die Polizei wahrscheinlich nicht auf die Idee gekommen ist, es zu überprüfen.«

Trotz Kitts Beteuerungen, dass hinter der Tür keine Leiche liegen würde, musterte Grace das verrostete Schloss argwöhnisch. Sie wusste, dass es töricht war, aber sie musste trotzdem mit aller Macht versuchen, sich nicht vorzustellen, dass Jodie mit weit aufgerissenen Augen, allein und verwesend da drinnen lag. Sie hatte ein düsteres, quälendes Gefühl, das sie einfach nicht abschütteln konnte. Vielleicht lag es daran, dass es einen gewieften Plan brauchte, um jemanden verschwinden zu lassen – angenommen, die Person war nicht aus eigenem Antrieb abgetaucht. Der Fall hatte etwas, das auf kalte Berechnung hindeutete, und wenn Jodie in jener Nacht ihr Ende gefunden hatte, dann fragte sich Grace, ob die Mörder einen Weg gefunden hatten, die Leiche hier abzulegen, ohne dass es jemand merkte, direkt vor aller Nase.

Sechs

Nach einer gefühlten Ewigkeit, in der sie Ms. Polly Smyth, Dekanin Regina Berkeleys Sekretärin, dabei zugesehen hatten, wie sie abwechselnd eine E-Mail abschickte, sich die Nägel feilte und Textnachrichten auf ihrem Handy las, wurden Kitt und Grace endlich durch eine schwere Eichentür zu ihrem Termin hereingewinkt.

»Ms. Hartley?«, fragte Berkeley, als Kitt und Grace in ihr Büro traten. Grace hatte Berkeleys Foto im Prospekt gesehen, war ihr aber noch nie persönlich begegnet. Als Grace einen Blick auf ihr Bild geworfen hatte, war ihr aufgefallen, wie maskenhaft sie geschminkt war, und in Person wirkte das nicht weniger verblüffend. Sie war mit dicker Grundierung zugekleistert, was nicht nur jede Falte in ihrem langen, dünnen Gesicht betonte, sondern auch ein wenig zu dunkel für ihren Hautton zu sein schien. Wo das Make-up zu Ende war, verlief eine Linie an ihrem Hals entlang. Und offensichtlich war die Mode des Konturierens an ihr vorbeigegangen.

Bekeleys Vorliebe dafür, sich große Mengen Grundierung ins Gesicht zu klatschen, war allerdings der einzige Makel an ihrem sonst sehr adretten Äußeren. Ihr graues Haar war zu einem festen Knoten mit einem ordentlichen, wenn auch wenig schmeichelhaften Mittelscheitel à la Jane

Austen zurückfrisiert, und ihre Kleidung wirkte gut geschnitten, sodass es aussah, als werde sie für ihre Dienste hier am Venerable Bede's gut bezahlt. Die Linienführung ihrer karierten Wolljacke, auf der sie eine pfauenförmige Silberbrosche trug, war besonders scharf. Obwohl die Dekanin kaum 45 Kilo wiegen konnte, verlieh ihr das eine strenge, einschüchternde Erscheinung. Bei dieser Frau sollte Kitt lieber aufpassen, denn sie wirkte nicht, als würde sie sich etwas gefallen lassen.

Berkeley saß hinter einem großen Eichenschreibtisch, und als offensichtlich wurde, dass sie keinerlei Absicht hatte, aufzustehen, um sie zu begrüßen, trat Kitt vor und sprach sie an.

»Ja, ich bin Kitt Hartley, und Sie kennen vielleicht Grace Edwards, die hier bei Ihnen Bibliothekswissenschaften studiert – so wie ich früher.«

»Ja«, sagte Berkeley und wies auf zwei Stühle vor ihrem Schreibtisch, auf denen Kitt und Grace prompt Platz nahmen. »Ich habe meine Hausaufgaben über Ihre Person gemacht, Ms. Hartley.«

»Hausaufgaben?«, gab Kitt zurück.

»Ich habe mir erlaubt, Ihre Akte heraussuchen zu lassen. Ich dachte, das wäre vielleicht eine nostalgische Lektüre. Wir können doch nicht zulassen, dass Sie den ganzen Weg von York nach Durham machen, ohne Ihnen die Chance zu geben, die guten alten Zeiten am Venerable Bede's aufleben zu lassen, oder?«

»Oh, nun ja, ich …«, begann Kitt nervös.

Mit einer einzigen Fingerspitze klappte Berkeley einen braunen Aktendeckel aus Pappe auf, der auf ihrem Schreibtisch lag. »Hartley, Katherine Anne. Exemplarische Noten im ersten Jahr – Jahrgangsbeste sogar.«

Kitts leicht panische Miene verflog, und sie reckte stolz das Kinn. »Ich habe sehr schwer für diese Position gearbeitet.«

Grace konnte nicht widerstehen. Da sie ihr Handy in der Hand hielt und Berkeley in Kitts Akte vertieft war, tippte Grace rasch das Word »Nerd!« in eine Textnachricht und schickte sie an Kitt. Kitts Handy summte. Sie sah auf den Bildschirm und warf Grace aus dem Augenwinkel einen argwöhnischen Blick zu, dem schnell ein wütender folgte, als sie die Nachricht las.

»Mal sehen, was haben wir noch? Ich sehe, dass Sie die Kapitänin des Debattierteams waren und einen oder zwei Pokale für die Akademie gewonnen haben.«

»Tatsächlich siebzehn«, verbesserte Kitt sie. »Das heißt, während meiner Amtszeit als Kapitänin. Zweiundzwanzig, wenn Sie die Monate einrechnen, in denen ich mich eingearbeitet habe. Wahrscheinlich stehen noch einer oder zwei irgendwo auf dem Campus in einer Vitrine herum.«

Zweiundzwanzig Preise fürs Debattieren? Interessanterweise war diese Information bei den vielen Wortgefechten, die Grace mit Kitt geführt hatte, seit sie sich kannten, nie zur Sprache gekommen. Jetzt begriff Grace, warum es fast unmöglich war, bei einer Diskussion mit Kitt zu gewinnen.

»Im zweiten Jahr sind ihre Noten dann ein wenig abgesackt«, fuhr Berkeley fort, ohne Kitts Einwürfen die geringste Beachtung zu schenken. Sie leckte den Finger an und blätterte zu einer Seite, die mit einem blauen Reiter markiert war. »Und Sie scheinen gemaßregelt worden zu sein … weil Sie in Unterwäsche über das Fußballfeld gerannt sind.«

»Wa… wa… was?«, stotterte Grace und platzte dann vor Lachen heraus. Kitt war so spröde und pedantisch, dass das Bild von ihr, wie sie als Flitzerin über ein Fußballfeld rannte, einfach überwältigend wirkte. Kitt konnte ziemlich auf ihre Privatsphäre bedacht sein, daher war es immer schwierig, ihr Informationen zu entlocken, die man als Teil eines Streichs oder Material für zukünftige Provokationen benutzen konnte. Eine allumfassende Wärme breitete sich durch jede Faser von Graces Körper aus, als ihr klar wurde, dass sie dieses Juwel von einer Information für alle Zeiten ausnutzen konnte.

»Das ist nicht zum Lachen«, fauchte Berkeley und klopfte mit den Fingerknöcheln auf ihren Schreibtisch, um Grace zur Ordnung zu rufen. Sofort setzte Grace wieder eine ausdrucklose Miene auf. Das Letzte, was sie nach nur fünf Wochen an der Akademie gebrauchen konnte, war, sich die Dekanin zur Feindin zu machen. Es schmerzte sie, das einzugestehen, aber sie würde alle Sticheleien über Kitts öffentliche Entblößung auf einen zukünftigen Zeitpunkt verschieben müssen. »Und wenn Sie an unserem Institut studieren, würde ich es zu schätzen wissen, wenn Sie sich kein Beispiel daran nehmen. Wir werden diese Art von unzüchtigem Verhalten nicht tolerieren. Es erstaunt mich, dass man Ihnen danach noch erlaubt hat, den Abschluss zu machen.« Der letzte Satz richtete sich wieder an Kitt.

»An diesem Vorfall war nichts Unzüchtiges«, erklärte Kitt schnell, und ihre Wangen liefen rot an. »Das war ein beabsichtigter und bedeutsamer Protest gegen Bodyshaming.«

»Ich habe noch nicht von allzu vielen Protestaktionen gehört, die um zwei Uhr morgens stattfanden«, entgegnete Berkeley.

»Na ja, das waren auch noch andere Zeiten.«

»Zweitausendneun.«

Kitts Mund stand einen Spaltbreit offen, doch kein

Laut drang heraus. Das war möglicherweise das erste Mal seit Beginn der historischen Aufzeichnungen, dass Kitt Hartley die Worte fehlten. Grace jedenfalls hatte so etwas noch nicht erlebt. Sie überlegte, ob sie den Moment mit ihrer Handykamera festhalten sollte, aber es war nicht einfach gewesen, ins Venerable Bede's hineinzukommen. Sie hatte die Dekanin bei diesem Treffen schon einmal gegen sich aufgebracht, und nach den Blicken zu urteilen, die zwischen Kitt und Berkeley gewechselt wurden, hatte sie den Eindruck, dass keine der beiden die komische Seite daran sehen würde.

»Aber in einer Hinsicht haben Sie vielleicht recht. Damals war die Führung der Akademie eine andere. Viel laxer.«

Eine gewagte Äußerung, dachte Grace, zumal von einer Frau, die zugelassen hatte, dass eine Studentin verschwand, für die sie verantwortlich gewesen war. Sie warf einen Blick zu Kitt, die mittlerweile ihre Fassung zurückgewonnen hatte und zweifellos in eine ähnliche Richtung dachte.

»Mein Vorgänger war viel zu nachsichtig. Er hat die Kleinigkeiten nicht im Blick behalten, was enorm wichtig ist, wenn man dafür verantwortlich ist, die nächste Generation an Führungskräften heranzubilden.«

»Ist das so?«, sagte Kitt. »Die neue Leitung versteht sich auf jeden Fall darauf, schwierige Situationen zu bewältigen, das will ich Ihnen zugestehen.«

»Wollen Sie auf etwas Bestimmtes hinaus, Ms. Hartley? Wenn es so ist, dann würde ich es schätzen, wenn Sie auf den Punkt kommen. Ich habe ziemlich viel zu tun, falls Ihnen das noch nicht aufgefallen ist.«

»Das war nur ein Kompliment dafür, wie Sie mit den extrem schwierigen Umständen um das Verschwinden von Jodie Perkins umgegangen sind. Eine Situation, die jeder

Leiter einer Ausbildungsstätte fürchten würde. Einen Ihrer Schützlinge unter solchen Umständen zu verlieren …«

Berkeley klappte den Ordner zu. Sie sagte nichts, aber ihre deutlich verspannte Miene verriet, dass sie in diesem Moment fast alles getan hätte, damit Kitt das Thema wechselte.

»Wir haben unser Bestes getan, um die Situation unter Kontrolle zu behalten und so sensibel wie möglich damit umzugehen.«

»Es kommt mir in der Tat so vor, als hätten Sie die Lage sehr wirkungsvoll kontrolliert. Jodies Verschwinden hat es nicht mal in den Newsletter für die Absolventen geschafft. Ich studiere ihn jedes Jahr gewissenhaft und habe kein Wort davon gelesen«, bohrte Kitt weiter in der Wunde.

Die Dekanin griff nach einer Wasserkanne, die auf dem Schreibtisch stand, und schenkte sich ein Glas ein. Obwohl genug Gläser für alle da waren, bot sie weder Grace noch Kitt davon an, sondern konzentrierte sich stattdessen darauf, einen großen Schluck Wasser zu trinken, bevor sie antwortete.

»Mit so etwas macht man nicht gerade Reklame, wenn die Zukunft unserer Institution davon abhängt, dass junge Menschen aus wohlhabenden Familien sich sicher genug fühlen, um herzukommen und zu studieren.«

»Aber es muss doch mehr daran sein«, beharrte Kitt. »Ich meine, es ging doch sicher nicht nur darum, dafür zu sorgen, dass sie genug Studenten hatten, um das nächste Jahr zu überstehen. Sie haben den Verlust doch bestimmt sehr persönlich genommen, da Sie letztendlich für die Sicherheit der Studierenden verantwortlich sind.«

»Was Jodie Perkins zugestoßen ist, ist zweifellos Anlass für das größte Bedauern nicht nur in meiner akademischen Laufbahn, sondern in meinem ganzen Leben. Weder vorher noch nachher ist jemals so etwas unter meiner Verantwortung passiert, und es ist meine Mission, dafür zu sorgen, dass so etwas nie wieder geschieht. Es gibt kein anderes Wort dafür als tragisch. Sinnlos und tragisch.«

»Da sind wir uns einig. Und da Sie angesichts der Tragik von Jodies Verschwinden ebenso betroffen sind wie wir, werden Sie sicherlich gern hören, dass es vielleicht noch eine Möglichkeit gibt, ihr zu helfen.«

Berkeley runzelte die Stirn. »Ihr zu helfen? Und wie genau? Eine Art Denkmal, oder eine Initiative für ein Stipendium in ihrem Namen, damit sie nicht vergessen wird? Ist das die Kooperation, über die Sie mit mir sprechen wollten? Es ist furchtbar traurig, dass wir sie nicht zurückholen können, aber ja, wenn Ihre Institution an einer Partnerschaft interessiert ist, könnten wir prüfen, ob wir etwas tun können, damit sie in der Erinnerung der Menschen weiterlebt.«

Kitt legte eine Pause ein, bevor sie antwortete. Grace vermutete, dass Kitt Zeit schinden wollte, um sich eine plausible Kooperation zwischen der Akademie und der Vale-of-York-Universität einfallen zu lassen, doch stattdessen war ihr etwas aufgefallen, was Grace vollkommen entgangen war.

»Entschuldigen Sie, wenn ich frage«, sagte Kitt mit scharfem Unterton, »aber wissen Sie etwas über Jodie, was wir nicht wissen?«

»Wie bitte? Nein! Was meinen Sie?«, fragte Berkeley und neigte den Kopf zur Seite.

»Also, es ist nur … Ich bin mir nicht sicher, ob ein Denkmal oder ein Stipendium in ihrem Namen besonders angemessen sind, denn nach allem, was wir wissen, könnte sie noch am Leben sein.«

Bei Kitts Worten gefror Berkeleys Miene.

Sieben

Ein angespanntes Schweigen stand im Raum. Die Dekanin räusperte sich und trank noch einen Schluck Wasser. »Oh, ja«, antwortete sie dann. »Ich hatte nicht darüber nachgedacht. Tut mir leid. Es ist nur so, dass sie schon so lange verschwunden ist und niemand ein Wort von ihr gehört hat. Ich für meinen Teil habe, so traurig es auch ist, irgendwie akzeptiert, dass sie sehr wahrscheinlich nicht mehr unter uns weilt.«

»Verstehe«, sagte Kitt. »Leider könnten Sie recht mit Ihrer Annahme haben, aber da kommt meine Hilfe ins Spiel. Die Sache ist die, dass ich zwar Bibliothekarin an der Vale-of-York-Universität bin, aber auch einige Erfahrung als Privatermittlerin habe. Als solche bin ich daran interessiert, aufzudecken, was Jodie in jener Nacht wirklich zugestoßen ist. Damit ihre Familie und ihre Freunde so etwas wie einen Schlussstrich ziehen können.«

Berkeley schüttelte energisch den Kopf. »Nein, tut mir leid. Ich verstehe, dass Sie sich von dem Fall persönlich betroffen fühlen, da diese schreckliche Sache einem Mädchen zugestoßen ist, das an derselben Institution studiert hat wie Sie, aber ich finde, wir sollten das alles nicht wieder aufrühren.«

»Ich fürchte, dazu ist es ein wenig zu spät. Ich bin bereits von jemandem engagiert worden, der Verbindungen zur Akademie hat«, erklärte Kitt.

»Von wem?«, fragte Berkeley und setzte sich kerzengerade auf.

»Die Information ist vertraulich, daher kann ich sie nicht preisgeben. Aber die Person will niemandem etwas Böses, und wir haben nicht den Wunsch, einfach nur etwas aufzurühren. Ich werde diesen Fall lösen, um die Angelegenheit ein für alle Mal zu klären.«

»Das mag sein, wie es will, aber Sie werden keinerlei Ermittlungen dieser Art auf unserem Campus durchführen. Unser Gemeinwesen hat schon genug durchgemacht, und wir wollen mit diesem schrecklichen Vorfall abschließen«, erklärte Berkeley mit einer herablassenden Handbewegung.

»Aber …«, setzte Kitt an, wurde aber bald wieder unterbrochen.

»Niemand hat etwas davon, diese leidige Sache wieder und wieder auszugraben. Nach dem, was Jodie zugestoßen ist, war es schwierig genug, dafür zu sorgen, dass die Studierenden sich hier wieder sicher fühlen.«

»Aber was, wenn sie hier nicht sicher *sind*?«, fragte Grace. Als Teil der Studentenschaft konnte sie nicht behaupten, sich besonders sicher zu fühlen angesichts der Tatsache, dass nie jemand für Jodies Verschwinden verantwortlich gemacht worden war. »Was, wenn die Person, die Jodie das angetan hat, wieder zuschlägt?«

»Wenn ich sage, dass die Studierenden sicher sind, dann sind sie sicher. Und ich würde es zu schätzen wissen, wenn Sie nichts äußern, was an Panikmache grenzt.«

»Verstehe«, sagte Kitt. »Sie verbieten mir also, meine Ermittlungen durchzuführen?«

»Auf dem Gelände der Akademie schon. Was Sie außerhalb der Akademie treiben, geht mich nichts an.«

Grace unterdrückte ein Seufzen. Wie wollte Kitt zu Jodies Verschwinden ermitteln, wenn sie vom Campus verbannt war? Man konnte so etwas natürlich immer umgehen, aber das würde alles nur stark in die Länge ziehen. Kitt war nur ein paar Tage hier, und mit jedem Tag, der verging, wurde die Spur kälter.

»Tja, tut mir sehr leid, das zu hören«, erklärte Kitt schließlich und stand auf. »Ich hatte gehofft, es würde nicht so weit kommen, aber Sie lassen mir wohl keine andere Wahl. Ach herrje, du meine Güte.«

»Wovon reden Sie?« Berkeley fauchte nicht, aber sie war nahe daran.

»Hm? Oh, nichts. Es ist nur so, dass ich die neuen Hinweise an die Polizei weiterleiten muss, wenn Sie mich meine Arbeit nicht diskret machen lassen.«

»Die Polizei? Moment, Moment, was für neue Hinweise?«

»Es wäre nicht angemessen, darüber zu diskutieren, während die Ermittlung im Gang ist. Aber machen Sie sich keine Gedanken. Sie haben Ihre Position klargemacht, und das kann ich Ihnen nicht verübeln. Ich habe Kontakte bei der Polizei. Dort weiß man, dass meine Informationen stichhaltig sind, und man wird die vorherigen Ermittlungen noch einmal aufrollen und hoffentlich der Wahrheit ein wenig näher kommen.«

»Müssen Sie wirklich zur Polizei gehen?«, fragte Berkeley. Lag da ein flehender Unterton in ihrer Stimme? Nicht ganz, aber beinahe. »Wir haben uns letztes Jahr schon einmal damit auseinandergesetzt. Wenn die Presse auch nur die Andeutung eines Winds davon bekommt, habe ich es wieder mit einem riesigen Medienzirkus zu tun.«

»Ich hatte versucht, die Sache diskret zu behandeln, aber Sie wollen mich hier nicht, also muss ich von jetzt an leider die Polizei übernehmen lassen. Ich kann neue Informationen nicht einfach für mich behalten, wenn dadurch aufgedeckt werden könnte, was wirklich aus einem vermissten jungen Mädchen geworden ist.«

»Jetzt warten Sie mal einen Moment.« Endlich stand Berkeley von ihrem Stuhl auf. »Ich hatte ja keine Ahnung, dass Sie neue Informationen über den Fall haben. Das war mir nicht klar. Wenn Sie wirklich etwas gefunden haben, was vorher nicht bekannt war, ändert das natürlich alles.«

»Ach ja?«, fragte Kitt mit so großen, unschuldigen Augen. Grace wurde klar, dass das die ganze Zeit Kitts Plan gewesen war.

»Ja, selbstverständlich«, sagte Berkeley. »Wenn es nur darum gegangen wäre, altes Material wieder durchzukauen, also, das hätte ich nicht hingenommen. Das wäre unsensibel gegenüber den Studierenden hier. Ganz zu schweigen vom Personal, das in der kurzen Zeit, in der Jodie bei uns war, mit ihr gearbeitet hat. Aber wenn Sie wirklich eine Möglichkeit sehen, diese Sache abzuschließen, und zwar in aller Stille, dann ist das wahrscheinlich gut.«

»Es wird allerdings die Offenlegung einiger Details erfordern«, erklärte Kitt, setzte sich wieder und zog Stift und Notizbuch aus der Tasche.

»Was zum Beispiel?« Berkeleys schmallippiges Lächeln verschwand, und sie nahm ebenfalls wieder Platz.

»Erstens die Bestätigung, dass Jodie am Tag ihres Verschwindens einen Brief von Ihnen erhalten hat, in dem sie vom Venerable Bede's verwiesen wurde.«

»Oh ja, sicher«, sagte Berkeley und sah kurz auf ihren Schreibtisch hinunter, bevor sie Kitt wieder in die Augen schaute. »Diese Information ist allerdings vertraulich.« Sie richtete ihren starren Blick jetzt auf Grace. »Ich vermute, Sie kennen sich ein wenig mit Diskretion aus, Ms. Edwards, da Sie – nun ja, was? – Miss Hartley assistieren? Ich kann mich doch darauf verlassen, dass diese Information nicht morgen früh auf dem Campus herumgereicht wird oder in der Studentenpresse erscheint, weil Sie sie ausgeplaudert haben?«

»Ich habe Kitt – ähm, Ms. Hartley schon bei mehreren Ermittlungen assistiert«, erklärte Grace. »Und ich bin mir äußerst bewusst, dass Takt erforderlich ist.«

Grace glaubte, Kitt bei dieser Aussage schnauben zu hören, doch wenn, dann überspielte sie es schnell mit einem Husten, um Berkeley nicht misstrauisch zu machen. Nun gut, vielleicht war Takt nicht Graces Eigenschaft Nummer eins, aber wenn sie dadurch Gerechtigkeit für Jodie schaffen könnte, würde sie sich doppelte Mühe damit geben. Ab sofort.

»Nun gut. Wir haben den Brief unter Verschluss gehalten, weil wir fanden, dass es nicht gut wäre, Jodies Namen nach ihrem Verschwinden in den Schmutz zu ziehen. Soweit es die Außenwelt anging, war Jodie eine Musterstudentin.«

»Aber hinter verschlossenen Türen dachten Sie anders über sie?«, fragte Kitt und machte sich ein paar Notizen, um die zu lesen Grace gerade ein wenig zu weit entfernt saß.

»Allerdings, nachdem einer unserer Hausmeister bei einer Stichprobe in den Schließfächern eine große Menge Drogen bei ihr gefunden hatte. Die Regeln für die Aufnahme von Stipendiaten hier sind streng. Jodie wusste das und hat trotzdem gegen die Bedingungen unserer Vereinbarung verstoßen. An dem Tag ihres Verschwindens ist sie ohne Termin in mein Büro geplatzt und hat einen Aufstand veranstaltet wegen des Briefs, den ich ihr geschickt hatte.«

»Was genau hat sie gesagt?«, fragte Grace.

»Zu meiner Schande muss ich gestehen, dass ich sie nicht weit habe kommen lassen. Sie wurde prompt von der Security hinausgeführt. Ich dachte, sie hätte bloß aufsässig auf den Brief reagiert. Hätte ich gewusst, dass es einen größeren Zusammenhang gab und dass sie so verschwinden würde, wie es dann passiert ist, hätte ich mir die Zeit genommen, ihr zuzuhören.«

Grace starrte in Berkeleys Gesicht. Irgendwie wirkte es noch schmaler als bei ihrem Hereinkommen. Patrick schien zu glauben, dass es Berkeley nur um den Ruf der Akademie ging, doch aus Graces Sicht schienen ihre Gewissensbisse über ihre Rolle bei Jodies Verschwinden echt zu sein. Aber hatte sich ihre Beteiligung auf den Brief beschränkt, den sie Jodie geschickt hatte? Oder steckte mehr dahinter?

»Wer hat die Drogen in Jodies Schließfach entdeckt?«, fragte Kitt.

»Elvis McCabe. Er war einer unserer Hausmeister.«

»War?«

Berkeley seufzte. »Er hat ungefähr sechs Monate nach Jodies Verschwinden gekündigt. Ich habe versucht, ihn zur Vernunft zu bringen, und ihm erklärt, Jodies Verschwinden sei nicht seine Schuld. Dass er nur seinen Job gemacht habe, indem er mich über die Drogen in Kenntnis gesetzt hat. Um Himmels willen, schließlich war ich diejenige, die den Brief mit dem Verweis geschrieben hat, nicht er.«

»Dann hat er beschlossen, seine Stellung zu verlassen, weil er ein schlechtes Gewissen hatte?«, fragte Kitt.

»Ja.« Berkeley nickte. »Er war ein ausgezeichneter Mitarbeiter, aber ich konnte ihn nicht zum Bleiben bewegen.«

»Verstehe«, sagte Kitt. »Eine Frage muss ich aber noch stellen, und es tut mir leid, falls ich Ihnen zu nahe trete, aber einer der ersten Punkte, die ich klären muss, ist, wo jeder

Beteiligte sich zum Zeitpunkt des Verbrechens aufgehalten hat.«

Als Berkeley das hörte, blähte sie die Brust auf. »Noch existiert ja kein Beweis dafür, dass ein Verbrechen geschehen ist – bis auf die Drogen, die Jodie entweder selbst konsumiert oder verkauft hat. Aber ich musste es damals der Polizei erklären, daher weiß ich genau, wo ich am Abend von Jodies Verschwinden war – bei einem Benefizdinner zugunsten von autistischen Schülern und Studierenden. Ich war bis Mitternacht dort und habe dann ein Taxi nach Hause genommen. An meinem Haus habe ich ein Alarmsystem, das jedes Kommen und Gehen registriert. Die Aufzeichnungen bestätigen, dass ich um ein Uhr zurück war und das Haus danach nicht mehr verlassen habe. Meine Sekretärin hat alle Einzelheiten über das Dinner, das ich besucht habe. Also, wenn das alles war?«

Berkeley stand von ihrem Platz auf, um ihnen zu bedeuten, dass Letzteres keine Frage gewesen war.

»Für den Moment war es das«, erklärte Kitt und packte Notizbuch und Stift weg.

Grace warf Berkeley ein höfliches Lächeln zu und folgte Kitt aus dem Raum.

Kurz hielten die beiden inne, um Kitts Karte bei Berkeleys Sekretärin zu lassen und sie zu bitten, ihnen die Einzelheiten der Veranstaltung zukommen zu lassen, die Berkeley in der Nacht, in der Jodie verschwunden war, besucht hatte. Anschließend verließen sie das Hauptgebäude und suchten sich eine freie Bank am See. Die beeindruckenden Linien der nahe gelegenen Bibliothek spiegelten sich in der schwachen Nachmittagssonne beinahe unwirklich im Wasser.

»Was halten Sie denn von dieser Darbietung?«, fragte Grace, nachdem die beiden sich gesetzt hatten.

»Darbietung ist das richtige Wort. Sie weiß etwas, was sie nicht preisgibt«, sagte Kitt. »Sie ist davon ausgegangen, dass Jodie tot ist.«

»Ich finde auch, dass sie sich eigenartig verhalten hat, aber wir brauchen mehr Beweise, wenn sie gestehen soll, was wirklich los war. Nachdem Jodie schon so lange verschollen ist, kann man mit einiger Berechtigung vom Schlimmsten ausgehen. Vor ein paar Stunden haben Sie selbst versucht, Patrick darauf vorzubereiten, dass das das Ergebnis sein könnte.«

»Ich weiß. Aber etwas fühlt sich nicht richtig an. Sie will mich hier nicht, und ganz gleich, was sie sagt, glaube ich nicht, dass sie nur den Ruf der Akademie schützen will.«

»Vielleicht deckt sie ja jemanden. Elvis McCabe zum Beispiel. Vielleicht stimmt es ja, dass er die Akademie aus schlechtem Gewissen verlassen hat, aber möglicherweise steckt mehr dahinter. Etwas, was Berkeley unbedingt vertuschen will.«

»Was zum Beispiel?«

»Patrick hat gesagt, die Drogen hätten nicht Jodie gehört, und dass es ihr schrecklich peinlich war, dass jemand das glauben würde. Wenn Jodie ein Geheimnis über eine mächtige Person enthüllen wollte, hätte diese McCabe bestechen können, Jodie die Drogen unterzuschieben, damit sie von der Akademie verwiesen würde. Vielleicht hat Berkeley das herausgefunden, und McCabe hat sozusagen vorsorglich gekündigt.«

»Das ist … möglich«, sagte Kitt. »Berkeley hat ohnehin versucht, den Skandal unter den Teppich zu kehren. Wenn herauskommen würde, dass ein Angestellter etwas mit Jodies Verschwinden und möglicherweise ihrem Tod zu tun hatte, dann würden all die reichen Eltern, die jedes Jahr hier

Studiengebühren abdrücken, ihre Kinder und ihr Geld anderswohin schicken.«

»Tatsache ist auch, dass das Nebengebäude, das wir uns angesehen haben, nicht weit vom Campusgelände entfernt liegt«, sagte Grace. »Ich frage mich, ob es der Akademie gehört. Oder ob Berkeley eine andere Verbindung dazu hat.«

»Es wäre wert, das herauszufinden. Den Besitzer dieses Gebäudes aufzutun, ist Nummer zwei auf meiner To-do-Liste, nachdem wir uns mit Bertrand Hobbes in Verbindung gesetzt haben. Ich muss auch mit Menschen reden, die an den großen Straßen leben, die Jodies Angreifer genommen haben müssen, wenn sie gegen vier Uhr morgens mit ihr von hier aus davongefahren sind.«

»Ist es denn wahrscheinlich, Zeugen für diese Tageszeit zu finden?«

»Es klingt weit hergeholt, aber man weiß nie. Man sollte niemals die Beobachtungsgabe von Schichtarbeitern und Schlaflosen unterschätzen. Sie sehen die Welt und alles, was darin passiert, zu Zeiten, in denen der Rest von uns nichts mitbekommt.«

»Aha, haben Sie so all die fremdgehenden Ehepartner erwischt?«

»Es war hilfreich«, räumte Kitt ein. »Können Sie versuchen, herauszufinden, was aus McCabe geworden ist, nachdem er die Akademie verlassen hat? Wenn er wirklich eine große Bestechungssumme erhalten hat, um Jodie hereinzulegen, hat er mit dem Geld vielleicht etwas finanziert, was jemand vom Reinigungspersonal sich normalerweise nicht leisten könnte. Ein schickes Auto oder einen Anbau für sein Haus. Schauen Sie, was sie auftreiben können.«

»Heute Abend fange ich gern an, aber jetzt gerade muss ich zu meiner Vorlesung über Katalogisierung.«

»Kein Problem. Da kann ich eine kleine Pause machen und habe, noch wichtiger, eine Gelegenheit, hier irgendwo eine gute Tasse Tee aufzutreiben. Nur aus Interesse, wer unterrichtet heutzutage Katalogisierung?«

»Dr. Harriet Lowenthal. Kennen Sie sie? Sie scheint …« Grace verstummte. Kitts Miene hatte sich so verdüstert, wie sie es noch nie gesehen hatte. Nicht einmal letztes Jahr am 1. April, als Grace es für eine großartige Idee gehalten hatte, Kitts Bürostuhl neu einzustellen und mit Panzerband eine Hupe unter den Sitz zu kleben. Kitts Gesichtsausdruck, als sie ihren Stuhl wieder hinuntergefahren hatte und die Hupe durch den ganzen dritten Stock geplärrt hatte, war unbezahlbar gewesen, doch sie hatte volle zwei Stunden gebraucht, bis sie den Vorfall von der witzigen Seite betrachten konnte.

»Was ist los?«, fragte Grace und versuchte, den Hupen-Zwischenfall zu vergessen, damit sie nicht unbeabsichtigt lachte und Kitt sich beleidigt fühlte.

»Ich *hasse* Harriet Lowenthal.«

»Was? Wieso?«

»Sie ist meine Erzfeindin.«

Acht

Hätte man Grace gefragt, dann hätte sie nicht sagen können, wie lange sie brauchte, um mit dem Lachen über die Enthüllung aufzuhören, dass Kitt Hartley eine Erzfeindin hatte. Lange genug immerhin, um gerade noch rechtzeitig in ihre Vorlesung zu kommen. Angesichts dieser Enthüllung und des Umstands, dass Kitt in ihrer Studienzeit als Flitzerin aufgetreten war, hatte Grace langsam den Eindruck, dass dies der beste Tag ihres Lebens werden könnte. Sie hatte das Datum in ihrem Online-Kalender markiert, damit sie Kitt nächstes Jahr um diese Zeit einen Kuchen mit einer Kerze präsentieren und den Tag »Erz-Flitzer-Tag« taufen konnte. Sie konnte sich jetzt schon Kitts Miene vorstellen, wenn sie ihn ihr überreichte. Das würde ein glorreicher Moment werden.

»Na schön, das ist für heute alles, aber wir werden die Themen, die Lauren angesprochen hat, nächste Woche wieder aufnehmen«, erklärte Harriet Lowenthal über das Mikrofon am Lesepult, wo sie ihre Papiere zu einem Stapel zusammenschob.

Ach herrje. Grace war so vertieft in ihren Plan, Kitt zu provozieren, und in alles, was sich heute im Zusammenhang mit der Untersuchung von Jodies Verschwinden ereignet hatte, gewesen, dass sie mindestens die letzten vierzig Minuten von der ohnehin nur einstündigen Vorlesung abgeschweift war. Vielleicht waren es solche Zwischenfälle, die Kitt in Graces Gesellschaft so oft die Nase rümpfen ließen.

Der Rest der Studierenden setzte sich langsam in Bewegung, doch Grace zog, wie Kitt es ihr aufgetragen hatte, Mantel und Schal an, griff dann unter ihre lange Strickjacke und legte den Schalter eines Funkgeräts um, das mit einem Clip an ihrem Gürtel befestigt war. Kurz brummte das Mikrofon am Lesepult. Gerade lange genug für Lowenthal, das Gerät stirnrunzelnd zu betrachten, bis eine weitere Studentin näher kam, um eine Frage zu stellen, und sie ablenkte. Ein leiser Ton erklang in Graces Ohrhörer.

Geschafft. Sie war online.

Grace vergewisserte sich, dass ihre Stimme kaum lauter klang als ein Flüstern. »Dunkles Hallo an Karottenkopf. Bitte kommen, Karottenkopf.«

»*Grace!*« Selbst in der verzerrten Wiedergabe des Ohrhörers war Kitts Missbilligung nicht zu überhören. »*Das ist nicht mein Codename, das wissen Sie genau. Ich bin Rote Flamme. Das ist kein Spiel, wissen Sie?*«

Grace schlug eine Hand vor den Mund, um ein Kichern zu ersticken, damit die anderen Studenten nicht dachten, sie sei irre, weil sie in sich hineinlachte. »Alles kann ein Spiel sein, wenn wir es zulassen«, murmelte sie ins Mikrofon.

»*Meiner Erfahrung nach kommen Menschen, die nach dieser Regel leben, nicht besonders weit.*«

»Tut mir leid, ich hatte Ihren Codenamen vergessen.«

»*Wer's glaubt. Hören Sie auf herumzualbern, und konzentrieren Sie sich auf Ihre Aufgabe, ja?*«

»Sind Sie sich sicher? Soweit wir wissen, steht Lowenthal in keinerlei Verbindung zu Jodie. Jodie hat Kfz-Mechanik studiert, und Lowenthal gehört zur Sozialwissenschaftlichen Fakultät. Ich kann mir nicht vorstellen, dass sich die Wege der beiden gekreuzt haben.«

»*Glauben Sie mir, wenn auf dem Campus etwas Zwielichtiges vor sich geht, weiß Lowenthal alles darüber.*«

Seufzend vergewisserte sich Grace, dass die Drähte ihres Funkgeräts unter ihrem Schal nicht zu erkennen waren. Kitt hatte sich nicht genau darüber auslassen wollen, was Lowenthal getan hatte, um sich den Titel einer Erzfeindin zu verdienen, aber sie musste davon ausgehen, dass es etwas ziemlich Schwerwiegendes war, wenn Kitt davon überzeugt war, dass Lowenthal etwas mit Jodies Verschwinden zu tun hatte. Langsam ging sie die Treppe zwischen der ansteigenden Bestuhlung zur Frontseite des Hörsaals hinunter, wo Lowenthal gerade eine Frage über die Katalogisierung von Belletristik-Untergenres beantwortete. Grace sah zu, wie Lowenthal die Vorteile des Klassifikationssystems der Kongressbibliothek erklärte.

Harriet Lowenthal schien ungefähr so alt wie Kitt zu sein. Sie besaß dichte, geringelte kastanienbraune Locken, und Grace hatte von der ersten Vorlesung an bemerkt, dass sie dick aufgetragenen, dunklen Lippenstift bevorzugte. Der heutige Tag bildete da keine Ausnahme. Ihre Lippen waren dunkelviolett und schienen sich doppelt so schnell zu bewegen wie die von Durchschnittsmenschen.

»Ja, Grace?«, fragte Lowenthal.

»Hi. Tut mir leid, Sie zu belästigen, aber ich muss etwas fragen, und Sie scheinen mir die zugänglichste Dozentin auf meinem Plan zu sein.«

»Ha! Das spricht nicht für die anderen Dozenten in Ihrem Stundenplan«, sagte Lowenthal mit einem Lächeln, das ihre Augen nicht ganz erreichte.

Grace erwiderte ihr Lächeln so aufrichtig, wie sie konnte. Sie musste Lowenthal irgendwie auf ihre Seite ziehen, wenn sie beiläufig fragen wollte, ob sie etwas über Jodies Verschwinden wusste, und sich gleichzeitig Hoffnungen machen wollte, dass sie ihr Katalogisierungs-Modul bestehen würde. »Was soll ich sagen? Ihre Vorlesungen geben mir einfach ein gutes Gefühl. Sie haben mir wirklich die Augen geöffnet.«

»Durch Schmeichelei wird Ihre Note auch nicht besser, aber es ist trotzdem nett zu hören«, sagte Lowenthal und packte ein paar Stifte und ein Notizbuch in ihre Handtasche. »Was wollten Sie denn fragen? Ich bin nur noch ein paar Minuten auf dem Campus, also muss es schnell gehen. Wenn es heikel oder zeitraubend ist, müssten wir einen Termin für morgen absprechen.«

»Oh nein, es dauert gar nicht lange. Die Sache ist die: Ich bin in den Einführungswochen zufällig einem anderen Studenten begegnet – Patrick Howard –, und er hat mir erzählt, was seiner Verlobten Jodie passiert ist.«

»Oh ja, das war tragisch«, erklärte Lowenthal. Doch obwohl sie das Richtige über Jodies Verschwinden sagte, verriet ihre Stimme weder Traurigkeit noch ein schlechtes Gewissen. Ihre Reaktion war sogar eine ziemlich exakte Definition eines Lippenbekenntnisses. Lowenthal schnappte sich den Rest ihrer Papiere und verließ den Hörsaal so langsam, dass es praktisch eine Aufforderung an Grace war, ihr zu folgen.

»Tragisch, ja, das will ich nicht bestreiten«, sagte Grace, als sie auf den Flur traten, in dem es wegen seiner Nähe zur Mensa leicht nach warmem Vanillepudding roch. Bei dem übersüßen Duft drehte sich Grace immer der Magen um, wahrscheinlich, weil sie nie vergessen würde, wie sie den

Kantinenpudding zum ersten Mal gesehen hatte. Sie war keine Puddingkennerin, aber sie war sich ziemlich sicher, dass er nicht diese bräunliche Farbe haben dürfte.

»Und gibt es einen Grund, aus dem Sie mit einem Fakultätsmitglied darüber reden wollten?«, fragte Lowenthal und lenkte Graces Aufmerksamkeit wieder auf sich.

»Patrick hat nebenbei erwähnt, er hätte einen Privatermittler engagiert, um Jodies Verschwinden ein für alle Mal aufzuklären. Es ist über ein Jahr her, und die Polizei hat nichts gefunden, daher hat er beschlossen, die Sache selbst in die Hand zu nehmen. Anscheinend hat der Detektiv schon jede Menge neuer Hinweise gefunden, die die Polizei nicht entdeckt hatte.«

»Und ich bin mir sicher, wenn Patrick Howard die Person weiter mit Geld zuwirft, wird sie auch noch weitere Hinweise finden.«

»*Ohh, was hat die denn für eine Ahnung?*«, zischte Kitt in ihrem Ohr. Grace biss sich auf die Unterlippe, um nicht zu lächeln. Glücklicherweise würde Lowenthal jede erkennbare Belustigung auf ihre zynische Bemerkung zurückführen.

»Da könnten Sie recht haben, aber als wir gehört haben, was Jodie letztes Jahr passiert ist, waren viele von uns Studienanfängern ziemlich erschrocken. Ich glaube, insgeheim hoffen wir alle, dass sie irgendwie wieder auftaucht – *wir arbeiten wirklich schwer daran, unser wöchentliches Quantum an naivem Anfängerverhalten zu erfüllen* – und ich hatte mich gefragt, ob Sie Kontakt zu Jodie hatten oder andere Fakultätsmitglieder kennen, die gut mit ihr bekannt waren, damit der Privatermittler mit ihnen reden kann, um Hintergrundinformationen zu sammeln.«

Lowenthal blieb stehen und musterte Grace von oben

bis unten. »Ich weiß zu schätzen, dass Sie nur behilflich sein wollen, aber die ganze Akademie würde diese Episode am liebsten vergessen. Wenn Jodie gefunden werden sollte oder wollte, wäre es wohl inzwischen passiert. Mehr kann ich leider nicht dazu sagen.«

»Aber …«

»Hören Sie, ich gebe Ihnen einen Rat, für den Sie mir später danken werden: Veranstalten Sie keinen Aufruhr. Ziehen Sie einfach den Kopf ein und kommen Sie mit Ihrem Studium klar, dann werden Sie sich hier ausgezeichnet schlagen. Ich muss gehen, ich habe noch einen Termin.«

Keinen Aufruhr veranstalten? Wollte Lowenthal ihr signalisieren, dass es gefährlich wäre, diesen Pfad einzuschlagen? Wenn ja, warum, und was wusste sie, was sie nicht offen aussprach? Leider sollte Grace nie die Chance bekommen, der Dozentin diese Fragen direkt zu stellen, denn sie war bereits davongegangen und bog in einen anderen Flur ein, der aus dem Gebäude der Sozialwissenschaften hinausführte.

»Das Wiesel hat den Bau verlassen. Ich wiederhole …«

»Ja, danke, Grace, ich hab's beim ersten Mal verstanden. Ich bin in Position. Zielperson geht ziemlich eilig links an der Bibliothek vorbei.«

»Rücke jetzt in dieselbe Richtung aus«, erklärte Grace, ging durch einen anderen Ausgang als Lowenthal hinaus und trat in den frischen Oktoberabend. Inzwischen dämmerte es, was das Beschatten wahrscheinlich nicht einfacher machen würde.

»Verdammt.«

»Was? Haben Sie sie verloren?«

»Nein, ein wenig Zutrauen könnten Sie schon zu mir haben. Ich bin ihr erst seit zwei Sekunden auf der Spur. Zielperson te-

lefoniert. Ich wette, sie ruft wegen Jodie und dem, was Sie ihr gerade über neue Hinweise erzählt haben, jemanden an. Wusste ich's doch, dass sie mit drinsteckt.«

»Ich bin mir nicht sicher, dass ein Anruf wirklich bedeutet …«

»Sie wissen nicht, wie sie ist. Oh, was würde ich nicht darum geben, hören zu können, was sie gerade sagt. Sie geht zwischen den Gebäuden für Sozialfürsorge und Sporttechnologie hindurch.«

»Wahrscheinlich will sie zum Parkplatz der Fakultät. Sie hat gesagt, dass sie den Campus verlässt, und es sieht so aus, als wäre sie wenigstens in diesem Punkt ehrlich gewesen.«

»Ja, Sie haben recht, ich erinnere mich. Durch den Gebäudekomplex führt eine Abkürzung zum Parkplatz. Ob sie sich es aufgrund dessen, was Sie gesagt haben, anders überlegt hat, wohin sie will, ist eine andere Sache. Wenn sie in ein Auto steigt und direkt davonfährt, wird das eine sehr kurze Überwachungsaktion.«

»Ich sehe sie, also bleiben Sie in Bewegung. Geben Sie mir nur Bescheid, wenn sie die Richtung wechselt. Es dauert nicht lange, zum anderen Ende des Gebäudes zu rennen, falls sie den Kurs ändert«, sagte Grace. Sie beschleunigte den Schritt, gönnte den langen Schatten, die sich im See spiegelten, keinen Blick und bemerkte in dem schwächeren Licht kaum die beeindruckende Silhouette der Bibliothek oder die prächtigen Umrisse der vielen repräsentativen Akademiegebäude. Sie konzentrierte sich nur darauf, Kitt im Auge zu behalten, die wiederum Lowenthal im Blick hatte. Bei dem Gedanken, Lowenthal bei etwas Verbotenem zu erwischen, schlug ihr Herz schnell, und sie entschied auf der Stelle, dass sie ein Fan dieses Hochgefühls war.

Bald jedoch blieb Kitt genau dort stehen, wo es vom Studentenwohnheim zum Einkaufszentrum des Campus und zum Parkplatz der Fakultät ging. Das ganze Gebiet lag im orangefarbenen Schein von Straßenlaternen, wahrscheinlich, um Autodiebe abzuschrecken, die darauf aus waren, eines der vielen teuren Autos zu stehlen, die dort parkten. Grace war sich nicht sicher, was Kitt bewogen haben könnte zurückzubleiben, aber sie war weniger als dreißig Sekunden zu Fuß von ihr entfernt, also würde sie es bald herausfinden.

»Sie ist vor einer Minute um diese Ecke gebogen«, erklärte Kitt, als Grace sie einholte. »Vielleicht sollten wir von jetzt an zusammenbleiben und so tun, als wollten wir nur etwas im Campus-Laden einkaufen. Wenn sie uns sieht, kann ich einfach behaupten, dass ich Sie besuche, weil ich früher hier studiert habe. Dass ich hier bin, um Erinnerungen aufzufrischen.«

»Gut«, sagte Grace und nickte. »Kommt mir wie eine glaubhafte Geschichte vor.«

Doch als sie um die Ecke bogen, schrien beide vor Schreck auf. Keinen Meter entfernt stand Harriet Lowenthal hinter der Ecke des Gebäudes. Sie zog die Augen zusammen. Ihre purpurroten Lippen waren zusammengekniffen, und sie hatte die Arme vor der Brust verschränkt.

Kurz darauf entspannten sich ihre Züge kaum wahrnehmbar. »Bist du das, Kitt Hartley?«, fragte sie.

Neun

Einen Moment herrschte fassungsloses Schweigen. »Wie ich sehe, hast du wenigstens diesen zerlumpten blauen Hut ersetzt, den du immer getragen hast«, höhnte Lowenthal dann.

Grace konnte kaum glauben, wie sich Lowenthals Haltung seit dem Vorlesungssaal verändert hatte. Wenn sie hinter ihrem respektablen Äußeren diese Art von Herablassung versteckte, was mochte sie sonst noch verbergen? Und was in aller Welt war zwischen Kitt und ihr vor all den Jahren vorgefallen?

»Er war nicht zerlumpt, sondern viel geliebt, nichts weiter«, gab Kitt zurück, obwohl sie am Ende des Satzes auf eine Art verstummte, die klang, als wäre sie sich nicht hundertprozentig sicher.

»Egal«, erwiderte Lowenthal mit finsterer Miene. »Vielleicht könntest du mir erklären, warum ihr beide mir nachlauft?«

»Bilde dir bloß nichts ein«, sagte Kitt. »Wir sind dir nicht gefolgt, sondern waren auf dem Weg zum Einkaufen. Dass wir dir begegnet sind, ist nur einer dieser bedauerlichen Zufälle des Lebens.«

»Erzähl mir nichts. Ihr hättet es nicht auffälliger anstellen können. Ich habe dich zuerst vielleicht nicht erkannt, aber ich habe euch bemerkt, seit ich das Fakultätsgebäude verlassen habe. Grace erzählte mir, dass sich ein Privatermittler auf dem Campus aufhält, und als Nächstes folgt mir eine geheimnisvolle Gestalt mit Hut, geht schneller, wenn ich es tue, und wird langsamer, wenn ich das Tempo bremse, lungert an einer Ecke herum, wenn ich dort abbiege. Für wie blöd haltet ihr mich?«

Kitt öffnete den Mund, um Lowenthals Frage zu beantworten, aber Grace, die Kitts Temperament kannte und um ihre eigene Zukunft am Venerable Bede's fürchtete, schaltete sich ein, bevor Kitt eine Chance hatte.

»Kitt, wir sollten Ms. Lowenthal sagen, was hier wirklich los ist. Vielleicht kann sie uns dann helfen.«

Kitt starrte Lowenthal einen Moment lang aufgebracht an und seufzte dann. »Schön. Ich überwache verschiedene Fakultätsmitglieder, um Hintergrundinformationen über das Verschwinden von Jodie Perkins zu sammeln. Ich betätige mich in letzter Zeit ein wenig als Privatermittlerin, und Patrick Howard hat mich engagiert.«

Lowenthal grinste abfällig und musterte Kitt auf eine Art, die man nur als herablassend beschreiben konnte, von oben bis unten. »Sag bloß, du bist eine kleine Abenteurerin? Wer hätte gedacht, dass so etwas in dir steckt.«

Kitt unternahm eine, wie Grace fand, bewundernswerte Anstrengung, um Lowenthals überheblichen Ton zu ignorieren. »Meine Bilanz bei der Lösung solcher Fälle ist beeindruckend, Harriet. Wenn du also etwas über Jodies Verschwinden weißt, tätest du gut daran, es mir jetzt zu erzählen, bevor ich selbst dahinterkomme. Fällt dir irgendetwas ein, was uns helfen würde herauszufinden, was Jodie zugestoßen ist?«

Langsam ließ Lowenthal den Blick von Kitt zu Grace schweifen. »Was hat Ms. Hartley Ihnen von mir erzählt?«

»Gar nichts«, sagte Kitt, bevor Grace eine Chance hatte.

»Etwas musst du ihr aber erzählt haben. Warum war sie sonst einverstanden damit, mir zu folgen, obwohl sie weiß, wie gefährlich das für ihre akademische Laufbahn ist?«

Bei dieser Bemerkung schluckte Grace heftig. Als sie sich bereit erklärt hatte, Lowenthal zu beschatten, hatte sie nicht an die Folgen gedacht, die es haben könnte, wenn ihr kleines Detektivspiel falsch lief. Die Einschreibung am Venerable Bede's hatte dafür gesorgt, dass sie bei ihrer Familie in Ungnade fiel, womöglich für alle Zeit. Die Vorstellung, sie müsste zurückgehen und erklären, dass sie von der Akademie verwiesen worden war, weil sie sich an einer Amateur-Ermittlung beteiligt hatte, gefiel ihr nicht. Andererseits stimmte etwas an Lowenthals Auftreten ganz und gar nicht; sie hatte eine dunkle Seite, die sich eindeutig nicht zeigte, wenn sie am Vorlesungspult stand. Und falls Grace jemals zwischen ihrem Platz an der Akademie und der Enthüllung, was Jodie Perkins wirklich zugestoßen war, wählen müsste, wusste sie, wie sie sich entscheiden würde.

Auf der anderen Seite, wäre es nicht nett, wenn sie beides haben könnte?

»Ich habe Grace nichts Spezielles erzählt. Du bist mir zwar kaum der liebste Mensch auf der Welt, aber ich finde, Grace sollte die Chance haben, sich selbst ein Bild von dir zu machen.«

»Wie außerordentlich tugendhaft«, gab Lowenthal zurück, wobei sie Kitt auf eine Art musterte, die klarmachte, dass sie ihr das nicht ganz abnahm.

»Glaub nur nicht, ich hätte nicht bemerkt, dass du meiner Frage nach Jodie ausgewichen bist. Warum tust du nicht ausnahmsweise mal das Richtige? Das Leben eines vermissten Mädchens könnte auf dem Spiel stehen, weißt du.«

Lowenthal verdrehte die Augen. »Ich weiß überhaupt nichts über Jodies Verschwinden. Ich bin dem Mädchen nie begegnet.«

»Mit wem hast du dann gerade telefoniert?«, fragte Kitt und warf Lowenthal einen schiefen Blick zu.

»Nicht, dass es *dich* etwas angeht, aber ich habe mit meinem Freund geredet. Hast du schon einen ergattert? Oder schmachtest du immer noch nach wie-hieß-er-noch? Leo?«

»Theo«, verbesserte Kitt, und ihre Wangen liefen ein wenig rot an. »Das liegt alles lange zurück, aber besten Dank, dass du es wieder aufrührst. Das hat Klasse, wie immer.«

»Hör mal, die reinen Vorurteile beiseite, ich habe keine Ahnung, wie du auf die Idee kommst, dass ich etwas über Jodies Verschwinden wissen könnte, aber das Letzte, was ich gebrauchen kann, ist, dass du um mich herumschwirrst, während ich versuche, meine Arbeit zu tun. Also, was du wirklich wissen musst: In der Nacht, als Jodie verschwunden ist, war ich mit mehreren anderen Dozenten im *Library*.«

»In der Campusbibliothek?«, fragte Grace.

»Nein, in dem Pub in der Stadt. Wir haben versucht, uns den Semesterbeginn mit ein paar Gläsern Wein zu versüßen. Es waren ziemlich viele Leute, aber Karen Flacky und Julian Riddsdale waren dabei. Sie sind beide in meiner Abteilung, und nachdem der Pub geschlossen war, haben wir die Party bis in die frühen Morgenstunden bei Julian fortgesetzt. Wenn du unbedingt noch mehr Zeit verschwenden willst, kannst du das bei den beiden überprüfen.«

»Zu überprüfen, ob etwas, was du sagst, korrekt ist, wäre keine Zeitverschwendung«, konterte Kitt.

»Tu, was du nicht lassen kannst.«

»Und da du es nicht erwähnt hast, gehe ich davon aus, dass du niemand anderen weißt, mit dem ich im Zusammenhang mit diesem Fall reden sollte?«

»Nicht unter den Dozenten der Akademie, nein«, erklärte Lowenthal mit einem listigen Lächeln.

»Was ist mit Leuten, die *nicht* an der Akademie unterrichten?«, fragte Kitt.

»Kurz nachdem die Ermittlungen abgeschlossen waren, ging möglicherweise ein Gerücht um, dass die Polizei nicht den Mumm hatte, sich eine verdächtige Person in dem Fall vorzunehmen, die zufällig eine prominente Studentin hier am Venerable Bede's ist.«

»Und wer ist das?«, fragte Kitt. »Komm schon, rück mit der Sprache raus.«

»Wenn ich es dir sage, versprichst du dann, dass ich dich, solange du hier bist, nicht wieder sehen oder mit dir sprechen muss?«

»Angenommen, und du sagst die Wahrheit, ja«, erklärte Kitt.

»Schön. Selina Grant.«

Kitt runzelte die Stirn. »Wer ist das?«

»Du hast doch sicher schon mal von Grant Computing gehört, oder?«, fragte Lowenthal seufzend.

»Das hat ja wohl jeder«, sagte Kitt und zuckte mit den Schultern.

»Selina ist Humphrey Grants Tochter. Soweit ich weiß, hat die Polizei sie nie verhört. Wahrscheinlich, weil die Leute wissen, dass Millionäre sich gute Anwälte leisten können.«

»Ich glaube, ich habe von ihr gehört«, sagte Grace. »Sie studiert Sporttechnologie. Im zweiten Jahr … was heißt, sie war im gleichen Jahrgang wie Jodie.«

Lowenthal nickte. »Das ist sie. Dem Klatsch im Dozentenzimmer zufolge waren Jodie und sie bis ungefähr eine Woche vor Jodies Verschwinden praktisch unzertrennlich.«

»Sie waren also Freundinnen und haben sich dann zerstritten?«, fragte Kitt.

»Du bist doch angeblich die Privatdetektivin. Warum findest du es nicht selbst heraus?«, erwiderte Lowenthal. »Ich habe dir schon einen Gefallen getan, indem ich dich nicht wegen Belästigung zur Dekanin geschleppt habe. Verlass dich nicht darauf, dass ich dir einen zweiten tue. Wenn ich feststelle, dass du wieder in meiner Nähe herumschnüffelst, gehe ich damit sofort zu Berkeley.«

»Angesichts unserer Geschichte kannst du es mir wohl kaum verübeln, wenn ich dich überprüfe, oder?«, sagte Kitt.

Lowenthal schüttelte den Kopf. »Dieselbe alte Kitt Hartley. Ernster, als gut für sie ist, und kann es einfach niemals gut sein lassen. Für das, was vor Jahren passiert ist, habe ich mich entschuldigt. Wenn du den Anstand gehabt hättest, die Entschuldigung anzunehmen, würdest du über zehn Jahre danach vielleicht deine Zeit besser nutzen.«

Kitt zog eine Augenbraue hoch und zuckte mit keiner Wimper. Graces Erfahrung nach war Kitt ein ziemlich nachsichtiger Mensch. Jedenfalls hatte sie Grace im Laufe der Zeit, in der sie zusammengearbeitet hatten, allerhand vergeben müssen; darunter einige improvisierte Parodien ihrer Person sowie eine Reihe absichtlich peinlicher Weihnachtsgeschenke. Letztes Jahr hatte Grace es wirklich auf die Spitze getrieben, indem sie Kitt eine gebundene Ausgabe eines Buchs mit dem Titel *Sex im Büro* gekauft hatte. Wenn sie recht darüber nachdachte, hatte es in diesem Fall nicht allzu viel Nachsicht erfordert, denn zu Graces Erstaunen und leichter Enttäuschung hatte Kitt den Rest des

Nachmittags ernst an ihrem Schreibtisch gesessen und darin gelesen. Anscheinend, um zu unterstreichen, dass in ihren Augen nun mal ein Buch ein Buch war. Jedenfalls verliefen Graces Streiche nicht immer nach Plan, und Kitt hatte ihr nie den Eindruck vermittelt, ihre Freundschaft sei gefährdet. Wenn Lowenthal sich also für ihre unbekannte Tat entschuldigt und Kitt sich trotzdem geweigert hatte, ihr zu verzeihen, musste es etwas wahrhaft Niederträchtiges gewesen sein.

Als rasch offensichtlich wurde, dass Kitt nicht vorhatte, sich von ihren Anspielungen provozieren zu lassen, machte Lowenthal sich nicht die Mühe, das Gespräch weiterzuführen. Stattdessen verzog sie einfach das Gesicht und ging in Richtung Parkplatz davon. Wenig später näherte sie sich einem silberfarbenen Audi und glitt auf den Fahrersitz. Kurz saß sie da und ließ dann den Motor aufheulen. Kitt und Grace sahen ihr nach, als sie davonfuhr.

»Glauben Sie ihr? Dass sie nichts über Jodies Verschwinden weiß?«, fragte Grace, nachdem sie jetzt hundertprozentig sicher sein konnte, dass ihre Dozentin außer Hörweite war und sie nicht aus der Vorlesung werfen konnte, weil sie an ihr zweifelte.

»Doch, ich denke schon. Es grämt mich zwar, das zu sagen, aber sie hat keins der körperlichen Anzeichen gezeigt, die darauf hinweisen würden, dass sie lügt. Ich weiß aus Erfahrung, dass sie eine geübte Lügnerin ist, aber trotzdem waren da einfach keine Anzeichen. Allerdings hatte ich in einem Punkt recht: Sie ist vielleicht nicht direkt darin verwickelt, aber sie wusste etwas darüber.«

»Und wollen Sie mir jetzt erzählen, was zwischen Ihnen beiden vorgefallen ist?«

»Nein.«

»Ach, kommen Sie schon! Sollte ich nicht zu meinem eigenen Schutz Bescheid wissen? Ich meine, sie ist meine Dozentin, und ich gehe unvorbereitet in meine Beziehung zu ihr. Wer weiß, was passieren könnte?«

»Netter Versuch. Fragen Sie mich bei einer anderen Gelegenheit, wenn ich ihr nicht gerade zum ersten Mal seit zehn Jahren wieder gegenübertreten musste, ja?«

»Oh, gut. Aber ich nehme Sie beim Wort. Wahrscheinlich sollten wir in der Zwischenzeit lieber anfangen, uns Selina Grant anzusehen und herauszufinden, ob es Anzeichen dafür gibt, dass die Polizei gut daran getan hätte, sich eingehender mit ihr zu beschäftigen.«

»Ja, wahrscheinlich sollten wir das«, sagte Kitt. »Wir müssen noch ein paar andere Richtungen verfolgen, während wir darauf warten, Bertrand Hobbs zu erreichen. Als ich seine Facebookseite überprüft habe, stand da ein Update, er sei diese Woche auf einer Exkursion zu verschiedenen Medienzentren in London. Er kommt erst am Freitagabend zurück.«

»Dann können wir uns bis zum Wochenende keine Hoffnung auf ein Gespräch machen«, sagte Grace. »Irgendetwas auf seiner Seite, was auf Probleme hinweist?«

»Abgesehen davon, dass er darauf besteht, Medien ›Meedjen‹ zu buchstabieren, und dies anscheinend ohne jede Ironie, nein.«

»Uhh«, sagte Grace und zog die Nase kraus. »Schlimm genug, oder?«

»Da haben Sie nicht unrecht. Im Übrigen können wir nicht riskieren, ihn telefonisch zu befragen. Falls er wirklich etwas mit Jodies Verschwinden zu tun hat, würden wir ihn warnen. Am besten reden wir persönlich mit ihm, wenn er zurück ist.«

»Und in der Zwischenzeit beschäftigen wir uns mit Selina?«

»Ja, das ist aber eine Aufgabe für morgen. Ich muss die Läden und Wohnhäuser am Fluss aufsuchen, um zu hören, ob jemand in der Nacht, in der Jodie verschwunden ist, etwas Ungewöhnliches gesehen hat, besser gesagt am frühen Morgen.«

»Ich würde Sie ja begleiten, aber ich habe noch ziemlich viele Hausaufgaben für morgen.«

»Keine Sorge. Ich habe schon ein paar Mailbox-Nachrichten wegen des Nebengebäudes hinterlassen; hoffentlich meldet sich jemand wegen des Besitzers bei mir. Und Mal kommt heute Abend, damit er mich begleiten kann, um potenzielle Zeugen zu befragen.«

»Wie romantisch für ihn nach einem Tag, an dem er … potenzielle Zeugen befragt hat«, witzelte Grace.

»Wenn er mit mir zusammen ist, macht es ihm nicht so viel aus«, erwiderte Kitt.

Grace dachte daran, eine Bemerkung über das unmissverständliche Lächeln zu machen, das sich bei der Erwähnung ihres Freunds, des Inspectors, über Kitts Gesicht gebreitet hatte, überlegte es sich aber anders. Kitts beste Freundin Evie konnte sich solche Wortgeplänkel erlauben, da die beiden einander schon viel länger kannten, aber wenn sie sich daran versuchte, würde ihr das zweifellos Schelte und einen bitterbösen Blick einbringen.

»Ich frage mich, in welcher Verbindung eine Millionenerbin wohl zu Jodie steht«, überlegte Grace laut, statt eine der vielen Sticheleien anzubringen, die sie gern ausgeteilt hätte.

»Ich habe eine bessere Frage für Sie«, sagte Kitt. »Ich habe Patrick doch direkt gefragt, ob es jemanden gab, mit dem Jodie nicht auf gutem Fuß stand, bevor das Schlimmste passiert ist. Wenn nun also Selina eng befreundet mit Jodie war und kurz vor Jodies spurlosem Verschwinden einen Streit mit ihr hatte, warum hat Patrick sie dann nicht erwähnt?«

Zehn

Am nächsten Morgen um kurz nach neun standen Grace, Patrick, Kitt und Inspector Halloran an dem alten Nebengebäude in der Nähe des Wear-Flusses. Der Besitzer des Objekts, der ortsansässige Bauunternehmer Kenneth Sweeney, und Patricks Mutter Cynthia hatten sich ihnen angeschlossen. Da Letztere die Ermittlung bezahlte, war sie aus Chester-le-Street angereist, um Kitt kennenzulernen und sich davon zu überzeugen, dass alles seine Richtigkeit hatte.

Cynthia war viel glamouröser, als Grace erwartet hatte. Ihr blondes, zu einem Bob geschnittenes Haar reichte ihr exakt bis zum Kinn, und sie trug einen Wintermantel aus künstlichem Leopardenpelz, der eher so aussah, als würde ihn jemand auf dem roten Teppich tragen, um damit Aufsehen zu erregen, statt zu einem kleinen Zusammentreffen am Ufer des Wear an einem müßigen Dienstagmorgen.

Alle sahen ernst zu, wie Kenneth die Tür des Gebäudes aufschloss. Knarrend schwang sie auf, und sie traten einer nach dem anderen auf das Gebäude zu.

»Bleiben Sie in der Nähe des Eingangs, wenn es Ihnen nichts ausmacht«, sagte Kitt zu Grace, Cynthia, Patrick und Kenneth. »Wir wollen doch nicht unabsichtlich Spuren beschädigen oder kontaminieren.«

Grace seufzte. Sie hatte Kitt zu der Ermittlung hinzugezogen; trotzdem stand sie jetzt im Abseits. Doch da das Wichtigste war, Jodie zu finden, tat Grace ausnahmsweise, was ihr gesagt wurde. Anscheinend besaß Halloran als ausgebildeter Profi den Freibrief, mit Kitt tiefer ins Gebäude hineinzugehen, um zu sehen, was sie aufstöbern konnten.

»Tja, wie ich schon sachte«, sagte Kenneth in seinem breiten Newcastle-Akzent, »war ich seit letzten Oktober schon 'n paarmal in dem Gebäude und hab nix Ungewöhnliches bemerkt.«

»Nur, dass das Schloss aufgebrochen war, als Sie im November letzten Jahres hier waren«, sagte Kitt, und Grace pflichtete ihr lautlos bei, dass man das definitiv als »verdächtig« bezeichnen könnte.

Kenneth kratzte sich am Kopf. Seine Finger waren gelblich, entweder vom Alter oder vom Nikotin – wahrscheinlich von beidem. »Aye, aber ich hab keine Ahnung, wie lang es schon kaputt war. Der Herbst war letztes Jahr verflixt regnerisch. Weiß ich noch, weil ich nicht viele Außenflächen gestrichen gekriegt hab. Gut möchlich, dass ein Landstreicher das Schloss aufgebrochen hat und hier untergekrochen is'. Wär ja nich' das erste Mal.«

»Trotzdem«, sagte Kitt. »Ich hätte Sie nicht behelligt, wenn das Gebäude weiter abgeschlossen und gesichert geblieben wäre. Es war schließlich nur so eine Ahnung. Aber jetzt finde ich, es kann kein Zufall gewesen sein, dass Sie so kurz nach Jodies Verschwinden das Schloss aufgebrochen vorgefunden haben.«

Kenneth zuckte die Schultern. »Dachte, das wär kein Grund zur Sorge. Wenn ich gedacht hätte, dass es eine Verbindung gibt, hätte ich die Polizei deswegen angerufen. Hab ihr Bild in der Zeitung gesehen; war'n hübsches Mädel. Sollte mich aber wundern, wenn das Haus hier was mit ihrem Verschwinden zu tun hätte.«

»Na, wir werden es ja bald erfahren«, sagte Kitt und trat, dicht gefolgt von Halloran, ein paar Schritte weiter hinein.

Grace sah sich unter den Kisten mit Werkzeug und Holz in verschiedenen Abmessungen um, die an den Wänden standen. Dann blickte sie zu Patrick und Cynthia hinüber, um festzustellen, ob sie aus ihrer Entfernung das Innere ebenfalls so gut wie möglich in Augenschein nahmen. Kitt und Halloran durchkämmten weiter mit gleichermaßen konzentrierter Miene den Raum.

»Ich bin ja kein Polizist, aber auf den ersten Blick sieht es für mich nicht so aus, als wäre hier etwas«, sagte Cynthia in enttäuschtem Ton. Aus dem Augenwinkel warf sie Patrick einen Blick zu; wahrscheinlich fragte sie sich, wie ihr Sohn damit fertigwerden würde, bei diesem Fall, den er so unbedingt lösen wollte, schon wieder in eine Sackgasse geraten zu sein. Grace selbst musterte Patricks Profil. Selbst aus diesem Blickwinkel erkannte sie, dass der verletzte Ausdruck in seine Augen zurückgekehrt war. Was für eine Qual für ihn, all diese Monate durchzustehen und trotzdem immer noch in der Luft zu hängen!

»Zu früh, um etwas zu sagen, das wissen wir noch nicht«, erklärte Kitt, zog ein Paar Plastikhandschuhe über, die sie in der Tasche getragen hatte, ging zum hinteren Teil des Raums und schob ein paar Schachteln mit Nägeln beiseite. »Ich habe mit jedem Ladenbesitzer und Anwohner von Pimlico bis zur North Road gesprochen, der uns gestern Abend die Tür aufgemacht hat, und …«

Inspector Halloran räusperte sich.

»Sorry, wir. Wir haben mit jedem auf dem Stück der Hauptstraße geredet, die dem Fluss am nächsten liegt.

Aber größtenteils haben wir nur wieder aufgewärmt, was die Polizei letztes Jahr gemacht hat. Die Leute wussten noch, dass sie am Tag danach in den Nachrichten von Jodies Verschwinden gehört hatten, aber sie erinnerten sich an nichts Merkwürdiges aus den frühen Morgenstunden. Die meisten lagen im Bett, und die wenigen, die wach waren, haben nichts gehört oder gesehen. Was es wahrscheinlicher macht, dass die Täter es, wenn Jodie in dieser Nacht angegriffen wurde, nicht bis hoch zur Straße geschafft haben.«

»Oder sie haben die Straße genommen, und niemand hat sie gesehen«, sagte Patrick. »Es war sehr früh am Morgen.«

»Schon möglich«, gab Halloran zurück. »Aber häufig sieht auf einer Hauptstraße jemand etwas, selbst um diese frühe Stunde. Es muss gegen vier Uhr morgens gewesen sein. Schichtarbeiter stehen um diese Zeit auf. Andere Leute kommen von der Party am Abend vorher zurück. Wie es auch sei, Kitt wird jeden Stein umdrehen, und letztendlich werden auf diese Art viele solcher Fälle gelöst. Indem man jeder Möglichkeit nachgeht.«

Grace glaubte, einen gewissen Blick bei Halloran zu erkennen, der ihr schon ein- oder zweimal zuvor aufgefallen war. Er sprach mit Patrick und verschaffte sich gleichzeitig einen Eindruck von ihm. Hatte Kitt ihn nur mitgebracht, damit er sich eine professionelle Meinung darüber bildete, ob Patrick etwas mit der Sache zu tun hatte? Bei dem Gedanken zog sich etwas in ihrer Brust zusammen.

Kitt und Halloran bewegten systematisch die vielen Kartons und Ablagen, schauten in jeden Behälter, überprüften deren Unterseiten und stellten sie dann beiseite. Kein Glück. Als Nächstes widmeten sich die beiden einem Haufen mit Farbe bespritzter Tücher, die auf dem Fensterbrett lagen. Jedes einzelne wurde auseinandergefaltet, inspiziert und dann wieder zusammengelegt.

»Das sind bloß 'n paar Abdeckplanen, die wir fürs Streichen in Innenräumen benutzen«, erklärte Kenneth. »Nix Verdächtiges dran.«

»Und was ist mit denen hier?«, fragte Kitt und wies auf einen Haufen Lumpen am Boden. »Gehören die auch Ihnen?«

»Ähm, jawoll, müssen sie wohl. Manchmal benutzen wir auch Lappen.«

»Aber Sie haben sie nicht sofort erkannt.«

»Äh, nein, aber es is' schwer, einen Lappen vom andern zu unterscheiden, verstehen Sie? Ich hab allerhand Jobs zu erledigen, und wenn die da hinten liegen, könnte es Jahre her sein, seit ich sie zuletzt in der Hand hatte.«

Kitt nahm die Lumpen einen nach dem anderen, inspizierte sie zuerst und roch dann daran. Beim fünften hielt sie inne und kniff die Augen zusammen.

»Was ist?«, fragte Halloran.

»Ich bin mir nicht hundertprozentig sicher … Wofür hältst du das?«, fragte sie und reichte Halloran den Lappen.

Halloran hielt ihn sich unter die Nase und sog den Atem ein. »Riecht für mich nach einer Art Äther. Süßlich genug für Chloroform.«

»Das dachte ich mir.«

»Chloroform? Sie meinen wie das Betäubungsmittel?«, fragte Cynthia, biss sich auf die Unterlippe und warf Patrick einen Blick zu. Jeder Muskel in seinem Gesicht wirkte verkrampft.

»Ich benutze allerhand starkes Putzzeugs«, sagte Kenneth, »aber nichts in der Art, und meine flüssigen Mittel werden sowieso getrennt gelagert.«

Kitt sah Kenneth ein wenig aufmerksamer als vorher ins Gesicht, wandte ihre Aufmerksamkeit dann aber wieder den Lappen zu. »Anscheinend hat nur dieser eine diesen Geruch an sich«, bemerkte sie schließlich.

Halloran zog eine Asservatentüte aus der Tasche seines dunkelgrauen Mantels und schob die Lumpen hinein.

»Warte mal«, sagte Kitt. Sie nahm ein kleines Etui aus ihrer Umhängetasche und klappte es auf. Soweit Grace sehen konnte, befanden sich darin mehrere kleine Werkzeuge, darunter eine Pinzette. Kitt beugte sich vor und zupfte mit der Pinzette etwas von dem Lappen ab; etwas, was Grace unmöglich erkennen konnte, ohne ein wenig näher heranzutreten.

»Was ist das?«, fragte Patrick mit aufgeregtem Unterton.

»Fasern«, erklärte Halloran.

Kitt gab die Flusen in eine weitere Tüte, die Halloran ihr aufhielt, und kam dann damit zu der Stelle hinüber, wo Grace, Patrick, Cynthia und Kenneth standen. Alle beugten sich vor, um die leuchtend roten Fasern, die wie Mohair aussahen, besser erkennen zu können.

»Oh Gott«, sagte Patrick. Grace schaute ihn an und sah, dass ihm die Farbe aus dem Gesicht gewichen war. »Jodie hatte eine Wolljacke in diesem Ton.«

»Ja, du hast recht. Ich erinnere mich daran«, sagte Cynthia. »Zweifellos die gleiche Farbe. Ich habe sie immer bewundert, wenn sie sie getragen hat. Meistens, wenn ich sie gesehen habe, hatte sie Jeans und ein ölfleckiges T-Shirt an, und ich erinnere mich, es nett gefunden zu haben, dass sie auch etwas eher Weibliches in ihrer Garderobe hatte.«

»Nicht besonders sinnvoll, sich herauszuputzen, wenn man den größten Teil des Tages unter einem Auto liegt, oder, Mum?«, fragte Patrick in einem scharfen Ton, den Grace von ihm nicht erwartet hätte.

»Nein, ich weiß, Schatz. Ich wünschte ja nur, sie hätte die Möglichkeit gehabt, sich ein wenig hübscher zurechtzumachen, nichts weiter. Bevor das alles passiert ist.«

Er lächelte matt. »Ich weiß. Sie hatte nicht mal die Chance, sich ein Hochzeitskleid für unseren großen Tag auszusuchen.«

»Oh, nicht, Liebling«, sagte Cynthia, zog ein Taschentuch aus ihrer Tasche und tupfte sich die Augen ab. »Sonst fange ich an zu heulen.«

»Tut mir leid«, sagte Patrick und wandte seine Aufmerksamkeit wieder der Tüte in Hallorans Hand zu. »Sie hat die Wolljacke an dem Tag ihres Verschwindens getragen, oder zumindest, als ich sie am Vormittag zuletzt gesehen habe.«

»Dann war Jodie also hier«, sagte Grace. »Wo auch immer sie hingegangen ist, bevor sie verschwunden ist, sie war zuerst hier.«

Halloran wandte sich an Kenneth. »Ich muss diesen Fund beim hiesigen Revier melden und ihn als Beweisstück einreichen. Dann wird die Polizei wahrscheinlich ein paar Fragen an Sie haben.«

»So'n paar Fasern beweisen doch gar nix«, gab Kenneth zurück. »Soweit wir wissen, könnte sie selbst hier eingebrochen sein.«

»Stimmt«, sagte Kitt. »Aber unwahrscheinlich angesichts ihres Verschwindens und des Umstands, dass das Letzte, was wir von ihr gehört haben, ein Schrei im Lokalradio war.«

»Also, ich hab nix zu verbergen«, erklärte Kenneth. »Die Polizei kann mich gern fragen, was sie will.«

Halloran nickte und begann dann, alle, Kitt eingeschlossen, aus der Tür zu bugsieren. Dann untersuchte er das Gebiet nach weiteren Spuren. Zehn Minuten später hatte er sich davon überzeugt, dass sie alles gefunden hatten, was sie finden konnten, ohne spezialisiertere Ausrüstung einzusetzen.

»Wir müssen dieses Gebäude abriegeln«, erklärte Halloran. »Wenn Jodie hier …« Er unterbrach sich, warf Patrick einen Blick zu und verbesserte sich dann. »Falls ihr etwas zugestoßen ist, dann wahrscheinlich hier.«

»Oh, das ist grauenhaft, einfach furchtbar. Ich ertrage den Gedanken nicht, dass sie hier war, gefangen und verängstigt«, sagte Cynthia und warf einen Blick zurück ins Gebäude. Grace folgte ihrem Blick und versuchte erfolglos, einen Schauder zu unterdrücken. Niemand wollte vor seiner Zeit sterben, aber dieses Gebäude war kalt und dumpfig und ganz bestimmt kein Ort, an dem man seinen letzten Atemzug tun wollte.

»Tja, noch wissen wir ja nichts Genaues«, sagte Halloran. »Aber selbst wenn Jodie dieses Gebäude lebend wieder verlassen hat, ist es eine neue Spur in ihrem Fall. Wir müssen es abriegeln.«

»Und wie lange?«, erkundigte sich Kenneth.

»Das weiß ich noch nicht«, gab Halloran mit scharfem Unterton zurück, was Kenneth sichtlich kleinlaut werden ließ. »Sie sagten doch, dass Sie dieses Gebäude ohnehin nicht besonders oft nutzen, also sollte es doch kein Problem sein, oder?«

»Nein, aber man weiß nie, wann man an seine Sachen kommen muss, nicht wahr?«

»Ich habe mich schnell umgesehen, aber ich will im hiesigen Revier niemandem auf die Füße treten. Außerdem brauchen die Kollegen Spezialausrüstung, um sicherzugehen, dass ihnen nichts entgangen ist. Bestimmt werden sie alle notwendigen Arbeiten erledigen, so schnell sie können. Aber unterdessen geht hier niemand ein oder aus, bis sie hier sind, um eine gründliche Spurensicherung durchzuführen.« Mit diesen Worten zog Halloran gelbes Band aus seiner Tasche und begann damit, es an einem Baum in der Nähe zu befestigen.

»Trägt er … ähm … immer Absperrband mit sich herum?«, fragte Grace.

»Oh ja«, erklärte Kitt mit stolzem Unterton. »Mal ist immer auf alles vorbereitet.«

Grace hätte über Kitts seltsame Bewunderung für den Zugang ihres Freundes zu Tatort-Ausstattung gelacht, wäre da nicht Patricks Miene gewesen. Seine traurigen braunen Augen wirkten jetzt noch betrübter als auf dem Foto von der Appell-Website.

»Sie lebt nicht mehr, oder?«, fragte Patrick leise.

»Hören Sie«, sagte Grace sanft. »Ich gebe als Erste zu, dass es nicht gut aussieht, aber wie Halloran sagt, haben wir ja noch keinerlei Gewissheit. Und es gibt noch andere Hinweise, denen wir nachgehen, während die Polizei an diesen arbeitet.«

»Sie haben schon andere Spuren?«, fragte Cynthia mit bewunderndem Unterton. »Das ist schnelle Arbeit. Ich wünschte, wir hätten Sie damals gehabt, als das alles passiert ist. Dann hätten wir vielleicht schneller einen Schlussstrich unter das Ganze ziehen können.«

»Ja, wir … geben uns Mühe«, sagte Grace. Sie war sich unsicher, ob ihre alles andere als diskrete Beschattung eines Fakultätsmitglieds, gegen das Kitt einen alten Rachefeldzug führte, wirklich als Arbeit zählte. »Ich habe den Mann überprüft, der die Drogen in Jodies Schließfach gefunden hat, Elvis McCabe. Kommt sein Name Ihnen bekannt vor?«

Cynthia und Patrick schüttelten beide den Kopf.

»Er hat kurz nach Jodies Verschwinden gekündigt. Berkeley sagte, er habe sich schuldig gefühlt, aber wir wollten sichergehen, dass er nicht geflüchtet ist, weil er Bestechungsgeld angenommen hat.«

»Und, haben Sie etwas Verdächtiges entdeckt?«, fragte Patrick.

»Leider nicht«, erklärte Grace. »Falls Elvis McCabe ein hohes Bestechungsgeld angenommen hat, dann hat er es noch nicht ausgegeben. Er lebt immer noch in derselben Wohnsiedlung am Rand von Durham wie zu der Zeit, als er an der Akademie gearbeitet hat. Sein Facebook-Profil zeigt ihn auf einem Foto mit vier Kindern. Heute Morgen habe ich bei der Firma angerufen, die diese Wohnsiedlung betreut, und mich als potenzielle Mieterin ausgegeben, und man hat mir erklärt, ihre größten Wohnungen hätten vier Zimmer, daher haben sie es angesichts der Größe ihrer Familie nicht gerade geräumig.«

»Was ist mit einem Auto?«, fragte Cynthia. »Oder technischen Geräten, so etwas?«

»Ich werde mir das noch genauer anschauen, wenn ich die Möglichkeit habe, aber oberflächlich betrachtet sehe ich keine Warnzeichen.«

»Oh, dann haben Sie nicht wirklich neue Hinweise gefunden?«, sagte Patrick.

»Einen Namen hat man uns genannt, obwohl die Quelle zweifelhaft ist«, erklärte Kitt.

»Und was war das für ein Name?«, fragte Cynthia.

»Eine der Dozentinnen, mit der wir geredet haben, sagte, wir sollten Selina Grant zu Jodies Verschwinden befragen«, sagte Grace.

»Selina Grant?« Patrick runzelte die Stirn. »Warum will diese Person, dass Sie mit ihr reden?«

»Anscheinend hatten Jodie und sie vor ihrem Verschwinden Streit.«

»Oh …« Patrick verstummte kurz und dachte scheinbar heftig nach. »Ja. Ich erinnere mich, dass Jodie sagte, sie hätte beschlossen, die Verbindung zu ihr abzubrechen.«

»Und das ist Ihnen damals nicht merkwürdig vorgekommen?«, fragte Kitt. Grace wünschte, Kitt hätte etwas freundlicher geklungen. Selbst wenn sie nicht vorhatte, sich in nächster Zeit von der Idee zu verabschieden, dass Patrick etwas mit Jodies Verschwinden zu tun hatte, hätte sie angesichts der Entdeckung dieser Fasern ein wenig einfühlsamer sein können. Nur für den unwahrscheinlichen Fall, dass er unschuldig war; insbesondere, da Kitt selbst wusste, wie es sich anfühlte, zu Unrecht beschuldigt zu werden. Und abgesehen von allem anderen: War es wahrscheinlich, dass Cynthia die Ermittlungen weiterfinanzieren würde, wenn ihr aufginge, dass ihr Sohn Kitts Hauptverdächtiger war?

Patrick war anscheinend so erschüttert von allem, was sie in dem Lagergebäude entdeckt hatten, dass er Kitts Anspielung nicht bemerkte. »Nicht wirklich«, antwortete er. »Die beiden kannten sich noch nicht besonders lange. Es war keine besonders dramatische Trennung. Jedenfalls nicht, soweit ich wüsste.«

»Warum hatte sie denn beschlossen, die Verbindung zu Selina abzubrechen?«, erkundigte sich Kitt.

Patrick zuckte mit den Schultern. »Das hat sie nicht mal gesagt. Ich habe mir damals nichts dabei gedacht, weil sie ein wenig introvertiert war. Sie war sehr wählerisch bei ihren Freundschaften, daher waren nicht alle Beziehungen von Dauer. Ich wusste nur, dass sie sich in den ersten paar Semesterwochen nahestanden, und dann hat Jodie aus irgendeinem Grund beschlossen, sich von ihr zu distanzieren.

Das ist zumindest alles, was ich damals wusste. Seitdem habe ich ein paar Gerüchte gehört, die vielleicht halbwegs erklären, warum sie beschlossen hatte, sich nicht mehr mit ihr abzugeben, obwohl das sehr albern klingt.«

»Albernheit macht mir keine Angst«, sagte Grace.

»Nein, weil Sie praktisch davon leben«, warf Kitt ein und wandte sich dann wieder an Patrick. »Was für Gerüchte haben Sie gehört?«

»Tja, ich habe keine Ahnung, wie viel da dran ist, aber anscheinend existiert am Venerable Bede's seit Generationen irgendein Geheimbund.«

»Oh! Ja, als ich hier studiert habe, habe ich Gerede über so etwas gehört«, erklärte Kitt. »Falls man den Gerüchten glauben will, nennt er sich die Gesellschaft vom roten Strumpf.«

»Was ist das denn für ein Name?«, fragte Cynthia und verzog abfällig das Gesicht.

»Solche Gruppen haben immer lächerliche Namen«, sagte Kitt. »Das gehört zu ihren Markenzeichen und ist der Hauptgrund dafür, warum Menschen außerhalb dieses Kreises sie nie wirklich ernst nehmen können.«

»Und was macht dieser Geheimbund genau?«, wollte Grace wissen.

»Das ist nicht öffentlich bekannt, da sie schließlich geheim sind«, sagte Kitt. »Doch die Gerüchte besagten, dass die Mitglieder zusammenkamen, um gewagte, todesmutige Aktionen durchzuführen und, wie alle Geheimgesellschaften, Institutionen und andere Menschen zu ihren Gunsten zu manipulieren, wenn sich die Gelegenheit ergab.«

Grace starrte Kitt an. »Sie haben dazugehört, oder?«

»Reden Sie kein absurdes Zeug«, gab Kitt zurück.

»Aha. Genau das würde jemand, der einem Geheimbund

angehört hat, sagen«, sagte Grace, entschlossen, einen Weg zu finden, um nach der Traurigkeit, die sich über alle gesenkt hatte, die Stimmung aufzulockern. »Die ganze Zeit haben Sie die Rolle der steifen Bibliothekarin gespielt, die zufällig in Mordermittlungen hineinstolpert, obwohl Sie in Wirklichkeit auf Gefahr stehen.«

Kitt verschränkte die Arme. »Steif?«

»Vielleicht nicht steif. Aber Sie müssen zugeben, dass Sie ein wenig …«

»Ein wenig was?«

»Darf ich vorschlagen, dass du den Satz nicht beendest?«, sagte Halloran, der anscheinend pflichtgemäß das Gelände abgesperrt hatte. »Außer, du bist Mitglied der Rotstrumpf-Gesellschaft und aktuell in einer todesmutigen Mission unterwegs.«

Kitts finstere Miene entspannte sich; sie kicherte leise über Hallorans spitze Bemerkung. »Aaach, hör schon auf«, sagte sie. »Mein durchdringender Blick ist quälend, aber wohl kaum tödlich.«

»Aber nur bei den bisherigen Testpersonen«, witzelte Halloran weiter.

Kitt schüttelte, an ihn gerichtet, den Kopf, dachte aber innerhalb weniger Sekunden wieder an Selina Grant. »Soweit ich mich an die Gerüchte erinnere, muss die Gesellschaft alle paar Jahre eine neue Führung wählen. Es ist immer jemand Reiches und Mächtiges. Eine Millionenerbin wie Selina Grant wäre die perfekte Kandidatin.«

»Die Tonaufnahme«, erklärte Grace. »Am Ende der Radio-Aufnahme versuchte Jodie, etwas zu sagen, brachte aber nur einen sss-Laut hervor. Vielleicht hat sie versucht, ›Selina‹ zu sagen, wurde aber unterbrochen, bevor sie es aussprechen konnte?«

»Oder ›scarlet‹, scharlachroter Strumpf«, sagte Kitt.

»Oder beides. Was, wenn Selina Jodie in den Club einführen wollte?«, fragte Grace.

Patrick schüttelte den Kopf. »Auf so etwas hätte Jodie sich nie eingelassen. Dazu hat sie sich viel zu stark darauf konzentriert, in ihrem Kurs gut abzuschneiden. Sie hatte hier ein Stipendium und wusste, dass sie hart arbeiten musste, um es sich mit der Akademie nicht zu verderben. Abgesehen davon legte sie Wert darauf, für sich zu bleiben.«

»Genau«, sagte Grace. »Und deswegen hat sie den Kontakt zu Selina abgebrochen. Wie geheim ist dieser Geheimbund eigentlich? Angesichts dessen, dass Sie beide Gerüchte darüber gehört haben, als Sie hier studiert haben?«

»Als ich hier war, war das nur ein albernes Gerücht, an das niemand wirklich glaubte«, erklärte Kitt. »So etwas wie der Bigfoot des Campus. Niemand hat der Sache Glauben geschenkt.«

»Heute glauben die Leute daran«, sagte Patrick. »Aber niemand weiß genau, wer damit zu tun hat oder was diese Leute wirklich treiben. Manchmal wollen Gerüchte wissen, wer damit zu tun hat, wie zum Beispiel Selina, aber natürlich streiten die Betroffenen es immer ab, und niemand hat eine Ahnung, wer wirklich das Sagen hat.«

»Ehrlich gesagt«, sagte Cynthia, »klingt das für mich so, als hätten die jungen Leute zu viel Freizeit, damit ihnen solch ein Unsinn einfällt.«

»Da kann ich Ihnen nicht widersprechen«, sagte Kitt. »Berkeley hat sich bei unserem Gespräch gestern sehr merkwürdig verhalten, und wir hatten den Eindruck, dass sie vielleicht versucht, jemanden zu decken. Was, wenn sie Selina schützt? Berkeley ist darauf fixiert, das Einkommen der Akademie zu sichern. Zweifellos würde sie eine so prominente Studentin wie Selina nicht verlieren wollen. Falls sie den Verdacht hat, Selina könnte mit Jodies Verschwinden zu tun haben, würde sie vielleicht für sie lügen.«

»Ich habe heute Morgen mit Inspector Thompson vom Revier in Durham telefoniert, der die Ermittlungen geleitet hat«, erklärte Halloran. »Bei der Gelegenheit habe ich ihn auch nach seinem Eindruck von Berkeley gefragt und ob sie etwas herausgefunden haben. Sie haben damals sowohl ihre finanziellen Verhältnisse als auch ihre Anrufe überprüft und nichts Ungewöhnliches gefunden; wenn sie sich also eigenartig verhalten hat, dann ist es wahrscheinlicher, dass sie jemanden gedeckt hat, als dass sie selbst Dreck am Stecken hat. Vor allem, da sie ein Alibi hat.«

»Und was, wenn Jodie zu viel über die Geheimgesellschaft wusste und jemand, der ihr angehörte, sich Sorgen machte, sie könnte es enthüllen?«, fragte Kitt.

»Ja!«, sagte Grace. »Als sie bei der Radiosendung angerufen hat, sagte sie, es gehe um eine wichtige Persönlichkeit am Venerable Bede's. Durch ihren Status als Millionärstochter muss Selina eine kleine Berühmtheit gewesen sein.«

»Als sie sich eingeschrieben hat, wurde viel geredet«, räumte Patrick ein. »Und Berkeley hat die Medienpräsenz, die damit verbunden war, weidlich ausgenutzt. Selina hat ihren eigenen Bodyguard, den ihr Vater ihr stellt. Der Kerl folgt ihr überallhin. Niemand darf mit ihr reden, außer, sie will das, daher kennen alle sie vom Ansehen. Die Sache ist nur die: Ich kann mir wirklich nicht vorstellen, dass Selina etwas mit der Sache zu tun hat. Ich hatte nur begrenzt Kontakt zu ihr, aber sie wirkte unglaublich bodenständig – für eine Millionenerbin jedenfalls.«

»Begrenzter Kontakt reicht leider wahrscheinlich nicht aus, um sich in die eine oder die andere Richtung ein Urteil über jemanden zu bilden«, sagte Halloran. »Wenn sie mit Jodies Verschwinden zu tun hatte, wird sie dafür sorgen, dass jede Verbindung gut verborgen bleibt, vor allem angesichts ihrer prominenten Stellung. Solche Leute haben häufig Verbindungen und Einfluss, zu denen der Rest von uns einfach keinen Zugang hat. Sie bewegen sich in einer vollkommen anderen Welt.«

»Diese Theorie kommt mir ziemlich stichhaltig vor«, sagte Grace. »Es würde nicht besonders gut aussehen, wenn die Gesellschaft exponiert wird, nachdem Selina sie erst seit ein paar Wochen leitet. Wer weiß, was die Folgen wären?«

»Und wer wäre besser in der Lage als ein Millionär, jemanden verschwinden zu lassen, der das dunkelste Geheimnis über einen kennt?«

Elf

»Grrr, nichts!«, sagte Grace und vergrub den Kopf in den Händen. »Bei Ihnen?«

»Leider auch nichts«, sagte Kitt und ließ ihr Handy auf den Schreibtisch fallen.

Obwohl Patrick skeptisch gegenüber der Idee gewesen war, Selina könnte in Jodies Verschwinden verwickelt sein, waren Kitt und Grace in dem Moment, als Graces Vormittagsvorlesung vorbei war, schnurstracks in die Bibliothek gegangen, um online so viel wie möglich über ihre mordverdächtige Millionärin zu recherchieren.

Das war jetzt allerdings zwei Stunden her, und ihre Suche war erfolglos geblieben.

»Ich habe versucht, die Datenbank der Akademie zu hacken – ich meine, Zugang zu bekommen –, aber sie haben in ihren Dateien nichts als die wichtigsten Kontaktdaten der Studierenden. Alles andere – zum Beispiel über Studierende, die um zwei Uhr morgens als Flitzer über den Fußballplatz rennen – muss in den realen Akten in Berkeleys Büro abgelegt sein.«

Kitt bedachte Grace mit einem durchdringenden Blick, ging aber nicht direkt auf den vorlauten Kommentar über das Flitzen ein. »Die Akademie war schon immer ein wenig altmodisch. Angesichts dessen, wie sehr Berkeley auf ihren Ruf bedacht ist, will sie sich aber wahrscheinlich die Option offenhalten, jeden Beleg, der ein schlechtes Licht auf sie oder das Venerable Bede's wirft, zu schreddern.«

»Tja, ich habe es mit allen Kombinationen von Suchbegriffen versucht, die mir eingefallen sind, um eine Verbindung zwischen Selina und der Rotstrumpf-Gesellschaft zu finden, aber da ist nichts. Was vermutlich genau das ist, was man von einem Geheimbund erwarten würde, aber ich hätte gedacht, irgendwann hätte bestimmt jemand etwas durchsickern lassen.«

»Ich habe auch nichts entdeckt, was auf eine Verbindung zwischen ihr und der Gesellschaft hinweist«, sagte Kitt.

»Aber es ist nicht nur das«, sagte Grace. »Für eine Millionärstochter führt sie ein lupenreines, wenn auch abenteuerliches Leben.«

»Was meinen Sie?«

»Ich meine, in den Videos auf ihrem YouTube-Kanal springt sie mit dem Fallschirm aus über dreitausend Metern Höhe ab, oder sie betreibt Bungee-Springen in Südamerika oder Wildwasser-Rafting in Colorado, aber was es nicht gibt, sind Schlagzeilen über Drogensucht, ein Alkoholproblem oder irgendwelche kleinkriminellen Handlungen, die man vielleicht von jemandem erwarten würde, der stärker als andere Menschen dazu neigen könnte, in seiner Teenagerzeit über die Stränge zu schlagen.«

»Vielleicht ist ihr Vater ja so reich, dass er über alles in dieser Art den Mantel des Schweigens decken kann«, sagte Kitt.

»Kann schon sein, aber in der heutigen Clickbait-Kultur bezweifle ich das. Da müsste er einem Journalisten schon ziemlich viel Geld bezahlen, um eine solche Schlagzeile zu unterdrücken. Ist es wahrscheinlich, dass jemand, der nicht mal kleinere Vergehen auf dem Kerbholz hat, eine Entführung oder einen Mord begeht? Kann man wirklich in sechzig Sekunden von null auf Mord beschleunigen?«

»Es kommt vor«, sagte Kitt. »Menschen, die sich bedroht fühlen, werden sehr viel tun, um den Status quo zu wahren, und in diesem Fall stand Selinas Ruf auf dem Spiel. Wenn sie bis jetzt eine makellos weiße Weste hatte, dann könnte man meinen, dass sie viel zu verlieren hatte.«

Grace drückte ein paar Tasten auf ihrem Laptop. »Sie hat immer noch nicht auf die Mail geantwortet, die ich an ihre E-Mail-Adresse bei der Akademie geschickt habe.«

»Wer weiß schon, ob sie da überhaupt nachsieht?«, fragte Kitt. »Und selbst wenn, würde sie nach dem, was Sie in besagter Mail geschrieben haben, wahrscheinlich von einem Schwindel ausgehen.«

»Meine Mail war vollkommen plausibel, vielen Dank. Angesichts ihres Lebensstils hätte sie genauso gut einen Preis als Adrenalinjunkie des Jahres gewonnen haben.«

»Es hätte vielleicht einen glaubwürdigeren Ansatzpunkt gegeben, obwohl ich Ihren Versuch bewundere, die Zielperson zu uns zu locken.«

Grace schüttelte den Kopf. »Ein makelloser Ruf und keine einfache Möglichkeit, sich in Ruhe mit ihr zu unterhalten. Ich habe sogar ihr Haus online überprüft: Es ist eine Villa, die in einem bewachten Wohngebiet liegt. Etwas sagt mir auch, dass ihr Personal, das wahrscheinlich das Haus führt, uns nicht zu einer gemütlichen Plauderstunde hereinlassen wird. Also, was machen wir jetzt?«

»Keine Ahnung«, räumte Kitt ein. »Ich muss darüber nachdenken, aber wenn, wie Lowenthal angedeutet hat, sogar die Polizei ihr nicht gern auf den Zahn fühlen wollte, müssen wir vorsichtig sein. Ich treffe Mal heute zum Abendessen, dann werde ich ihn fragen, und hoffentlich weiß er dann schon etwas über die Reaktion der Polizei auf die neuen Hinweise aus dem Lagergebäude. Vielleicht werden sie mich ja sogar als Beraterin in dem Fall hinzuziehen.«

»Zweifelhaft, dass das wieder passiert; außer, der Inspektor in Durham steht genauso auf Sie wie Halloran«, sagte Grace.

»Das ist nicht der einzige Grund, aus dem ich bei seinen Fällen einbezogen wurde«, erklärte Kitt, doch so richtig überzeugt klang sie nicht. Kurz darauf summte ihr Handy. »Das ist er wahrscheinlich.«

Sie griff nach ihrem Handy und warf einen Blick auf den Bildschirm. »Oh, ein Skype-Anruf von Evie.«

Kitt tippte darauf, um den Anruf anzunehmen, und Grace schob sich hinter sie, um Hallo zu sagen.

»Seid gegrüßt, Leute«, sagte Evie und winkte verhalten.

»Hallo, Marilyn«, sagte Grace. Im Laufe der letzten ungefähr sechs Monate hatte sie sich diesen Spitznamen für Evie angewöhnt. Mit ihrem vollen Schmollmund und ihren goldblonden Locken sah ihre Freundin der Monroe sehr ähnlich, und Evies Liebe zu allem, was Vintage war, ließ den Vergleich noch passender erscheinen. Zuerst hatte Evie sich gegen den Beinamen gewehrt – wahrscheinlich reagierte sie noch empfindlich wegen ihrer Gesichtsnarben, die ein Jahr, nachdem sie nur knapp dem Tod entronnen war, immer noch sichtbar waren. Doch im Lauf der Zeit hatte sie einfach akzeptiert, dass sie, was Grace anging, immer noch ein Filmstar hätte sein können.

»Alles in Ordnung? Wo bist du?«, fragte Kitt.

»Yeah, ich trinke gerade ein Tässchen Tee am Turm«, antwortete Evie.

»Und du hast bloß geskypt, um mich neidisch zu machen, oder? Keine Ahnung, was die Leute mit ihrem Lady Grey machen, aber was mich angeht, ist es der beste Tee in York.«

»Komisch, aber ich hatte nicht angerufen, um über den Tee zu diskutieren«, erklärte Evie leise kichernd.

»Dann erlöse mich aus meinem Elend, du weißt ja, dass ich an einem Fall arbeite, und die Zeit läuft.«

»Na ja, Ruby ist gerade bei mir.«

»Hallo, Schätzelein«, warf Ruby von außerhalb des Bildschirms ein.

»Und ich hatte ihr von dieser vermissten Studentin erzählt, nach der du suchst«, fuhr Evie fort. »Sie wollte kurz mit dir darüber reden.«

Kitt schloss einen Moment die Augen, als richte sie sich auf eine Tortur ein. Grace hätte wetten können, dass sie Evie den Kopf gewaschen hätte, weil diese mit Ruby über den Fall geredet hatte, wenn diese bei dem Anruf nicht mitgehört hätte. Aber so, wie die Dinge standen, würde ihr nichts anderes übrig bleiben, als zuzuhören, wenn sie nicht grausam zu Ruby sein wollte. »Na schön, hol sie ans Telefon.«

Evies Gesicht verschwand, als sie das Handy an ihre Begleiterin weitergab, doch leider schien Ruby nicht besonders vertraut mit Skype zu sein. Sie hielt das Gerät so dicht an ihr Gesicht, dass Grace und Kitt nur ihr Kinn sahen.

»Ach du meine Güte, Ruby! Halten Sie das Handy etwas weiter weg, damit wir Ihr Gesicht erkennen können, ja?«, sagte Kitt.

»Häh? Wieso?«, fragte Ruby. Doch eine Sekunde später musste Evie die Sache selbst in die Hand genommen haben, denn das Handy wich zurück, und Rubys von Falten durchzogenes Gesicht kam ins Blickfeld.

»Hoffe, es macht Ihnen nix aus, dass ich mich melde, aber als ich von dem Fall gehört hab, an dem Sie arbeiten, sind mir ein paar Sachen eingefallen, an die Sie vielleicht nicht gedacht haben.«

»Ohne irgendwelche Hintergrundinformationen oder Hinweise ist das beeindruckend«, sagte Kitt und klang so trocken wie immer, wenn sie sich mit dem inoffiziellen Medium der Universitätsbibliothek der Vale of York unterhielt. Grace stieß Kitts Arm an, um ihr zu bedeuten, dass sie ein wenig zu schroff zu der alten Dame war, die nur helfen wollte. »Aber erzählen Sie ruhig weiter«, setzte Kitt schief lächelnd hinzu.

»Tja, zunächst einmal höre ich, dass dieses Mädel verschwunden ist. Nun passiert so etwas nicht ohne irgendeine Störung im Äther. Da sie in Durham studiert hat, ist gut möglich, dass St. Cuthbert sie ›geholt‹ hat. Seine Präsenz ist in Northumberland sehr stark.«

»Geholt«, wiederholte Kitt.

»Oder!«, fuhr Ruby fort, die sich in Schwung redete. »Sind Sie in Durham an irgendwelchen merkwürdig aussehenden Hügeln vorbeigekommen?«

»Hügeln? Nein. Nichts Ungewöhnliches, wieso?«, fragte Kitt.

»Tja, ich will ja gar nicht dran denken, aber es ist immer möglich, dass der Lindwurm von Lambton das arme Mädel gefressen hat.«

»Der Lindwurm von Lambton? Was ist das denn?«, fragte Grace. Sie war sich allerdings nicht sicher, ob sie die Antwort hören wollte, da sie während der nächsten drei Jahre in Durham leben würde. Würmer waren zwar im Garten nützlich, aber sie waren nicht gerade ihre Lieblingstiere.

»Ein riesiger, giftiger Wurm, der sich in der Nähe des Wear um Hügel windet. Nicht lange nach den Kreuzzügen von John Lambton getötet.«

»Oh Gott, das klingt übel«, sagte Grace.

Kitt schnalzte missbilligend mit der Zunge und schüttelte den Kopf über Grace und Ruby zugleich. »Wenn der Lindwurm seit den Kreuzzügen tot ist, wie in aller Welt soll er dann für den Vermisstenfall verantwortlich sein, den wir jetzt untersuchen?«

»Na ja, er muss ja 'ne Mutter gehabt haben. Oder er hatte Babys. Und wer weiß schon, wie lange diese Viecher leben?«, sagte Ruby und runzelte dann die Stirn. »Aber Sie haben recht, wahrscheinlich ist eine andere Erklärung plausibler.«

»Da sind wir uns einig«, sagte Kitt und zog die Nase kraus. Ein untrügliches Anzeichen dafür, dass ihre Geduld strapaziert wurde.

»Jetzt, wo ich darüber nachdenke, überlege ich eher, ob Jimmy sie weggelockt hat.«

»Jimmy?«, fragte Kitt.

»Aye – Jimmy Allen.«

»Und wer ist das?«

»Er war ein paar Jahre lang Dudelsackspieler bei der Herzogin von Northumberland. Er ist achtzehnhundertzehn gestorben, aber man sieht seinen Geist immer noch umherwandeln. Wenn sein Geisterspiel sie irgendwohin gelockt hat, könnte es ziemlich schwer werden, sie zu finden, aber ich könnte für Sie in meine Kristallkugel schauen, um festzustellen, ob die dunklen Mächte mir noch etwas enthüllen wollen, was vielleicht von Nutzen ist.«

»Okay, aber eins nach dem anderen. Was habe ich Ihnen

darüber gesagt, dass Sie berühmte lokale Geister nicht mit ihrem Vornamen bezeichnen sollen, als wären sie Ihre besten Freunde?«

»Tja, ist nicht meine Schuld, dass die Verstorbenen sich in meiner Gesellschaft wohlfühlen. Wie dieser römische Soldat, der tausend Jahre lang marschiert war, bevor er an meinem Haus angehalten hat, um auszuruhen. Kein Wunder, dass er da eine Tasse Tee gebrauchen konnte.«

Kitt schürzte die Lippen und ignorierte Rubys spinnerte Erklärung. »Und zweitens, stammen diese ›hilfreichen Anregungen‹ zufällig aus diesem Buch über die Folklore von Durham?«

Ruby schwieg einen Moment lang. »Möglich, dass ich etwas darin nachgeschlagen habe.«

Zu Graces Verwunderung schaffte Kitt es, nicht die Augen zu verdrehen. »Na schön, Ruby, wir werden Ihre Anregungen in Betracht ziehen. Könnten Sie Evie wieder ans Handy holen?«

Unter einigem Rascheln wurde das Handy an Evie zurückgegeben. Ihr Gesicht war gerötet, wahrscheinlich von der Anstrengung, Gelächter zu unterdrücken.

»Danke. Das war ein wirklich produktiver Einsatz unserer Zeit, insbesondere, da wir gerade wieder in einer Sackgasse stecken.«

»Ich dachte, es wäre das Beste, dir diese wichtige Information so schnell wie möglich zukommen zu lassen«, erklärte Evie grinsend.

»Du kannst dich auf etwas gefasst machen, wenn ich zurück in York bin«, zischte Kitt.

»Wahrscheinlich wirst du uns für die wichtigen Hinweise danken, die wir geliefert haben«, sagte Evie, offenbar zuversichtlich genug, um ihr Glück auf die Probe zu stellen;

ein Vertrauen, das zweifellos darauf gründete, dass Kitt sich 70 Meilen entfernt von ihr aufhielt.

»Darauf würde ich mich nicht allzu fest verlassen«, sagte Kitt. »Ich bin Donnerstag früh zurück, und dann reden wir weiter.«

»Gut, pass auf dich auf, Kitt«, sagte Evie leise kichernd und beendete den Anruf.

»Ach, du meine Güte«, sagte Kitt und stützte den Kopf in die Hände. »Manchmal frage ich mich, wie ich es angesichts von Ihnen, Ruby und Evie schaffe, mich an mein letztes bisschen Verstand zu klammern.«

»Wer hat behauptet, Verstand wäre so etwas Tolles?«, sagte Grace und stieß Kitt spielerisch mit dem Ellbogen an.

»Wahrscheinlich sollte ich mir keine Gedanken machen. Wenn ihr mich nicht alle in den Wahnsinn treibt, werde ich wahrscheinlich verrückt, weil ich nicht an die Hauptverdächtige in diesem Fall herankomme. Vielleicht tut Mal uns ja einen Gefallen und benutzt seinen Dienstausweis, um Selinas Security zu umgehen und sie zu ermuntern, ein wenig entgegenkommender zu sein, obwohl ich diesen Fall wirklich gern mit minimalem Input von ihm lösen würde. Ich muss auf eigenen Beinen stehen – ich kann ja nicht immer die Polizei um Gefallen bitten, wenn ich mir eine Agentur aufbauen will.«

Noch während Kitt das sagte, nahm in Graces Kopf ein Plan Gestalt an. Nicht die Art von Plan, die man mit einer steifen Bibliothekarin und Privatermittlerin teilen konnte, die sich an die Regeln hielt, oder mit ihrem Freund, dem Polizisten. Aber er konnte der Schlüssel dazu sein, an Selina Grant heranzukommen. Wenn sie mit Kitt darüber sprach, würde diese ihr in alle Ewigkeit vorhalten, wie gefährlich das war, aber wenn ein Gespräch mit Selina Grant höchstwahrscheinlich den Fall weiterbringen würde, dann war das doch ein kleines Risiko wert, oder? Etwas sagte Grace, dass Kitt nichts davon halten würde, daher würde sie sich für diese Extratour einen anderen Komplizen suchen müssen.

Zwölf

»Ihretwegen fliege ich noch raus«, zischte Patrick, während die beiden den Flur im Hauptgebäude entlanghuschten. Ihre Schritte hallten von dem harten Linoleum wider. Um diese Tageszeit war es das einzige Geräusch auf dem sonst belebten Gang. »Wissen Sie, wie frustrierend das so kurz vor meinem Abschluss wäre? Es war nicht gerade einfach, nach allem, was passiert ist, so weit zu kommen, verstehen Sie?«

»Ich würde Sie nicht um etwas bitten, von dem ich wüsste, dass es Sie in Schwierigkeiten bringt. Aber selbst wenn Sie erwischt werden, tun Sie einfach so, als hätten Sie nichts damit zu schaffen. Sagen Sie, Sie wollten wegen etwas anderem einen Termin mit Dekanin Berkeley machen und seien zufällig hier gewesen, während ich herumgeschnüffelt habe. Ich halte dann den Kopf hin und bestätige Ihre Geschichte. Es ist mein Plan, und dazu gehört, dass Sie alles plausibel abstreiten können«, erklärte Grace und warf ihm ein beinahe schelmisches Lächeln zu. »Entspannen Sie sich.«

»Ich werde nicht zulassen, dass Sie die Verantwortung übernehmen, das wissen Sie genau«, sagte Patrick.

»Dann muss ich mir wohl um Ihrer strahlenden Zukunft willen doppelte Mühe geben, nicht ertappt zu werden.«

Die beiden gingen weiter über den Flur, der zu Berkeleys Büro führte. Wie der größte Teil des Innenbereichs der Akademie wirkte er übermäßig steril und war vom Boden bis zur Decke in einem deprimierenden Grauton gestrichen. Die Fenster verliefen über die ganze Außenwand, doch da es draußen dunkel war, lenkte nicht einmal der Anblick von etwas Strauchwerk von der trübsinnigen Ausstattung ab.

Vor einer halben Stunde hatten Grace und Patrick noch draußen auf einer Bank gesessen und vorgegeben, in Studienmaterial vertieft zu sein. Sie hatten zugesehen, wie die Dekanin das Gebäude verlassen hatte. Eine Viertelstunde später hatte die Sekretärin, Ms. Smyth, Feierabend gemacht, und zehn Minuten später waren die Putzkräfte eingetroffen. Das war endlich grünes Licht für Graces Plan gewesen.

Zweifellos hatte Berkeleys Sekretärin ihre Bürotür abgeschlossen, als sie ging. Doch die Putzleute würden Schlüssel haben. Ein wenig Irreführung und eine Portion Glück, dann sollte Graces geschickter Plan ohne Zwischenfälle aufgehen.

»Ich bin es nicht gerade gewöhnt, Small Talk mit dem Hauspersonal zu treiben«, sagte Patrick. »Wird die Reinigungsfrau sich nicht wundern, wenn ein Student aus heiterem Himmel auf sie zukommt? Was soll ich ihr denn erzählen?«

»Sie sind ein kluger Kopf, Ihnen fällt bestimmt etwas ein«, sagte Grace und stupste ihn spielerisch an.

»Ich glaube, Sie überschätzen meine Konversationskünste. Das ist nicht gerade meine Stärke.«

»Blenden Sie sie einfach mit Ihrem Charme«, sagte Grace.

»Sehr witzig.«

Grace lachte, obwohl das nicht wirklich ein Scherz gewesen war. Wenn die Umstände anders gewesen wären und Patrick sie auf dem Flur angesprochen hätte, dann hätte sie definitiv hören wollen, was er zu sagen hatte. Natürlich durfte sie Patrick das nicht verraten. Sie versuchte, den Vermisstenfall seiner Verlobten zu lösen, daher wäre es höchst unangemessen gewesen, wenn sie zugegeben hätte, dass sie ihn attraktiv fand, oder das sogar praktisch zum Ausdruck gebracht hätte. Trotzdem konnte sie nichts gegen die Gedanken tun, die ihr immer wieder durch den Kopf gingen, seit sie sich gestern in der Bibliothek kennengelernt hatten … oder? Schließlich schadete sie niemandem, indem sie überlegte, wie Patricks Hände sich auf ihrer Haut anfühlen würden, nicht wahr?

»Schauen Sie«, sagte Patrick und riss sie aus ihren Gedanken.

Die Putzfrau, die eine nicht gerade vorteilhafte neongrüne Kittelschürze trug, näherte sich dem Büro der Sekretärin und hantierte mit ein paar Schlüsseln. Kurz darauf begann sie, die Tür aufzuschließen.

»Das ist Ihre Chance«, erklärte Grace. »Lotsen Sie sie in die andere Richtung, so weit das möglich ist, ohne dass Sie Verdacht erregen. Ich mache so schnell, wie ich kann.«

Patrick holte tief Luft und ging in Richtung Büro, während Grace weiter den Gang entlangschlich, bis sie außer Sichtweite war.

»Entschuldigen Sie«, sagte Patrick, bevor die Putzfrau Ms. Smyths Büro betreten konnte.

»Ja, Kleiner, was ist?«

»Tut mir leid, Sie zu belästigen, aber … ähm, könnten Sie mir behilflich sein? Ich glaube, ich habe da etwas im Auge. Könnten Sie sich das dort unter der Lampe anschauen und mir sagen, ob da etwas ist?«

Etwas im Auge? Etwas Besseres bekam er nicht hin? Patrick hatte wirklich nicht übertrieben, als er sagte, Small Talk sei nicht seine Stärke.

»Aye, na schön«, sagte die Putzfrau, nickte und folgte Patrick in den Teil des Flurs, auf den er gezeigt hatte.

In der Sekunde, in der die Putzfrau von der Tür wegtrat, flitzte Grace ins Büro. Nachdem sie sich kurz umgeblickt hatte, entdeckte sie den mit »A–Z« gekennzeichneten Aktenschrank und suchte sofort nach »G«. Quälende zwanzig Sekunden lang blätterte sie hastig an Namen wie Geller und Granger vorbei, bis sie zu »Grant« kam.

Sie warf einen Blick zur Tür, um sich zu vergewissern, dass sie nicht gestört würde, zog die Akte heraus und schlug sie auf der Seite auf, die Selina Grants Stundenplan enthielt. Dann schoss sie mit ihrem Handy schnell ein Foto. Sie wollte die Akte schon wieder zuschlagen, als ihr ein blauer Karteireiter auffiel, der aus einer der Seiten hervorschaute. Der gleiche, wie er in Kitts Akte gesteckt hatte, wo die Notiz über ihre frühmorgendliche Flitzeraktion gestanden hatte. Vielleicht war Selina Grant ja doch nicht so makellos, wie Google alle glauben machen wollte? Andererseits schien es nicht allzu schwierig zu sein, hier am Venerable Bede's Ärger zu bekommen, und sogar mit ihrem Status als Millionärstochter passte Selinas wilde Art wahrscheinlich nicht gut zu den Regeln, wie Regina Berkeley sie gern durchsetzte.

Jeder Hinweis, der Selinas ansonsten tadellose Akte infrage stellte, wäre sicher von entscheidender Bedeutung. Grace schlug die Seite auf und überflog sie rasch, um sich davon zu überzeugen, dass es nicht um einen kleineren Verstoß wie das Betreten des auf Anweisung von Berkeley frisch gemähten Rasens ging. Doch als sie das Dokument las, riss sie die Augen auf. Es war eine schriftliche Aussage von Selina, in der sie eine Prügelei mit einer anderen Studentin schilderte. Die andere war Jodie Perkins gewesen, und die Auseinandersetzung hatte eine Woche vor deren Verschwinden stattgefunden. In ihrer Erklärung gab Selina zu, den Streit angefangen zu haben, weil Jodie sie wegen Patrick verspottet hatte. Anscheinend hatte Selina Patrick für sich gewinnen wollen, und Jodie hatte deutlich gemacht, dass daraus nichts würde. Offenbar mochte Selina Grant es nicht, wenn man ihr etwas verwehrte, was sie haben wollte. War Selinas Wunsch, Patrick für sich zu erwärmen, stark genug gewesen, um Jodie verschwinden zu lassen? Jedenfalls war dies das massivste Motiv, das Kitt und sie bisher entdeckt hatten.

So schnell Grace konnte, schoss sie auch von dieser Seite ein Foto, klappte die Akte zu, sortierte den Ordner wieder ein und schob die Schublade zu. Sie glitt mit einem dumpfen Knall zu. Uups. Das war nicht besonders klug gewesen. Kurz stand sie stocksteif da und lauschte auf Geräusche von draußen, die darauf hinweisen würden, dass jemand unterwegs war, um nachzusehen. Wenn es wirklich dazu kam, konnte sie sich wahrscheinlich verstecken, bis die Luft rein war. Doch nach ungefähr zehn Sekunden wurde klar, dass sie nicht erwischt worden war. Sie hörte nur, wie die Reinigungskraft über etwas lachte, was Patrick gesagt hatte. Es klang so, als hätte er ihren Rat, seinen Charme einzusetzen, wörtlich genommen.

Sie rannte zur Tür und schob sie vorsichtig auf. Die Putzfrau wandte Grace den Rücken zu, sodass sie, solange sie sich lautlos bewegte, unbemerkt hinausschlüpfen könnte. Ohne länger zu zögern, stürzte sie aus der Tür und über den Flur zum Haupteingang. Sie hörte, wie Patrick sich verabschiedete, und schlug einen lässigeren Schritt an, damit er sie einholen konnte. Er war nur noch ein paar Schritte hinter ihr, und Grace wollte sich schon zu ihrer perfekten Undercover-Aktion gratulieren, als sie zufällig durchs Fenster sah und eine Gestalt bemerkte, die den benachbarten Gang entlangging. Unverkennbar Berkeleys Sekretärin, Ms. Smyth. Sie würde jeden Moment um die Ecke biegen, und sie durfte die beiden nicht nach Feierabend in der Nähe des Büros antreffen. Grace war sich zu fünfundneunzig Prozent sicher, dass sie alles wieder so hinterlassen hatte, wie sie es vorgefunden hatte, aber wenn der Sekretärin auffiel, dass etwas nicht an seinem Platz war und Grace in der Nähe des Tatorts gesehen würde, dann würde ihr klar sein, dass sie ins Büro eingebrochen war, und das würde fraglos den endgültigen Verweis bedeuten.

»Oh Gott, hier hinein, schnell!«, zischte Grace.

Patrick runzelte die Stirn, folgte ihr aber. »Warum verstecken wir uns im Besenschrank?«

»Psst. Berkeleys Sekretärin kommt zurück. Falls sie bemerkt, dass etwas im Büro verändert wurde, will ich nicht, dass sie mich mit einem Einbruch in Verbindung bringt.«

»Ohh, Ms. Smyth«, hörten die beiden die Putzfrau auf der anderen Seite sagen. »Ich wollte gerade mit Ihrem Büro anfangen. Haben Sie etwas vergessen?«

»Mein Handy«, erklärte Ms. Smyth. »Ich dachte, ich hätte es in die Handtasche gesteckt, aber ich muss auf dem Weg nach draußen abgelenkt gewesen sein. Es dauert nur einen Moment; tut mir leid, wenn ich Ihnen im Weg stehe.«

»Kein Problem. Ich hatte noch gar nicht richtig in Ihrem Büro angefangen. Ich hole den Staubsauger und lasse Ihnen ein paar Minuten, um Ihre Sachen zusammenzusuchen.«

»Oh-oh«, sagte Grace.

»Was?«

Grace hob einen Staubsauger an – durch die Glasscheibe über der Tür fiel gerade so viel Licht herein, dass Patrick ihn erkennen konnte.

Seine Augen weiteten sich. Die beiden verstummten. Die Schritte der Putzfrau auf dem harten Linoleum kamen immer näher. Grace biss sich auf die Unterlippe und versuchte, schnell zu denken. Was wäre eine stichhaltige Ausrede dafür, dass sie sich in der Kammer verbargen? Ein Versteckspiel? Nein, das würde nicht funktionieren. Aus dem Alter waren sie raus. Eine Inventur der Reinigungsprodukte? Aber sie hatte keine Ahnung, wer bei der Akademie für die Gebäudepflege zuständig war. Sie wusste nicht einmal einen Namen. Diese Geschichte würde ihr unmöglich jemand abnehmen. Und außerdem hatte die Putzfrau Patrick schon gesehen, daher würde sie sich vielleicht fragen, warum er bei ihrer Unterhaltung nicht erwähnt hatte, dass ihn ein Fakultätsmitglied geschickt hatte, um eine Bestandsaufnahme der Reinigungsprodukte anzustellen.

Dann kam ihr ein Gedanke.

»Ähm, warum sehen Sie mich so an?«, murmelte Patrick.

»Küssen Sie mich, Patrick.«

»Was?«

»Wir sind jung. Wir machen dummes Zeug, zum Beispiel Küssen im Besenschrank. Das ist weniger verdächtig, als uns bloß hier zu verstecken.«

»Glauben Sie wirklich, sie kauft uns das ab?«

»Im Fernsehen klappt das immer«, sagte Grace schulterzuckend.

Die Schritte der Putzfrau waren jetzt ganz in der Nähe, vielleicht nur einen oder zwei Meter entfernt. Patrick und Grace nickten und neigten sich aufeinander zu. Behutsam drückte Grace die Lippen auf seinen Mund. Er war weich und schmeckte irgendwie zitronig. Vielleicht war es dieser köstliche Geschmack, der sie dazu brachte, leicht an Patricks Unterlippe zu saugen. Wem machte sie etwas vor? Das hier hatte sie sich schon gewünscht, bevor sie überhaupt gewusst hatte, wie er schmeckte. Ihm entfuhr ein leises Keuchen. Sie kniff die Augen zusammen und machte sich Sorgen, sie könne ihm zu nahe getreten sein, doch als Nächstes spürte sie, wie Patrick sie energisch umschlang. Es überraschte sie, wie fest sich seine Arme anfühlten. Wie stabil. Sie legte die Arme um seine Mitte und zog ihn näher an sich heran, und der Kuss wurde tiefer. Er grub die Finger in den Rücken ihres Shirts und presste sich fester an sie, bis nichts mehr sie trennte. Kurz darauf trafen sich ihre Zungen, und Grace hörte sich ein leises, zufriedenes Stöhnen ausstoßen, das Patrick nur dazu brachte, sie noch heftiger zu küssen. Es war viel zu lange her, dass Grace zuletzt geküsst worden war, und sie musste selbst zugeben, dass sie noch nie so einen Kuss erlebt hatte.

»Was ist denn hier los?«, fragte eine vertraute Stimme.

Grace und Patrick fuhren auseinander. Sie atmeten beide schwer und hatten nicht gehört, wie die Tür der Kammer geöffnet wurde. Grace fragte sich, ob sie rot geworden war. Ihr Gesicht fühlte sich jedenfalls sehr heiß an.

»Tut mir leid«, stotterte Patrick. »Meine, ähm, Freundin hier hat mich überrascht, und dann ist alles ein wenig außer Kontrolle geraten. Entschuldigung. Tut mir sehr, sehr leid.«

»Ja, bedaure«, sagte Grace. »Wir hatten ja keine Ahnung, dass in nächster Zeit jemand an diesen Schrank gehen würde. Wahrscheinlich könnten Sie auf so einen Anblick verzichten, während Sie versuchen, Ihren Job zu machen. Wir wollten Ihnen nicht im Weg sein.«

Die Putzkraft starrte die beiden einen Moment lang an und zuckte dann mit den Schultern. »Ich hab früher in Hotels geputzt. Danach kann einen nicht mehr viel schockieren. Aber Sie sollten lieber verschwinden, bevor Ms. Smyth wiederkommt. Sie erzählt sonst Berkeley alles, und die beiden sind vielleicht nicht so verständnisvoll.«

»Genau. Danke«, sagte Grace und zupfte ihr Shirt zurecht, das bei ihrem Kuss mit Patrick zerknautscht worden war. Sie trat aus der Kammer, Patrick folgte ihr, und die beiden gingen davon, so schnell sie konnten, ohne allzu viel Aufmerksamkeit auf sich zu lenken. Sie brachten es nicht fertig, einander nach ihrem Kuss in die Augen zu sehen, doch sie konnten sich beide eines Lächelns nicht erwehren, wenn sie dachten, der andere schaue nicht hin.

Dreizehn

»Sehen Sie, da kommt sie ja«, sagte Grace, als Selina Grant aus dem Fakultätsgebäude der Sportwissenschaften trat und in Richtung Hauptgebäude ging. Grace erkannte sie aus den vielen YouTube-Videos wieder, die Selina auf ihrem persönlichen Kanal hochgeladen hatte. Doch da alle diese Videos Selina bei irgendeiner todesmutigen Aktion zeigten, hatte sie für das Leben auf dem Campus einen vollkommen anderen Look gewählt. Verschwunden waren die T-Shirts mit Ringerrücken, die Lycra-Shorts. Stattdessen trug sie einen kurzen Faltenrock, der nur knapp alles Nötige bedeckte, und eine Jeansjacke, deren Schnitt verriet, dass sie nicht bei New Look von der Stange gekauft war. Ihr langes blondes Haar war nicht hochgebunden wie immer in den Videos. Es fiel ihr offen um die Schultern und war so vollkommen glatt, dass es aussah wie im Salon frisiert. Hatten Millionenerbinnen ihren Privatfriseur, der ins Haus kam? Angesichts von Selinas perfekt gezähmtem Look hätte Grace darauf gewettet.

»Ich habe auch nicht behauptet, dass Ihr Plan nicht funktionieren würde«, sagte Kitt und setzte Selina Grant nach, die, genau wie Patrick gesagt hatte, einen Bodyguard mit kantigem Kinn und breiten Schultern im Schlepptau hatte.

»Ich sagte nur, dass Ihre Methode zur Erlangung der Information, um den Plan möglich zu machen, sowohl unethisch als auch gefährlich war.«

Grace ging neben Kitt her und behielt Selina und ihren Leibwächter im Auge, während sie dafür sorgte, dass sie auf Abstand blieben. »Übertreiben Sie nicht. Ich habe nichts überwältigend Illegales getan.«

»Sie sind ins Büro der Dekanin eingebrochen«, stieß Kitt mit zusammengebissenen Zähnen hervor.

»Also, technisch gesehen bin ich nirgendwo eingebrochen; die Tür war nicht abgeschlossen«, konterte Grace.

Das schien Kitt zu denken zu geben. »Na, dann haben Sie gegen den Datenschutz verstoßen, indem Sie sich Zugang zu Selinas Akte verschafft haben.«

»Und wer wird je davon erfahren?«, fragte Grace. »Ich werde ihren Stundenplan schon nicht an die Boulevardpresse verkaufen, und die Fotos lösche ich, sobald wir Kontakt zu ihr haben. Niemandem wird ein Schaden entstehen. Wenn es einen anderen Weg gegeben hätte, hätte ich ihn gewählt, aber Sie sind nur noch bis heute Abend hier. Schlimm genug, dass wir Randy Hobbs bis zum Wochenende nicht erreichen! Da können wir es nicht riskieren, dass uns noch eine weitere Verdächtige durch die Lappen geht. Wir müssen mit Selina reden, bevor Sie abreisen. Uns läuft die Zeit davon, in der wir hier Fortschritte machen können.«

»Ich habe nicht vor, den Fall aufzugeben, nur weil ich zurück nach York fahre«, erklärte Kitt.

»Nein, aber wenn wir etwas Konkretes aufdecken, bevor Sie fahren, kann ich meine Online-Recherche von Weltklasse starten.«

»Sie meinen, Ihr dubioses Cyberstalking?«

»Ach, hören Sie doch auf mit der Haarspalterei. Wenn wir nichts entdecken, wird es mindestens Wochenende, bevor wir etwas in Bewegung bringen können. Die Sache ist schon ein Jahr her. Die Leute, die Jodie entführt haben, brauchen keinen größeren Vorsprung, als sie jetzt schon haben.«

»Das ist mir ja alles bewusst«, sagte Kitt. »Ich finde trotzdem, man hätte das moralisch sauberer angehen können.«

»Wissen Sie, als Privatermittlerin muss man manchmal eine schwere Entscheidung zwischen dem größeren und dem kleineren Übel treffen. Falls Ihnen das entgangen sein sollte: Das kleinere Übel war, dass ich Selinas Akte eingesehen habe. Das größere ist, dass Selina möglicherweise für Jodies Verschwinden und/oder ihren Tod verantwortlich ist.«

»Ja, danke, Grace, das hatte ich verstanden.«

»Jedenfalls habe ich bloß ihren Stundenplan fotografiert.«

»Schlimm genug. Das ist trotzdem eine persönliche Information. Und was den Umstand angeht, dass Sie Patrick als Helfer angeworben haben … Mussten Sie unbedingt wegen einer kleinen Schwärmerei die Ermittlung gefährden?«

Grace schaute entgeistert drein. Nicht wegen der Andeutung an sich, sondern weil Kitt so schnell darauf gekommen war. Das hatte man nun davon, sich mit einer Detektivin anzufreunden. Doch Grace hatte bereits einen Pakt mit sich selbst geschlossen, nicht laut zuzugeben, dass sie sich von ihm angezogen fühlte, daher war Leugnen das einzig Logische. »Ich schwärme nicht für Patrick. Ich helfe ihm, seine verschwundene Verlobte zu finden. Es wäre vollkommen unpassend, eine Schwärmerei für den Kerl zu entwickeln.«

»Vollkommen unpassendes Benehmen ist aber Ihre Spezialität, oder?«

Grace lächelte widerwillig. »Ich habe Patrick nur eingespannt, weil ich wusste, er würde verstehen, dass der Zweck die Mittel heiligt. Er wünscht sich noch mehr als wir, Jodie zu finden.«

»Ich bin mir da nicht so sicher«, sagte Kitt. »Und übrigens haben Sie nicht nur den Stundenplan fotografiert; vergessen wir die Aussage über das Fehlverhalten nicht.«

»Ach ja, aber das zählt nicht. Ich bin nicht dort hineingegangen, um ein Foto davon zu machen. Das war nur ein Glücksfall«, sagte Grace und überzeugte sich, dass Selina und ihr Bodyguard noch vor ihnen in Sicht waren.

»Nicht so glücklich für Patricks Status als Verdächtiger«, sagte Kitt und zog die Augenbrauen hoch.

»Was? Aber *er* hat sich nicht eine Woche vor ihrem Verschwinden mit Jodie geschlagen – Sie setzen doch bestimmt nach allem, was wir erfahren haben, auf die Millionenerbin.«

»Noch ein wenig lauter. Ich glaube, Selinas Bodyguard hat Sie nicht gut verstanden.«

»Tut mir leid«, sagte Grace und senkte die Stimme. Sie hatte nicht gemerkt, dass sie so laut geworden war.

»Ihre Theorie ist nicht besonders stichhaltig. Wenn er zufällig Selinas Gefühle erwiderte, könnte er die Gelegenheit genutzt haben, um Jodie für immer loszuwerden, damit sie zusammen sein konnten. Ich kann mir nicht vorstellen, dass Patrick etwas dagegen haben würde, eine Millionärin zu daten.«

»Aber dazu bräuchte er doch Jodie nicht verschwinden zu lassen; er hätte einfach Schluss mit ihr machen können. Noch waren die beiden nicht verheiratet.«

»Nein, aber vielleicht war Patrick zu feige, um sich von ihr zu trennen, also hat Selina dafür gesorgt, dass Jodie von der Akademie verwiesen wurde, indem sie ihr Drogen ins Schließfach geschmuggelt hat. Das wäre dann auch Motiv genug, um Jodie verschwinden zu lassen, falls sie erraten hat, was sie getan hat.«

»Tut mir leid, aber Sie irren sich. Ich glaube einfach nicht, dass er so etwas tun würde«, erklärte Grace.

Kitt kniff die Augen zusammen. »Was ist gestern Abend zwischen Patrick und Ihnen vorgefallen?«

»Nichts … Jedenfalls nichts, was nicht im Geist guter, altmodischer verdeckter Ermittlungen gewesen wäre«, erwiderte Grace. »Ich weiß einfach, dass er nicht schuldig ist.«

»Ich hoffe, Sie haben recht«, sagte Kitt. »Aber ich finde, Sie sollten trotzdem darauf gefasst sein, dass er uns nicht die ganze Geschichte erzählt.«

Grace hatte keine Lust, weiter darüber zu diskutieren, daher entschied sie, dass es Zeit war, das Thema zu wechseln. Kitt war eine gute Freundin, und sie wollte sich mit ihr nicht darüber streiten. Sie würden sich eben darauf einigen müssen, dass sie sich nicht einig darüber waren, wer momentan der Hauptverdächtige war. »Sehen Sie, die beiden gehen in die Cafeteria, das ist praktisch. Wir können uns in die Nähe setzen und zur richtigen Zeit unseren Schachzug machen.«

Mit großem Abstand zwischen sich und der Zielperson betraten Grace und Kitt die Hauptcafeteria, die mit dunklem Holz getäfelt und mit langen Tischen eingerichtet war, die sich beinahe über die ganze Breite der Halle erstreckten. Die beiden gingen geradewegs zur Essensausgabe und nahmen sich ein paar Teile, die dazu beitragen würden, natürlicher zu wirken, die sie sich aber auch in die Taschen stecken konnten, falls sie sich schnell bewegen mussten. Dann suchten sie sich Plätze an einem Tisch ein paar Reihen von Selina entfernt. Sie sahen zu, wie sie mit ihren Freundinnen plauderte, während ihr Bodyguard am Kopfende des Tischs Stellung bezog. Bevor Grace Selinas Bodyguard gesehen hatte, hatte sie gedacht, es werde nur darauf ankommen, auf Grundlage von Selinas Stundenplan ihren Aufenthaltsort zu ermitteln und sie dann höflich anzusprechen, um die Lage zu erklären und ihrem Wunsch Ausdruck zu verleihen, Selina von der Liste der Verdächtigen zu streichen.

Doch ein Blick auf Selinas Wächter in Person hatte dieser Idee ein abruptes Ende bereitet, und sie mussten schnell einen Plan B schmieden. Der Kerl bestand aus mindestens hundertfünfzehn Kilo puren Muskeln. Er wirkte fast so breit wie lang und war die Art Typ, bei dessen Anblick man sich fragte, ob sogar Dwayne »the Rock« Johnson ihn in einem fairen Kampf schlagen könnte.

Soweit Grace wusste, könnte er ein vollkommen vernünftiger Bursche sein, doch angesichts dessen, wie er aus zusammengekniffenen Augen jede Person im Raum mit beinahe Terminator-mäßiger Präzision und Objektivität musterte, hatte sie keine Lust, ihr Glück auf die Probe zu stellen.

»Haben Sie es geschafft, Berkeleys Alibi zu überprüfen?«, fragte Grace Kitt leise. Das Letzte, was sie gebrauchen konnte, war, dass jemand an einem Tisch in der Nähe ihr Gespräch mithörte und die Gerüchteküche am Venerable Bede's aus dem Ruder lief.

»Ja, sie hat die Wahrheit gesagt.«

»Und was ist mit Lowenthal?«

»Das habe ich auch nachverfolgt«, erklärte Kitt seufzend. »Sie sind beide sauber.«

»Und da Sie hier bei mir sind, statt einem Detective Inspector nachzulaufen, nehme ich an, dass man Sie nicht aufgefordert hat, sich an den Ermittlungen im Polizeirevier von Durham zu beteiligen?«

»Ja, danke, Grace. Sie brauchen nicht ganz so selbstgefällig dreinzuschauen. Man hat mich nicht gebeten, als Beraterin tätig zu werden, aber die Polizei hat die Ermittlung wiedereröffnet und startet einen neuen Appell um Informationen. Ich soll ihnen alles mitteilen, was wir finden und was ihnen von Nutzen sein könnte. Das ist ziemlich einseitig, obwohl Inspector Thompson, mit dem Halloran geredet hat, sagte, wenn sie einen größeren Durchbruch hätten, würden sie uns Bescheid geben. Und um fair zu sein, hat er jedenfalls das eine Ungewöhnliche preisgegeben, was bei den Tests mit den Lumpen aus dem Nebengebäude zutage gekommen ist.«

»Und das wäre?«

»An dem Lappen, den wir herausgegriffen haben, befanden sich große Mengen von Kalksteinstaub.«

»Kalkstein? Wofür wird das benutzt?«

»Denken Sie an einen beliebigen Gegenstand aus Ihrem Haushalt, und er enthält wahrscheinlich irgendwie Kalkstein – Glas, Kacheln, man könnte die Liste fortsetzen. Aber der hier war unverarbeitet und pulverisiert – nach den Polizeitests beinahe staubfein.«

»Ist es denn so erstaunlich, so etwas im Lagergebäude eines Bauunternehmers zu finden? Wenn er auf Baustellen tätig ist, muss er doch wohl zwangsläufig manchmal mit Kalkstein in Berührung kommen.«

»Wir sind uns nicht sicher«, erklärte Kitt. »Möglich, dass er sich von Kenneths Kleidung oder Gerätschaften übertragen hat, aber die Polizei hat ihn nach allen Substanzen befragt, die gefunden wurden, und die einzige, für die er keine Erklärung hatte, war der Kalksteinstaub auf dem Lappen. Er sagt, er benutze dieses Nebengebäude, um Holz und Werkzeug zu lagern, aber alle Rohmaterialien würden normalerweise auf der Baustelle aufbewahrt, auf der sie gerade arbeiten.«

»Glauben wir Kenneth denn? Ich meine, da sind in einem Gebäude, das ihm gehört, Hinweise auf ein vermisstes Mädchen gefunden worden!«

»Er ist verhört worden, und Halloran sagt, die Polizei werde seine Bank- und Telefondaten überprüfen, um sicherzugehen, dass er in keiner Verbindung zu dem Opfer steht. Anscheinend ist er auf ein Alibi gestoßen, als er seine Papiere und Banktransaktionen aus dem letzten Jahr überprüft hat. Er hatte einen längerfristigen Auftrag drüben in Penrith und hat dort in einem Bed and Breakfast übernachtet. Die Pension gehört zu denen, die um Mitternacht abschließen, und zu diesem Zeitpunkt saß Kenneth in deren Bar …«

»Dann hätte er also nicht nach Durham zurückfahren und bei Jodies Verschwinden die Hand im Spiel haben können.«

»Ich vermute, die Polizei wird Verkehrsüberwachungs-Kameras überprüfen und mit dem Personal des Bed and Breakfast reden, um zu überprüfen, ob er sich wirklich in der Gegend aufgehalten und nicht etwa jemandem seine Bankkarte geliehen hat, um sich ein Alibi zu verschaffen.«

»Aber es sieht nicht so aus, als wäre er verdächtig.«

»Er steht jedenfalls weiter unten auf der Liste als Selina Grant.«

Grace seufzte. »Ein Jammer, dass Kalksteinpulver so verbreitet ist. Das heißt, selbst wenn Jodies Angreifer es hinterlassen haben, wird es uns wahrscheinlich nicht behilflich dabei sein, den Kreis unserer Verdächtigen enger zu ziehen.«

»Nein, aber es könnte ein Beweisstück sein, das uns später hilft, zu beweisen, wer der Täter ist.«

Eine Pause trat ein, und Kitt warf einen Blick in Selinas Richtung. Die schob sich mit einer Gabel Quiche und Salat in den Mund und lachte über etwas, das eine ihrer Freundinnen gesagt hatte.

»Also, erzählen Sie mir mehr darüber, was gestern Abend mit Patrick passiert ist.«

»Passiert? Nichts! Das habe ich Ihnen doch schon gesagt!«

»Sie haben mir berichtet, wie Sie sich in Ms. Smyths Büro geschlichen haben, aber Sie haben nichts darüber gesagt, wie Patrick sich verhalten hat. Angesichts des Umstands, dass Selina sich mit seiner Verlobten um ihn gestritten hat, kurz bevor diese verschwand, müssen wir ihn genau im Auge behalten. Wie hat er sich benommen?«

Wie sollte Grace auf diese Frage antworten? Sie konnte wohl kaum erzählen, dass sie sich für sein Geschick beim Küssen verbürgen konnte. Kitt war schon verärgert genug, weil sie ihn eingespannt hatte, um bei der Ermittlung zu helfen, daher war es gerade keine Option, ihr zu gestehen, dass ihre Lippen sich getroffen hatten.

»Er hat nichts Ungewöhnliches getan«, sagte Grace. »Er war sogar gegen meinen Plan – hat sich Sorgen gemacht, er könnte aus seinem Studiengang geworfen werden. Wenn überhaupt, hat er versucht, einen guten Einfluss auf mich auszuüben.«

Kitt zog, an Grace gerichtet, eine Augenbraue hoch, was besagen sollte – jedenfalls glaubte Grace das –, dass ein solcher Versuch Zeitverschwendung wäre.

»Warten Sie mal, es sieht so aus, als wäre Selina aufgestanden«, sagte Kitt. »Sie geht zur Damentoilette.«

»Und ihr Bodyguard folgt ihr«, sagte Grace mit vor Enttäuschung ausdrucksloser Stimme.

»Wahrscheinlich wird er einfach draußen warten, aber er kann Sie nicht daran hindern hineinzugehen. Vermutlich können Sie ebenso gut die Chance nutzen, sie anzusprechen.«

»Okay«, sagte Grace und holte tief Luft. »Ich brauche nicht lange, aber falls unser Funkverkehr abreißt, sollten Sie mir wahrscheinlich nachgehen.«

»Gut. Seien Sie vorsichtig. Und tun Sie einmal im Leben nichts Unüberlegtes.«

Grace nickte, schloss aber innerlich einen Pakt mit sich selbst, dass sie, falls dies ihre einzige Gelegenheit sein würde, sich bei Selina Grant einzuschmeicheln, alles tun würde, was nötig war, um sie auf sich aufmerksam zu machen.

Vierzehn

Grace trat durch die Tür zur Damentoilette, ließ die Hand unter ihren Schal gleiten und schaltete das Funkgerät ein. Wie Kitt vorhergesagt hatte, wartete Selinas Bodyguard einen oder zwei Meter von der Tür entfernt. Frauen waren ja bekannt dafür, in der Toilette oder Waschräumen lange zu brauchen. Wahrscheinlich hatte sie gut zehn Minuten Zeit, bevor der Bodyguard etwas Unrechtes vermuten würde. Natürlich hatte sie nicht gerade viel Erfahrung damit, Töchter international bekannter Millionäre anzuquatschen. Wenn sie also einen Weg finden wollte, sich bei dieser Frau einzuschmeicheln, erschien es gescheit, sich für diese Aufgabe eine etwas andere Persönlichkeit zuzulegen. Eine Undercover-Rolle, für die sich die vermutliche Anführerin einer todesmutigen Geheimgesellschaft erwärmen könnte.

Drinnen wuschen sich ein paar Mädchen die Hände und frischten vor einer Reihe von Spiegeln ihr Make-up auf. Grace machte großes Getue darum, ihr Haar neu zu frisieren, und zog Make-up aus ihrer Tasche. Sie trug gerade ihre dritte Schicht Kokos-Lipgloss auf, als Selina aus einer der Kabinen trat. Grace ließ ihr einen Moment Zeit, um sich die Hände zu waschen, und eröffnete dann ein Gespräch.

»Oh mein Gott, du bist dieses Mädchen von dem superkrassen YouTube-Kanal, oder?«, fragte Grace und schaute zu Selina hinüber.

Selina schenkte Grace ein Lächeln, das alles andere als höflich war. »Ja. Das ist mein offizieller Titel.«

»Oh, tut mir so leid, wahrscheinlich wirst du ständig darauf angesprochen. Ich wollte dich nicht belästigen, es ist nur, dass ich wirklich liebe, was diese Videos ausdrücken, verstehst du? Die Freiheit, den Mut, die Verwegenheit. Sie sind total inspirierend.«

»Wirklich?«, gab Selina zurück. Ihre Stimme klang immer noch argwöhnisch, aber sie hatte etwas gefragt, was wenigstens ein Zeichen dafür war, dass sie sich auf ein Gespräch einließ.

»Machst du Witze? Selbst auf das Risiko hin, wie eine Stalkerin rüberzukommen, du solltest wissen, dass ich geradezu peinlich süchtig nach deinem Kanal bin. Ich meine, ich sage dir ganz ehrlich, dass ich einige deiner Videos ungefähr zehnmal angeschaut habe. Der Fallschirmabsprung in Dubai gehört zu dem Wahnsinnigsten, was ich im LEBEN gesehen habe. Wie hat sich das angefühlt? Muss ein totaler Rausch gewesen sein.«

»Machen Sie mal halblang, Grace«, zischte Kitt in ihrem Ohrhörer. *»Sie ist eine britische Millionärstochter, kein Mitglied einer Studentinnenverbindung aus Südkalifornien.«*

Doch trotz Kitts Kritik an ihrer Darstellung eines oberflächlichen coolen Mädchens entspannte sich Selinas vorher reservierte Körpersprache so weit, dass Grace den Eindruck hatte, Fortschritte zu machen.

»Das war ein harter, schneller Ritt«, erklärte Selina. »Definitiv einer meiner besten zehn Sprünge aller Zeiten.«

»Weißt du, ich bin noch kein einziges Mal mit dem Fallschirm abgesprungen, und du hast schon eine Bestenliste von zehn. Kein Wunder, dass du nicht geschrien hast. Du hast nur gelacht und gejubelt. Ich könnte unmöglich abspringen und dabei so cool aussehen.«

Selina lachte leise. Anscheinend war es eine todsichere Taktik, Leute mit Plattitüden zu überschütten, damit sie sich für einen erwärmten.

»Dann hast du es noch nie selbst gemacht? Fallschirmspringen meine ich.«

Zeit für ein wenig Schauspielerei.

»Ich wollte immer schon mal so was Abgefahrenes machen, aber meine Eltern würden mich buchstäblich umbringen. Der Sturz aus dem Flugzeug würde mich nicht umbringen, aber die beiden schon, wenn du verstehst, was ich meine.«

»*Also wirklich, Grace, Sie klingen wie einer dieser grauenhaften Teenager aus* Girls Club«, sagte Kitt in Graces Ohrhörer.

»Sie haben mich mein ganzes Leben lang nie machen lassen, was ich wollte«, erklärte Grace und versuchte sich trotz Kitts ziemlich unwillkommener Kommentare auf ihren Auftritt zu konzentrieren. »Nie darf ich irgendetwas, was auch nur entfernt interessant ist. Und dabei wünsche ich mir bloß, draußen in der Welt aufregende Dinge zu erleben, so wie du. Deswegen habe ich so viel Spaß an deinem Kanal. Es ist zwar peinlich, das zuzugeben, aber ich lebe stellvertretend durch deine Posts. Wenn es nach meinen Eltern geht, kriege ich nie die Chance, so etwas zu machen.«

»Tja, was deine Eltern nicht wissen, macht sie nicht heiß«, sagte Selina, und langsam breitete sich ein listiges Lächeln über ihr Gesicht.

»Meine Eltern wissen *alles*. Keine Ahnung, woher, aber sie finden es immer, immer heraus«, erklärte Grace. An diesem Punkt brauchte sie nicht zu schauspielern. Sie musste irgendwelche unsichtbaren Signale aussenden, denn jedes Mal, wenn sie etwas vorgehabt hatte, was ihre Eltern missbilligt hätten, hatten sie die Gabe, es herauszufinden. Vielleicht hatte sie ihre allgemein argwöhnische Art und ihre Liebe zur Detektivarbeit ja von ihnen.

»Auch solche Eltern lassen sich hinters Licht führen. Schon mal daran gedacht, ein paar Dinge hinter ihrem Rücken auszuprobieren?«, fragte Selina.

»Ich … wüsste gar nicht, wo ich damit anfangen soll.«

»Tja, du kannst klein anfangen und dich dann zu Fallschirmsprüngen aus über dreitausend Metern hocharbeiten.«

»Klein anfangen klingt gut«, sagte Grace, die sich plötzlich Sorgen machte, sie könnte sich, falls diese Undercover-Aktion aus dem Ruder lief, mit einem Fallschirm auf dem Rücken in einem Flugzeughangar wiederfinden. Natürlich, sie wollte den Fall lösen. Sie wollte Jodie finden und Gerechtigkeit für sie erreichen. Aber sie konnte die Schauspielerei unmöglich so weit treiben. Fallschirmspringen war definitiv etwas, was sie nie tun würde.

»Du brauchst nicht so nervös zu klingen«, sagte Selina lachend. »Du sitzt jetzt in keinem Flugzeug.«

»Schöne Abenteuerin bin ich«, sagte Grace kichernd. »Mir schlottern schon mit beiden Füßen auf dem Boden die Knie.«

»Du kriegst den Dreh schon raus. Fallschirmspringen ist ganz ähnlich wie Sex. Das erste Mal ist nervenaufreibend und tut ein bisschen weh. Aber danach kriegst du bald heraus, was gut für dich ist.«

»Netter Tipp«, sagte Grace und nickte, während sie wünschte, Selina hätte sich einen anderen Vergleich ausgesucht. Sie wollte eigentlich nicht an ihr äußerst enttäuschendes erstes Mal erinnert werden.

»Tja, normalerweise würde ich das nicht machen, aber du kommst mir so vor, als könntest du einen kleinen Anstoß in die richtige Richtung gebrauchen. Ich gebe morgen Abend eine Hausparty mit ein paar Gleichgesinnten, die, sagen wir, groß in der Abenteurer-Szene sind. Wenn du solch ein Fan bist, komm doch vorbei, dann lernst ein paar von ihnen kennen. Vielleicht inspiriert dich das.«

»Ich bin mir nicht sicher, ob das so eine gute Idee ist, Grace«, sagte Kitt in ihrem Ohrhörer warnend. *»Möglich, dass sie Sie durchschaut hat, und dass sie Sie in ihr Haus lockt, könnte Teil einer Falle sein. Wahrscheinlich sollten Sie sich lieber herauswinden. Sagen Sie, dass Sie eine Familienfeier haben oder so etwas.«*

»Oh, wirklich?«, sagte Grace und ignorierte Kitts Warnung – das war vielleicht ihre einzige Chance, Selinas Haus zu infiltrieren; die konnte sie sich nicht entgehen lassen. »Es würde dir nichts ausmachen, eine totale Anfängerin dabeizuhaben? Ich möchte dir auf keinen Fall im Weg sein.«

»Nein, das ist cool. Ich erkenne ein verlorenes Mädchen, das auf der Suche nach etwas Orientierung ist, wenn ich sie sehe. Ich war früher selbst eins. Komm, gib mir deine Nummer.«

Grace tat, wie ihr geheißen, und Selina nahm ihre Nummer in ihre Kontakte auf. »Schreib mir nachher, und ich gebe dir Uhrzeit und Adresse durch.«

»Ich kann nicht glauben, dass das passiert«, sagte Grace. »Eine Party bei meinem YouTube-Idol. Das glaubt mir niemand. Andererseits führe ich ein so ruhiges Leben, dass für jeden, der mich kennt, das Unglaublichste ist, dass ich überhaupt an einem Donnerstagabend auf eine Party gehe. Und dann noch bei jemandem mit einem sensationellen Vlog.«

»Hast du noch nicht gehört, dass Donnerstag der neue Freitag ist?« Selina strahlte. »Aber tu mir einen Gefallen, ja? Erzähl niemandem von der Party, bevor sie vorbei ist. Sie ist nur für geladene Gäste, und ich will nicht, dass Außenstehende versuchen, sich einzuschleichen. Ich behalte den Zutritt ziemlich genau im Blick, aber ich möchte mich auch entspannen. Also ist es einfacher, wenn ich mich darauf verlassen kann, dass nur die Leute auftauchen, die ich eingeladen habe. Was du auch Verrücktes anstellst, du kannst hinterher damit angeben. Abgemacht?«

»Kann ich total verstehen«, sagte Grace. »Ich sage kein Wort. Ich bin dir sooo dankbar für die Einladung. Weißt du, ich bin bei der Erstsemestereinführung einem Typen begegnet. Ich habe zufällig erwähnt, wie sehr ich deinen Kanal liebe, und dieser Kerl sagte, er kenne dich flüchtig. Er hatte nur Gutes über dich zu erzählen. Jetzt weiß ich aus erster Hand, dass er recht hatte.«

»Ach, und wer ist dieser geheimnisvolle Mann?«

»Patrick Howard.«

Selina fiel das Lächeln aus dem Gesicht. »Patrick, wow! Flüchtig ist das richtige Wort. Ich habe ihn … lange nicht mehr gesehen.«

»Ja, er hat auch gesagt, es sei eine Weile her. Jemand anderer in der Gruppe hat versucht, schlecht über dich zu reden, aber Patrick hat dich absolut verteidigt und ihn ziemlich runtergemacht, weil er Leute verurteilt, nur weil sie Geld haben. Als hätte irgendjemand am Venerable Bede's das Recht, dich deswegen abzulehnen – wenn man nicht gerade zu den wenigen Auserwählten mit einem Stipendium gehört, muss man schon schwerreich sein, um hier unterzukommen.«

»Genau. Aber ziemlich cool zu hören, dass Patrick immer noch gut über mich redet. Nach all der Zeit, meine ich. Hey, warum bringst du ihn nicht mit?«, fragte Selina. »Das wäre ein nettes kleines Wiedersehen.«

»Klar, wir sind seit unserem Zusammentreffen bei der Erstsemestereinführung noch in Kontakt«, erklärte Grace. Mit einem Mal sah sie eine Gelegenheit, Selinas Anziehung gegenüber Patrick auszuloten. »Um die Wahrheit zu sagen, schwärme ich ein wenig für ihn, also wäre eine Ausrede großartig, ihn auf eine Party einzuladen. Aber nur, wenn du dir sicher bist, dass es dir nichts ausmacht, wenn ich einen Gast mitbringe. Ich weiß ja, was du darüber gesagt hast, dass du nicht willst, dass sich Leute auf die Party einschleichen.«

Als Selina hörte, dass Grace sich zu Patrick hingezogen fühlte, war ihr Lächeln nur noch breiter geworden. Sie zuckte weder zusammen, noch wirkte sie befremdet. Vielleicht war sie ja über ihn und alles, was zwischen ihnen gewesen sein mochte, hinweg? Oder sie war einfach eine sehr gute Schauspielerin. »Nein, es ist okay, wenn ich im Voraus weiß, dass jemand kommt und ich ihn eingeladen habe, mach dir deswegen keine Gedanken. Hör mal, ich muss los. Mein Dad stellt mich unter den Schutz eines Bodyguards – vielleicht ist dir der Typ aufgefallen, der vor der Tür steht und aussieht, als hätte er seit vierzig Jahren nicht gelacht.«

»Der Kerl ist dein Bodyguard?«

»Ja. Damit du es nur weißt, ich verstehe vollkommen, wie es einem mit überfürsorglichen Eltern geht.«

»Wow, nichts sagt so viel über ihre Sorge um deine Sicherheit aus wie ein Kerl, der mit einem einzigen Schlag Bäume fällen könnte und dir vierundzwanzig Stunden am Tag nachläuft.«

»Glücklicherweise hat er nur den Auftrag, mich zu beschatten, wenn ich das Haus verlasse. Obwohl das mehr als genug ist.«

»Kann ich mir vorstellen. Wir müssen einander versprechen, dass wir unseren Eltern nie erlauben, sich kennenzulernen. Ich habe so ein Gefühl, dass mein Dad und deiner einander auf eine Menge Ideen bringen könnten. Ideen, von denen keine von uns etwas halten würde.«

»Ha, abgemacht. Dann sehen wir uns bei der Party, okay?«

»Okay. Bis morgen Abend bei Aufregung und Nervenkitzel, Schwester.«

Selina wirkte leicht verlegen, lächelte aber dann und winkte ihr zum Abschied zu.

»*Aufregung und Nervenkitzel? Schwester?*«, fragte Kitt. »*Was in aller Welt haben Sie sich dabei gedacht?*«

»Ihre ständige Kritik an meiner Undercover-Arbeit war sehr hilfreich, danke«, gab Grace zurück. »Jedenfalls habe ich die Einladung gekriegt, oder?«

»*Ja*«, sagte Kitt. »*Ein bisschen zu leicht für meinen Geschmack.*«

Fünfzehn

Grace holte tief Luft und drückte dann den Summer am Tor vor Selinas Villa, die ungefähr drei Meilen außerhalb des Stadtzentrums in Durhams ausgedehnter Vorstadt lag. Langsam atmete sie aus und versuchte, sich auf ihre Aufgabe zu konzentrieren und nicht darauf, wie attraktiv Patrick in seinem blauen Blazer aussah. Oder dass sie seinen schwachen Duft nach Mandelöl anziehender fand, als angemessen war.

Es piepte, und dann hörten sie Selinas Stimme. »Wer ist da?« Im Hintergrund wummerte Musik.

»Grace. Wir haben uns gestern kennengelernt, und ich habe Patrick mitgebracht.«

Ein Summen, und dann schwang das Tor nach innen auf. Sobald es weit genug geöffnet war, traten die beiden hindurch und in die Einfahrt. Sie wurde von Olivenbäumen gesäumt und führte direkt zur Haustür, die von einem dekorativen Bogen umrahmt wurde.

»*Können Sie mich hören, Grace?*«, fragte Kitt über Funk. Sie war gestern Abend wie geplant wieder nach York gefahren, aber nach ihrer Schicht in der Bibliothek schnurstracks nach Durham zurückgekehrt. Halloran arbeitete zwar und konnte daher nicht zu den beiden stoßen, aber sie hatte es fertiggebracht, sich sein Auto zu leihen, und wartete in dem schwarzen Fiat ein Stück weiter die Straße hinunter. Sie hatten mit der Idee gespielt, Kitt eine Einladung zu der Party zu verschaffen. Kitt war immer noch davon überzeugt, dass es verdächtig einfach gewesen war, zu dieser kleinen Hausparty eingeladen zu werden, und machte sich Sorgen, Selina könnte sie in eine Falle locken. Angesichts von alldem wäre es Kitt lieber gewesen, wenn sie persönlich hätte mitkommen können, um Grace im Auge zu behalten. Kitt war schließlich eine ehemalige Absolventin der Akademie und hätte wahrscheinlich so lange diskutieren können, bis sie eingelassen worden wäre. Doch schlussendlich hatten sie sich darauf geeinigt, dass sie vielleicht die Gelegenheit verpassen würden, in Selinas Haus nach Spuren zu suchen, nachdem Selina kristallklar gemacht hatte, dass es ohne Einladung keinen Zugang gab. Das war ein Risiko, von dem sie wussten, dass sie es nicht eingehen konnten. Vor allem, da Selina sich in einer entspannten Atmosphäre vielleicht verplappern und sich in einem unverfänglichen Gespräch möglicherweise unbeabsichtigt selbst in Widersprüche verwickeln würde. Folglich war Kitt nur als Rückendeckung mitgekommen.

»Laut und deutlich«, bekräftigte Grace.

»*Rein und raus, verstanden? Denken Sie daran, Sie sind nicht wegen der Hors d'œuvres hier.*«

»Ich denke daran«, sagte Grace. Obwohl sie nicht verzichten würde, falls es Essen gab. Sie vermutete, dass das Catering bei dieser Party viel besser sein würde als alles, was sie sich von ihrem Studentenbudget leisten konnte. Lebt wohl, Würstchen und Dosenbohnen, und hallo, Räucherlachs!

Während sie die Einfahrt hinaufgingen, erinnerte Grace sich an einiges, was sie in einem Online-Artikel, in dem es darum ging, dass Selina ihre akademische Laufbahn am Venerable Bede's begonnen hatte, über ihr Haus erfahren hatte. Anscheinend hatte es zehn Zimmer und ihren Vater 3,5 Millionen Pfund gekostet. Grace nahm sich vor, keinen Wein auf den Teppich zu verschütten. Wer wusste schon, wie teuer eine Teppichreinigung in einer 3,5-Millionen-Villa kommen konnte? Sie brannte nicht darauf, das herauszufinden.

Selina öffnete und stand im Türrahmen. Sie hielt einen Cocktail in der Hand und hatte sich zu diesem Anlass das lange blonde Haar zu weichen Wellen gelegt.

»Also, wenn das nicht mein größter Fan ist«, sagte Selina grinsend. Sie nahm Grace an der Hand und zog sie über die Schwelle. »Und Patrick. Ist lange her«, sagte sie und beugte sich vor, um ihm einen flüchtigen Kuss auf beide Wangen zu drücken.

»Etwas über ein Jahr«, erklärte Patrick auf eine Art, die Grace ein wenig zu vielsagend fand. Sie warf ihm einen Blick zu. Versuchte er, Selina einen Wink zu geben, warum sie wirklich heute Abend hier waren, oder was?

»Wie die Zeit vergeht!«, sagte Selina und öffnete die Tür weiter, damit er ihnen hineinfolgen konnte.

Grace widerstand dem Drang, an den Mauern der Villa vorbei zu der Stelle zu sehen, wo Hallorans Fiat parkte. Sie hoffte, dass sie keine Rückendeckung brauchen würden, aber es war gut zu wissen, dass Kitt nur eine Minute entfernt war, falls alles den Bach hinuntergehen würde. Wie Kitt die hohen Mauern überwinden oder an dem verschlossenen Tor vorbeikommen sollte, war eine andere Frage.

»Oh mein Gott, dieses Haus ist so was von COOL!«, sagte Grace. Sie sah, dass Patrick angesichts ihrer jähen Verhaltensänderung vollkommen verwirrt wirkte. Vielleicht hätte sie ihm ihre Undercover-Identität schildern sollen, bevor sie angekommen waren. »Tut mir leid, ich glaube nicht, dass ich mich hier unbeeindruckt geben kann«, setzte sie hinzu. Die Rolle eines bewundernden Superfans war nicht schwer zu spielen, während Grace sich in Selinas offenem Wohn- und Küchenbereich umsah. Der Boden bestand aus poliertem Marmor. Das Sofa war mit weißem Leder bezogen. In einer Ecke des Wohnzimmers befand sich eine Bar. Nicht einfach ein Tisch mit ein paar Drinks, sondern eine richtige Theke mit einem uniformierten Barkeeper, der Cocktails schüttelte. Auf der anderen Seite des Raums stand ein Poolbillard-Tisch, und von der hohen Decke hingen aufwendige Kronleuchter. Der größte Teil der Möbel war an die Wände geschoben worden, um Platz für eine Tanzfläche zu schaffen.

»Wieso redest du so?«, flüsterte Patrick Grace ins Ohr.

»Ist eine Art Undercover-Ding«, wisperte Grace zurück. »Gehört alles zum Plan; spiel einfach mit.«

»Kommt«, sagte Selina leise lachend. »Warum geht ihr beide nicht tanzen, und ich bringe euch etwas zu trinken?«

»Klingt perfekt«, sagte Grace, nahm Patricks Hand und führte ihn zum Rand der Tanzfläche, wo mehrere Paare und ein paar kleine Gruppen von Freunden zu einer Aufnahme von Lana Del Rey tanzten.

Patrick legte die Hände um Graces Taille, und sie schlang langsam die Arme um seinen Hals und begann sich im Takt zu wiegen. Sie sah zu ihm auf. Dies war das erste Mal seit ihrem Kuss, dass sie ihm in die Augen schaute. Sie hatten beide nicht darüber geredet, und das war wahrscheinlich auch gut so. Aber diese Nähe und der Umstand, dass ihre Gesichter einander so nahe waren, dass sie seinen Atem auf ihrer Wange spüren konnte, machten sie verrückt.

»Grace«, sagte Patrick, »da ist etwas …«

»Warten Sie. Ich habe gerade online weitere Einzelheiten über Selinas Villa nachgeschlagen. Anscheinend sind im Außenbereich Überwachungskameras angebracht.«

Grace hielt, an Patrick gerichtet, einen Finger in die Höhe, damit er sah, dass sie Kitt zuhörte.

»Wenn im Inneren des Hauses auch Kameras hängen, haben Sie keine Chance, in ihr Zimmer zu gelangen. Schauen Sie in die Ecken des Wohnzimmers und an die Decke. Können Sie Kameras erkennen?«

Grace neigte sich auf Patricks Ohr zu, und es kostete sie ihre ganze Kraft hineinzusprechen, statt daran zu knabbern. »Dreh mich mal um, ja? Ich soll mich für Kitt im Raum nach Kameras umsehen.«

Wortlos gehorchte Patrick und begann sich zu drehen. Grace schmiegte den Kopf an seine Wange und musterte die Decke, während sie ihre Haltung veränderten.

»Ich sehe nichts«, erklärte Grace. »Sie müssen nur im Außenbereich sein.«

»Hier«, erklärte Selina. »Zweimal Deadly Poison.«

Sofort machte Grace sich von Patrick los und musterte die Gläser, die Selina in der Hand hielt. Die Farbe der Drinks changierte zwischen Lila und Schwarz.

»Deadly Poison? Seien Sie vorsichtig, Grace. Man weiß nicht, was da drin ist. Denken Sie daran, vielleicht ist sie uns auf die Schliche gekommen und versucht, Sie betrunken zu machen, damit Sie verraten, was wir hier wirklich wollen.«

»Glaub ich nicht«, murmelte Grace, an Kitt gerichtet.

»Sorry, wie sagtest du?«, fragte Selina.

»Ähm … Ich habe nur gesagt, ich glaube, dass ich noch nie von ›Deadly Poison‹ gehört habe«, erklärte Grace und versuchte, sich ihre Zweifel nicht anmerken zu lassen, während sie das Glas musterte. »Klingt vollkommen irre. Was ist darin?«

»Das kann ich dir nicht verraten, oder?«, sagte Selina und zwinkerte Grace zu.

Ach herrje, es sah nicht so aus, als würde sie darum herumkommen, es zu trinken, was auch immer das sein mochte. Grace nahm einen großen Schluck und prustete dann ein wenig.

Patrick und Selina kicherten über ihre Reaktion.

»Tja, es enthält definitiv Wodka«, erklärte Grace, was ihre Begleiter noch mehr zum Lachen reizte. Patrick trank von seinem Glas, ohne mit der Wimper zu zucken. Grace öffnete schon den Mund, um eine witzige Bemerkung darüber zu machen, dass er, wenn er an so starke Drinks gewöhnt war, vielleicht damit aufhören sollte; doch dann ging ihr auf, dass er vielleicht getrunken hatte, um nach Jodies Verschwinden mit seinem Kummer umzugehen. Daher beschloss sie, ausnahmsweise ihr Hirn einzuschalten, bevor sie den Mund aufmachte. Sie schaute sich stattdessen unter den anderen Partygästen um. »Ich kann nicht glauben, wie viele Leute hier sind«, sagte sie. »Du hast so viele Freunde!«

»Ich würde sie nicht alle Freunde nennen«, sagte Selina und sah sich im Raum um. »Die meisten sind bloß Leute, die ich bei den Stunts für meinen YouTube-Kanal kennengelernt habe.«

»Sind die alle so waghalsig wie du?«, fragte Grace und trank noch einen Schluck von dem Drink. Schon nach dem zweiten Schluck begann sie eine Schwachstelle in dem Plan zu erkennen, auf den sie sich mit Kitt geeinigt hatte. Sie sollte ihren Drink hinunterkippen und dann nach oben gehen, um »sich die Nase zu pudern«, während Patrick als mutmaßlicher Gegenstand von Selinas Zuneigung – die sie bis jetzt gut versteckte – die Gastgeberin beschäftigen würde. Doch nach einem Glas von diesem Cocktail mit seinen unbekannten Zutaten bezweifelte Grace, dass sie in der Lage sein würde, die Treppe hinaufzugehen, und erst recht nicht dazu, heimlich Selinas Zimmer zu durchsuchen.

»Einige davon lassen sogar mich wie eine blutige Amateurin aussehen. Seht ihr Vinny da drüben?« Selina zeigte auf einen Mann, der mit einem Bier in der Hand mit einer großen Gruppe Typen plauderte. Vinny schien vom Hals bis zu den Füßen tätowiert zu sein. Sein Gesicht schien der einzige Körperteil zu sein, der frei von Tattoos war. Zugegeben, Grace konnte nicht genau erkennen, was sich unter seinem T-Shirt verbarg, aber die kunstvollen Muster schlangen sich um seinen Halsausschnitt und verliefen an seinen Armen weiter, sodass nicht klar war, ob oder wo die Tätowierungen aufhörten.

»Er hat tatsächlich letzten Sommer mit einem Krokodil gerangelt«, erklärte Selina.

»Hirnloser Grobian. Was reiche Kids alles um des Nervenkitzels willen anstellen!«

Grace war von Kitts Einwurf abgelenkt und durch den starken Drink schon ein wenig übermütig. »Oh! Geht's dem Krokodil gut?«, fragte sie.

Patrick und Selina wechselten amüsierte Blicke und sahen dann Grace an.

»Kleiner Scherzkeks, was? Das ist nicht die Frage, die die Leute normalerweise stellen, wenn sie diese Geschichte hören.«

»Oh …«, stotterte Grace. »Ich … Ich glaube, wenn ich Vinny ansehe, glaube ich, dass sogar ein Krokodil es sich überlegen würde, mit ihm in den Clinch zu gehen.«

Selina kicherte. »Ich verstehe, was du meinst, aber das

Krokodil hat angefangen – na ja, theoretisch hat Vinny angefangen, indem er im Hafen von Darwin schwimmen gegangen ist, der, wie er genau weiß, für seine Krokodile berüchtigt ist.«

»Warum ist er dann ins Wasser gesprungen?«, fragte Patrick.

Selina zuckte mit den Schultern. »War in dem Moment ein gutes Gefühl, schätze ich.«

»Apropos«, sagte Grace und hielt ihr leeres Glas hoch, »dieser Drink hat ziemlich schnell gewirkt. Kann ich dein Badezimmer benutzen?«

»Die Treppe hinauf, zweite Tür links«, erklärte Selina lächelnd.

»Danke«, sagte Grace und versuchte, einen Schluckauf zu unterdrücken. Sie nickte Patrick unauffällig zu, um ihn daran zu erinnern, dass es jetzt Zeit war, seinen Charme spielen zu lassen.

Sie wandte sich ab und versuchte, sich nicht allzu lange mit dieser Vorstellung aufzuhalten. Selina war zwar aktuell die Hauptverdächtige im Fall seiner vermissten Verlobten, aber eine kleine, eifersüchtige Stimme in ihr fragte sich, ob es Patrick besonders viel ausmachen würde, wenn eine Millionenerbin Gefallen an ihm fand. In dem Moment, als der Gedanke sich meldete, schalt Grace sich, weil sie sich mit so kleinlichen Fragen abgab, obwohl es um die Wahrheit über eine verschwundene junge Frau ging. Abgesehen von allem anderen wusste sie tief im Herzen, dass Patrick nichts von Selina wollte, solange sehr gut möglich war, dass sie etwas mit dem zu tun hatte, was Jodie zugestoßen war, selbst wenn Selina ein Auge auf ihn geworfen hätte.

Grace schüttelte jede weitere Analyse dessen ab, was vielleicht zwischen Patrick und der Gastgeberin der Party passieren könnte, während sie oben war. Sie stieg zum Treppenabsatz hinauf. Nach rechts und links zweigte jeweils ein Korridor ab. Das Bad lag auf der linken Seite, und angenommen, Selinas Zimmer hatte kein eigenes Bad, dann hätte sie wahrscheinlich der Bequemlichkeit halber ein Zimmer in der Nähe gewählt. Grace bog nach links ein und schob die erste Tür auf. Sie spähte hinein und entdeckte Bücherregale und einen Schreibtisch.

»Rote Flamme, bitte kommen. Ich habe das Arbeitszimmer entdeckt. Vielleicht sind Papiere über die Gesellschaft eher hier zu finden als in ihrem Schlafzimmer? Ich habe keine Zeit, beide Räume zu überprüfen, ohne aufzufallen. Was soll ich machen?«

»Versuchen Sie, ihr Schlafzimmer zu finden. Alles, was die Gesellschaft angeht, liegt wahrscheinlich eher in einem Versteck, auf das man nicht kommen würde, statt ordentlich im Arbeitszimmer abgelegt. Wenn Sie heute Abend im Schlafzimmer kein Glück haben …«

Graces Kichern unterbrach Kitt. »Glück im Schlafzimmer ist heute Abend nicht meine oberste Priorität, Kitt. Bremsen Sie Ihre schmutzige Fantasie, ja? Ich arbeite hier an einem Fall.«

»Ach, wirklich«, sagte Kitt und seufzte leise. *»So etwas höre ich genug von Evie, ohne dass Sie auch noch damit anfangen. Wie ich schon sagte, finden Sie vielleicht später eine Möglichkeit, mit irgendeiner Ausrede über Ihr Studium in ihr Arbeitszimmer zu gelangen.«*

»Verstanden«, sagte Grace und nahm sich zusammen. Durch Selinas Wegbeschreibung wusste sie, dass die mittlere Tür ins Bad führte. Daher ging sie weiter, auf die dritte Tür zu. Für den Fall, dass jemand darin war, klopfte sie. Die Party kam ihr nicht so vor, als würden sich dort Paare in die

Zimmer verdrücken, aber sie erinnerte sich daran, was die Putzkraft der Akademie über ihre Arbeit in Hotels gesagt hatte, und fand, dass Vorsicht angebracht war.

Als auf ihr Klopfen keine Antwort kam, stieß sie die Tür auf und schloss sie hinter sich wieder. Als sie das Licht anknipste, klappte ihr der Mund auf, so geräumig und luxuriös war Selinas Schlafzimmer. In der Mitte des Raums stand das Bett, das nach einem übergroßen französischen Bett aussah, und mit, wie Grace gewettet hätte, dem allerfeinsten Stoff bezogen war. Darauf lagen zehn, fünfzehn Dekokissen in verschiedenen Größen verteilt. Grace hatte nie begriffen, was diese kleinen Kissen sollten, aber vielleicht führten reiche Leute ein gemütlicheres Leben und brauchten daher mehr Kissen, um sich darauf zu entspannen. Grace öffnete den begehbaren Kleiderschrank und wurde von ganzen Reihen mit Kleidern, Schuhen, Handtaschen und anderen Artikeln empfangen, die wahrscheinlich alle von Designermarken stammten. Selinas Kleiderschrank war allein groß genug, um darin zu wohnen.

»*Haben Sie das Schlafzimmer gefunden?*«

»Ich schaue mich gerade um«, erklärte Grace. Ihr fiel wieder ein, dass sie nur begrenzt Zeit hatte, und sie begann, mit einer Hand die hängenden Kleidungsstücke durchzugehen, während sie mit der anderen Schubladen aufzog.

»*Irgendwas Belastendes?*«

»Noch nicht«, erklärte Grace und durchwühlte eine Anzahl von Socken, BHs und Unterhöschen. Mit einem Mal ging ihr auf, was für eine grauenhafte Verletzung der Privatsphäre sie da beging.

»*Gehen Sie gleich an die untersten Schubladen.*«

»Finden Sie das wirklich … fair?«, fragte Grace und zögerte.

»*Fair?*«

»Es ist nur so, dass die unterste Schublade bei einer Frau eine sehr private Stelle ist. Man weiß nie, was man findet.«

»*Wieso, was haben Sie denn in Ihrer untersten Schublade?*«

»Das ist definitiv top secret«, erklärte Grace, deren Wangen leicht rosig anliefen. Sie war froh, über Funk und nicht direkt mit Kitt zu reden; Kitt würde sie diesen kurzen, schamhaften Moment nie vergessen lassen.

»*Hören Sie, wir sind nicht an ihrer Sammlung von Sexspielzeug interessiert. Wir wollen bloß wissen, ob dort etwas ist, was darauf hinweist, dass sie mit Jodies Verschwinden zu tun hatte. Alles andere kann unter uns Mädchen bleiben.*«

»Gut«, sagte Grace, zog die unterste Schublade auf und hoffte insgeheim, dass niemand einen Grund finden würde, so in ihrem Schlafzimmer herumzuschnüffeln wie sie in dem von Selina. »Gürtel … jede Menge. Nichts Unanständiges daran.«

»*Kommt darauf an, wie viel Fantasie man hat.*«

Grace kicherte. »Halloran ist nicht hier, wissen Sie. Er kann Sie nicht hören.«

»*Schade eigentlich*«, sagte Kitt in einem Ton, der bei Grace keinen Zweifel darüber ließ, was für ein Lächeln auf ihren Lippen lag.

Grace zog die unterste Schublade einer weiteren Kommode auf der anderen Seite der Kammer heraus. Diese war voller Papiere. Alte Schulzeugnisse, alte Geburtstagskarten und dergleichen. Grace durchwühlte alle und versuchte, irgendeinen Bezug zu der Rotstrumpf-Gesellschaft herzustellen. Da stieß sie mit der Hand gegen etwas Hartes, Eckiges auf dem Boden der Schublade. Es war ein Bilderrahmen, der umgekehrt darin lag. Grace nahm ihn und drehte ihn um.

»Oh mein Gott.«

»*Was? Haben Sie etwas gefunden?*«

»Vielleicht. Es ist ein Bild von Selina … und Jodie. Muss aufgenommen worden sein, als sie sich kennengelernt haben.«

»*Was ist auf dem Foto zu sehen?*«

Grace nahm es mit dem Handy auf und schickte es per WhatsApp an Kitt. »Sehen Sie selbst. Schauen Sie in Ihre Benachrichtigungen.«

Eine kurze Pause trat ein, während Kitt auf ihr Handy sah.

»*Nichts besonders Merkwürdiges daran*«, sagte Kitt. »*Allerdings bewahren die meisten Leute keine Fotos auf Papier mehr auf.*«

»Und nach der Qualität zu urteilen, sieht es so aus, als wäre es mit einem Handy aufgenommen und dann ausgedruckt worden.«

»*Vielleicht hat sie das Foto ja nach Jodies Verschwinden als Erinnerung ausgedruckt.*«

»Kann schon …« Graces Handy piepte. »Verdammt«, sagte sie, als sie auf den Bildschirm sah.

»*Was ist?*«

»Patrick hat mir gerade eine Textnachricht geschickt. Selina und er kommen nach oben in ihr Schlafzimmer, jetzt.«

Sechzehn

Grace hatte kaum Zeit, das Licht auszuknipsen und die Schranktüren zuzuziehen, bevor Selinas Schlafzimmertür sich knarrend öffnete. Sie hörte ihre Schritte, als Patrick und sie hereinkamen.

Langsam, um nicht den kleinsten Laut zu erzeugen, legte Grace sich auf den weichen beigefarbenen Teppich und spähte durch den kleinen Spalt unter der Tür. Sie konnte so eben Patricks blitzsaubere Nike Air Force Ones und Selinas nackte Füße mit den mitternachtsblau lackierten Nägeln erkennen. Nach ihrer Haltung zu urteilen, saßen die beiden nebeneinander auf dem Bett.

Siehst du, Grace, das ist dein Karma, weil du einen Kerl geküsst hast, während du eigentlich den Fall seiner vermissten Verlobten lösen solltest – jetzt musst du dasitzen und zuhören, wie eine Millionärstochter deinen nicht so heimlichen Schwarm angräbt. Und wenn du für deine Sünden zur Hölle fährst, wirst du diesen Moment zweifellos in einer Endlosschleife immer wieder erleben. »Also, was wolltest du mit mir besprechen?«, fragte Patrick so laut, dass sie glaubte, er habe vielleicht erraten, wo sie sich versteckte, und wollte, dass sie das Gespräch mithörte.

»Tut mir leid, dich von der Party weggezerrt zu haben,

um traurige Themen aufzubringen, aber ich wollte mit dir über Jodie reden und, du weißt schon, dir sagen, wie leid mir tut, was ihr passiert ist.«

Grace hörte, dass Selinas Stimme ein wenig brach, was sie vermuten ließ, dass sie kurz davor stand, in Tränen auszubrechen. War das echtes Mitgefühl oder schlechtes Gewissen?

»Danke«, sagte Patrick. »Schreckliche Sache.«

»Ja, und es tut mir leid, dass ich mich nicht bei dir gemeldet habe, nachdem es passiert ist.«

»Ich nehme dir das nicht übel. Du warst nicht die Einzige, die nicht wusste, was sie sagen sollte.«

»Ich wollte dir beistehen. Aber es war kompliziert. Als Jodie verschwand, waren wir nicht gut aufeinander zu sprechen.«

»Ja, ich weiß«, erklärte Patrick. »Damals hat sie erwähnt, dass ihr euch gestritten hattet. Falls du dich dann besser fühlst, Jodie und ich hatten an dem Morgen ihres Verschwindens auch einen kleinen Zank, also weiß ich, wie es sich anfühlt, wenn man sich nicht im Guten verabschieden kann.«

»Tut mir leid. Ist ein grauenhaftes Gefühl. Hat Jodie … Hat sie erzählt, worum es bei unserem Streit ging?«

»Nein.«

»Nett von ihr. Wenn sie es damals jemandem verraten hätte, wäre ich erledigt gewesen.«

»Auf welche Art erledigt?«

»So ziemlich auf jedem Gebiet.«

Eine Pause trat ein, in der Grace sich vorstellte, dass Patrick genauso ratlos dreinblickte wie sie und sich vorzustellen versuchte, was hier los war.

»Hattest du etwas mit den Drogen zu tun, die Berkeley in ihrem Schließfach gefunden hat? Ging es darum?«

»Nein, ich … Also, wenn ich dir das verrate, musst du

versprechen, dass du niemandem ein Sterbenswörtchen sagst, bis ich dir das Okay gebe, darüber zu reden.«

»Einverstanden, solange es nichts Illegales ist.«

»Illegal? Wow, du hast aber eine schlechte Meinung von mir.«

»Das ist nicht wahr«, erklärte Patrick. »Aber das Venerable Bede's ist mit uns Nicht-Millionären ziemlich streng, und ich möchte mich nicht in eine Lage bringen, aus der ich nicht wieder rauskomme.«

»Verständlich.«

Noch eine längere Pause.

»Die Wahrheit ist, dass Jodie und ich uns gestritten haben, weil ich sie gern mochte. Sehr gern.«

»Ich verstehe nicht, wieso das …«

»Romantisch, Patrick. Ich mochte sie auf genau dieselbe Art wie du.«

»Oh.«

Kurz senkte sich Schweigen über die beiden, bevor Patrick die Frage stellte, die auch Grace auf der Zunge lag.

»Aber warum hat das zu einem Streit zwischen euch beiden geführt? Es hatte doch nichts mit mir zu tun, oder?«

»Das Wort ›Streit‹ ist leicht übertrieben, aber es ist in der Cafeteria passiert, und alles, was die Leute wirklich gesehen haben – und mit Leuten meine ich die Lehrkräfte, die beim Mittagessen Aufsicht führen und denen jede Ausrede recht ist, um einen zu melden – ist, dass Jodie und ich geschrien und einander herumgeschubst haben. Es war meine Schuld. Sie hat sich nicht darüber aufgeregt, dass ich Gefühle für sie hegte, sondern dass ich ihr erklärt habe, ich könne nicht mehr mit ihr befreundet sein.«

»Weil sie mich heiraten wollte und es zu schwer sein würde, in ihrer Nähe zu sein?«, fragte Patrick.

»Nicht ganz. Mir war schon in der Oberstufe klar, dass ich bi bin, und ich habe versucht, mich meinen Eltern gegenüber zu outen. Ich sage ›versucht‹, weil sie vollkommen ausgerastet sind, besonders Dad. Er hat einfach nicht aufgehört, über den Ruf der Familie zu lamentieren – als läge ein grauenhafter Makel auf dem Familiennamen, weil ich bisexuell bin – und sagte, wenn ich das öffentlich machte, würde er mir sämtliche finanzielle Unterstützung streichen. Nicht nur das, als ich es ihm gesagt habe, ist er so wütend geworden, dass er mich … körperlich angegriffen hat.«

»Er hat dich geschlagen?«, fragte Patrick mit einem scharfen Unterton, der zeigte, dass Zorn in ihm hochstieg.

»Als er fertig war, hatte ich zwei blaue Augen«, erklärte Selina, und ihre bebende Stimme ließ erkennen, dass sie weinte. »Er hat gesagt, wenn ich so aussähe, würde niemand etwas von mir wollen, und es würde dafür sorgen, dass ich mich nicht in Schwierigkeiten bringe. Ich konnte drei Wochen das Haus nicht verlassen, bis ich wieder normal aussah.«

Grace konnte nicht glauben, was sie hörte. Und dabei gab sich Selina so unbekümmert und lässig! Oberflächlich betrachtet hatte sie alles, wovon die meisten Menschen träumten, und doch stand hinter alldem ein Vater, der sie misshandelte und kontrollierte. Grace fragte sich, ob dies das einzige Mal gewesen war, bei dem Selinas Dad es für angebracht gehalten hatte, »ihr zu zeigen, wo ihr Platz war«. Sie konnte sich nicht vorstellen, einem Elternteil ausgeliefert zu sein, der sie misshandelte. Sicher, sie war sich mit ihren eigenen Eltern gerade nicht einig, aber sie würden sie auf keinen Fall jemals misshandeln. Diese Art von Schmerz war unvorstellbar. Die Prellungen mochten heilen, aber der Verrat nie.

»Herrgott! Es tut mir so leid, dass du das erleben musstest«, sagte Patrick. »Ich kenne in meinem Umfeld einfach niemanden, der so reagieren würde.«

»Mein Dad ist anscheinend in prähistorischer Zeit geboren«, sagte Selina und schniefte. »Als mir klar wurde, dass ich zunehmend mehr als Freundschaft für Jodie empfand, musste ich die Verbindung zwischen uns abbrechen. Eigentlich wirklich dumm. Ich kannte sie erst ein paar Wochen, aber in dem Moment, in dem ich ihr begegnet bin … Na ja, du kannst dir wahrscheinlich besser als jeder andere vorstellen, was ich empfunden habe.«

»Ja, ich habe am Anfang auch versucht, ihr gegenüber cool zu tun, so wie Jungs im Teenageralter eben sind, aber alle anderen haben gesehen, dass ich von Anfang an über beide Ohren verliebt in sie war.«

»Kann ich verstehen«, sagte Selina. »Um das ganz deutlich zu sagen: Ich hätte mich nie an sie herangemacht, aber es ist schon schlimm genug, ständig verstecken zu müssen, wer ich bin. Da wollte ich nicht auch noch mit jemandem befreundet sein, der jeden Tag all diese Gefühle in mir aufrührt.«

»Das kann ich ja nachvollziehen«, sagte Patrick. »Aber wie ist es zu der tätlichen Auseinandersetzung gekommen?«

»Jodie war böse auf mich, weil ich die Freundschaft abbrechen wollte, und wollte davongehen, bevor ich mit meiner Erklärung fertig war. Ich mochte sie sehr gern und wollte nicht, dass sie bloß die halbe Geschichte kennt, daher habe ich versucht, sie aufzuhalten. Sie hat ein paarmal versucht, sich zu ducken und mich wegzuschieben, aber ich wollte wirklich, dass sie mich ausreden lässt, deshalb habe ich versucht, sie am Weggehen zu hindern. Es ging ein wenig hin und her, nichts Gewalttätiges, nur ein bisschen Herumgeschubse, aber leider hat die Aufsicht das gesehen und uns gleich bei Berkeley verpfiffen, und du weißt ja, was die für eine alte Pedantin ist. Sie hat darauf bestanden, dass wir beide eine Erklärung für unsere Akte schreiben. Ich habe Jodie eine Textnachricht über die Geschichte geschickt, die ich erzählen wollte, damit unsere Aussagen übereinstimmten, und als die Sache im Sand verlief, war klar, dass sie mitgespielt hat, obwohl sie nie auf meine Nachricht geantwortet und nie wieder mit mir geredet hat.«

»Und was war das für eine Geschichte?«, fragte Patrick.

»Ich habe erklärt, wir hätten uns wegen unserer Zuneigung zu dir gestritten, damit es keine offiziellen Aufzeichnungen über den wahren Grund gab. Trotzdem habe ich die Schuld an dem Vorfall übernommen. Ich wusste, Berkeley würde versuchen, es Jodie anzuhängen, weil sie Stipendiatin war, und ich konnte die Vorstellung nicht ertragen, dass sie wegen der Einstellung meiner Familie alles verlieren würde. Also habe ich erklärt, ich sei schuld und hätte angefangen – was ja auch wirklich stimmt.«

»Aber sie wusste es bestimmt zu schätzen, dass du den größten Ärger abbekommen hast.«

»Keine Ahnung. Wie gesagt, ich hatte nie wieder Gelegenheit, mit ihr zu reden. Sie hat nichts verkehrt gemacht. Es war nicht ihre Schuld, dass meine Familie so verkorkst ist.«

»Tja, ich bin dankbar, dass du nicht versucht hast, sie mir wegzunehmen«, sagte Patrick.

»Als hätte ich das gekonnt«, gab Selina zurück. »Ich hatte keine Chance. Sie war total verliebt in dich.«

»Ich weiß«, sagte Patrick mit schmerzerfüllter Stimme.

»Tut mir leid, das von dir zu verlangen, aber du musst einstweilen meine sexuelle Orientierung für dich behalten.«

»Was mich betrifft, geht das niemanden etwas an.«

»Danke. Ich hatte nie vor, ewig so weiterzuleben. In der Oberstufe habe ich mir geschworen, einen Weg zu finden, finanziell unabhängig zu werden. Deswegen baue ich meinen YouTube-Kanal auf. Ich hoffe, irgendwann auf eigenen Beinen stehen zu können, aber so weit ist es noch nicht. Ich weiß, dass viele Leute glauben, ich hätte meinen Platz hier wegen der Stellung und des Geldes meines Vaters praktisch geschenkt bekommen, aber ich habe hart dafür gearbeitet, ans Venerable Bede's zu kommen, und kann mir die Studiengebühren ohne die Hilfe meines Dads nicht leisten. Bis ich meinen Abschluss mache, hoffe ich, meinen YouTube-Kanal monetarisieren zu können, und dann kann ich nach meinen eigenen Vorstellungen leben.«

»Klingt nach einem guten Plan«, sagte Patrick. »Eins macht mich aber noch neugierig.«

»Von jemandem, der Prävention und Resozialisierung studiert, hätte ich nichts anderes erwartet«, sagte Selina mit scherzhaftem Unterton.

»Tut mir leid. Es ist nur … Wenn du das alles geheim halten und deine Gefühle für Jodie nicht ausleben wolltest, wieso hast du ihr überhaupt die Wahrheit gesagt? Du hättest die Verbindung ebenso gut langsam auslaufen lassen können oder so. Sie kannte dich noch nicht lange. Indem du es ihr erzählt hast, bist du ein großes Risiko eingegangen.«

»Ich habe es einfach nicht fertiggebracht, nie wieder mit ihr zu reden. Ich bin selbst schon ohne jede Erklärung aus Freundeskreisen ausgeschlossen worden, und es bricht einem das Herz.«

»Bei einer Millionärstochter finde ich das schwer zu glauben«, sagte Patrick.

»Du wärst erstaunt, wie viele Leute dich hassen oder

missgünstig sind, wenn du Geld hast«, erklärte Selina. »Jedenfalls wollte ich ehrlich zu Jodie sein und sie wissen lassen, dass sie nichts falsch gemacht hatte. Es war einfach eine blöde Situation.«

»Aber deine Erklärung ist bei ihr nicht gut angekommen?«

»Die ›Enthüllung‹ über meine wahre Sexualität hat ihr nichts ausgemacht, aber sie war wütend, weil ich nicht mehr befreundet mit ihr sein wollte. Ich glaube, sie fand, dass ich nicht damit warten sollte, die zu sein, die ich tief im Inneren bin. Aber Geld macht alles furchtbar kompliziert, und ich hatte Angst, jemand könnte erraten, dass ich verliebt in sie war, und mich vor der Welt outen, bevor ich Gelegenheit hatte, meine finanzielle Position zu verbessern.«

»Klingt nach Jodie«, sagte Patrick leise lachend. »Sie war ziemlich furchtlos, aber sie hat nicht immer begriffen, dass nicht alle Menschen auf der Welt so radikal waren wie sie.«

»Sie war kompromisslos sie selbst und ist vollkommen offen mit ihrer ärmlichen Herkunft und all dem umgegangen. Verständlich, dass sie nicht viel mit den Erste-Welt-Problemen eines naiven reichen Kindes anfangen konnte.«

»Jodie hat das, was du durchgemacht hast, bestimmt nicht als Erste-Welt-Problem betrachtet. Wahrscheinlich war sie ärgerlicher über die Situation, in die man dich gebracht hatte, als auf dich.«

»Ich hoffe, du hast recht.«

Grace ließ sich Selinas Geschichte durch den Kopf gehen. Sie passte nicht ganz zu dem, was in dem Aktenvermerk über ihr Fehlverhalten gestanden hatte, aber sie hatte Patrick ja schon erklärt, dass sie sich die Geschichte ausgedacht hatte, um die Wahrheit über ihre Sexualität geheim zu halten. Ein Streit wegen eines Jungen war die Art von Drama, die die Fakultät wahrscheinlich von Studienanfängerinnen erwartete, daher hatte sie beschlossen, dass sie behaupten würde, sich wegen Patrick gestritten zu haben. Und Jodie, die wahrscheinlich nur einen Schlussstrich unter die Situation ziehen wollte und bestimmt um ihren Platz an der Akademie gefürchtet hatte, falls sie Theater machte, hatte einfach mitgespielt.

»Wir versuchen immer noch, sie zu finden, weißt du«, sagte Patrick.

»Wirklich?«, fragte Selina. »Aber es ist ein Jahr her.«

»Sie wurde nie gefunden. Und bis dahin kann ich weder die Hoffnung aufgeben noch mich von ihr abwenden. Hey, du könntest mir sogar einen Gefallen tun.«

»Okay, was denn?«

»Du könntest mit der Privatdetektivin reden, die ich engagiert habe, um Jodie zu finden.«

»Was soll das nützen?«

»Sie sammelt Hintergrundinformationen über Jodie. Alles, was du ihr über die Zeit erzählen kannst, die du mit ihr verbracht hast, könnte hilfreich sein. Machst du das?«

»Ich weiß nicht. Ich habe selbst ein dunkles Geheimnis, das ich zu verbergen versuche, und ich …«

»Bitte! Ich muss wirklich, wirklich damit abschließen, wenn ich jemals richtig weiterleben will.«

»Na schön, ich rede mit ihr, aber nur das eine Mal wegen der Hintergrundinformation. Mein Vater behält mich über den Bodyguard im Auge, und solange ich kein Geld auf der Bank habe, darf ich mir da keine Blöße geben.«

»Danke, ich weiß wirklich das zu schätzen.«

»Tja, wir sollten lieber zurück auf die Party gehen. Grace hat ein wenig wacklig ausgesehen, als sie diese Treppe hinaufgegangen ist – wahrscheinlich war es keine gute Idee, sie so lange unbeaufsichtigt zu lassen.«

Als Grace ihren Namen hörte, fuhr sie zusammen, und ihr Herz schlug schneller. Glücklicherweise konnten Patrick und Selina das nicht hören. Sie lauschte auf die Schritte der beiden, als sie das Zimmer verließen, zählte langsam bis sechzig und verdrückte sich dann. Während sie die Treppe hinuntereilte, versuchte sie, sich eine Ausrede einfallen zu lassen, um zu erklären, warum sie nicht schon unten auf die beiden wartete.

Siebzehn

Das Erste, was Grace am nächsten Morgen wahrnahm, war ein schwacher Duft nach Mandelöl. Das und den Umstand, dass ihr warm, beinahe kuschlig war. Zu Hause bei ihrer Familie wäre das nichts Ungewöhnliches gewesen, aber das Heizsystem im Studentenwohnheim des Venerable Bede's war, vorsichtig ausgedrückt, launisch – eine Besonderheit, die in der Werbebroschüre der Akademie nicht erwähnt wurde –, und in der letzten Woche war sie jeden Tag zitternd aufgewacht. Heute Morgen war etwas anders. Sie fühlte sich sicher. Umschlungen.

Langsam schlug sie die Augen auf. Patrick lag neben ihr und hatte die Arme um sie gelegt. Ihre Nasen berührten sich beinahe. Noch halb im Schlaf, lächelte Grace einen Moment versonnen.

Also, so einen Traum hatte sie sich immer gewünscht. Mit dem Menschen, für den sie schwärmte, aufzuwachen. Seine Wärme zu spüren. Einfach dazuliegen und das Zusammensein zu genießen. Stattdessen träumte sie normalerweise davon, dass sie bei der Arbeit Akten falsch ablegte oder dass sie zu spät zur Schule kam, obwohl sie zweiundzwanzig war und es keine wirklichen Folgen mehr hatte, wenn sie verspätet zur Vorlesung auftauchte. Aber das hier war ein netter Traum. In dem würde sie gern noch verweilen.

Langsam öffnete Patrick seine braunen Augen. Er sah Grace tief in die Augen, und dann … runzelte er die Stirn.

Das war kein Traum!

Patrick war wirklich hier.

»Oh mein Gott«, sagte Grace und fuhr richtig aus dem Schlaf hoch.

Patricks Augen weiteten sich, als werde ihm das Gleiche klar wie Grace vor wenigen Sekunden. »Oh … Oh!«

Er löste seine Arme von Grace, und sie stand sofort vom Bett auf.

»Was zum … was? Haben wir …?«, fragte Patrick, machte sich von ihrem Powerpuff-Girl-Oberbett frei und stand ebenfalls auf. Im kalten Tageslicht und Patrick gegenüber kam ihr das kitschig-coole Bettzeug, das sie auf eBay sorgfältig ausgesucht hatte, lahm und kindisch vor. Sie konnte nur hoffen, dass er so panisch darüber sein würde, neben ihr aufgewacht zu sein, dass es ihm nicht auffallen würde.

»Haben wir … Du weißt schon?«, fragte er.

»Nein! Ich glaube nicht, wir sind angezogen«, sagte Grace.

»Ja.« Patrick nickte hektisch. »Angezogen ist gut.«

»Ganz meine Meinung, angezogen ist gut.«

»Ich meine, nicht, dass ich nicht … Ich meine, es ist nur, du weißt schon, du untersuchst Jodies Verschwinden … Das … Das wäre komisch.«

»Nein, nein, nein, ich weiß, finde ich auch, es ist krank, jawohl. Das ist ein kranker, kranker, Gedanke«, erklärte Grace und zog ein Gesicht, als hätte sie in eine Zitrone gebissen.

»Na ja, ich meine … So weit würde ich nicht gehen, aber es ist nicht cool.«

»Überhaupt nicht. Es ist, du weißt schon, lahm.«

»Was?«

»Keine Ahnung, ich bin gerade erst wach geworden. Ich schaffe es gerade mal, ab mittags vernünftig zu reden, und schon gar nicht vorher«, erklärte Grace und fragte sich, warum sich der Boden nie auftat und einen verschluckte, wenn man es gebrauchen konnte. Sie fuhr mit den Fingern durch die schlimmsten Teile ihres vom Schlaf zerdrückten Haars und versuchte es, zu glätten. Patrick sah natürlich entzückend verwuschelt aus. Offensichtlich hatte er seine Brille kurz vor dem Einschlafen abgenommen, und irgendwie wirkte sein Gesicht ohne sie noch verwundbarer.

Als hätte er Graces Gedanken gelesen, nahm er die Brille von ihrem Nachttisch und setzte sie lächelnd auf. »Wir müssen einfach eingeschlafen sein. Nichts weiter.«

»Ja, vollkommen harmlose Erklärung. Es war spät geworden, und wir müssen … Ich habe dich wohl hereingebeten, um über den Fall zu reden oder so.«

»Klingt sehr plausibel und korrekt«, sagte Patrick.

»Ja, so muss es gewesen sein. Ich kann mich bloß wirklich nicht daran erinnern. Weißt … Weißt du noch etwas von gestern Abend?«, fragte Grace und kicherte nervös.

»Ähm …« Patrick runzelte die Stirn und fuhr sich durchs Haar. »Nein …«

»Ooh! Ooh! Jetzt weiß ich wieder, dass Kitt zutiefst unbeeindruckt von mir gewirkt hat!«, erklärte Grace in triumphierendem Ton. Doch dann verflog ihr Lächeln. »Obwohl das, um ehrlich zu sein, eine verdrängte Erinnerung an jeden anderen Tag in den letzten paar Monaten oder – eigentlich – den letzten drei Jahren sein könnte.«

Wieder legte Patrick die Stirn in Falten. »Eigenartig, der gestrige Abend ist vollkommen leer. Als Letztes erinnere ich mich, wie Selina und ich nach dem Gespräch in ihrem Zimmer wieder die Treppe hinuntergekommen sind, und dann … nichts mehr. Absolut nichts. Bis darauf, dass ich heute Morgen hier aufgewacht bin.«

»Geht mir genauso, jedenfalls beinahe. Ich meine mich zu erinnern, dass Kitt uns zum Campus zurückgefahren hat«, erklärte Grace und kicherte dann. »Wenn ich mich an nichts anderes erinnern kann, muss ich wirklich angetrunken gewesen sein, und wenn ich so hinüber war, dann ist gut möglich, dass meine Erinnerung daran, wie Kitt mich missbilligend ansieht, wirklich eine Erinnerung von gestern Abend ist.«

»Ich muss ihr erklärt haben, ich würde dich auf meinem Heimweg zurück zu deinem Wohnheim bringen – sieht aber so aus, als wäre ich nicht so weit gekommen.«

»Ja«, sagte Grace. Obwohl das vollkommen unlogisch war. Kitt traute Patrick nicht, und wenn Grace sturzbetrunken gewesen war, hätte sie Patrick nicht einfach erlaubt, sie zurück zum Wohnheim zu begleiten, ohne sich davon zu überzeugen, dass alles mit rechten Dingen zuging. »Ich meine, am einfachsten klären wir das, indem wir gleich mal Kitt anrufen und hören, ob sie uns Aufschluss geben kann. Sie hat nichts getrunken, also wird sie auf jeden Fall einen besseren Eindruck davon haben, was wirklich los war, als wir. Ist aber ein wenig komisch, dass alles so verschwommen zu sein scheint. So einen Aussetzer hatte ich noch nie. Und du?«

Patrick zögerte, bevor er antwortete, und ein merkwürdiger Ausdruck huschte über sein Gesicht. »Doch, ich glaube, das ist mir vielleicht schon einmal passiert.«

Grace legte eine Hand an den Kopf; sie spürte ein dumpfes Pochen, von dem sie vermutete, dass es im Lauf des Tages nur noch schlimmer werden würde. »Tja, was auch immer Selina in diese Cocktails getan hat, ich werde so schnell keinen mehr davon trinken. Ich hätte nicht so dumm sein sollen, einen Drink von jemandem anzunehmen, der Base-Jumping für ein entspanntes Vergnügen am Sonntagnachmittag hält.«

»Ich war aber anscheinend auch nicht klüger«, sagte Patrick. »Hör mal, ich sollte wahrscheinlich besser gehen. Ich habe heute Nachmittag Vorlesungen und meine Lektüre dafür noch nicht annähernd erledigt. Rufst du mich an, wenn du mich brauchst? In allem, was den Fall betrifft, meine ich.«

»Natürlich, keine Sorge. Nach allem, was wir gestern Abend herausgefunden haben, glaube ich, dass Kitt eine Weile die Führung übernehmen wird – sie wird Selina weiter befragen müssen. Ihr Alibi überprüfen und so.«

»Warte mal … Kitt geht noch mal zu Selina?«

»Ja, ich meine, du hast sie doch gebeten, mit Kitt zu reden, und sie war einverstanden, also … Gibt es einen Grund, warum sie es nicht tun sollte?«

»Nichts Spezielles, und ich hatte sie um den Gefallen gebeten für den Fall, dass du immer noch mit ihr sprechen willst. Es ist nur … Nach allem, was sie erzählt hat, nach der Geschichte mit ihrem Vater, glaubst du immer noch, dass sie in Jodies Verschwinden verwickelt ist?«

»Ja, ähm, nun ja, ich meine, wir haben auf keinen Fall genug Informationen, um sie schon auszuschließen.«

»Sogar nach dem, was sie mir davon erzählt hat, worum es bei ihrem Streit mit Jodie wirklich ging? Ich meine, wenn sie so für Jodie empfand, dann hätte sie ihr doch nichts getan! Und weißt du, ich habe überlegt, wie sie mit diesem Bodyguard, der ihr überallhin folgt, überhaupt eine Entführung oder einen Mord begehen könnte.«

»Sie hat es geschafft, ihn lange genug abzuschütteln, um in dieses Handgemenge mit Jodie zu geraten«, sagte Grace. »Wenn sie es einmal fertiggebracht hat, kann ich mir vorstellen, dass sie es wieder tun könnte.«

»Wahrscheinlich«, sagte Patrick. »Es ist nur ... Sie kommt mir nicht verdächtig vor.«

»Das liegt vielleicht daran, dass du davon ausgehst, sie sagt die Wahrheit. Was sie dir gestern Abend erzählt hat, ist nützliche Hintergrundinformation, und versteh mich nicht falsch, wenn sie die Wahrheit sagt, dann ist das mit ihrem Vater durchaus tragisch. Aber solange wir nicht beweisen können, wo sie zur Zeit von Jodies Verschwinden war, können wir sie nicht von der Liste der Verdächtigen streichen.«

»Oh, verstehe«, sagte Patrick und schürzte die Lippen.

»Was?«

»Na ja, ihr könnt auch nicht beweisen, wo *ich* war, als Jodie verschwunden ist. Wenn das das Kriterium ist, nach dem ihr arbeitet, stehe ich dann auch auf der Verdächtigenliste? Ich meine, ich finde, ich habe ein Recht darauf, das zu erfahren.«

Da Grace darauf keine direkte Antwort geben wollte, versuchte sie, ihn mit einer Gegenfrage abzulenken. »Das verstehe ich nicht. Was ist bloß mit dir los? Warum fühlst du dich so angegriffen?«

»Tue ich gar nicht, ich will nur Bescheid wissen. Wenn Selina als Verdächtige zum Abschuss freigegeben ist, gilt das auch für mich?«

»Also, du hast selbst gesagt, dass dein Alibi nicht wasserdicht ist. Das waren genau deine Worte. Und Kitt sagte dir ja schon, sie hätte vielleicht noch weitere Fragen.«

»Dann ist das ein Ja? Nach allem, was ich dir erzählt habe, glaubst du immer noch, ich würde Jodie irgendwie wehtun? Dass ich sie verschwinden lassen oder umbringen würde?«

»Nein, oder wenigstens bis vor zwei Minuten nicht, als du angefangen hast, dich total angegriffen zu fühlen.«

»Aha.«

»Ich denke das nicht. Wirklich nicht.«

»Aber Kitt glaubt das immer noch? Die Person, die ich engagiert habe?« Patrick nahm seinen Blazer, der über einem Stuhl gehangen hatte, und zog ihn an. Als er Grace wieder ansah, warf er ihr aus seinen braunen, traurigen Augen einen scharfen Blick zu, und sie spürte den vertrauten Stich ins Herz. Sie hasste den Gedanken, ihm Schmerz bereitet zu haben, aber was blieb ihr anderes übrig? Sollte sie ihm ins Gesicht lügen?

»Patrick, als du uns engagiert hast, hast du uns erzählt, du wolltest die Wahrheit herausfinden. Selinas Geschichte wird sich wahrscheinlich bestätigen, aber wir müssen sie richtig von der Liste der Verdächtigen ausschließen.«

»Das habe ich gesagt, als ich dachte, ihr würdet einen guten Job machen. Aber ihr habt kein Wort von dem Mann in Schwarz gesagt, von dem ich euch erzählt habe – wann habt ihr vor, euch den vorzunehmen? Begreifst du denn nicht?«, stieß Patrick hervor und packte Grace an den Armen. »*Den* müsst ihr finden. Er ist ihr nachgegangen, und danach habe ich sie nie wiedergesehen.« Tränen traten ihm in die Augen, aber Grace sah, dass er sich große Mühe gab, sie zurückzuhalten.

»Wir haben nicht viele Anhaltspunkte zu dem Mann in

Schwarz, und selbst wenn, hat er wahrscheinlich nicht allein gehandelt. Wenn überhaupt, dann klingt der Mann, den du beschreibst, genau wie eine Person, die eine Millionärin anstellen würde, um ihre schmutzige Arbeit zu tun.«

»Du hast Selina nicht in die Augen gesehen, als sie ihre Geschichte erzählt hat, ich aber schon. Sie würde Jodie auf keinen Fall etwas antun.«

»Ich behaupte ja nicht, dass sie ihr etwas getan hat, aber soweit wir wissen, könnte sie ihre zahlreichen Optionen genutzt haben, um zu Jodies Verschwinden beizutragen.«

»Deine alternative Theorie ist also, wenn Selina sie nicht umgebracht hat und ich sie nicht ermordet habe, dass meine Verlobte, mit der ich seit fünf Jahren zusammen war, ohne ein Wort untergetaucht ist und in dem Jahr, seitdem sie vermisst wird, keinen Kontakt zu mir aufgenommen hat? Warum sollte sie das tun?«

»Das weiß ich nicht.«

»Glaubst du, sie ist vor mir geflüchtet?« Wieder traten Patrick die Tränen in die Augen.

»Ich habe keinen Grund, davon auszugehen.«

»Was du nicht sagst«, sagte Patrick und schüttelte den Kopf. »Ich glaube, es war ein Fehler, Kitt und dich zu engagieren. Wenn du das nächste Mal mit ihr redest, sag ihr, dass ich sie von dem Fall abziehe. Meine Mutter wird ihr keine Schecks mehr schicken.«

»Was? Warte doch, Patrick«, versuchte Grace es, doch es war sinnlos. Bevor sie Zeit hatte, ihn aufzuhalten, war er schon durch die Tür und knallte sie hinter sich zu.

Seufzend trat Grace an ihren Schreibtisch, nahm ihr Handy und wählte Kitt an. Es klingelte und klingelte und ging dann zu Kitts Mailbox-Ansage über. Graces Blick fiel auf ein Bild von Jodie, das neben ein paar der Notizen, die sie sich über Elvis McCabe gemacht hatte, auf ihrem Schreibtisch lag. Sie hörte wieder die Worte, die Jodies Mutter Jean auf ihrer Pressekonferenz gesagt hatte. *Wir werden nicht zulassen, dass du zu einem dieser Vermisstenfälle wirst, die niemals aufgeklärt werden. Wir geben nicht auf.*

Der Piepton von Kitts Mailbox holte Grace abrupt in die Gegenwart zurück.

»Ähm, Kitt. Hi, hier ist Grace. Ich wollte nur anrufen, um …« Sie warf noch einen Blick auf Jodies Foto und holte tief Luft. »Um zu sagen, dass ich versuchen werde, heute Nachmittag von Selina nach Hause eingeladen zu werden. Falls Sie es nach der Arbeit organisieren können, sie zu befragen, wie sie es Patrick versprochen hat, finde ich vielleicht eine Möglichkeit, das Gespräch mitzuhören, ohne meine Tarnung hochgehen zu lassen. Schreiben Sie mir kurz, wenn Sie die Nachricht bekommen, damit ich weiß, dass das Spiel läuft.«

Grace beendete den Anruf, stützte die Hände auf die Lehne ihres Computerstuhls und sah Jodies Bild an. Sie konnte sie nicht einfach im Stich lassen; ob mit oder ohne Patricks Segen, sie musste einen letzten Versuch wagen.

Achtzehn

Um Punkt sieben an diesem Abend ging der Summer an Selinas Haustür und unterbrach Grace und Selina, die seit vier Uhr fast ununterbrochen kicherten. Selina konnte einen ziemlich trockenen Humor an den Tag legen, wenn sie wollte; eine Eigenschaft, die Grace immer unfehlbar amüsierte, und sie hatte sich gelegentlich ins Gedächtnis rufen müssen, dass sie undercover recherchierte und nicht vorhatte, wirklich Freundschaft zu schließen. Nur als Grace angekommen war und einräumte, dass sie sich nach dem gestrigen Abend schlecht gefühlt hatte, waren sie kurz ernst geworden. Selina hatte sich mitfühlend gezeigt und erklärt, Grace nach Hause geschickt zu haben, sobald ihr klar geworden war, dass sie zu viel getrunken hatte.

»Oh, wer mag das sein?«, fragte Grace, als es klingelte, und riss so unschuldig die Augen auf, wie sie konnte, ohne es zu übertreiben.

Selina tappte zur Tür und drückte auf einen Knopf, der wahrscheinlich das Eingangstor öffnete. »Es ist nur dieser Gefallen, den ich Patrick versprochen hatte. Er hat eine Privatermittlerin engagiert, die das Verschwinden seiner Verlobten untersucht, und weil ich Jodie kannte, habe ich zugesagt, ihr ein paar Hintergrundinformation über sie zu geben.«

»Oh, tut mir leid. Mir war nicht klar, dass du sie auch gekannt hast. Ich habe natürlich davon gehört. Schrecklich. Soll ich gehen? Ich will nicht stören«, sagte Grace und betete, dass Selina sie nicht beim Wort nehmen würde.

»Nöö, es dauert nicht lange. Du könntest hinaufgehen und in meinem Schlafzimmer chillen, solange sie hier ist.«

In diesem Moment klopfte es kurz und selbstbewusst an die Tür, und als Selina öffnete, stellte Kitt sich vor und trat dann über die Schwelle.

»Das ist meine Freundin Grace«, erklärte Selina. »Sie geht kurz nach oben, während wir über alle Fragen plaudern, die Sie vielleicht haben.«

»Nett, Sie kennenzulernen«, sagte Grace und versuchte, eine ausdruckslose Miene zu wahren, als sie Kitt so förmlich und distanziert ansprach.

»Ganz meinerseits«, sagte Kitt. »Ich glaube nicht, dass wir lange brauchen.«

Grace nickte und wandte sich ab, um die Treppe hinaufzugehen.

»Mein Zimmer ist das dritte links«, rief Selina Grace nach, obwohl diese schon halb die Treppe hinauf war.

»Oh, danke«, sagte Grace und zuckte innerlich zusammen. Wenn Selina auch nur ein wenig argwöhnischer wäre, hätte sie gerade womöglich ihre Tarnung auffliegen lassen. Sie drehte sich um und warf Selina ein etwas benommenes Lächeln zu. »Wahrscheinlich wäre ich irgendwann selbst darauf gekommen, aber mit Wegbeschreibung ist es viel einfacher.«

Selina schmunzelte und bedeutete Kitt dann, ihr ins Wohnzimmer zu folgen. Sobald die beiden nicht mehr zu sehen waren, schlich Grace sich wieder langsam die Treppe hinunter. Vom Treppenhaus aus würde sie ziemlich gut alles hören können, was gesagt wurde, ohne dass Selina ahnte, dass sie nicht in ihrem Zimmer war, in das sie geschickt worden war.

»Cooler Hut«, sagte Selina, und kurz darauf wies das Knarren des Sessels darauf hin, dass sich die beiden gesetzt hatten.

»Oh, ähm, danke. Ich weiß wirklich zu schätzen, dass Sie bereit sind, mit mir zu reden«, sagte Kitt.

»Tja, es ist mir gelungen, Dads Bodyguard einzureden, dass er einen freien Freitagabend verdient hat, da ich zu Hause bleibe. Er soll auch andere Leute im Blick behalten, um sicherzugehen, dass sie keine Bedrohung darstellen, aber ich schwöre, dass er achtzig Prozent seiner Zeit damit verbringt, mich zu beobachten, und ich kann es nicht gebrauchen, dass er Gespräche wie dieses mithört, bei denen wahrscheinlich Themen zur Sprache kommen, von denen ich nicht will, dass mein Dad davon erfährt.«

»Wenn man ständig unter Beobachtung steht, hat man nicht viel Gelegenheit, sich selbst zu erforschen«, sagte Kitt.

»Und das ist natürlich im Wesentlichen der Plan meines Vaters«, erklärte Selina und begleitete ihre Aussage mit einem kurzen, verlegenen Auflachen.

»Tja, ich habe überhaupt nicht die Absicht, Sie in Schwierigkeiten zu bringen«, sagte Kitt. »Ich werde versuchen, alles heute Abend durchzugehen, damit wir Ihre Zeit nicht weiter in Anspruch zu nehmen brauchen.«

»Ich werde helfen, wo ich kann, wenn es um den Hintergrund von Jodies Leben in der Zeit, in der ich sie kannte, geht. Ein paar Wochen lang habe ich ziemlich viel mit ihr abgehangen, aber na ja, ich vermute, Patrick hat Ihnen von unserem Streit kurz vor ihrem Verschwinden erzählt«, sagte Selina.

»Er sagte, Sie hätten ihm das erlaubt, und ich weiß die Information zu schätzen. Es hilft mir, wenn ich weiß, in welchem Gemütszustand Jodie kurz vor ihrem Anruf beim Radiosender war.«

»Um ehrlich zu sein, glaube ich nicht, dass unser Streit sich irgendwie auf ihre Verfassung ausgewirkt hat.«

»Aber sie muss doch bestürzt darüber gewesen sein«, hakte Kitt nach. »Laut Patrick war Jodie kein Mensch, der andere leicht an sich heranließ, daher war es wahrscheinlich schon ein Schlag, dass jemand, mit dem sie befreundet war, sie nicht mehr sehen wollte. Zumal sie neu hier an der Hochschule war.«

»Sie war schon betroffen, als ich es ihr gesagt habe. Und ein wenig verärgert. Aber ich bin mir nicht sicher, ob die Wirkung angehalten hat. Falls es für sie eine große Sache war, hatte ich keine Ahnung davon, weil unser Streit leider die letzte Gelegenheit war, bei der ich mit ihr gesprochen habe. Ich habe ein Gerücht gehört, in ihrem Schließfach seien vor ihrem Verschwinden Drogen gefunden worden, aber die gehörten offensichtlich nicht Jodie. Wenn die Polizei damals zu mir gekommen wäre, hätte ich den Beamten das gesagt. Mit so etwas hatte sie nichts zu tun – und ich muss das schließlich wissen, denn ich habe mehrmals versucht, sie dazu zu verlocken.«

»Aber die Drogen, die in ihrem Schließfach gefunden wurden, gehörten nicht Ihnen?«

»Nein«, erklärte Selina und lachte empört. »Ich bin genauso gern high wie alle anderen – vielleicht sogar ein wenig lieber –, aber ich bunkere so etwas nicht. Ich konsumiere nur in Gesellschaft und sehr sporadisch. Abgesehen davon, dass Berkeley ausrasten würde, wenn sie so etwas bei einem finden würde, ist Sucht nicht cool.«

»Ich merke es mir«, sagte Kitt. »Es hat mich ziemlich erstaunt, dass Jodie und Sie sich so öffentlich gestritten haben. Sie hatten vorhin Ihren Bodyguard erwähnt, und ich nehme an, dass er Sie ständig begleitet. Dann hat der Mann einfach zugelassen, dass Jodie und Sie einander herumgestoßen haben, ohne einzugreifen?«

»Nein … Weder mein Bodyguard noch mein Dad wissen von dem Streit. Ich hatte meinem Bodyguard erklärt, ich würde den Rest des Tages zu Hause bleiben. Dann habe ich mich in der Cafeteria mit Jodie verabredet und mein Handy zu Hause gelassen. Mein Dad verfolgt es über GPS, daher kann ich ihn nur austricksen, wenn ich das Haus ohne Handy verlasse. Und aus offensichtlichen Gründen wollte ich nicht, dass er von meiner Verabredung mit Jodie erfährt oder dass mein Bodyguard das Gespräch mit anhörte, das ich mit ihr führen musste.«

»Verstehe«, sagte Kitt. »Bedaure, dass Sie so viel Aufwand treiben mussten, um mit Ihrer Freundin zu reden, und dass es so schlecht ausgegangen ist.«

»Jepp, mir tut das alles auch leid«, gab Selina zurück.

»Also gut, zurück zu Jodies Verhalten. Ich kann akzeptieren, dass Sie nichts über die Drogen wussten, die bei ihr gefunden wurden, aber können Sie mir ein wenig über Jodies Verhalten vor Ihrem Streit erzählen? Hatten Sie den Eindruck, dass sie Geheimnisse hatte oder dergleichen?«

Selina schüttelte den Kopf. »Nichts Ungewöhnliches. Wir haben uns am ersten Tag des Semesters bei einer Veranstaltung für Studienanfänger kennengelernt. Und dann haben wir uns auf dem Campus getroffen. Wir pflegten zusammen zu Mittag zu essen oder abends in Clubs zu gehen.« Ein Lächeln huschte über Selinas Miene. »Sie war anders als andere Leute, mit denen ich abgehangen habe.«

»Sie meinen, ihre Herkunft unterschied sie von den Menschen, mit denen Sie normalerweise Umgang pflegen?«, fragte Kitt.

»Nicht nur das. Wenn man so viel Geld hat wie unsere Familie, haben die Leute meist nur ein Interesse daran, dass Sie die Drinks bezahlen. Oder daran, auf andere Art Geld aus Ihnen herauszuleiern. Aber Jodie war anders. Sie war nicht reich, aber sie interessierte sich nicht dafür, was andere Leute hatten. Sie war fürsorglich und schön und … Gott«, sagte Selina. Grace konnte ihr Gesicht nicht erkennen, doch das Beben in ihrer Stimme verriet ihr, dass sie aufgewühlt war. »Warum musste sie auf diese Art verschwinden?«

»Genau das versuche ich ja zu verstehen«, erklärte Kitt. »Tut mir leid, Sie das fragen zu müssen, Selina, aber bevor ich den nächsten Schritt der Ermittlung angehe, muss ich mich vergewissern, wo sich jeder zum Zeitpunkt von Jodies Verschwinden aufgehalten hat.«

»Sie meinen, Sie erkundigen sich nach meinem Alibi?«

»Richtig.«

»Ich habe keins.«

»Sie meinen, dass Sie sich nicht erinnern, oder …?«

»Nein, ich meine, dass ich an diesem Abend zu Hause war und gelernt habe, und dann bin ich schlafen gegangen. Wie ich gehört habe, ist Jodie in den frühen Morgenstunden verschwunden, und da ich an diesem Abend nicht ausgegangen bin, lag ich schon im Bett.«

»Verstehe, und niemand kann das bestätigen?«

»Das sollte nicht nötig sein. Ich hatte keinen Grund, Jodie umzubringen.«

»Bis darauf, dass sie Ihr größtes Geheimnis kannte; etwas, das sie zu verschweigen versuchten und das Sie Ihr Erbe kosten würde, wenn es herauskäme.«

»Und Sie glauben … was? Dass Jodie mich outen wollte und ich sie deswegen beseitigt habe? Eine ziemlich wilde Verdächtigung, um damit hausieren zu gehen. Wenn man bedenkt, wie teuer die Anwälte meines Vaters sind.«

Grace biss sich auf die Unterlippe. Selina drohte Kitt praktisch, sie zu verklagen. Da Grace Kitts Temperament kannte, wünschte sie mit aller Kraft, sie werde vorsichtig sein. Natürlich wollten sie Jodies Verschwinden aufklären, aber sie konnten es sich definitiv nicht leisten, sich dabei mit den Anwälten eines Millionärs anzulegen.

»Ich werfe Ihnen überhaupt nichts vor«, erklärte Kit in erstaunlich gemessenem Tonfall. »Das möchte ich ganz deutlich machen. Ich versuche nur, die Wahrheit darüber herauszufinden, was aus Jodie geworden ist, und dazu muss ich jeder Möglichkeit nachgehen.«

»Tja, an Ihrer Stelle wäre ich vorsichtig damit, welche Optionen ich auslote, bis ich Beweise habe.«

»Ich stelle nur das Offensichtliche fest«, erklärte Kitt. »Jodie hatte Informationen über Sie, die sich negativ auf Ihr Leben ausgewirkt hätten, wenn sie herausgekommen wären. Und außerdem haben mehrere Personen, mit denen ich gesprochen habe, darauf hingewiesen, dass Sie einigen ziemlich unkonventionellen Aktivitäten außerhalb des Lehrplans nachgehen, die bei alldem auch eine Rolle gespielt haben könnten.«

»Ich habe für meine Lesewoche in der Semestermitte eine Trekkingtour durch die Catskills gebucht, also müssen Sie sich schon genauer ausdrücken, wenn Sie wollen, dass ich eine Ahnung davon habe, wovon Sie reden«, sagte Selina.

Graces Schultern verkrampften sich. Selina wurde mit jeder Sekunde feindseliger. Sie war auch schroff gewesen, als

Grace sie auf der Damentoilette angesprochen hatte, aber das war zu erwarten, wenn man als vollkommen Fremder auf jemanden zuging. Vor allem bei einer Person mit Geld, die daran gewöhnt war, dass die Leute versuchten, es aus einem herauszuquetschen. Aber abgesehen davon war Selina immer total nett zu ihr gewesen. Ihre momentane Feindseligkeit Kitt gegenüber hatte wahrscheinlich einen von zwei Gründen: Entweder war sie unschuldig und nahm den Vorwurf übel, sie würde jemandem etwas antun, den sie liebte; oder sie war schuldig, und Kitt hatte mit ihren Fragen einen wunden Punkt getroffen.

»Es geht ein Gerücht um«, erklärte Kitt, »dass Sie hier am Venerable Bede's einem Geheimbund angehören. Ganz inoffiziell, und um sicherzugehen, dass ich alle Informationen habe, die ich brauche, um Jodie zu finden: Ist daran etwas Wahres?«

»Tja, wenn dem so wäre, dann wäre ich kein besonders aufrechtes Mitglied der Geheimgesellschaft, wenn ich Ihnen das verraten würde, oder?«, gab Selina mit spöttischem Unterton zurück.

»Das ist kein Spiel«, erklärte Kitt. »Hier geht es um Gerechtigkeit für Jodie.«

»Wieso sollte eine Geheimgesellschaft etwas damit zu tun haben, Jodie Gerechtigkeit widerfahren zu lassen?«

»Vielleicht war sie darin verwickelt, und etwas ist schiefgegangen? Oder jemand, an den wir noch nicht gedacht und den wir nicht befragt haben, hatte etwas mit ihrem Verschwinden zu tun?«

»Falls so eine Geheimgesellschaft existiert, kann ich Ihnen garantieren, dass Jodie nichts damit zu schaffen hatte. Wenn, dann wüsste ich davon.«

»Weil Sie sie selbst leiten?«

»Weil ich ihre Freundin war«, erklärte Selina mit leicht zitternder Stimme. »Ich wünsche mir mehr als alles andere, wir wären versöhnlicher auseinandergegangen. Sie hat nicht genau diese Worte gebraucht, aber mir war klar, dass Jodie fand, ich solle mich freimachen und gegen meine Eltern behaupten, damit ich sein konnte, wer ich wirklich war. Auf gewisse Art bin ich wahrscheinlich deshalb in diese ständige Suche nach Nervenkitzel hineingeraten. Ich habe immer zu beweisen versucht, dass ich Mumm habe. Aber Sie verstehen das doch, oder? Dass ich angesichts meiner Gefühle nicht mit Jodie befreundet bleiben konnte. Dass eine Menge auf dem Spiel stand, wenn die Wahrheit darüber, wer ich wirklich bin, herauskam? Dass ich das Geheimnis bewahren musste?«

»Ja«, sagte Kitt. »Das verstehe ich nur zu gut.«

Neunzehn

Ungefähr dreißig Minuten, nachdem Kitt Selinas Haus verlassen hatte, ging Grace auf das Ende der Straße zu, in der Selinas Villa stand, und bog nach links ab. Nicht weit entfernt wartete Kitt wie versprochen in Hallorans Fiat, weit außerhalb der Reichweite der Überwachungskameras vor Selinas Haus. Vorhin, in einer der kurzen Pausen, die Kitt während ihrer Schicht in der Bibliothek eingelegt hatte, waren ein paar Textnachrichten hin und her gegangen, und sie hatten einen kleinen Trick abgesprochen, um Grace aus Selinas Haus zu holen, ohne Verdacht zu erwecken. Etwa eine halbe Stunde, nachdem Kitt sich von Selina verabschiedet hatte, würde sie Grace auf ihrem Handy anrufen und so tun, als wären Graces Eltern am Apparat und behaupten, sie komme zu spät zu einem Familienessen, das sie vergessen hatte. Die kleine List funktionierte ausgezeichnet und ermöglichte es ihr, sich bei Selina zu entschuldigen und zu gehen, ohne ihre Tarnung auffliegen zu lassen.

»Irgendetwas zu berichten, seit ich gegangen bin?«, fragte Kitt und wählte eine Nummer auf ihrem Handy. »Ich muss Bescheid wissen, bevor ich Patrick anrufe.«

»Patrick? Oh nein, Sie dürfen ihn nicht anrufen«, sagte Grace und griff nach Kitts Handy.

Verblüfft hob Kitt den Kopf und starrte Grace an. »Was in aller Welt ist los?«

Tja, sie hatte Kitt die Wahrheit so lange verschwiegen, bis sie wenigstens die Hauptverdächtige von ihrer Liste befragt hatte. Viel mehr hätte Grace, vermutete sie, unter den Umständen nicht verlangen können. Jetzt war es an der Zeit, mit der Wahrheit herauszurücken.

»Langer Rede kurzer Sinn? Patrick hat uns irgendwie … gefeuert.«

»Uns gefeuert? Warum?«

»Ich … Ich weiß es nicht genau. Er hat sich heute Morgen wirklich komisch verhalten, als ich …«

»Heute Morgen?«

»Ja. Oh, aber nein. Nein, so war das nicht. Es ist nichts passiert, wir sind bloß eingeschlafen, während wir über den Fall geredet haben – glaube ich. Wenn ich vollkommen ehrlich bin, ist die letzte Nacht in meiner Erinnerung ziemlich verschwommen. Eigentlich nicht richtig verschwommen, sondern eher vollkommen leer, und ich fühle mich auch nicht besonders gut. Keine Ahnung, was in diesen Cocktails war, aber Patrick konnte sich auch an nichts erinnern, und …«

»Grace …«

»Ja, schon gut. Er schien verärgert zu sein, als ich ihm erklärt habe, wir könnten Selina nicht von der Liste der Verdächtigen streichen, ohne ihr Alibi bestätigt zu haben. Er hat gefragt, ob er auch verdächtig wäre, weil er kein Alibi hätte.«

»Und was haben Sie geantwortet?«

»Ich habe gesagt, ich hätte ihn nicht im Verdacht, aber er hat erraten, dass Sie ihn verdächtigen, und er hat erklärt, wir machten keinen guten Job und er wolle uns von dem Fall abziehen.«

»Keinen guten … was für eine Unverschämtheit!«, sagte Kitt und verschränkte die Arme. Die beiden saßen einen Moment schweigend da. »Und das wissen Sie schon seit heute Morgen? Und haben mich nach einer langen Schicht in der Bibliothek von York nach Durham tigern lassen?«

»Tut mir leid. Ich hatte nicht vor, Ihnen Umstände zu machen«, erklärte Grace und legte peinlich berührt die Fingerspitzen zusammen. »Ich wollte … wollte nur nicht, dass damit der Fall zu Ende ist. Ich muss Gerechtigkeit für Jodie finden. Wenn wir aufgeben, wird mich das einfach nicht loslassen. Es fühlt sich an, als wären wir die Einzigen, die ihr helfen können, und wenn wir aufgeben, haben wir sie irgendwie im Stich gelassen.«

»Das Gefühl kenne ich«, sagte Kitt und klang ein wenig ruhiger.

»Ich wollte Ihnen schon erzählen, was Patrick gesagt hat, ich dachte nur, es wäre das Beste, wenn wir Selina zuerst befragen, damit Sie etwaige Informationen an die Polizei weiterleiten können, bevor wir die Operation komplett abblasen.«

»Wir werden nichts dergleichen tun. Keinen guten Job, also wirklich! Warten Sie nur, bis er hört, dass wir den Fall innerhalb einer Woche geknackt haben. Dem werden wir's zeigen!«, erklärte Kitt.

»Wir haben … den Fall gelöst?«

»Haben Sie dort drinnen nicht aufgepasst? Selina hat ohne jeden Zweifel etwas mit Jodies Verweis und wahrscheinlich auch mit ihrem Verschwinden zu tun.«

»Wirklich? Ich finde auch, dass sie gelegentlich feindselig geworden ist, aber sind Sie wirklich so sicher, dass sie die Täterin ist?«

»So sicher, wie ich mir in diesem Stadium sein kann. Sie

hat erwähnt, dass sie mit Drogen experimentiert hat. Sie hat zugegeben, dass sie Geheimnisse hat, die sie schützen muss. Sie hat kein Alibi, und sie hat mir praktisch gedroht, falls ich die Sache weiterverfolge, indem sie ihre Anwälte erwähnt hat, und ich will gar nicht von dieser kleinen Plauderei anfangen, dass sie beweisen muss, dass sie Mumm hat.«

»Sie glauben, dass sie … Jodie hat verschwinden lassen, nur um zu beweisen, dass sie es kann oder so?«

»Keine Ahnung, aber ich weiß, dass jemand, der süchtig nach Nervenkitzel ist und so viel Geld hat, nach immer stärkeren Anreizen suchen wird, und falls diese Person gierig genug auf diesen Rausch ist, wird sie sich nicht allzu sehr mit Recht und Gesetz abgeben. Ich will ihre Behauptung nicht einfach von der Hand weisen, dass ihr Vater sie misshandelt hat, und diese Misshandlung durch ihren Vater könnte sogar ein ursächlicher Faktor sein; er könnte sogar der Auslöser dafür sein, dass sie auf eine so schreckliche Art reagiert hat. Aber es ist immer noch möglich, dass sie uns eine verdrehte Version erzählt hat statt der reinen Wahrheit. Dass dieses Gerede über ihre Sexualität nur eine Art Theaterdonner ist, um die Geheimgesellschaft oder sogar etwas noch Größeres zu vernebeln.«

»Dann glauben Sie, dass ihre Behauptung, bei ihrem Streit mit Jodie sei es um ihre Sexualität gegangen, überhaupt nicht der Wahrheit entspricht?«

»Genau. Selina hat ihre Geheimnisse. Möglich, dass wir sie nicht alle kennen. Jodie könnte etwas aufgedeckt haben, von dem wir noch nichts wissen. Als klar wurde, dass Jodie etwas wusste, was sie erpressbar machte, und der Welt davon erzählen würde, hätte Selina die Gelegenheit nutzen können, einen Nervenkitzel zu erfahren, den man nur einmal im Leben hat. Den Rausch eines perfekten Mordes.«

»Aber warum hätte sie dann Jodies Foto in ihrer untersten Schublade aufbewahren sollen, wenn sie sie umgebracht hat? Würde man dann nicht alle Indizien beseitigen?«

»Kommt darauf an, wie sehr sie es genossen hat«, erklärte Kitt. »Mörder behalten oft Andenken zurück. Wenn sie wirklich vorhatte, es nur dieses eine Mal zu tun, wollte sie vielleicht etwas zur Erinnerung.«

»Möglich, dass es so ist«, sagte Grace und erschauerte ein wenig. Warum jemand sich wünschen sollte, sich an eine so niederträchtige Tat wie Entführung oder Mord zu erinnern, war ihr unbegreiflich. Allerdings brachte diese Diskussion über Erinnerungen sie dazu, über die Lücke in ihren eigenen nachzudenken. »Was ist gestern Abend mit mir passiert, nachdem ich mich in Selinas Zimmer versteckt habe? Ich kann mich wirklich an kaum etwas erinnern.«

»Falls Sie einen Bericht darüber wollen, was Sie bei der Party gemacht haben, bin ich wahrscheinlich nicht die beste Informationsquelle. Ich habe ungefähr zehn Minuten, nachdem Sie Selinas Zimmer verlassen hatten, den Kontakt zu Ihnen verloren«, erklärte Kitt. »Ich habe gehört, wie Sie Small Talk mit ein paar anderen Partygästen gemacht und einen zweiten Drink angenommen haben. Aber das war es. Danach kam nichts mehr.«

»Nichts?«, fragte Grace. »Tut mir leid, Sie müssen sich Sorgen gemacht haben.«

»Das hätte ich auch, wäre das hier nicht gewesen«, sagte Kitt, drückte einen Button an ihrem Handy und reichte es Grace.

Stirnrunzelnd nahm Grace es entgegen und lauschte einer weiblichen Computerstimme. »*Sie haben eine neue Nachricht, eingegangen um zweiundzwanzig Uhr einundvierzig am Donnerstag, dem zweiundzwanzigsten Oktober.*« Die roboterhafte Stimme verstummte und wich der von Grace. Oder zumindest einer Version von Graces Stimme. Sie schien ziemlich stark zu lallen und sprach viel langsamer als gewöhnlich. »*Ich habe drei entgangene Anrufe von Ihnen, Kitt, und ich weiß, warum. Weil Sie mich lieben. Kommen Sie schon, streiten Sie es nicht ab. Es ist gut, es zuzugeben, weil ich Sie auch liebe. Ich liebe Ihre Liebe zu Büchern. Ich liebe Ihren Filzhut, und ich liebe Ihren schwarzen Kater.*« Eine Pause. »*Ha! Hut und gut reimen sich! Ist mir noch nie aufgefallen.*« Eine Art Schlurfen war zu hören, und dann erklang ein lang gezogenes Piepen. Grace beendete die Aufnahme.

»Nur, damit ich das richtig verstehe. Auf der Grundlage dieser Nachricht dachten Sie, bei mir sei alles in Ordnung?«

»Na ja, Sie waren jedenfalls am Leben, was meine Hauptsorge war. Ich hatte vor, Ihnen noch eine Viertelstunde zu geben und dann an die Tür zu klopfen und zu behaupten, ich sei Ihre Uber-Fahrerin. Aber das war nicht nötig. Ungefähr zehn Minuten später sind Patrick und Sie aus dem Haus gestolpert, und nachdem ich ziemlich heftig gehupt habe, sind Sie beide zum Auto gekommen.«

»Aber warum erinnere ich mich nicht?«, fragte Grace. »Selbst wenn ich jede Menge getrunken hätte, müsste ich mich doch noch an ein paar Bruchstücke erinnern!«

»Warten Sie mal«, sagte Kitt. »Sie sagten, Patrick erinnert sich auch an nichts?«

»Nein, komisch eigentlich, denn er sagt, dass er normalerweise noch alles weiß, wenn er sich betrinkt.«

»Sie waren besonders aufgekratzt, als Sie zurück zum Auto kamen. Aber ich hatte einfach angenommen, dass der Alkohol Ihnen zugesetzt hat. Patrick schien auch extrem übermütig zu sein, aber er wirkte ein wenig besser beieinander als Sie. Er hat erklärt, er wolle Sie bis zu Ihrer Haustür bringen, aber angesichts dessen, wie hinüber Sie waren, hatte ich nicht vor, Sie mit ihm allein zu lassen. Deshalb habe ich Sie beobachtet, bis Sie im Haus waren, und dann ist er davongegangen. Ich habe gewartet, bis er nicht mehr zu sehen war, und dann habe ich den Wagen gestartet und bin zurück nach York gefahren.«

»Warten Sie, Sie meinen, dass Patrick weggegangen ist?«, fragte Grace kopfschüttelnd. »Aber als ich heute Morgen wach geworden bin, war er in meinem Zimmer.«

»Ich kann mir das nur so erklären, dass er zurückgekommen sein muss, nachdem ich gefahren bin«, sagte Kitt.

»Aber warum?«, fragte Grace.

»Ich habe keine Ahnung«, gab Kitt zurück. »Haben Sie Ihre Textnachrichten an ihn von gestern Abend überprüft? Haben Sie ihm vielleicht geschrieben und ihn gebeten zurückzukommen?«

»Nein«, erklärte Grace, wischte über den Bildschirm ihres Handys und scrollte. »Nein, in meiner letzten Nachricht hier habe ich ihm die Details zu der Party weitergegeben.«

»Und, als Sie heute Morgen aufgewacht sind, war da alles … in Ordnung? Ich meine, es gab doch keine Anzeichen dafür, dass er die Lage ausgenutzt hat, oder?«

»Nein«, sagte Grace. »Überhaupt keine. Wir waren beide vollständig angezogen und hatten Probleme, uns an den Abend vorher zu erinnern.«

Kitt stockte hörbar der Atem. »Haben Sie gestern Abend irgendeinen Ihrer Drinks unbeobachtet gelassen?«

»Äh … kann schon sein«, sagte Grace. »Meinen ersten habe ich ziemlich schnell hinuntergekippt, und danach erinnere ich mich nicht mehr an viel.«

»Dann hätte Ihnen jemand etwas in den Drink mischen können, als Sie abgelenkt waren?«

»Ich … schätze schon. Glauben Sie wirklich, dass jemand so etwas tun würde?«

»Tut mir leid, das zu sagen, aber das kommt häufig vor, besonders auf Studentenpartys. Natürlich ist auch immer möglich, dass Selina Sie unter Drogen gesetzt hat. Sie hat diese ersten Drinks speziell für Sie an der Bar mixen lassen. Sie hätte alles Mögliche hineintun können.«

»Aber warum hätte sie das tun sollen?«

»Sie wissen ja, dass ich argwöhnisch bezüglich ihrer Motive war, Sie zu dieser Party einzuladen. Was, wenn sie Sie unter Drogen gesetzt hat, um die Wahrheit darüber herauszufinden, warum Sie sie auf der Toilette in der Akademie angesprochen haben? Und wenn sie dafür gesorgt hat, dass Sie sich nicht erinnern würden, wenn sie es getan hätte?«

»Sie glauben, sie hatte Patrick im Verdacht, auch darin verwickelt zu sein, und hat ihm auch Drogen gegeben?«, fragte Grace.

»Der Umstand, dass Sie sich beide an nicht viel erinnern, weist darauf hin, dass in diesen Drinks mehr als Alkohol war.«

»Daran hatte ich nicht mal gedacht«, sagte Grace. »Aber jemandem K.-o.-Tropfen zu verpassen, das ist wirklich keine Kleinigkeit. Glauben Sie wirklich, sie würde so etwas tun?«

Kitt zuckte mit den Schultern. »Angesichts ihres Verhaltens bei diesem Gespräch kann ich nicht mit Sicherheit beurteilen, wozu sie fähig ist.«

Zwanzig

Cynthia und Patrick Howard nahmen jeweils auf einem Stuhl an einem Tisch in der Bar mit Restaurant »Sniffing Distance« Platz. Eine mit Kreide beschriebene Tafel an der Tür erklärte, das Lokal habe diesen etwas eigenartigen Namen gewählt, weil es in der Kopfsteinpflasterstraße von Owengate stand, gleich in »Riechweite« von Durham Castle und der Kathedrale. Grace hätte ungefähr zwanzig andere, ansprechendere Namen für eine Bar in einer so malerischen Umgebung aus dem Ärmel schütteln können, beschloss aber, einfach dankbar dafür zu sein, dass die Eigentümer sich nicht für »Spuckweite« entschieden hatten. Kein Bild, das man nicht unbedingt mit einer Lokalität zu verbinden braucht, die versucht, einem Essen und Getränke zu verkaufen. Andererseits war die Aussicht aus dem Gastraum sogar so spät am Abend, wenn die schlanken Bogenfenster und massiven Zinnen der Burg nur vom Schein der Straßenlaternen und von Scheinwerfern erhellt waren, es durchaus wert, die dubiose Namenswahl des Lokals zu ignorieren.

Patrick sah Grace an, während er sich an den Tisch setzte. Sie rechnete damit, Zorn in seinen braunen Augen zu sehen, doch sie nahm nur einen weichen Ausdruck darin wahr, und vielleicht einen Hauch von schlechtem Gewissen. Bereute er ihren Streit von heute Morgen? Oder konnte er einfach distanziert bleiben, weil er wusste, dass ihre kurzlebige Zusammenarbeit vorüber war? Aus irgendeinem Grund fiel es ihr schwer, seine Stimmung zu deuten. Vielleicht war das ein Teil der Anziehung, die er auf sie ausübte.

»Vielen Dank, dass Sie sich hier mit uns treffen«, erklärte Kitt, an die Howards gerichtet, sobald die beiden saßen. »Selbst wenn eine Ermittlung abgebrochen wird, ist eine ordentliche Abschlussbesprechung von Bedeutung.«

Kitt hatte eine Flasche Wein für den ganzen Tisch bestellt, und Cynthia bediente sich, ohne dazu aufgefordert worden zu sein. »Bringen wir es einfach hinter uns«, sagte sie. »Das hier ist nicht gerade meine Vorstellung von einem unterhaltsamen Freitagabend, und ehrlich gesagt, so, wie es klingt, finde ich, dass Sie meinem Sohn schon genug zugemutet haben, ohne jetzt noch mehr von ihm zu verlangen.«

»Tut mir leid, dass Sie das so empfinden«, erklärte Kitt.

»Wälzen Sie das jetzt nicht auf mich ab«, sagte Cynthia. »Haben Sie eine Ahnung, was dieser Junge im letzten Jahr durchgemacht hat? Er ist erst zwanzig! In seinem Alter sollte er nicht mit so etwas umgehen müssen. Und Sie beide sollten dafür sorgen, dass es besser wird und nicht schlimmer.«

»Mum«, sagte Patrick. »Beruhige dich. Jetzt ist es ja vorbei.«

»Das Letzte, was wir wollten, war, diese missliche Lage für Sie beide noch unangenehmer zu machen, als sie ohnehin schon ist«, erklärte Kitt. »Wir verstehen, dass Sie uns von dem Fall abziehen wollen, aber ich dachte, Sie sollten wissen, dass wir glauben, den Täter gefunden zu haben, und

Informationen über diese Person zu weiteren Ermittlungen an die Polizei weitergeben werden.«

Patricks Miene gefror. Er starrte zuerst Kitt und dann Grace an, als könnte er ihnen die Identität der Person, die für Jodies Verschwinden verantwortlich war, vom Gesicht ablesen.

»Sie haben ihn wirklich gefunden?«, fragte Cynthia. »Sie klammern sich nicht bloß an Strohhalme, weil wir Ihnen den Fall weggenommen haben? Sie sollten uns besser keine solchen Hoffnungen machen, außer, Sie sind in der Lage, Ihr Wort zu halten.«

»Ohne forensische Beweise gibt es leider keine vollkommene Gewissheit. Aber es existieren genug Indizien gegen eine unserer verdächtigen Personen, um weitere Ermittlungen zu rechtfertigen.«

»Wer? Wer ist es?«, fragte Cynthia.

»Im Gefolge unseres Gesprächs mit Selina Grant kann man davon ausgehen, dass sie in Jodies Verschwinden verwickelt war. Es ist sogar möglich, dass sie hinter der ganzen Sache gesteckt hat.«

»Selina Grant? Humphrey Grants Tochter?«, fragte Cynthia stirnrunzelnd. »Dann hatte ihr Streit mit Jodie doch etwas mit dem zu tun, was passiert ist. Was haben Sie herausgefunden?«

»Wie gesagt, nichts Konkretes, aber wir glauben, dass die Polizei mit den Mitteln, die ihr zur Verfügung stehen, mehr erreichen kann. Sie hat nicht nur zugegeben, mit Drogen zu experimentieren, sondern hat auch eingeräumt, dass sie versucht hat, Jodie dazu zu verleiten.«

»Aber das beweist nicht wirklich etwas«, sagte Patrick. »Drogen sind unter den Superreichen schließlich nichts Ungewöhnliches; und es kommt auch oft genug vor, dass

Studienanfänger versuchen, andere Erstsemester dazu zu überreden, mal fünfe gerade sein zu lassen.«

»Zugestanden, aber das ist noch nicht alles«, erklärte Kitt. »Sie hat mir deutlich vor Augen geführt, wie mächtig und teuer ihre Anwälte sind, und zwar auf eine Art, die durchblicken ließ, dass sie versuchte, mich von dem Fall abzuschrecken. Meiner Ansicht nach ist das nichts, was eine unschuldige Person tun würde.«

»Nein, aber eine millionenschwere Person, aus reiner Gewohnheit. Die haben ihre Anwälte wahrscheinlich auf Kurzwahl«, sagte Patrick.

»Schon möglich, aber in diesem Fall hatte ihr Verhalten etwas sehr Eigenartiges«, erklärte Kitt. »Dazu kommt noch Selinas Darstellung ihres Streits mit Jodie. Sie unterscheidet sich von dem offiziellen Bericht der Akademie.«

»Aber ist es nicht offensichtlich, dass sie ihre Aussage geändert hat, um ihre sexuelle Orientierung vor der Akademie zu verbergen? Wenn man versucht, so etwas geheim zu halten, ist es wahrscheinlich keine gute Idee, es in einer offiziellen Akte abzuheften«, sagte Patrick.

»Ich verstehe wieder, was Sie meinen«, gab Kitt zurück. »Aber es ist auch möglich, dass sie das nur als Ausrede gebraucht, um uns eine andere Geschichte aufzuschwatzen. Sie hat erklärt, sie sei bisexuell, statt sich als lesbisch zu identifizieren. Wir wissen nicht sicher, ob sie die Wahrheit über ihre Gefühle für Jodie sagt. Falls sie Gefühle für Patrick hegte, könnte sie versucht haben, Jodie loszuwerden.«

»Aber sie hat nach Jodies Verschwinden kein einziges Mal Kontakt zu mir aufgenommen«, sagte Patrick.

»Ich weiß, aber das könnte daran gelegen haben, dass etwas schiefgelaufen ist. Ich kann mir beispielsweise nicht vorstellen, dass es zu Selinas Plan gehörte, dass Jodie bei einem Studentenradio anruft und sozusagen live und auf Sendung verschwindet. Aber selbst wenn die Geschichte über ihre Gefühle für Jodie stimmt, ist klar, dass Selina mehr als ein Geheimnis zu verbergen hat, von denen eines zweifellos dazu führen würde, dass sie ihren Zugang zum Familienvermögen verliert.«

»Wir wissen, dass Jodie ein Geheimnis über eine einflussreiche Person an der Akademie enthüllen wollte«, erklärte Grace. »Wenn sie den Umstand offenlegen wollte, dass Selina eine Geheimgesellschaft leitete, dann hätte das das Ende von Selinas Posten bedeutet. Die Gesellschaft würde sich definitiv einer Person entledigen, die es fertiggebracht hat, ihre Existenz innerhalb von Wochen öffentlich zu machen, nachdem sie jahrzehntelang im Verborgenen existiert hat. Und einmal angenommen, dass die Mitgliedschaft in besagter Organisation beträchtlichen Einfluss mit sich bringt, wollte sie das wahrscheinlich vermeiden. Was auch immer sie für ein Geheimnis verbirgt, sie hatte auf jeden Fall viel zu verlieren, sollte Jodie sie bloßstellen. Selina hat Geheimnisse, die sie teuer zu stehen kommen könnten. Und das ist es, wonach wir bei einer verdächtigen Person suchen.«

»Eure Theorie funktioniert bis zu einem gewissen Punkt, aber eure Argumentation hat eine größere Schwachstelle«, sagte Patrick.

»Und die wäre?«, fragte Kitt.

»Wenn es um Selinas Sexualität ginge, würde Jodie so etwas nie tun«, erklärte Patrick. »Sie würde niemanden zu ihrem eigenen Vorteil öffentlich outen.«

»Ich weiß, das ist schwer zu hören, Schatz«, sagte Cynthia und strich Patrick über den Arm. »Aber dass Jodie sich mit diesem Mädchen geprügelt hat, war auch sehr untypisch für sie. Aus irgendeinem Grund muss etwas sie wirklich verärgert haben. Es klingt, als wäre Selina sehr locker mit ihrem Drogenkonsum umgegangen, und dann könnte an ihrer Beziehung mehr dran gewesen sein, als Selina zugibt oder Jodie dir je erzählt hat. Und wenn etwas schiefgegangen ist … Na ja, wir sind alle nur Menschen. Vielleicht wollte Jodie Rache. Ich behaupte nicht, dass ihr das ähnlich gesehen hätte, aber einfach so zu verschwinden war auch nicht typisch für sie. Hier geht etwas vor, und so, wie es klingt, weiß Selina Grant, was das ist.«

»Es ist aber auch möglich, dass sie es überhaupt nicht aus Bosheit getan hat«, sagte Grace. »Vielleicht glaubte sie, Selina einen Gefallen zu tun. Denkbar, dass sie nicht eigentlich sie outen wollte, sondern ihren Vater. Für sein Image wäre es ein furchtbarer Schlag gewesen, wenn jemand seine überholten Ansichten aufgedeckt hätte. Vielleicht wollte sie enthüllen, wie Selina behandelt wurde. Oder besser gesagt, misshandelt.«

»Daran hatte ich nicht gedacht«, sagte Kitt. »Die Online-Präsenz seiner Tochter ist blütenweiß, aber wir könnten uns eingehender mit Humphrey Grant beschäftigen. Wenn Selina die Wahrheit sagt und der Mann in der Lage ist, sein eigenes Kind zu misshandeln, dann gibt es möglicherweise noch andere wenig akzeptable Dinge an ihm, die auf seine Beteiligung hinweisen. Wir könnten uns das auf jeden Fall ansehen und herausfinden, ob er noch andere Fehltritte verbirgt, von denen wir wissen sollten. Falls Selina ihm einen Tipp gegeben hat, dass Jodie ihn vielleicht bloßstellen würde, dann hat er die Dinge vielleicht selbst in die Hand genommen.«

»Ich meine, das soll jetzt nicht komisch klingen, aber ich hoffe, dass wir es nicht mit jemand so Mächtigem aufnehmen wollen«, erklärte Cynthia und trank einen Schluck aus ihrem Weinglas. Grace konnte nicht umhin, das »Wir« in ihrem Satz zu bemerken. Nachdem sie jetzt eine andere verdächtige Person als ihren Sohn präsentiert hatten, schien die anfängliche Feindseligkeit ihnen gegenüber zu verfliegen. »Wer weiß, was er mit seinem vielen Geld ausrichten kann?«

»Auf jeden Fall wäre es kein Problem, Drogen in Jodies Schließfach zu platzieren«, sagte Kitt.

»Sie haben recht«, sagte Cynthia. »Und wer weiß schon, was er sonst noch anstellen könnte, wenn er wirklich wollte?«

»Dann ist das abgemacht«, erklärte Kitt. »Ich werde das alles an Halloran und Inspector Thompson vom Revier in Durham weiterleiten.«

»Sie brauchen sich nicht die Mühe zu machen, aufs Revier zu kommen«, ließ sich eine tiefe Stimme hören.

»Inspector Thompson?«, fragte Kitt und drehte sich verblüfft zu dem Beamten um. »Was ist los?«

Auch Grace sah nach hinten, um Inspector Thompson anzuschauen, von dem sie bisher nur über Kitt gehört hatte. Er trug einen langen schwarzen Wintermantel und hielt Handschellen in der Hand. Beim Reden zuckte sein Schnurrbart.

»Ich fürchte, wir sind wegen Mr. Howard hier.«

»Wegen Patrick? Aber warum?«, fragte Cynthia. »Und woher wussten Sie überhaupt, dass er hier ist? Sie beobachten ihn doch ein Jahr nach dem, was Jodie passiert ist, nicht immer noch? Sie haben ihm nichts vorzuwerfen, und das wissen Sie genau.«

»Wir haben sein Handy hierher verfolgt«, erklärte Inspector Thompson mit ernster Miene.

Grace warf Patrick einen Blick zu. Er wirkte bleich, beinahe, als würde er gleich in Ohnmacht fallen, und atmete schwer.

»Patrick Howard, Sie sind verhaftet wegen des Verdachts, Jodie Perkins ermordet zu haben«, sagte Inspector Thompson und klärte den Verdächtigen dann über seine Rechte auf.

»Das ist lächerlich«, sagte Cynthia. »Patrick hat Jodie nicht umgebracht. Das würde er niemals tun. Was glauben Sie, für Beweise zu haben?«

»Ein Zeuge hat sich gemeldet, Madam. Er hat Jodie kurz vor dem Angriff zusammen mit Mr. Howard unten am Fluss gesehen. Er war der Letzte, der sie lebend gesehen hat«, erklärte Inspector Thompson.

»Was für ein Zeuge?«, wollte Cynthia wissen. »Wer ist er?«

»Ich fürchte, das darf ich nicht preisgeben, Ms. Howard.«

»Jemand … hat einen Fehler gemacht. Anders kann es nicht sein«, sagte Cynthia, und jetzt schlich sich Panik in ihre Stimme.

»Nein, Mum«, erklärte Patrick und sah Cynthia aus seinen großen, traurigen Augen an. »Ich habe es getan. Ich habe Jodie umgebracht.«

Einundzwanzig

»Wovon redest du?«, fragte Cynthia. »Sag doch so was nicht! Nein, du warst das nicht. Das würdest du nie tun.«

»Doch, Mum. Es ist doch offensichtlich, oder? Ich kann mich an nichts aus der Nacht, als Jodie verschwunden ist, erinnern. Aber seitdem habe ich diese … Bilder im Kopf. Wie Erinnerungen, die aufsteigen, oder so. Und ich sehe vor mir, wie ich die Hände um Jodies Hals lege und sie würge. Und jetzt hat sich ein Zeuge gemeldet, der erklärt, ich sei der Letzte gewesen, der sie lebend gesehen hat. Das ist die einzige Erklärung. Der Fall ist gelöst.« Patrick stand auf, wandte Inspector Thompson den Rücken zu und hielt ihm die Hände entgegen, um sich die Handschellen anlegen zu lassen.

»Wenn Sie freiwillig mitkommen, Sir, ist das nicht nötig«, erklärte Inspector Thompson. Grace hörte an Thompsons Stimme, dass er kaum glauben konnte, wie bereitwillig Patrick den Mord an seiner Verlobten zugegeben hatte, und ihr selbst hatte der Schock die Sprache verschlagen. Kitt hatte die ganze Zeit Vorbehalte gegen Patrick gehegt, während Grace ihn verteidigt hatte. Ihr Bauchgefühl riet ihr, sich auf Cynthias Seite zu schlagen und zu erklären, Patrick sei zu solch einer Grausamkeit einfach nicht fähig. Sicher, sie kannte ihn noch nicht lange, aber er hatte sich stets wie ein Gentleman verhalten. Heute Morgen hatte er abwehrend reagiert, aber selbst da war er nicht schroff geworden und hatte eher verletzt als ärgerlich gewirkt. Aber wenn in ihm Erinnerungen daran, wie er Jodie wehgetan hatte, aufstiegen, und ein Zeuge ihn mit Jodie gesehen hatte, bevor sie verschwunden war, was gab es da für eine andere Erklärung?

»Es tut mir leid«, sagte Patrick zu Grace und Kitt. »Ich habe Sie engagiert, weil ich hoffte, dass Sie meinen Verdacht widerlegen würden, aber ich hätte ehrlich sein sollen. Gestern Nacht habe ich versucht, dir alles zu gestehen.«

»Deshalb sind Sie zurück zu Graces Wohnheimzimmer gegangen«, sagte Kitt und setzte das Puzzle zusammen. »Sie waren so betrunken, dass Sie die ganze Wahrheit sagen wollten.«

»Ja, wahrscheinlich. Zuerst habe ich mich nicht erinnert – ganz offensichtlich hatte ich bei Selinas Party viel zu viel getrunken –, aber heute habe ich immer wieder Bruchstücke vor mir gesehen. Du hast mich nicht hineingebeten, um über den Fall zu diskutieren, Grace. Ich bin zurückgekommen, weil ich dir sagen wollte, dass ich glaube, es getan zu haben. Aber du warst in keinem besonders guten Zustand, und dann habe ich angefangen, mich ganz komisch zu fühlen, und muss weggesackt sein. Bis ich heute Morgen aufgewacht bin, hatte ich alles verdrängt, und deswegen habe ich so abwehrend reagiert.«

Grace schüttelte den Kopf. »Ich weiß nicht, was ich sagen soll.«

Was gab es da auch zu sagen? Wenn Patrick ein Mörder war, wie er behauptete, dann konnte er sich eindeutig nicht einmal daran erinnern, Jodie umgebracht zu haben. Er erinnerte sich auch nicht mehr an letzte Nacht, als Grace im selben Bett geschlafen hatte wie er. Ihr schauderte bei dem Gedanken, wie knapp sie vielleicht davongekommen war. Was, wenn er gestern Nacht nicht in Ohnmacht gefallen, sondern gewalttätig geworden wäre? Dann wäre sie wahrscheinlich nicht hier. Ihr hätte es wie Jodie ergehen können; unwiederbringlich verschwunden und nie wiedergefunden.

Grace warf Cynthia einen Blick zu. Sie als niedergeschmettert zu bezeichnen, wäre untertrieben gewesen. Ihre Augen wirkten hohl und ihr Gesicht ausgemergelt. Sie schüttelte fast unmerklich den Kopf und weigerte sich zu akzeptieren, dass ihr Sohn zu einer solchen Tat in der Lage war.

»Inspector Thompson«, sagte Kitt. »Bevor Sie Patrick abführen, sollten Sie wissen, dass ich Grund zu der Annahme habe, dass Selina Grant auf der Party, die sie gestern Abend besucht haben, sowohl Patrick als auch Grace unter Drogen gesetzt hat. Beide können sich ab einem gewissen Punkt kaum noch an etwas erinnern.«

»Was hat das mit dem Verschwinden von Jodie Perkins zu tun?«, wollte Thompson wissen.

»Wenn Patrick sich kaum an die Nacht erinnern kann, in der Jodie verschwunden ist, ist es gut möglich, dass sie ihm auch damals Drogen gegeben hat. Und vielleicht hat das durchaus mit Jodies Verschwinden zu tun«, erklärte Kitt.

»Ach ja«, sagte Grace. »Patrick, heute Morgen hast du gesagt, du hättest dich nur einmal zuvor so gefühlt. War das etwa in der Nacht, als Jodie verschwunden ist?«

»Ja. Ich hatte das gleiche Gefühl von Benommenheit und leichter Übelkeit, und mein Gedächtnis war … Na ja, als ich aufgewacht bin, weil die Polizei kam, konnte ich mich an nichts erinnern.«

»Haben Sie denn irgendwelche Beweise, die diesen Vorwurf gegenüber Selina Grant stützen?«, fragte Thompson.

»Ich habe die Notizen aus meinem Gespräch mit ihr, und außerdem hat sie ein gerahmtes Foto von Jodie in der untersten Schublade ihres begehbaren Kleiderschranks.«

»Das ist … ein Anfang, aber nicht ausreichend. Es gibt viele Gründe dafür, dass jemand ein gerahmtes Bild einer verstorbenen Freundin aufbewahrt, auch wenn sie sich zerstritten haben.«

»Zugegeben, ich weiß, dass das Foto allein nicht reicht, aber wir hatten auch keine Möglichkeit, ihr Zimmer richtig zu durchsuchen. Da ist vielleicht noch mehr, was wir nicht entdeckt haben. Jedenfalls kann ich das, was wir haben, in einer Aussage bei Ihnen schildern.«

Thompson nickte. »Wenn die Information stimmt, können wir vielleicht einen Durchsuchungsbefehl für Ms. Grants Anwesen erwirken, aber wir müssen uns ziemlich sicher sein, bevor wir uns mit einer Familie wie den Grants anlegen.«

»Angesichts dessen, was Kitt und Grace kurz vor Ihrem Eintreffen gesagt haben, ist offensichtlich, dass sie etwas mit dem Ganzen zu tun hat und vielleicht selbst dahintersteckt«, erklärte Cynthia. »Das wirkt auf jeden Fall viel logischer als die Vorstellung, dass mein Patrick ein Mörder sein soll. Und was ist mit dem Verdacht, er könnte unter Drogen gesetzt worden sein?«

»Wir können einen Drogentest durchführen«, erklärte Inspector Thompson, »aber wenn die Party gestern Abend war, heißt das, dass es schon über zwölf Stunden her ist und ein solcher Test nichts ergeben wird. Eine Menge der Substanzen, die man benutzt, um sie auf Partys in Drinks zu schmuggeln, verlassen den Körper sehr schnell wieder. Das macht es schwer, sie nachzuweisen. Was natürlich mit ein Grund dafür ist, sie einzusetzen.«

»Sie könnten es wenigstens versuchen«, sagte Cynthia. »Und unterdessen, Patrick, sagst du kein Wort, bis unser Anwalt eintrifft. Hinter dieser Sache steckt mehr, als auf den ersten Blick offensichtlich ist, und ich werde herausfinden, was das ist.«

»Kommen Sie, junger Mann«, sagte Inspector Thompson und wies mit einer Kopfbewegung zum Ausgang.

»Kann ich mitkommen?«, fragte Cynthia.

»Das ist wahrscheinlich nicht das Beste, Madam«, sagte Thompson. »Sie können Ihren Sohn nicht sehen, solange er in Gewahrsam ist, und die Stühle im Warteraum sind nicht besonders bequem.«

»Ich will sofort benachrichtigt werden, wenn er freigelassen wird, damit ich ihn abholen kann«, erklärte Cynthia. Sie stand auf und gab Patrick einen Kuss auf die Wange. »Schau mich an, Patrick.« Er gehorchte. »Du bist kein Mörder. Wir werden herausfinden, was hier los ist. Okay?«

Patrick nickte, doch es war offensichtlich, dass er Cynthia nicht wirklich glaubte und – ganz gleich, was sie sagte – von seiner Schuld überzeugt war.

»Fall es etwas Neues gibt, werden Sie vom Revier angerufen«, sagte Thompson, wandte sich dann ab und führte Patrick aus der Bar.

Kitt, Cynthia und Grace schlugen die Augen nieder, während Patrick langsam in der Menschenmenge verschwand.

Cynthia trat um den Tisch herum und ließ sich wieder auf ihren Platz sinken. Dann streckte sie ohne Vorwarnung die Hände über den Tisch aus und ergriff Grace und Kitt an den Armen. »Ich weiß, dass ich seine Mutter bin und deswegen voreingenommen, aber Patrick hat das nicht getan. Mir ist egal, was das kostet, aber machen Sie weiter! Jemand schiebt ihm das in die Schuhe, und ich muss herausfinden, wer.«

Kurz herrschte Schweigen, aber als Kitt sich wieder zu Wort meldete, klang ihre Stimme freundlich und sanft. »Cynthia, ich weiß, Sie machen Schreckliches durch, aber ich kann Ihnen leider nur versprechen, dass ich die Untersuchung fortsetze. Dabei ist es gut möglich, dass ich Ihren Sohn als Verdächtigen ausschließen kann, aber ich möchte, dass Sie auf alles vorbereitet sind. Wenn ich mich weiter einarbeite, ist denkbar, dass ich noch mehr Indizien dafür finde, dass Ihr Sohn in Jodies Verschwinden verwickelt ist. Sind Sie sicher, dass Sie wollen, dass ich weitermache?«

»Ja«, erklärte Cynthia. »Machen Sie Ihren Job. Es ist in Ordnung, wenn Sie tiefer graben. Mein Sohn ist ein guter Junge. Er hat das nicht getan. Und ich weiß, wenn Sie weiter ermitteln, werden Sie seine Unschuld beweisen, da bin ich mir sicher.«

»Ich verstehe bloß eins nicht«, sagte Grace. »Warum meldet der Zeuge sich erst jetzt? Es ist ein Jahr her, und ich weiß, dass die Polizei einen neuen Appell veröffentlicht hat, nachdem sie den Fall wieder aufgenommen hat, aber was hat dieser Zeuge so lange gemacht? Hat er die Information einfach für sich behalten, obwohl Jodie verschwunden und vermutlich tot ist? Wer würde so etwas tun?«

»Das möchte ich auch gern wissen«, sagte Cynthia. »Es ergibt keinen Sinn.«

»Außer, jemand hätte entweder zu viel Angst, um sich zu melden, oder er wäre bestochen worden, damit er es für sich behält«, sagte Kitt. »Keine Ahnung, wer der Zeuge ist, aber ich glaube, ich weiß, wer infrage käme.«

»Wer?«, fragten Grace und Cynthia wie aus einem Munde.

»Bertrand Hobbs«, erklärte Kitt.

»Oh ja!«, sagte Grace. »Er müsste heute Abend von seiner Reise zurück sein.«

»Wer ist Bertrand Hobbs?«, fragte Cynthia.

»Der DJ vom Studentenradio, der in der Nacht, als Jodie verschwand, ihren Anruf angenommen hat.«

»Oh«, sagte Cynthia. »Und warum sollte er etwas über Jodies Verschwinden wissen?«

»Er studiert Journalismus, und dann verschwindet eine Frau, die in seiner Sendung anruft, für immer. Wie wahrscheinlich ist es, dass er nicht versucht, der Sache selbst nachzugehen? Ein wenig nachforscht, um zu sehen, ob er den Fall knacken kann. Es ist eine Geschichte, die ihm praktisch auf dem Silbertablett serviert wird – falls er das Rätsel lösen kann«, erklärte Kitt.

»Dann glauben Sie, er könnte selbst ermittelt haben, einer Lösung zu nahegekommen sein und sich zurückgezogen haben?«, fragte Grace.

»Möglich ist das, und wenn es die Grant-Familie war, der er zu nahegekommen ist, dann wissen wir, dass diese Leute in der Lage gewesen wären, ihm einen Anreiz zum Schweigen anzubieten – vielleicht hat er sie ja sogar mit seinem Wissen erpresst«, sagte Kitt.

»Ich versuche, dem Studentenradio zu mailen und zu sehen, ob wir morgen einen Termin mit ihm vereinbaren können«, erklärte Grace. »Ich werde behaupten, dass ich Interesse habe, beruflich in seine Fußstapfen zu treten oder so.«

»Tja, rufen Sie mich sofort an, wenn Sie mit ihm geredet haben«, sagte Cynthia und stand von ihrem Platz auf.

»Das wird aber frühestens morgen der Fall sein, fürchte ich«, sagte Kitt. »Wir müssen ihn zuerst aufspüren und ein Treffen mit ihm arrangieren.«

»Das ist in Ordnung; machen Sie nur so schnell, wie Sie können. Ich muss meinen Anwalt erreichen und sehen, was er für Patrick tun kann. Ehrlich, da studiert der Junge im dritten Jahr Prävention und Resozialisierung und stellt sich vor einen Polizeibeamten und drei Zeuginnen hin und gesteht einen Mord – manchmal fragt man sich, ob Akademien wie das Venerable Bede's die Studiengebühren wert sind.«

Kitt und Grace schenkten Cynthia ein mattes Lächeln, und sie eilte mit dem Telefon in der Hand aus dem Pub.

»So«, sagte Grace und sah Kitt an. »Sollen wir uns betrinken?«

Zweiundzwanzig

Kitt und Grace saßen auf einem Mäuerchen in der Nähe des Bahnhofs von Durham. Von hier aus konnten sie im Schein der Straßenlaternen jede Turmspitze, jede Zinne und jeden Glockenturm in der Stadt erkennen. Grace hockte im Schneidersitz da und umklammerte eine Flasche Gin, die sie in einer nahe gelegenen Wein- und Spirituosenhandlung gekauft hatte. Ob es eine gute Idee war, am Abend, nachdem man vermutlich unter Drogen gesetzt worden war, zu trinken? In diesem Moment war das Grace ziemlich gleichgültig. Nach der Szene, die sie gerade miterlebt hatte, brauchte sie eine Stärkung. Die frische Luft auf dem Weg von der Bar hierher hatte ihr gutgetan, aber der Gin brachte es viel besser fertig, dem Umstand, dass sie vor drei Tagen einen Mörder geküsst hatte, die Schärfe zu nehmen – oder jedenfalls jemanden, der sich selbst für einen Mörder hielt. Ganz zu schweigen davon, dass sie letzte Nacht das Bett mit ihm geteilt hatte.

Kitt ließ die Beine von dem Mäuerchen baumeln – seit Patricks Geständnis im Pub hatte sie den Anstand gehabt, nicht »Ich hab's Ihnen doch gleich gesagt« zu sagen.

»Wie konnte ich bloß so dumm sein?«, fragte Grace. Tränen drohten sich Bahn zu brechen. Sie trank noch einen

Schluck von dem Gin, an den sie nicht gewöhnt war und der sie daher im Hals kratzte.

»Sie sind nicht dumm«, sagte Kitt. »Es ist nie töricht, bei anderen Menschen vom Besten auszugehen. Wenn sie Ihr Vertrauen missbrauchen, ist das deren Schuld.«

Grace schüttelte den Kopf und trank noch einmal von dem Gin.

»Vorsicht damit, Obacht«, sagte Kitt, nahm Grace die Flasche ab und nippte dann schnell einmal selbst daran. Dann schraubte sie den Deckel wieder drauf.

»Wahrscheinlich kann man nichts Besseres von einem Mädchen erwarten, das so verwirrt ist wie ich. Ich habe wirklich keine Ahnung, was ich tue. Ich habe das Gefühl, dass ich inzwischen alles begreifen müsste, aber ich sehe nicht mal den Unterschied zwischen einem guten und einem schlechten Menschen«, sagte Grace.

Kitt schmunzelte. »Mit zweiundzwanzig alles begriffen haben? Schön wär's. Wenn Sie das schaffen, rufen Sie mich an und erklären Sie mir alles.«

»Wovon reden Sie?«, fragte Grace. »Sie haben immer Erklärungen für alles. Das ist Ihr ganzes … Ding. Und einer der Gründe, warum es so beruhigend ist, mit Ihnen zusammen zu sein.«

»Es sieht vielleicht so aus, als wüsste ich ständig, was ich zu tun habe, aber wenn Sie mal richtig darüber nachdenken, sage ich Ihnen ziemlich oft, dass ich mir wegen einer Lösung nicht sicher bin. Vor allem bei Ermittlungen, bei denen es so viele Variablen gibt.«

»Wahrscheinlich ist das wahr«, sagte Grace. »Ist mir vorher nicht wirklich aufgefallen. Sie kommen mir einfach vor wie jemand, der alles weiß.«

»Niemand weiß alles«, erklärte Kitt. »Es stimmt, ich habe

enorm viele Bücher gelesen. Und ich habe so fleißig studiert, dass ich eine geachtete Akademikerin bin. Aber wie Halloran mir immer wieder gern ins Gedächtnis ruft, liegt da draußen eine ganze Welt, die nichts mit Büchern zu tun hat.«

»Dann haben Sie *nicht* die Antwort auf alle Fragen?«

»Ich glaube, das hat niemand wirklich«, gab Kitt zurück. »Wir können nur immer in jedem Moment unser Bestes tun. Sie haben jemandem Vertrauen geschenkt, der es vielleicht nicht verdient hat. Das ist uns allen schon passiert, und wir werden es wahrscheinlich alle wieder tun.«

Grace nickte. Wenn das, was Kitt sagte, die Wahrheit war und auch andere Leute Schwierigkeiten hatten, ihren Weg im Leben zu finden, dann gab es vielleicht noch Hoffnung für sie.

»Dieser Ausdruck auf dem Gesicht seiner Mutter, als die Polizei ihn abgeführt hat …«, sagte Grace und schlug die Hände vors Gesicht. »Sie ist diejenige, die mir wirklich leidtut. Es muss ihr das Herz gebrochen haben.«

»Wir wissen ja noch nicht, ob es überhaupt einen Grund für ein gebrochenes Herz gibt«, sagte Kitt. »Nur, weil er sich nicht an jene Nacht erinnert, heißt das noch nicht, dass er der Täter war.«

»Was ist mit den Flashbacks, von denen er geredet hat, den Erinnerungen?«

»Grace, Patrick hat ein tiefgehendes Trauma erlitten. Ich bin mir nicht sicher, ob sein Gedächtnis so verlässlich ist, wie er momentan glauben möchte. Er leidet zweifellos an enormen Schuldgefühlen wegen Jodies Verschwinden, insbesondere, wenn er insgeheim die ganze Zeit geglaubt hat, irgendwie schuld daran zu sein – sein Kopf könnte ihm einen Streich spielen.«

»Es ist nett von Ihnen, diese Theorie aufzubringen, vor allem, da Sie die ganze Zeit dachten, er könnte etwas damit zu tun haben.«

»Ich habe ihn auf der Liste der Verdächtigen belassen, ja. Aber nach seinem Verhalten bei seiner Festnahme zu urteilen, erinnert er sich aufrichtig an nichts aus dieser Nacht.«

»Ist es deswegen weniger wahrscheinlich, dass er es getan hat?«

»Es ist nicht so sehr seine fehlende Erinnerung, die mich zweifeln lässt, sondern die Verabreichung der Drogen. Wenn jemand unter Drogen steht, macht ihn das normalerweise glücklicher und sanfter. Die Vorstellung, dass jemand, der so zurückhaltend wie er wirkt, unter Drogeneinfluss eine Gewalttat begeht, kommt mir unwahrscheinlich vor. Die eigentliche Frage ist, wer Patrick die Drogen gegeben haben könnte. Wenn er zu Hause war, müsste die Person irgendwie in seine Wohnung gelangt sein. Was darauf hinweist, dass es entweder jemand war, den er kannte, oder ein Profi, der wusste, was er tat.«

»Wer auch immer das war, diese Person steckt wahrscheinlich wirklich hinter Jodies Verschwinden«, sagte Grace.

»Ja. Obwohl Thompson zögert, gegen die Grants vorzugehen, glaube ich immer noch, dass sie die wahrscheinlichsten Kandidaten sind, die so etwas durchziehen könnten. Selinas Verhalten heute Nachmittag war nichts weniger als herablassend. Wenn Sie mich fragen, hält sie sich für unantastbar, und sie ist die Einzige, die ein klares Motiv hat.«

»Selina war ziemlich nett zu mir, wenn man bedenkt, dass ich ihr vollkommen fremd bin, daher wollte ich bisher nicht richtig glauben, dass sie – oder ihr Vater – wirklich hinter alldem steckt. Aber das ergibt viel mehr Sinn, als dass Patrick schuldig ist. Vor allem, da ich mich kaum an etwas von Selinas Party erinnern kann.«

»Tja, es ist immer noch möglich, dass Selina nicht allein agiert und Patrick irgendeine Rolle dabei spielt«, sagte Kitt. »Er hätte zum Beispiel über die Drogen lügen können, die in Jodies Schließfach gefunden wurden. Vielleicht haben sie ja ihm oder Selina gehört.«

»Patrick hat uns seinen Verdacht verschwiegen, dass er etwas mit Jodies Verschwinden zu tun hatte, und schien Jodies und Selinas Streit praktischerweise vergessen zu haben; da ist es nicht undenkbar, dass er in diesem Punkt auch gelogen hat.«

»Andererseits passt das nicht wirklich dazu, wie er sich Thompson gefügt hat. Wenn er einen Mord gestehen wollte, wäre es vergleichsweise eine geringere Sorge, den Verkauf von Drogen zu bekennen«, sagte Kitt.

»Und wo stehen wir jetzt?«

»Uns bleibt nichts anderes übrig, als die eine Person ins Auge zu fassen, von der wir mit Sicherheit wissen, dass sie Zugang zu Drogen hat.«

»Selina«, sagte Grace. »Sie hat nicht gesagt, mit was für Drogen sie experimentiert hat. Aber soweit wir wissen, hat sie Zugang zu Substanzen, die einen Gedächtnisverlust hervorrufen.«

»Wenn, dann hätte Selina Patrick in der Nacht von Jodies Verschwinden unter Drogen setzen können, um ihn aus dem Weg zu räumen, während sie … Jodie angetan hat, was auch immer sie plante. Und dann hat sie Ihnen beiden gestern Abend eine mildere Droge untergeschoben; etwas, das Sie wach und bei Verstand halten, aber Ihre Hemmungen ausschalten würde.«

»Und unsere Erinnerungen löschen.«

»Möglich, dass sie sogar Jodie in der Nacht, als sie verschwand, unter Drogen gesetzt hat, um sie gefügiger zu machen, und dann das Betäubungsmittel bei ihr eingesetzt hat«, sagte Kitt und überlegte. »In der Radio-Aufnahme hat Jodie aufgeschrien, aber dann wurde ihre Stimme gedämpft. Wir wussten nicht, was, bis auf eine Waffe, die auf sie zukam, sie zu einem solchen Schrei veranlassen konnte, aber wenn sie gezwungen wurde, unbekannte Substanzen zu schlucken, oder jemand ihr einen mit einer Art Äther getränkten Lappen aufs Gesicht gedrückt hat, könnte ich mir vorstellen, dass das genauso beängstigend – wenn nicht mehr – wirken würde wie ein Messer.«

»Was machen wir also?«

»Selina weiß immer noch nicht, dass Sie mit mir zusammenarbeiten. Als ich mit ihr geredet habe, wollte sie sich nicht darüber äußern, ob die Geheimgesellschaft existiert, aber angesichts dessen, dass sie sie ein wenig unter die Fittiche genommen hat, erzählt sie es vielleicht Ihnen. Es ist eine Möglichkeit, dass die Geheimgesellschaft irgendwie im Mittelpunkt dieser undurchsichtigen Lage steht. Wenn Sie ein weiteres Treffen mit ihr vereinbaren, könnten Sie sie vielleicht dazu verleiten, sensible Informationen zu enthüllen. Vielleicht könnten Sie behaupten, Sie hätten von der Gesellschaft gehört und wollten ihr beitreten.«

»Ich schätze, ein Versuch kann nicht schaden«, sagte Grace. »Es würde ja auch ziemlich verdächtig aussehen, wenn ich direkt nach Ihrem Gespräch mit ihr jeden Kontakt abbreche, und soweit wir wissen, müssen wir die verdeckte Ermittlung vielleicht ohnehin fortsetzen, um ihr ein Geständnis zu entlocken.«

»Einverstanden, benutzen wir Ihre Freundschaft mit ihr,

um mehr herauszufinden. Und unterdessen müssen wir Bertrand Hobbs erreichen.«

»Ja, ich wünschte, wir hätten früher mit ihm reden können.«

»Tja, er war zur Zeit von Jodies Verschwinden auf Sendung, daher war er definitiv nicht die Person, die sie hat verschwinden lassen – jedenfalls nicht direkt –, aber da war dieses Zeitfenster von zwanzig Minuten, in dem er Songs eingespielt hat. In dieser Zeit hätte er jemandem einen Hinweis geben oder etwas mit einem Komplizen arrangieren können. Wir können nichts ausschließen.«

»Finde ich auch. Angesichts dieser ganzen Geheimniskrämerei hier sagt mir etwas, dass ein angehender Journalist wie er mehr weiß, als er durchblicken lässt.«

Dreiundzwanzig

Mittels einiger alkoholseliger Textnachrichten an Selina am späten Freitagabend konnte Grace einen Morgenspaziergang mit ihrer Hauptverdächtigen organisieren, der am Fluss entlang in die Stadt führen sollte. Die Strecke führte die beiden an dem Lagerhaus vorbei, in dem sie die Fasern, die Kalksteinrückstände, die der Besitzer nicht erklären konnte, und den mit einem Betäubungsmittel getränkten Lappen gefunden hatten. Als sie vorbeigingen, tat Grace ihr Bestes, um das Gebäude nicht direkt anzusehen. Selina sollte zum einen nicht erraten, dass sie ihr auf der Spur waren, sie konnte es auch nicht anschauen, ohne sich vorzustellen, was dort in der Nacht von Jodies Verschwinden passiert sein mochte. Stattdessen suchte Grace nach Anzeichen von Unbehagen oder Anspannung in Selinas Verhalten. Doch diese legte nicht einmal eine Pause in ihrem Monolog über die Vorbereitungen für ihre Trekkingtour durch die Catskills ein.

Kitt hatte zwar über Funk Kontakt zu ihr halten wollen, doch Grace hatte angesichts der Art des Treffens darauf beharrt, das Risiko sei zu groß. Daher hatten sie sich darauf geeinigt, dass Kitt sie aus sicherer Entfernung im Auge behalten und Grace sie nachher über das Gespräch in Kenntnis setzen würde.

»Dein Bodyguard hängt heute ziemlich weit hinterher«, sagte Grace, als sie sich anschickten, die Framwellgate-Brücke zu überqueren, die seit dem 15. Jahrhundert den Wear-Fluss überspannte. Vor ihnen erstreckte sich die atemberaubende Aussicht auf Durham Castle, das, wie nicht anders zu erwarten bei einem normannischen Ensemble mit Burghügel und Burghof, so auf dem Hügel lag, dass es das Panorama der Stadt beherrschte. Der beeindruckende Anblick lenkte Grace davon ab, dass sie auf Schritt und Tritt beschattet und beobachtet wurden. Sie hatte Selinas Bodyguard von Nahem zu sehen bekommen, als sie sich in der Nähe des Campus kennengelernt hatten, und er hatte definitiv etwas Verstörendes an sich. Vielleicht lag es daran, wie präzise und schnell er sich bewegte. Angesichts seiner Kraft war Grace sich sicher, dass er sehr tüchtig in seinem Job war. Das hätte ihr ein größeres Gefühl von Sicherheit vermitteln sollen, tat es aber irgendwie nicht.

»Ich habe ihm erzählt, wir wollten über Mädchenangelegenheiten reden«, erklärte Selina hinterlistig lächelnd.

»Und dabei willst du mich in Wahrheit in eine supergeheime Gesellschaft einführen?«, fragte Grace und ließ ihre Augen so groß und naiv wie möglich wirken.

»Psst, leiser«, sagte Selina und kicherte. »Deine erste Anweisung lautet, dass du viel diskreter sein musst. Zum Beispiel hast du in deiner Textnachricht gestern von dem Geheimbund geschrieben, und dir ist sicher aufgefallen, dass ich nicht direkt auf deine Fragen eingegangen bin.«

»Nein, du hast mich nur gebeten, mich hier mit dir zu treffen.«

»Und wenn dieses Gespräch nicht so läuft, wie ich mir das wünsche, werde ich abstreiten, dass wir jemals über die Gesellschaft gesprochen haben. Ich werde behaupten, dir gesagt zu haben, dass so etwas wie die Gesellschaft nicht existiert. Und apropos, du bist doch nicht verkabelt, oder?«

»Ver…kabelt?«, wiederholte Grace und war sofort dankbar dafür, dass sie die Idee mit der Funkverbindung abgelehnt hatte. Hatte Selina vor, sie aufzufordern, sich auszuziehen oder sie abzutasten oder so?

Selina starrte Grace lange und durchdringend an. »Ich finde, es ist wichtig, so etwas zu überprüfen. Besonders, nachdem ich das hier gesehen habe.« Selina zog ihr Handy aus der Tasche und wischte über den Bildschirm. Sie klickte ein Video an und drehte das Handy dann so, dass Grace es sehen konnte. Die Sequenz zeigte Grace und Kitt, die am Venerable Bede's in der Cafeteria saßen. Das Video war aufgenommen, unmittelbar bevor Grace Selina in der Damentoilette angesprochen hatte.

Graces Augen weiteten sich, als sie das Foto ansah. Hatte Selina die ganze Zeit von ihrer verdeckten Ermittlung gewusst? Hatte sie sie beide beobachtet? Und gefilmt?

»Wo hast du das her?«

»Mein Leibwächter trägt eine Bodycam. Mein Dad überprüft die Aufnahmen einmal die Woche in unserem Beisein.«

»Oh. Dann wusstest du nicht …«

»Dass du mich bis heute Morgen hintergangen hast? Stimmt.«

»Ich tue das nicht, um dir in den Rücken zu fallen, Selina«, erklärte Grace. Wenn auch nur die Hälfte dessen, was Selina Patrick am Abend der Party erzählt hatte, wahr war, würde Grace sich schrecklich fühlen, auch noch zu ihren Problemen, anderen zu vertrauen, beigetragen zu haben.

»Worum geht es dann?«

Grace erklärte das Wie und Warum ihrer Entscheidung,

mittels einer verdeckten Aktion Selinas Freundschaft zu suchen. Und man musste es Selina lassen, sie hörte zu, ohne sie zu unterbrechen, obwohl man nicht ihre beste Freundin zu sein brauchte, um ihren verletzten Blick zu bemerken.

»Verstehst du, das Ziel war immer, uns davon zu überzeugen, dass du ein Alibi für Jodies Verschwinden hast. Dann könnten wir unsere Ermittlung fortführen.«

»Und was ist jetzt, wo du weißt, dass ich kein Alibi habe?«, fragte Selina und zog eine Augenbraue hoch.

»Unmittelbar passiert gar nichts«, sagte Grace. »Es bedeutet nur, dass wir dich nicht von der Liste der Verdächtigen streichen können. Wir verfolgen weiter Hinweise, die mit dem Fall zu tun haben, und falls keine Indizien auftauchen, die dich in Verbindung zu Jodies Verschwinden bringen …«

»Was nicht passieren wird, weil ich, anders als gewisse Leute, weiß, wie sich eine Freundin verhält.«

»Dann ist die Geschichte damit zu Ende. Keine Indizien, kein Fall, so einfach ist das.«

»Weißt du, was das Traurige ist?«, fragte Selina. »Hättest du bei meinem Vater einen richtigen Termin gemacht, um mich zu treffen, dann hätte ich selbst Geld in die Ermittlung gesteckt. Aber nachdem ich jetzt weiß, dass du mich so hintergangen hast, möchte ich dich nie wieder dabei sehen, wie du um mich oder meine Familie herumschnüffelst.«

Selina schickte sich an davonzugehen, doch Grace fasste ihren Arm. So beiläufig, wie sie konnte, ohne den Beschützerinstinkt des Bodyguards zu alarmieren, der sie, nachdem er zusammen mit Selina die Videoaufnahme gesehen hatte, bestimmt noch genauer als vorher beobachtete. Angenommen natürlich, Selina hatte ihrem Bodyguard verraten, wer Grace war. Nachdem ihre Tarnung aufgeflogen war, war das

Letzte, was sie gebrauchen konnte, auch noch ein tätlicher Angriff.

»Ich lasse dich ja davonstürmen, und du hast auch jedes Recht dazu. Aber vorher muss ich dich noch etwas fragen. Ich weiß, dass es mir nicht zusteht, dich um etwas zu bitten, aber bei deiner Party neulich ist mir etwas passiert. Etwas Schlimmes.«

Selina runzelte die Stirn. »Was meinst du? Hat dir jemand wehgetan oder so etwas?«

»Ich … Ich glaube nicht. Nicht körperlich, aber du erinnerst dich vielleicht, dass ich am Tag danach nicht ganz bei mir war. Eigentlich war es sogar viel übler. Ich konnte mich an nichts erinnern. Jedenfalls nicht an viel. Meine Gedächtnislücke umfasst praktisch den ganzen Abend. Ich trinke nicht oft – wieder einmal dank meiner Eltern –, aber so habe ich noch nie auf Alkohol reagiert.«

»Du warst … aufgekratzter, als ich erwartet hätte«, erklärte Selina, und obwohl sie sich vorhin so aufgeregt hatte, huschte jetzt ein spöttisches Lächeln über ihre Lippen.

»Was meinst du?«

»Na ja, ich wollte eigentlich nichts sagen – ich bin niemand, der Leuten den Unsinn, den sie im betrunkenen Kopf anstellen, unter die Nase reibt, solange sie damit niemandem schaden, aber …«

»Oh mein Gott, was habe ich getan?«, fragte Grace und krümmte sich innerlich.

»Spät am Abend hast du auf deinem Handy den ›Thong Song‹ gestreamt, bist auf die Arbeitsfläche in der Küche geklettert und hast sie als Tanzbühne benutzt.«

Aus dem Nichts heraus blitzte eine Erinnerung in Grace auf. Ein Bild von einer Gruppe Menschen, die klatschten und sie anfeuerten. Sie befand sich in einer erhöhten Position, wie sie vielleicht zustande kam, indem man auf einer Küchenarbeitsfläche stand. Sie hatte einen Eindruck davon, wie sie sich bewegte. Mit der Hüfte zu kreisen wäre der einzig passende Ausdruck gewesen. Und irgendwo in der Nähe, so als befände sie sich unter Wasser, hörte sie Sisqós rauchige Vokale.

»Oh nein!«, stieß sie hervor und hielt sich die Augen zu. »Nicht schon wieder.«

»Wieder?«, fragte Selina. »Du meinst, das war kein besonderer Auftritt nur für uns?«

»Ich glaube nicht, dass ich schon mal auf einer Küchen-Arbeitsfläche getanzt habe, aber ich bin schon ein paarmal am Morgen nach viel Alkohol am Abend zuvor aufgewacht und habe festgestellt, dass ich unerklärlicherweise gegen drei Uhr morgens den ›Thong Song‹ runtergeladen hatte.«

»Wie oft genau hast du diesen Titel schon betrunken heruntergeladen?«

»Mit diesem Mal sieben«, gestand Grace. »Okay, weißt du, was danach mit mir war?«

»Nichts. Wie gesagt, ich habe gesehen, dass du genug hattest, also habe ich dich nach Hause geschickt.«

»Aber die Sache ist die«, sagte Grace. »Das war nicht bloß meine Reaktion auf den Alkohol. An dem Abend war etwas anderes mit mir los, und deswegen kann ich mich nicht an alles erinnern.«

»Und was? Oh, du glaubst doch nicht, jemand hätte dir etwas in den Drink getan?«

»Das glaube ich nicht nur, ich weiß es«, erklärte Grace. »Ich habe mir einen dieser Drogen-Schnelltests aus dem Internet gekauft und hatte ein positives Ergebnis.« Das war eine weitere eklatante Lüge, aber sie hatte bei Selina ohnehin verspielt, da konnte sie ebenso gut aufs Ganze gehen.

Der Test existierte nicht, aber Grace hoffte, dass es sich auszahlen würde, Selina auf den Zahn zu fühlen.

»Oh mein Gott, wofür war der Test positiv?«

»Keine Ahnung«, sagte Grace, »der Test ist bloß ein Hinweis. Man muss achtundvierzig Stunden warten, um herauszufinden, was für eine Droge man im Körper hatte. Ist dir bei der Party jemand aufgefallen, der sich merkwürdig verhalten hat?«

»Abgesehen von dir kannte ich alle auf der Party ziemlich gut. Ich kann nicht glauben, dass jemand … Oh nein!«

»Was?«

»Okay. Normalerweise bin ich bei meinen Partys superwachsam, weil ich einfach will, dass die Leute sich gut amüsieren, und dazu gehört es, dafür zu sorgen, dass nichts aus dem Ruder läuft. Manche Leute marschieren einfach ins Haus einer Millionenerbin und glauben, dass alles erlaubt ist, deswegen muss man aufpassen.«

»Aber es ist etwas passiert? Etwas Ungewöhnliches?«

»Vielleicht nicht ungewöhnlich für eine durchschnittliche Hausparty, aber merkwürdig für eine von meinen. Da war dieser Typ, den ich zum Gehen auffordern musste, weil ich ihn nicht kannte. Ich lasse bloß Leute herein, die eingeladen sind, da hat es mich überrascht, jemanden zu sehen, den ich nicht wiedererkannte. Als ich gefragt habe, wer ihn eingeladen hätte, hat er erklärt, er habe eine Essensbestellung geliefert. Ich hatte angenommen, dass der Unbekannte, der etwas bestellt hatte, von ihm angerufen worden ist, als er vor der Tür stand, und ihn hereingelassen hat, während ich anderweitig abgelenkt war. Sobald ich erklärt hatte, die Party sei privat, ist er gegangen, ohne Ärger zu machen. Zu dem Zeitpunkt habe ich mir nicht viel dabei gedacht, weil tatsächlich Essen auf der Arbeitsfläche in der Küche stand –

obwohl es, wenn ich jetzt darüber nachdenke, niemand angerührt hat. Vielleicht hatte er das aus irgendeinem Grund als Vorwand genutzt, um auf die Party zu gelangen, etwas im Schilde geführt und den Leuten etwas in die Drinks gemischt. Auf jeden Fall hätte niemand der anderen Gäste so etwas getan. Sie wissen, dass ich sie nie wieder einladen würde, wenn ich sie bei so etwas erwische.«

»Wie hat dieser Kerl ausgesehen? Kannst du ihn beschreiben?«

»Nicht sehr einprägsam. Kurzer Stoppelhaarschnitt. Ziemlich stämmig. Hatte seinen Mantel noch an.«

»Was für eine Farbe hatte der Mantel?«

»Schwarz … Warum?«

»Ich weiß, du hast gesagt, du würdest uns nicht helfen. Aber wenn du jemals etwas für Jodie übrighattest, solltest du die Aufnahmen deiner Überwachungskameras von vor zwei Tagen der Polizei übergeben.«

»Warum?«

»Sicher bin ich mir nicht, aber ich glaube, der Mann, mit dem du geredet hast, könnte Jodies Entführer sein.«

Vierundzwanzig

Kitt und Grace ließen sich im Außenbereich des Castle View Cafés in der Silver Street nieder. Grace und Selina waren vor einer halben Stunde auseinandergegangen, und als Grace wieder zu Kitt gestoßen war, hatten sie beschlossen, auf eine Kanne Tee einzukehren, um alles zu besprechen, was Selina preisgegeben hatte.

Grace hätte lieber in ihrem Wohnheimzimmer Tee gekocht. Größtenteils, weil es enorm unterhaltsam war, zuzusehen, wie Kitt in dem geblümten Teeservice, das sie zu diesem Zweck extra aus York mitgebracht hatte, Lady Grey aufgoss. Dass Kitt ihr eigenes Porzellan mitgebracht hatte, war amüsant genug, aber noch komischer war es, ihr vor dem Hintergrund eines Marilyn-Manson-Posters dabei zuzusehen. Kitt behauptete jedoch standhaft, sie sei wie ausgedörrt und könne nicht warten, bis sie wieder im Wohnheim waren, um eine Kanne zu kochen. Folglich hatten sie es fertiggebracht, den anscheinend letzten freien Tisch im Stadtzentrum von Durham zu ergattern. Da es ein geschäftiger Samstag war, wimmelten überall Menschen um sie herum, und ein paar Straßenkünstler versuchten, die Menschen in ihre Ecke des zentralen Platzes zu locken und sie um ihr Kleingeld zu erleichtern.

»Also, was haben Sie mir zu berichten?«, fragte Kitt, sobald die Kellnerin ihnen ihre Getränke gebracht hatte.

Grace setzte die heiße Schokolade an die Lippen, sog den köstlichen, süßen Duft ein und nippte rasch daran, bevor sie antwortete. »Als Erstes sollten Sie wissen, dass meine Tarnung bei Selina aufgeflogen ist.«

»Was?«, fragte Kitt. »Wie? Und warum haben Sie mir das nicht gleich erzählt?«

»Ich dachte, es wäre sicherer, Ihnen das mitzuteilen, wenn Sie eine beruhigende Tasse Tee in der Hand halten«, erklärte Grace. »Der Personenschützer hat eine Bodycam. Er hat uns in der Cafeteria gefilmt.«

»Dann wusste sie die ganze Zeit Bescheid?«

»Nein, erst seit heute Morgen, als sie die Aufnahmen überprüft haben, aber sie war ziemlich sauer darüber.«

»Darauf wette ich«, sagte Kitt. »Ohne Alibi und angesichts all der möglichen Gründe, aus denen Jodie eine Bedrohung für sie hätte sein können, ist sie immer noch unsere Hauptverdächtige.«

»Nicht mehr lange, glaube ich.«

»Wieso?«

»Patricks geheimnisvoller Mann in Schwarz scheint sich Zugang zu Selinas Party verschafft zu haben. Sie hat einen Kerl in einem schwarzen Mantel erwischt, der nicht eingeladen war, und ihn hinausgeworfen. Sie vermutet, wenn jemand uns etwas in die Drinks getan hat, dann er.«

»Hmm, wenn ich nicht gestern Abend miterlebt hätte, wie Patrick verhaftet wurde, hätte ich die Schuldzuweisung der beiden auf einen ›Mann in Schwarz‹ ja als Hinweis darauf interpretiert, dass sie irgendwie zusammengearbeitet haben. Aber Patrick hat sich von Inspector Thompson widerstandslos festnehmen lassen, und ich glaube nicht, dass er das tun würde, wenn er versuchen wollte, sich der Gerechtigkeit zu entziehen. Außer, das gehört alles zu einem größeren Plan, den sie ausgeheckt haben und den ich noch nicht durchschaue.«

»Wir brauchen Selina wahrscheinlich nicht mehr einfach nur zu glauben«, sagte Grace. »Sie hat Überwachungskameras an ihrem Haus, wissen Sie noch? Mit ein bisschen Glück hat sie ihn gefilmt. Das einzige Problem ist, dass sie so ärgerlich darüber ist, wie wir sie hintergangen haben, dass sie sagt, sie habe nicht die Absicht, die Ermittlung zu unterstützen. Ich habe sie zu überreden versucht, die Aufnahmen der Polizei zu übergeben, aber sie war wirklich verletzt, daher bin ich nicht so sicher, was sie tun wird.«

»Wenn sie vernünftig ist, wird sie die Aufnahmen sofort weitergeben, um aus dem Schneider zu sein. Der Kontext von Jodies Verschwinden, die Radiosendung und das Geheimnis lassen mich vermuten, dass die unbekannte Person, die Jodie entlarven wollte, den Mann engagiert hat. Sein Auftauchen bei Selina ist eigenartig genug. Ich frage mich, ob er für ihren Vater arbeiten könnte.«

»Selinas Vater hat schon einen Mann, der ihr überallhin folgt, sobald sie das Haus verlässt. Da ist es nicht weit hergeholt, dass er einen weiteren haben könnte«, sagte Grace. Sie hatte bei ihrem Spaziergang mit Selina nur einen kleinen Vorgeschmack davon bekommen, wie es sich anfühlte, auf Schritt und Tritt beobachtet zu werden, und es wirkte noch übergriffiger, als sie sich vorgestellt hatte.

»Das ist ganz und gar nicht abwegig. Vor allem, wenn er, wie Sie angedeutet haben, wusste, dass Jodie aller Welt davon erzählen wollte, wie er seine Tochter misshandelt hat, als sie sich ihm gegenüber geoutet hat. Wegen so etwas würden Leute zu Recht seine Firma boykottieren«, sagte

Kitt. »Andererseits habe ich ein wenig recherchiert, während ich mich heute Morgen herumgedrückt habe, um Sie im Auge zu behalten, und ich sehe keine unmittelbaren Warnzeichen dafür, dass er nicht sauber ist – jedenfalls nicht in seiner Online-Präsenz.«

»Ja, ich habe überlegt – es kommt ja auch noch dazu … So jemand wäre für Jodie ein sehr großer Fisch. Da hätte sie sich doch an ein hochkarätigeres Medium gewendet als an ein Studentenradio.«

»Hmm. Da haben Sie wahrscheinlich recht.«

»Aber wenn zutrifft, was Sie vermuten, und Bertrand Hobbs bestochen wird, dann könnte er jede Menge Leute bezahlt haben, um Stillschweigen über seine Geschäfte zu wahren. Ich kann mir vorstellen, dass jemand, der so viel Geld hat, fast jedes Problem beiseiteräumen könnte. Und soweit wir wissen, könnte Jodie ein solches Problem dargestellt haben.«

»Vielleicht ist Jodie damit ja zu anderen Nachrichtensendern gegangen, und sie hatten, genau wie die Polizei, entweder zu viel Angst davor, was Grant mit seinen Spitzen-Anwälten anstellen könnte, wenn sie keine Beweise hätten, oder diese Leute sind dafür bezahlt worden, alles, was die Familie betrifft, zu ignorieren.«

»Aber sie hätten Selinas Zeugenaussage als Beweis gehabt.«

»Leider hat die Aussage eines Opfers in solchen Fällen nicht immer die Beweiskraft, die sie haben sollte. Und wir wissen ja auch gar nicht, ob Selina bereit gewesen wäre, gegen ihren Vater auszusagen und seinen Missbrauch öffentlich zu machen. Möglich, dass sie aus Gründen, die nicht finanzieller Art waren, zu viel Angst hatte.«

»Wenn das stimmt, war das Studentenradio vielleicht

Jodies allerletzter Versuch, ihn zu entlarven. Sie wollte Bertrand nicht verraten, worum es bei dem Geheimnis ging. Vielleicht, weil sie dachte, wenn er es wüsste, würde er ihre Einspielung nicht senden.«

»Bei jemandem wie Humphrey Grant kommen wir der Wahrheit wahrscheinlich nur dann näher, wenn wir persönlich mit ihm reden oder einen Weg finden, sein Haus auszuspionieren«, sagte Kitt.

»Es ist immer noch möglich, dass unser guter Freund Randy uns sein Herz ausschüttet«, sagte Grace. »Er war übrigens einverstanden, uns gleich zu treffen. Gegen halb drei, falls Sie Zeit haben.«

»Mal arbeitet bis halb vier. Er hat vor, nach Durham zu kommen, aber bis er hier ist, wird es mindestens halb fünf. Ich bin mir also sicher, dass wir das Gespräch mit Randy bis zur Teezeit abhaken können.«

»Und wenn er etwas über diesen angeblichen Zeugen weiß, finden wir vielleicht auch eine Erklärung dafür, warum er ein Jahr gewartet hat, bevor er Patrick belastet hat«, sagte Grace.

»Das ist ein merkwürdiges Detail«, sagte Kitt. »Und es ist der einzige konkrete Beweis, den die Polizei gegen Patrick hat. Alles andere sind reine Indizien – Mangel an Beweisen, fehlendes Alibi.«

»Ist es zu verrückt, sich vorzustellen, dass Selinas Familie jemanden bestochen haben könnte, damit er als Zeuge auftritt?«

»Wissen Sie was, ich halte das gar nicht für verrückt«, gab Kitt zurück. »Dieser Zeuge, wer auch immer das ist, hat sich auf den Appell der Polizei neulich gemeldet. Was, wenn die Grants verunsichert waren, weil die Polizei den Fall wieder aufrollt? Bei der ersten Runde sind sie nicht verhört worden, aber vielleicht haben sie befürchtet, nicht wieder so viel Glück zu haben.«

»Also engagieren sie, um die Polizei auf eine andere Spur zu lenken, einen Zeugen, der mit dem Finger auf die Person zeigt, die die Polizei immer zuallererst verdächtigt: den Freund.«

»Thompson will, dass ich heute Abend aufs Revier komme, sobald er Patrick verhört hat. Dann soll ich meine Aussage machen, und ich werde diese Theorie in meinem Bericht unbedingt erwähnen. Obwohl ich wünschte, ich hätte mehr als nur eine Theorie. Hoffen wir, dass Bertrand in Plauderstimmung ist.«

»Na ja, er ist Radiomoderator. Wie ich hörte, ist Reden irgendwie deren Ding.«

»Sehr komisch.«

»Wir können uns bestimmt einen Plan einfallen lassen, um ihn ein wenig offener werden zu lassen«, sagte Grace und sah auf ihre Uhr. »Wir müssen bald aufbrechen, wenn wir rechtzeitig beim Sender auf dem Campus sein wollen. Sollen wir in einer Minute gehen und sehen, was uns unterwegs so einfällt?«

»Klingt nach einem Plan«, sagte Kitt und trank ihre Tasse Tee aus.

Grace nahm ihre Tasche, die über ihrer Stuhllehne gehangen hatte. Sie wollte sie schon über die Schulter hängen, als ihr etwas Seltsames auffiel. Der Reißverschluss war offen, und etwas, was sie nicht wiedererkannte, lugte hervor. Ein brauner Umschlag.

»Was ist das denn?«, sagte sie und zog den Umschlag vorsichtig aus ihrer Tasche.

»Wo kommt das her?«, fragte Kitt.

»Keine Ahnung. Ich habe es gerade gefunden.«

»Vielleicht von Selina? Könnte sie den Brief dort hineingesteckt haben? Kann es sein, dass sie Ihnen etwas sagen wollte, was sie nicht laut aussprechen konnte?«

»Nein, das kann nicht sein. Als ich unterwegs war, um Sie zu treffen, habe ich die Tasche aufgemacht, um mein Handy herauszuholen. Da war der Umschlag noch nicht da, also stammt er definitiv nicht von Selina.«

»Ach du meine Güte«, sagte Kitt. »Hat jemand ihn einfach in Ihre Tasche gesteckt, während wir hier gesessen haben? Das ist ein etwas unheimlicher Gedanke.«

»Mag sein, aber ich achte immer darauf, dass der Reißverschluss geschlossen ist. Wie hätte das jemand tun sollen, ohne dass wir es bemerkt haben? Da hätte die Person aber sehr raffiniert sein müssen.«

»Sie haben recht. So, wie wir gesessen haben, hätte ich bestimmt gesehen, wenn jemand so etwas getan hätte«, sagte Kitt. »Außer, es ist passiert, als ich drinnen die Getränke bestellt habe …«

»Schätze, das wäre möglich. Da war ich mit meinem Handy beschäftigt … Ich habe Randy online nachgeschlagen, um festzustellen, ob wir vor unserem Gespräch mit ihm irgendwelche nützlichen Informationen auftun können, also war ich darin vertieft.«

»Vielleicht wissen wir mehr, wenn wir den Umschlag öffnen, oder? Sie müssen aber vorsichtig sein. Was auch immer darin steckt, könnte ein Beweisstück sein. Kommen Sie, nehmen Sie auf alle Fälle die hier«, erklärte Kitt und zog einige Paare Plastikhandschuhe aus der Tasche. Eins streifte sie selbst über, das andere bot sie Grace an.

Sobald Grace die Handschuhe angezogen hatte, öffnete sie behutsam den Umschlag und faltete ein Stück cremefarbenes Notizpapier auseinander. Kurz verstummte sie, während sie die Seite überflog und Worte las, die sie nicht ganz glauben konnte, und dann weiteten sich ihre Augen, als sie die Unterschrift darunter sah.

»Oh mein Gott. Das kann nicht sein.«

»Was? Was ist los?«, fragte Kitt, trat um den Tisch herum und versuchte, einen Blick auf das Blatt zu erhaschen.

Grace reichte es ihr Blatt und setzte sich wieder. Ihr ganzer Körper fühlte sich bleischwer an. Sie konnte selbst kaum glauben, was sie gleich sagen würde. »Es ist ein Brief … von Jodie.«

Fünfundzwanzig

»Ich kann es nicht glauben«, sagte Kitt. »Das ist … unfassbar.«

»Hier, lassen Sie ihn mich noch einmal lesen. Beim ersten Mal habe ich ihn nur überflogen«, erklärte Grace. »Wenn ich das glauben soll, muss ich es noch einmal anschauen.«

»Seien Sie nur vorsichtig und fassen Sie es an den Seiten an. Auf die eine oder andere Art müssen wir das an die Polizei weitergeben, und die wird es zuerst auf Fingerabdrücke untersuchen. Wir dürfen keine Spuren zerstören.«

Kitt gab den Brief zurück, und Grace achtete darauf, ihre Anweisungen zu befolgen. Wenn dieser Brief bewies, dass Jodie noch lebte, wollte sie nichts tun, was sie gefährden könnte. Falls Jodie am Leben war, konnte Patrick sie nicht ermordet haben, und die Polizei musste ihn freilassen. Sie begann wieder zu lesen, und dieses Mal gab Grace sich Mühe, langsam jedes einzelne Wort zu erfassen.

Liebe Grace,
es tut mir leid, dass ich Sie nicht persönlich aufsuchen konnte, aber wenn man untertaucht, muss man schon dabei bleiben. Ich schreibe Ihnen jetzt nur, weil ich in den Nachrichten gehört habe, dass Patrick in Verbindung mit meinem Verschwinden

verhaftet worden ist. Ich wusste immer, dass man ihm Fragen stellen würde, wenn ich verschwinde, und das Schlimmste an der ganzen verfahrenen Lage ist, wie es sich auf das Leben der Menschen ausgewirkt haben muss, die ich liebe. Aber ich wusste, dass die Polizei nichts gegen Patrick in der Hand hat, daher dachte ich nicht, dass es Folgen haben könnte. Ich dachte, er würde über mich hinwegkommen, und das wäre es gewesen.

Ich habe keine Ahnung, was sie jetzt glauben, ihm vorwerfen zu können, aber ich verfasse diesen Brief in meiner eigenen Handschrift, um seinen Namen reinzuwaschen. Um der Welt ein für alle Mal mitzuteilen, dass ich untergetaucht bin, weil ich musste, und nicht, weil Patrick mir etwas angetan hätte. Er würde mir nie wehtun. Jeder, der ihn kennt, weiß das.

Die Einzige, die bei alldem etwas Unverzeihliches getan hat, ist, abgesehen von mir, Selina Grant. Ich wusste über diese alberne Geheimgesellschaft Bescheid, die sie betrieb, und es war offensichtlich, dass diese Leute mehr anstellten als bloß alberne Stunts hinter dem Rücken ihrer Eltern. Selina hatte einmal zu viel getrunken, und ihr ist ein paarmal herausgerutscht, dass innerhalb der Gesellschaft eine Art Drogenring am Werk war. Ich habe ihr erklärt, wenn sie nicht aufhöre, würde ich mit dem, was ich wusste, an die Öffentlichkeit gehen.

Ehe ich mich versah, wurden Drogen in meinem Schließfach platziert, und Berkeley wollte kein Wort gegen Selina hören, obwohl sie zugegeben hatte, ein paar Wochen vor meinem Untertauchen einen Streit mit mir vom Zaun gebrochen zu haben. Zu Patrick konnte ich mit meinem Wissen nicht gehen, denn es handelte sich offensichtlich um gefährliche Informationen, und ich wollte ihn nicht in etwas hineinziehen, von dem ich damals befürchtete, es könnte ihn das Leben kosten. Es ist ein kleines Wunder, dass es nicht meins gefordert hat.

Es war Selina, die mich mitten in meinem Auftritt beim Radio

entführt hat. Sie hat mich unter Drogen gesetzt, und als ich wieder aufwachte, hatte sie mich irgendwo gefesselt – ich habe immer noch keine Ahnung, wo – und erklärte mir, wenn ich nicht für immer verschwinden würde, müsste sie mich umbringen. Damals hatte ich das Gefühl, keine andere Wahl zu haben, also bin ich untergetaucht.
Ich dachte, die Polizei würde herausfinden, dass Selina damit zu tun hat, aber sie muss ihre Spuren zu gut verwischt haben; entweder das, oder die Leute haben zu viel Angst, sich mit einer Millionenerbin anzulegen. Die ganze Zeit habe ich mein Schweigen gewahrt, weil ich befürchtete, Selina würde mich aufspüren; die Mittel dazu hat sie ja. Sie hat mir erklärt, wenn ich jemals versuchen würde zurückzukommen, würden Menschen, die ich liebe, verletzt werden, und anschließend würde sie mich erledigen. Doch als ich jetzt hörte, dass Patrick verhaftet worden ist, wusste ich, dass ich etwas tun musste.
Ich kann nur hoffen, dass Selinas Leute diesen Brief nicht finden und dass er ausreicht, um Patrick freizulassen. Er war wirklich der beste Freund; um die Wahrheit zu sagen, sogar ein wenig zu gut für meinesgleichen. Ich glaube, ich werde nie wieder riskieren können, in den Nordosten zurückzukehren, aber wenigstens wird diese Nachricht ihm ein wenig Trost schenken. Immerhin wird er jetzt erfahren, dass ich noch lebe und so gut ich kann meinen Weg gehe. Ich hoffe, er kann mir mein Schweigen verzeihen und weiß, dass ich auf diese Art alles hinter mir gelassen habe, um ihn zu schützen.
Ich weiß, wenn er diesen Brief liest, wird er versuchen, mich zu finden; aber selbst wenn die Polizei Selina irgendwann für das, was sie mir angetan hat, in Gewahrsam nimmt, kann ich mich nicht darauf verlassen, dass sie nicht jemanden hat, der nur darauf wartet, zu beenden, was sie angefangen hat. Also ermuntern Sie ihn bitte, mich loszulassen. Es ist das Beste so.

Wenn Sie ihn sehen, sagen Sie ihm bitte, dass ich ihn immer lieben werde.
Jodie

Tränen standen in Graces Augen und drohten sich Bahn zu brechen. Sie schluckte heftig und versuchte, sie zurückzuhalten. Sie warf Kitt einen Blick zu und sah, dass diese ebenfalls angestrengt um Fassung rang. Immerhin war jetzt klar, dass dieser Brief nicht von Selina stammte. Sie hätte keinen Grund, einen Brief weiterzugeben, der sie direkt belastete.

»Ich weiß nicht, ob ich vor Freude weinen soll, weil sie noch lebt, oder vor Traurigkeit wegen allem, was sie im vergangenen Jahr durchgemacht hat«, erklärte Grace schließlich kopfschüttelnd.

»Ich stecke in dem gleichen Zwiespalt«, sagte Kitt.

»Können Sie sich auch nur annähernd vorstellen, wie das für sie gewesen sein muss? Zu wissen, dass sie ihre Freunde und Familie nie wiedersehen wird und dass alle sie für tot halten werden.«

»Man darf gar nicht darüber nachdenken. Ich tue, was ich kann, um mich abzulenken, indem ich überlege, ob die Teile dieser Geschichte wirklich zusammenpassen.«

»Was meinen Sie?«

»Zuerst einmal müssen wir sicherstellen, dass dies wirklich Jodies Handschrift ist. Der Text enthält einen oder zwei Ausdrücke, bei denen ich mir nicht sicher bin, ob ich sie bei einer Neunzehnjährigen erwartet würde. ›Selina in Gewahrsam nehmen‹ zum Beispiel: Würde jemand in Ihrem Alter nicht eher ›verhaften‹ sagen?«

»Wahrscheinlich schon.« Grace nickte und kämpfte wieder mit den Tränen. Sie hatte nicht einmal daran gedacht, dass der Brief eine Fälschung sein könnte. Dass jemand die Erleichterung darüber, Jodie noch am Leben zu wissen, vor ihrer Nase hatte baumeln lassen und dann weggeschnappt hatte, bereitete ihr Übelkeit. Wer würde so etwas tun? Ein Feind von Selina vielleicht? Jemand, der ihr ein Verbrechen in die Schuhe schieben wollte? Vor weniger als einer Stunde hatte Selina Grace gegenüber noch Stein und Bein geschworen, dass sie nichts mit Jodies Verschwinden zu tun hatte. Vielleicht stammte die Nachricht ja von jemandem, der besser Bescheid wusste. Vielleicht hatte diese Botschaft das Ziel, Selina nicht so leicht davonkommen zu lassen.

»Patrick wäre in der besten Position, um das zu überprüfen«, sagte Kitt.

»Ja, aber ich glaube nicht, dass die Polizei ihm gerade Besuch erlaubt. Sie wollten ja nicht einmal seine Mum mitkommen lassen. Oh ... Vielleicht könnte Cynthia uns sagen, ob das Jodies Handschrift ist?«

»Kann schon sein, aber ich bin noch nicht ganz bereit, ihr diesen Brief zu zeigen. Wenn er eine Fälschung ist, will ich den beiden keine Hoffnungen machen, Jodie lebend zu finden, nur um sie dann wieder zu zerschmettern. Denken Sie daran, für Cynthia geht es nicht nur darum, ob Jodie lebt, sondern auch darum, dass ihr Sohn nicht wegen Mordes an ihr verurteilt wird. Wir müssen uns ganz sicher sein, bevor wir ihr irgendwelche Hoffnungen machen, seine Unschuld beweisen zu können.«

»Was sollen wir dann tun?«

»Trotzdem Kontakt zu Cynthia aufnehmen, aber vielleicht mit einer anderen Herangehensweise. Sie fragen, ob sie irgendein Schriftstück mit Jodies Handschrift hat, und sie dazu bringen, Ihnen ein Foto auf Ihr Handy zu schicken. Sagen Sie ihr, wir brauchen eine Schriftprobe für die Akten.

Weiter brauchen Sie nicht ins Detail zu gehen. Sie will, dass wir alles tun, um Patrick freizubekommen, daher wird sie wahrscheinlich unsere Methoden nicht hinterfragen.«

»Gut«, sagte Grace und zog ihr Handy aus der Manteltasche. Sie schickte Cynthia ihre Bitte und sah dann wieder Kitt an. »Es ist ja vielleicht nur Wunschdenken, aber mir scheint, dass die Geschichte zusammenpasst, wissen Sie? Patrick stand in der Nacht des Mordes an Jodie unter Drogen, und dann hat man uns beiden bei Selinas Party K.-o.-Tropfen verabreicht. Wahrscheinlich hat sie versucht, uns Informationen zu entlocken, und wer weiß, vielleicht ist ihr das ja sogar gelungen. Wir hätten ihr alles Mögliche erzählen können und würden uns nicht daran erinnern.«

»Drogen sind bei dieser ganzen Ermittlung ein Thema. Wahrscheinlich haben Selina und Jodie sich in der Cafeteria in Wirklichkeit deswegen gestritten.«

»Wenn das stimmt, warum hat Jodie dann Selinas Geschichte, dass diese auf Patrick stand, nicht widersprochen?«

»Das wissen wir nicht.«

»Sie haben recht … wir haben ihre schriftliche Aussage nie gesehen«, sagte Grace. »Und wem wird Regina Berkeley eher glauben: ihrer Lieblings-Millionärin oder einer Stipendiatin?«

»Genau. Mal sagt oft, dass es meist kein Zufall ist, wenn eine Ermittlung einen immer wieder an denselben Punkt zurückführt. Es wäre lukrativ gewesen, wenn Selina am Venerable Bede's eine Art Drogenring betrieben hätte, und denken Sie daran, wie Selina gesagt hat, sie wolle einen Weg finden, finanziell unabhängig zu werden.«

»Oh mein Gott, Sie haben recht!«, sagte Grace. »Die Verbindung hatte ich noch gar nicht hergestellt. Selina will finanziell unabhängig werden, um der Kontrolle ihres Vaters zu entrinnen, und wenn sie beschließt, auf dem Campus Drogen zu verkaufen, wäre das der schnellste Weg dorthin.«

»Wenn diese Geheimgesellschaft so zwielichtig ist, wie es klingt, existiert der Drogenring vielleicht schon. Alle Schwierigkeiten waren schon ausgeräumt, und Selina hat nur die Zügel in die Hand genommen.«

»Und wenn das stimmt«, sagte Grace, »und Jodie gedroht hat, den Drogenring zu entlarven, wäre Selina in einer ausgezeichneten Position gewesen, um Drogen in Jodies Schließfach zu schmuggeln.«

»In diesem Fall existiert der Mann in Schwarz vielleicht, aber er arbeitet nicht für Humphrey Grant, sondern für Selina, und sie stellt sich nur unschuldig. Ganz sicher wäre es zu riskant für sie, ihre schmutzige Arbeit selbst zu tun, und sie wäre ohnehin nicht in der Lage gewesen, Jodie allein außer Gefecht zu setzen und in dieses Lagergebäude zu bringen.«

»Also heuert sie irgendeinen anonymen Schurken an, so wie reiche Leute das tun. Er schiebt Jodie die Drogen unter, und als sie nicht einfach leise die Akademie verlässt, wird den beiden klar, dass sie einen Schritt weiter gehen müssen. Er betäubt Patrick mit K.-o.-Tropfen, damit er Jodie nicht helfen kann, und folgt Jodie zum Fluss, nachdem sie versucht hat, Patrick zu erreichen.«

»Und als klar wird, dass Jodie vorhat, Selinas dunkelstes Geheimnis vor der ganzen Akademie preiszugeben und die Existenz der Rotstrumpf-Gesellschaft zu bestätigen, erkennt der Mann in Schwarz, dass er handeln muss.«

»Aber Jodie schien die Person, die sie angegriffen hat, zu erkennen, also war Selina vielleicht dort?«

»Möglich … oder jemand anderer, der mit Selina zusammenarbeitete und den Jodie ebenfalls kannte.«

»Und wie Sie schon sagten, sie mussten sie schnell wegschaffen.«

»Da die Entführung live übertragen wurde, müssen sie gewusst haben, dass die Polizei rasch unterwegs sein würde. Sie mussten ein Versteck finden, bis die Luft rein war.«

»Also haben sie sie betäubt.«

»Und dieser Ort, an den sie sie gebracht haben – wo sie nicht wusste, wo sie war –, war wahrscheinlich das Lagergebäude.«

»Dort haben sie ihr gedroht.«

»Aber hätte sie nicht gesehen, wo sie sich befand, als sie sie freigelassen haben?«

»Wahrscheinlich haben sie ihr wieder Drogen verabreicht oder ihr die Augen verbunden und sie dann irgendwo abgesetzt. Dafür gesorgt, dass sie die Stadt verließ.«

»Dann konnte sie sich nicht einmal von Patrick verabschieden.«

»Logisch passt das alles zusammen«, sagte Kitt. »Selina hat uns die ganze Zeit Halbwahrheiten aufgetischt. Sie hat abgestritten, etwas von den Drogen zu wissen, obwohl sie diejenige war, die sie dort platziert hat.«

»Sie würde sicher viel länger brauchen, um Wege zu finden, Geld mit diesem YouTube-Kanal zu verdienen, als damit, Drogen an reiche Kids zu verkaufen«, sagte Grace. »Das Problem ist, dass Selina vorsichtig ist und wir keine eindeutigen Beweise gegen sie haben. Die Polizei wird nicht gegen sie vorgehen, wenn wir nicht mehr präsentieren können.«

»Wir haben immer noch unser Gespräch mit Randy, bei dem vielleicht etwas zutage kommt. Wenn wir genug Indizien haben, können wir sie vielleicht mit einem Trick zu einem Geständnis bewegen und es aufnehmen. Ich …«

Graces Handy piepte. »Tut mir leid. Es ist Cynthia. Sie

hat ein paar Schubladen durchwühlt und eine alte Geburtstagskarte gefunden, die Jodie ihr vor ein paar Jahren geschickt hat. Sehen Sie sich das an.« Grace nahm den Brief in die Hand und hielt ihr Telefon daneben, damit Kitt die Handschriften direkt miteinander vergleichen konnte, wie sie es bereits getan hatte. »Es ist gleich – die Handschrift ist gleich.«

»Mein Gott«, sagte Kitt. »Jodie ist wirklich am Leben.«

Sechsundzwanzig

»Haben Sie es bequem, Ladys?«, fragte Bertrand Hobbs, nachdem er ihnen Platz auf dem Sofa im Warteraum neben dem Sendestudio von Castle Rock FM angeboten hatte. Durch die Glasscheibe konnten sie einen weiteren Moderator erkennen, der Kopfhörer trug und wie ein Wasserfall ins Mikrofon redete. Er berichtete über eine Protestaktion gegen den Klimawandel, der für die kommende Woche auf dem Campus geplant war.

»Sehr bequem, danke«, sagte Kitt, obwohl ihre Miene etwas anderes verriet. Sie musterte das Sofa, das mit braunem Cord bezogen war, missfällig. Nach dem Design zu urteilen, sah es aus, als stamme es aus den Siebzigern, und Grace fragte sich unwillkürlich, was für schreckliche Flecken und insgesamt üble Hygienegewohnheiten diese spezielle Braunschattierung verbergen mochte. *Frag nicht, wenn du die Antwort nicht hören willst.* Wenn sie nicht aufpasste, würde das zu ihrem neuen Lebensmotto werden.

»Vielen Dank, dass du bereit warst, mit uns zu reden«, sagte Grace. Sie brannte darauf, dieses Gespräch so schnell wie möglich hinter sich zu bringen, und nicht nur, weil sie die Zeit, die sie auf diesem schmierigen Sofa verbringen musste, abkürzen wollte. Nachdem sie Jodies Brief entdeckt hatten, hatte Kitt auf dem Polizeirevier von Durham angerufen. Sie sollten den Brief direkt dorthin bringen, doch da es beinahe Zeit für das Treffen mit Bertrand war, hatten sie sich darauf verständigt, auf dem Weg zur Polizei einen kurzen Zwischenstopp einzulegen und festzustellen, ob sie etwas herausfinden konnten, was Kitts Aussage ergänzen könnte. Falls Bertrand noch bahnbrechende Erkenntnisse über die Ereignisse beitragen konnte, die vor einem Jahr geschehen waren, zum Beispiel Indizien für einen Drogenring, der am Venerable Bede's tätig war, dann war es zwanzig Minuten wert, diese Informationen einzuholen und alles auf einmal an die Polizei weiterzugeben.

»Hey, ich freue mich immer, Fans der Sendung kennenzulernen. Besonders solche, die sich dafür interessieren, in die Fußstapfen des Hobbsters zu treten.« Beim Sprechen wies Randy mit einem Daumen auf seine Brust für den Fall, dass es noch Zweifel über die Identität des »Hobbsters« gab.

Randys Verhalten war bei Weitem nicht das einzig Irritierende an ihm. Aus irgendeinem merkwürdigen Grund hatte er sich entschieden, zu diesem Treffen ein Paar goldfarbene Slipper zu tragen. Obwohl es draußen recht frisch war, hatte er sein weißes Hemd ziemlich weit aufgeknöpft, sodass es seine behaarte Brust weiter enthüllte, als Grace gern sehen wollte. Dazu kam noch, dass er an jedem Arm ungefähr zehn Goldreifen trug, die jedes Mal klimperten, wenn er gestikulierte. Es würde also eine ziemliche Herausforderung werden, sich auf die Worte zu konzentrieren, die aus seinem Mund kamen.

»Oh ja«, sagte Grace und bemerkte jetzt, da sie dem Kerl nahe war, wie viel Gel er im Haar hatte. Er hatte es zu einer Tolle geformt, die genauso schmierig wirkte, wie er sich verhielt. »Ich hatte vorher gar nicht ans Radio als Karriereoption gedacht, doch seit ich deine Sendung höre, hat sie mich inspiriert. Das Studentenradio scheint mir ein guter Anfang zu sein.«

»Ganz richtig. Der Job ist nicht einfach«, erklärte Randy, »aber lohnend.«

»Oh, ich bin mir sicher, dass es bei dir viel einfacher aussieht, als es wirklich ist«, sagte Grace. »Wundert mich eigentlich, dass du noch keinen Preis gewonnen hast.«

»Ich weiß nicht, ob ich schon auf einem Niveau bin, bei dem man Preise gewinnt«, sagte Randy.

»Du bist viel zu bescheiden«, sagte Grace, obwohl sie stark bezweifelte, dass Bescheidenheit ganz oben auf der Liste von Randys besten Eigenschaften stand. »Ich habe viel über deine Sendung gehört, vor allem darüber, wie professionell du mit diesem schrecklichen Vorfall umgegangen bist, als die Studentin verschwunden ist.«

Randys Grinsen verblasste ein wenig. »Ja, das war ein Erlebnis, mit dem ich nicht gerechnet hätte. Aber so ist das mit Livesendungen – man weiß nie, was passiert, und muss immer auf alles vorbereitet sein. Das sagt man so dahin, und man glaubt, das ist ein Klischee, bis so was passiert.«

»Manche Zuhörer sagten, das Ganze hätte abgesprochen geklungen, als hättest du gewusst, was passieren würde. Wer kommt denn auf so was?«, bemerkte Kitt.

»Beruflicher Neid. Wenn man einen guten Job macht, muss man immer auf so was gefasst sein. Dass die Leute solchen Unsinn reden, beweist nur, wie sehr ich an das Motto ›die Show muss weitergehen‹ glaube … Wer hat das eigentlich gesagt?«

»Es gibt keinen Konsens darüber, wer diesen Ausdruck zuerst gebraucht hat«, erklärte Kitt. »Aber allgemein gesprochen geht man davon aus, dass er in Zirkusarenen des neunzehnten Jahrhunderts geprägt wurde. Er war eine Art Motto unter den Artisten: Wenn ein Tier sich danebenbenahm oder jemand sich beim Trapezakt den Arm brach, wurden sie zum Weitermachen ermuntert; daher der Spruch ›die Show muss weitergehen‹.«

Bertrand und Grace musterten Kitt einen Moment lang schweigend.

»Das ist … faszinierend«, erwiderte er dann, nachdem er sich wieder gefasst hatte, »aber eigentlich wollte ich wissen, wer behauptet hat, das Telefongespräch zwischen Jodie und mir hätte gestellt geklungen.«

»Oh«, sagte Kitt, und ihre strahlende Miene verdüsterte sich. »Ja, das … klingt logischer.«

»Ich kann mich nicht erinnern, es war bloß irgendein Erstsemester, der bei einer Einführungsveranstaltung dahergeredet hat. Ich habe ihn nie wiedergesehen«, erklärte Grace. »Ich gestehe, dass ich mir einen Mitschnitt der Sendung angehört habe.«

»Ach, wirklich? Wie hast du den denn in die Finger bekommen?«

»Als Fan und Bewunderin habe ich so meine Quellen«, sagte Grace und lächelte verschämt. »Nachdem ich gehört hatte, was passiert ist, wollte ich wissen, wie ein wahrer Meister mit solch einer Situation umgeht. Es war furchtbar, das mit anzuhören, und ich kann kaum glauben, wie gelassen du das abgefedert hast. Einfach so einen Song einzuspielen. Kein Wunder, dass manche Leute das für inszeniert gehalten haben. Du hast das wie ein Profi gehandhabt.«

»Um ehrlich zu sein, hatte ich Glück, das überspielen zu können. Ich will euch nicht den Eindruck vermitteln, dass wir so etwas einfach locker wegstecken. Hinter den

Kulissen haben wir versucht, die Verbindung zu Jodie wiederherzustellen, und als das nicht gelang, haben wir sofort den Notruf gewählt. Wir haben der Polizei Jodies Nummer gegeben, aber an diesem Punkt muss ihr Handy schon im Fluss gelegen haben, weil es kein Signal mehr hatte. Die Polizei hat seinen letzten Standort geortet und war in weniger als einer Stunde unten am Fluss. Aber es hat in dieser Nacht wie verrückt geregnet, daher hat man uns gesagt, wahrscheinlich seien alle Spuren verloren gegangen.«

»Nichts weniger als tragisch«, sagte Kitt.

»Das finde ich auch«, sagte Grace, beugte sich weiter zu Bertrand hinüber und ließ sich sogar dazu herab, mit den Wimpern zu klimpern. »Obwohl ich zugeben muss, als ich mir die Aufnahme angehört habe, hat mich etwas neugierig gemacht.«

»Und was genau war das?«, fragte Randy und grinste anzüglich.

»Na ja, tut mir leid, wenn du das ein wenig morbid findest, aber ich habe mich unwillkürlich gefragt, ob du wusstest, was das Geheimnis war – das Geheimnis, das Jodie dir in der Sendung live verraten wollte.«

»An gesunder Neugier ist bis zu einem gewissen Punkt nichts auszusetzen«, sagte Randy. »Aber nein, sie wollte es nicht verraten. Ich habe mit jedem Trick, den ich kannte, versucht, sie dazu zu bringen, dass sie es mir vorher erzählt, aber aus irgendeinem Grund hat sie darauf bestanden, es erst live und auf Sendung zu sagen. Nachher ist mir klar geworden, dass sie etwas so Bedeutsames wusste, dass sie nicht riskieren konnte, es mir vorher zu verraten, nur für alle Fälle – vielleicht dachte sie, sie würde verfolgt oder jemand hörte mit. Keine Ahnung. Aber das, was in dieser Nacht passiert ist, war total verkorkst.«

»Finde ich auch«, sagte Kitt. »Aber ich habe das Gefühl, dass ein unerschrockener Reporter wie Sie eine solche Geschichte nicht einfach auf sich beruhen lassen würde. Sie müssen doch ein wenig nachgeforscht haben. Wenn Jodie das Geheimnis allein aufdecken konnte, dann wäre es doch für jemanden mit Ihrer Rechercheerfahrung gar kein Problem gewesen, ihre Schritte nachzuvollziehen.«

»Damit ich dann irgendwann auch verschwunden wäre? Nein, danke«, wehrte Randy ab. »Manche Journalisten geben nicht klein bei, bis sie die Geschichte haben, ganz gleich, was es sie kostet, aber hier ist ein Rat von mir: Es ist gut, am Leben zu bleiben. Selbst wenn das heißt, dass man nicht die große Chance kriegt, auf die man gehofft hat. Manchmal sollte man auch wissen, wann man es gut sein lassen muss.«

Tja, war das nicht eine interessante Philosophie? Grace konnte nicht umhin, sich zu fragen, ob Randy aus eigener Erfahrung sprach. War er einer Sache auf die Spur gekommen, einer großen Chance, und Selina hatte ihn gezwungen zurückzurudern?

»Das klingt einsichtig«, sagte Grace. »Ich bin generell ein Fan davon, am Leben zu sein. Aber wenn du nicht nachgeforscht hast, dann wette ich doch, dass ein erfahrener Medienstar wie du irgendeine Ahnung hatte, wer in das Geheimnis verwickelt war, oder?«

Randy holte tief Luft und sah Kitt und Grace lange an. »Ich kann mich des Eindrucks nicht erwehren, dass wir uns seit fast zehn Minuten unterhalten und acht davon sich mit Jodies Verschwinden beschäftigt haben. Du bist nicht wirklich daran interessiert, beim Radio einzusteigen, stimmt's?«

»Womit haben wir uns verraten?«, fragte Grace seufzend.

»Einen Studenten-DJ als erfahrenen Medienstar zu bezeichnen, ist sogar für mein Ego zu viel. Warum stochert ihr in Jodies Geschichte herum?«

»Man hat uns engagiert, ihr Verschwinden zu untersuchen«, erklärte Kitt. »Unsere Klienten wollen die Wahrheit darüber erfahren, was Jodie zugestoßen ist, und wir sind sehr nahe daran, die verantwortliche Person zu finden, aber wir brauchen eine Bestätigung für unsere Ahnungen.«

Randy schüttelte den Kopf. »Ich habe der Polizei alles schon vor einem Jahr erzählt. Ich weiß nichts darüber, aber selbst wenn, ist es, wie ich schon sagte, wahrscheinlich eine Garantie dafür, dass ich verschwinde wie Jodie, wenn ich darüber plaudere. Und das wäre nicht wirklich ein positiver Schritt in meine ansonsten strahlende Zukunft, oder?«

»Verstehe«, sagte Kitt. »Aber wir reden hier über das Verschwinden einer jungen Frau und möglicherweise einen Mord. Es ist eine Frage der Gerechtigkeit.«

»Mag sein, aber das sind alles Dinge, in die ich nicht hineingezogen werden will. Ich komme zur Arbeit, mache die Sendung und gehe nach Hause. Ich bin kein Kämpfer für Gerechtigkeit, der darauf brennt, sein Leben wegzuwerfen.«

»Selbst wenn deine Hilfe dabei, einen so hochkarätigen Fall zu lösen, vielleicht zu einigen landesweiten Medienauftritten führen könnte?«, fragte Grace.

Kurz sah Randy zwischen Kitt und Grace hin und her und schien das Angebot abzuwägen. »Alles, was ich euch geben kann, sind Hypothesen.«

»Schön«, sagte Kitt. »Hypothetisch müsste ein Radiomoderator doch wenigstens sichergehen, dass die Person im Mittelpunkt des Geheimnisses berichtenswert genug wäre, um in seiner Sendung behandelt zu werden, oder? Ein Geheimnis über die betrunkenen Streiche von Erstsemestern wäre zum Beispiel seiner Beachtung nicht wert.«

»Hypothetisch gesehen, ja«, sagte Randy. »Der betreffende Moderator würde sichergehen wollen, dass die Person, um die es bei dem Geheimnis ging, das Risiko wert wäre, jemanden live reden zu lassen, ohne wirklich zu wissen, was die Person sagen würde.«

»Also, wen müsste solch ein Geheimnis betreffen, damit es die Sendezeit wert ist … Rein hypothetisch, versteht sich.«

»Meiner Meinung nach müsste es ein hochrangiges Mitglied der Fakultät sein. Vielleicht sogar *das* ranghöchste Mitglied des Lehrkörpers, hypothetisch betrachtet.«

Randy warf Kitt und Grace einen harten Blick zu und nickte. Was deren unausgesprochene Annahme bestätigte.

Grace verschlug es den Atem. Berkeley. Randy wies sie auf die Dekanin hin. Konnte das wahr sein? War sie wirklich die ganze Zeit in die Sache verwickelt gewesen? Die allererste Person, mit der sie geredet hatten – nach Patrick. Sie hatte sich bei dem Gespräch sehr eigenartig verhalten, aber Selinas Motiv war so viel stärker, als sich das Grace bei Berkeley vorstellen konnte. Oder … War Berkeley etwa auch in die Sache mit dem Drogenring eingeweiht? Alles an ihr vermittelte den Eindruck einer strengen Oberlehrerin, die keinen Unsinn duldete, aber vielleicht war das nur vorgespielt. Vielleicht steckte sie mit Selina unter einer Decke und ließ sich dafür bezahlen, ein Auge zuzudrücken. Wenn das so war und Jodie vorgehabt hatte, sie hochgehen zu lassen, hätte das definitiv das Ende ihrer Karriere bedeutet. Mehr noch, wahrscheinlich wäre sie im Gefängnis gelandet. Richter hielten nicht allzu viel von Menschen, die junge und leicht zu beeindruckende Studenten korrumpierten, um finanziellen Profit daraus zu schlagen.

»Vielen Dank. Das ist eine sehr interessante Hypothese, Mr. Hobbs«, sagte Kitt.

»Kein Problem. Ich finde allerdings, bis auf Weiteres wäre es das Beste, wenn Sie dieses Gespräch niemandem gegenüber erwähnen.«

»Ausgenommen die Polizei«, erklärte Kitt. »Man erwartet von uns, Informationen weiterzugeben, die möglicherweise neue Aspekte in dem Fall eröffnen. Aber solange keine konkreten Beweise vorliegen, brauche ich nicht zu sagen, woher ich meine Informationen habe.«

»Gut«, sagte Randy und nickte. »Und falls die Polizei doch Beweise findet, diese Hypothese sich als wahr herausstellt und Sie herausfinden, wer hinter Jodies Verschwinden steckt, dann sehen Sie zu, dass Sie mir ein paar von den erwähnten Medienauftritten besorgen, nur so als freundliche Entschädigung für meine Beratung.«

»Wenn Ihre Theorie sich als zutreffend herausstellt, lässt sich das bestimmt machen«, erklärte Kitt.

Graces Handy summte. Sie entschuldigte sich und wischte über den Bildschirm.

»Oh mein Gott«, sagte sie dann und warf Kitt einen Blick zu. »Eine Textnachricht von Cynthia. Die Polizei wird Patrick freilassen. Selina ist verhaftet worden. Laut Cynthia sind unabweisbare forensische Indizien aufgetaucht, die darauf hinweisen, dass sie Jodie umgebracht hat.«

»Wir müssen sofort zum Revier. Ich bezweifle nicht, dass Selina eine Rolle bei dem Ganzen gespielt hat, aber so, wie es klingt, ist sie nicht die Einzige.«

Siebenundzwanzig

Als Kitt und Grace eine Stunde später das Durhamer Polizeirevier verließen, war Patrick auf freien Fuß gesetzt worden und stand auf der Treppe. Sobald Grace ihn sah, beschleunigte sie ihre Schritte. Nachdem er die Nacht in einer Polizeizelle verbracht hatte, wirkte er zerzaust und verletzlich. Die scharfe Oktoberbrise wehte durch sein langes dunkles Haar und ließ ihn tiefer in seinen Mantel kriechen. Grace trat näher heran und sah ihm stirnrunzelnd in die Augen. Kurz standen sie verlegen ungefähr 30 Zentimeter voneinander da, doch dann setzte ihr Instinkt ein, und sie beugte sich vor, um ihn zu umarmen.

»Geht's dir gut?«, fragte sie und umschlang ihn fester, während er die Umarmung erwiderte.

»Nicht wirklich«, sagte Patrick. »Aber ich hoffe, irgendwann wird es wieder. Ist Mum nicht hier?«

»Ich habe eine Textnachricht von ihr, dass sie schon in Chester-le-Street losgefahren ist und uns an Berkeleys Haus in Heddon-on-the-Wall trifft«, erklärte Kitt.

Patrick runzelte die Stirn. »Berkeleys Haus? Was wollen wir denn dort?«

»Das … erkläre ich dir unterwegs«, sagte Grace. »Es ist viel passiert, während du drinnen warst.«

»So, wie du es sagst, klingt es, als hätte ich zwanzig Jahre gesessen und nicht achtzehn Stunden«, sagte Patrick.

»In mancher Hinsicht fühlt es sich viel länger an als achtzehn Stunden«, sagte Grace. »Weißt du, was mit Selina ist? Was die Polizei gefunden hat, das sie so sehr belastet? Und was aus deinem Hauptbelastungszeugen geworden ist?«

»Die Sache mit dem Zeugen war wirklich komisch. Laut Inspector Thompson war seine Geschichte zu Anfang, er sei außer Landes gewesen, als vor einem Jahr der erste Appell veröffentlicht wurde. Er hat am Tag nach Jodies Verschwinden einen Job in Schweden angetreten, aber anscheinend passte einiges an der Geschichte nicht ganz zusammen, und unter ein wenig Druck hat er gestanden, von jemandem bestochen worden zu sein, damit er sich jetzt meldet. Sie versuchen jetzt, herauszubekommen, wer das war, der ihn bezahlt hat.«

»Wir hatten schon den Verdacht, dass die Familie Grant jemanden dafür bezahlt hat, die Aufmerksamkeit der Polizei von Selina abzulenken und auf Sie zu konzentrieren«, sagte Kitt. »Nach allen Informationen, die wir gesammelt haben, und dem Umstand, dass die Polizei jetzt unwiderlegbare Beweise gegen Selina hat, sieht es so aus, als wäre sie tatsächlich die Täterin – oder gehörte zu den Tätern.«

»Wenn die Grant-Familie dahintersteckt, ist es zweifelhaft, ob die Polizei eine Verbindung zwischen ihnen und der Bezahlung findet. So reiche Leute haben die Mittel, um ihre Spuren zu verwischen«, sagte Patrick.

»Aber wenn der Zeuge umgefallen ist und die Polizei etwas gefunden hat, was Selina belastet, dann vermute ich, das bedeutet, dass es überhaupt keine Hinweise auf dich gibt?«, fragte Grace. Ihre Miene hellte sich auf.

»Nein, aber das beruhigt mich nicht besonders. Der

Drogentest hat bei mir nichts nachgewiesen, aber als ich in Gewahrsam saß, hatte ich Zeit, darüber nachzudenken, was du davon gesagt hast, dass Selina uns unter Drogen gesetzt hätte. Keine Ahnung, wie sie das vor einem Jahr fertiggebracht haben soll, als ich den ganzen Abend bei mir zu Hause war, aber das Gefühl, das ich am Donnerstagabend hatte … das war nicht nur ganz ähnlich wie in der Nacht von Jodies Verschwinden, sondern identisch.«

»Aber wenn sie verantwortlich dafür ist, dich unter Drogen gesetzt zu haben, dann muss das doch heißen, dass du nicht schuld an dem bist, was Jodie zugestoßen ist«, sagte Grace.

»Das kommt darauf an, ob es ihr gelungen ist, mich zu etwas zu zwingen, während ich unter Drogeneinfluss stand. Diese Flashbacks, in denen ich sehe, wie ich Jodie würge, müssen doch irgendwo herkommen. Soweit ich weiß, erinnere ich mich an etwas, wozu sie mich angestiftet hat. Sie hat erzählt, dass sie selbst misshandelt worden ist; vielleicht wiederholt sie ja das Muster und quält andere.«

»Nachdem die Polizei sie jetzt aufgrund von Beweisen, die unwiderlegbar sein müssen, in Gewahrsam hat, wird die Wahrheit bestimmt bald ans Licht kommen«, erklärte Kitt. »Und falls Sie in irgendetwas verwickelt waren, Patrick, selbst wenn Sie in dieser Nacht etwas Unrechtes getan haben, dann waren Sie nicht bei klarem Verstand. Sie standen unter dem Einfluss einer unbekannten Substanz und der Person, die sie Ihnen eingeflößt hat. Solange wir Beweise dafür finden, kann kein Gericht Sie verantwortlich machen.«

»Tja, wir wissen aber nicht, ob da draußen Beweise dafür existieren. Ein Jahr danach. Und außerdem ändert das alles nichts daran, dass ich mich schuldig fühle«, erklärte Patrick und fuhr sich mit einer Hand durchs Haar.

»Ich frage mich, was die Polizei wohl in Selinas Haus gefunden hat«, sagte Grace. »Ich dachte, sie wären nicht überzeugt davon, direkt gegen Selina vorzugehen. Haben sie es sich anders überlegt?«

»Gewissermaßen«, sagte Patrick. »Als Thompson herausfand, dass die Person, die behauptete, mich am Fluss gesehen zu haben, bestochen worden war, wusste er, dass die Grants die Mittel dazu hätten. Aber er konnte sie nicht wirklich direkt belangen. Er ist zur Akademie gegangen und hat Selinas Schließfach durchsuchen lassen. Ich weiß nicht, was dort gefunden wurde, aber es war belastendes Material, und dann haben sie einen Durchsuchungsbefehl für ihr Haus erwirkt, wo sie anscheinend noch mehr entdeckt haben, was sie in Verbindung zu Jodies Verschwinden bringt.«

»Hat die Polizei sonst noch etwas erwähnt?«, fragte Kitt.

»Nein … wieso?«

Grace und Kitt wechselten einen Blick.

»Was? Was ist los?«

»Ich werde dir jetzt etwas erzählen, aber es ist wichtig, dass du dir die größte Mühe gibst, dir keine allzu großen Hoffnungen zu machen«, erklärte Grace. »Versprichst du das?«

Patrick nickte. »Ja, gut.«

»Heute Nachmittag habe ich in meiner Handtasche einen Umschlag gefunden. Ich habe keine Ahnung, wo er herkam; jemand muss ihn mir zugesteckt haben. Aber in dem Umschlag befand sich ein Brief, der von Jodie verfasst und unterschrieben war.«

»Du meinst, sie hat ihn geschrieben und sie … lebt?«

»Das wissen wir nicht. Wir … hoffen es«, sagte Kitt. »Aber es ist wichtig, dass Sie sich nicht allzu viele Hoffnungen machen. Wir haben Ihre Mutter gebeten, uns ein Muster von Jodies Schrift zuzuschicken, und die Handschriften stimmten überein.«

»War der Brief datiert?«

»Nein«, gab Kitt zurück. »Und genau deshalb müssen wir vorsichtig mit übereilten Schlussfolgerungen sein, was Jodie betrifft. Der Brief könnte natürlich echt sein, aber es ist auch denkbar, dass Jodie ihn unter Druck geschrieben hat oder dass er eine Fälschung ist. Die Polizei überprüft ihn auf DNA-Spuren, um Näheres herauszufinden.«

»Was genau stand in dem Brief?«

»Dass Selina hinter ihrem Verschwinden steckt. Und dass du definitiv nicht daran beteiligt warst«, erklärte Grace.

Patrick holte tief Luft. »Ich gehe wieder hinein und frage, ob ich ihn lesen kann. Vielleicht hat sie ja irgendeinen Hinweis darin versteckt, den nur ich deuten kann und der mir verrät, wo sie ist.«

»Falls die Polizei Sie ihn lesen lässt – und angesichts des Umstands, dass Sie immer noch verdächtig sind, wird sie das wahrscheinlich nicht tun –, ist das momentan wahrscheinlich nicht die beste Art, Ihre Zeit zu verwenden«, sagte Kitt. »Selbst wenn Sie durch diesen Brief Jodie finden können und sie noch lebt, wäre es nicht sicher für Sie, ihr nachzuspüren, bis alle, die mit ihrem Verschwinden zu tun hatten, zur Rechenschaft gezogen worden sind.«

»Aber sie haben doch schon unwiderlegbare Beweise gegen Selina. Selbst wenn sie auf Kaution freikommt, wird sie eine elektronische Fußfessel tragen müssen.«

»Sie war vielleicht nicht als Einzige in das verwickelt, was Jodie zugestoßen ist«, sagte Grace.

»Eine Menge Indizien deuten auf Selina hin, aber eine offene Frage bleibt noch, und die Antwort darauf könnte diesem ganzen Fall eine neue Wendung geben«, sagte Kitt.

»Und das wäre?«, wollte Patrick wissen.

»Bertrand Hobbs hat angedeutet, dass das Geheimnis, das Jodie enthüllen wollte, Dekanin Berkeley betraf.«

»Nicht Selina?«

»Bertrand hat sie nicht einmal erwähnt. Er hat sofort auf Berkeley hingewiesen – nun ja, mit ein wenig Überzeugungsarbeit«, erklärte Grace.

»Dann glaubt ihr, dass Selina und Berkeley irgendwie unter einer Decke stecken?«

»Wir müssen direkt mit ihr reden und es herausfinden. Wenn es so ist, haben sie sich vielleicht verschworen, um dir etwas anzuhängen, und diesen Zeugen bestochen, sich zu melden. Wir glauben, dass Berkeley diese Drogen platziert hat, weil Jodie vorhatte, einen Drogenring aufzudecken, an dem Selina und sie beteiligt waren.«

»Ich kann es nicht glauben«, sagte Patrick. »Berkeley ist so akkurat! Die Vorstellung, dass sie Drogenhandel absichtlich übersehen hat, kommt mir unwahrscheinlich vor, und erst recht, dass sie daran beteiligt gewesen sein soll.«

»Tja, der Schein kann trügen, und wir müssen uns sicher sein«, erklärte Kitt. »Mal geht schon Berkeleys Finanzen durch, um uns an diesem Punkt zu helfen, und macht sich bald auf den Weg zu uns. Sie war diejenige, die Jodie den Brief mit dem Verweis geschrieben hat. Es ist auch möglich, dass Berkeley hinter allem steckt; sie könnte sogar den Brief von Jodie gefälscht haben, um sicherzugehen, dass Selina den Kopf hinhält für den unbekannten Plan, den die beiden ausgeheckt haben.«

»Aber die Geburtstagskarte, die Cynthia uns geschickt hat – die Handschrift stimmte überein«, sagte Grace.

»Wenn Berkeley Selina eine Aussage über ihren Streit mit Jodie hat schreiben lassen, dann hat sie Jodie garantiert auch dazu gezwungen. Durchaus möglich, dass sie die Handschrift in dieser Aussage als Vorlage benutzt und in dem Brief nachgeahmt hat.«

»Aber es ist wirklich schwierig, jemandes Handschrift so genau zu kopieren«, sagte Patrick. »Und wenn Berkeley das war, warum sollte sie nicht einfach mich alles ausbaden lassen?«

»Das … das weiß ich nicht«, gab Kitt zurück. »In einer solchen Situation ist es einfach, Menschen als Monster darzustellen, aber vielleicht ist einfach etwas schiefgelaufen. Vielleicht wollte sie Jodie gar nichts antun. Vielleicht hat sie ja ein Gewissen entwickelt.«

»Oder vielleicht wollte sie, wie Sie sagen, aus irgendeinem Grund, den wir noch nicht kennen, alles Selina Grant in die Schuhe schieben«, sagte Grace. »Ihr Job und ihr Ruf stehen hier auf dem Spiel. Sie hat viel zu verlieren.«

»Ich weiß nur eins: Wenn wir zu Berkeley fahren, werde ich nicht aufhören, ihr Fragen zu stellen, bis sie mir die Wahrheit sagt. Ganz gleich, was hier los ist, sie hat offensichtlich enorm viele Informationen zurückgehalten, als wir zum ersten Mal mit ihr geredet haben. Das hat uns Zeit und Geld gekostet, und am schlimmsten ist, dass es uns bisher daran gehindert hat, die Wahrheit über Jodies Schicksal aufzudecken. Das lasse ich ihr nicht noch einmal durchgehen.«

»Haben Sie der Polizei das mit Berkeley erzählt?«, fragte Patrick.

»Ja«, sagte Kitt. »Aber sie glauben, ihre Verdächtige zu haben, und eine inoffizielle Andeutung eines Studenten-DJ zählt nicht wirklich als neue Entwicklung.«

»Auch wieder wahr«, sagte Patrick.

»Wie bei jeder anderen verdächtigen Person brauchen sie konkrete und eindeutige Hinweise, bevor sie dem nachgehen können. Sobald wir ein Geständnis von Berkeley darüber haben, wie sie in all das verwickelt ist, gehe ich mit dem, was ich habe, wieder zum Revier.«

»Mit dem Auto sind es nur fünfzehn oder zwanzig Minuten zu Berkeleys Haus in Heddon-on-the-Wall, also werden wir hoffentlich bald etwas Konkretes in der Hand haben«, erklärte Kitt. »Ich sagte, ich würde mir das zusammen mit Mal ansehen, daher war er einverstanden damit, bei Berkeley zu uns zu stoßen.«

»Na, schaden kann es nicht, einen ausgebildeten Polizisten dabeizuhaben«, sagte Grace. »Vielleicht strahlt er ja so viel Autorität aus, dass sogar Berkeley sich überlegen wird, ob sie lügen soll.«

»Hoffen wir es«, sagte Kitt. »Obwohl, wenn er zuerst ankommt, können Sie sich darauf verlassen, dass er ohne uns hineingehen wird und wir Berkeleys großes Geständnis verpassen. Ich liebe ihn, aber er ist kein Mann, der für Geduld in solchen Angelegenheiten bekannt ist, also sollten wir besser aufbrechen.«

Achtundzwanzig

An jedem anderen Tag und bei jeder anderen Unternehmung hätte Grace das idyllische Dorf Heddon-on-the-Wall durchaus entzückend gefunden. Es lag nur neun Meilen außerhalb des geschäftigen Stadtzentrums von Newcastle und beherbergte einen bedeutenden Teil des Hadrianswalls; dieser 73 Meilen langen, in alter Zeit aus Naturstein errichteten Grenzmauer. Um während der Autofahrt das unbehagliche Schweigen aufzulockern, hatte Kitt ein paar Fakten über das Dorf verlautbart, die sie für historisch und kulturell bedeutsam hielt. Doch weder der Umstand, dass das Dorf auf den Ruinen einer alten römischen Festung stand, noch die Offenbarung, dass der Name »Heddon« übersetzt »der Hügel, wo das Heidekraut wuchs« bedeutete, war romantisch genug, um Grace davon abzulenken, dass sie wahrscheinlich eine bittere Kraftprobe mit Dekanin Berkeley bezüglich ihrer möglichen Verwicklung in das Verschwinden einer ihrer eigenen Studentinnen vor sich hatten.

Kitt parkte Hallorans Fiat in der kleinen Sackgasse. Sein Polizeiwagen war nirgendwo zu sehen, also sah es so aus, als wären sie die Ersten. Sie stiegen aus und machten sich auf den Weg zur Einfahrt von Akenside Crescent Nummer 134.

Die halbmondförmig angelegte Wohnsiedlung war menschenleer. Es wurde langsam dunkel, daher hielten sich wahrscheinlich alle in ihren Häusern auf und setzten den Tee auf. Sehr vernünftig. Weit gescheiter, als die korrupte Dekanin einer Akademie unter Druck zu setzen, damit sie ihre Verbrechen gestand. Berkeley war zwar körperlich klein, aber ziemlich Furcht einflößend, wenn sie die Oberhand hatte. Wer wusste schon, was sie tun würde, wenn man sie in die Enge trieb? Grace hörte nichts als ihren eigenen Atem und das Knirschen ihrer Sneaker auf Schotter. Sie sah auf die kleinen weißen Steinchen hinunter, und ihr stockte der Atem.

»Kitt«, sagte Grace.

»Was ist?«

»Der Schotter. Ich glaube, er besteht aus Kalkstein.«

Verblüfft sah Kitt nach unten. »Ich vermute, da haben Sie recht.«

»Warum hat das etwas zu bedeuten?«, fragte Patrick.

»In dem Nebengebäude, in dem die Angreifer Jodie festgehalten und wahrscheinlich unter Drogen gesetzt haben, wurde Kalksteinstaub gefunden.«

»Wenn Berkeley etwas mit Jodies Verschwinden zu tun hatte, dann hat sich der Staub vielleicht von ihren Schuhen oder ihrer Kleidung übertragen«, sagte Kitt. »Wir müssen hier ganz behutsam vorgehen. Die Indizien gegen sie mehren sich. Wir dürften nicht in Gefahr sein, weil wir in der Überzahl sind, aber wir müssen dafür sorgen, dass sie ruhig bleibt.«

Langsam ging das Trio den Pfad hinauf, bis Kitt abrupt stehen blieb und Grace und Patrick mit ausgebreiteten Armen aufhielt.

»Was … Oh …«, sagte Grace, als ihr dasselbe auffiel wie Kitt.

Die Haustür stand einen Spaltbreit offen.

»Das kann nicht gut sein«, sagte Grace.

»Finde ich auch. Vielleicht sollten wir doch lieber auf Inspector Halloran warten«, sagte Patrick. »Kommt mir nicht wie der beste Plan vor, jetzt dort hineinzugehen.«

»Ich finde, wir können nicht warten«, hielt Kitt dagegen. »Wir gehen davon aus, dass Berkeley die Täterin ist, aber es ist ebenso gut möglich, dass sie dort drinnen in Schwierigkeiten steckt. Dass jemand hinter ihr her war. Bleiben Sie einfach hinter mir, und wenn ich sage, dass Sie laufen sollen, rennen Sie los und hämmern an den umliegenden Häusern an die Türen. Tun Sie in diesem Fall alles, was Sie können, um so schnell wie möglich zusätzliche Zeugen an den Tatort zu holen.«

Grace schluckte heftig, als sie die letzten paar Stufen hinaufstiegen, die zur Tür führten. Kitt tippte sie mit einem behandschuhten Finger an, und sie schwang auf.

Kitt wartete einen Moment und lauschte. Vielleicht auf Kampfgeräusche?

»Dekanin Berkeley«, rief sie. »Hier ist Kitt Hartley. Sind Sie da?«

Kitt trat über die Schwelle. Patrick und Grace folgten ihr.

Ein Hund bellte los, sodass alle drei zusammenfuhren. Das Geräusch kam aus einem der Räume, die weiter hinten vom Flur abgingen. Das grollende Gebell machte klar, dass es ein großer Hund war, und Grace hielt nichts von der Vorstellung, sich zusätzlich zu allem anderen auch noch mit einem wild gewordenen Hund anzulegen. Kitt, die eingefleischte Katzenfreundin war, ging langsamer, blieb aber nicht stehen.

»Dekanin Berkeley?«, rief Kitt noch einmal, warf einen

Blick ins Wohnzimmer und bewegte sich dann durch den Korridor auf den bellenden Hund zu.

»Dekanin Ber…« Kitt spähte ins Esszimmer und verstummte abrupt.

Grace holte tief Luft und folgte Kitt in den Raum, wo Berkeley bleich und mit aufgerissenen Augen auf dem jadegrünen Teppich lag. Der Hund, von dem Grace gefürchtet hatte, er werde sich als knurrender Rottweiler erweisen, war in Wirklichkeit ein fetter Bassett. Das arme Wesen stand über seiner verstorbenen Besitzerin und schlug Alarm. Bei näherem Hinsehen erkannte Grace einen dunklen Fleck neben Berkeleys Kopf und einen roten Ring um ihren Hals. Grace bemerkte ein Messer in Berkeleys Hand, dessen Klinge ebenfalls blutig war.

»Oh mein Gott«, stieß Grace hervor, fuhr vor dem Anblick zurück und drehte sich zu Patrick um, der direkt hinter ihr stand. Sie sah zum ihm auf und er auf sie herunter. Dieser traurige Blick, den sie inzwischen so gut kannte, trat in seine Augen.

»Ist sie …«, begann Patrick, konnte aber nicht zu Ende sprechen.

»Sie ist tot«, erklärte Kitt. »Ganz ruhig jetzt, mein Junge«, setzte sie, an den Hund gerichtet, hinzu.

Grace fasste sich und wandte sich wieder der Szene in dem Raum zu. Kitt hockte neben der Leiche und tätschelte dem Hund den Kopf. Er begann zu winseln.

»Sie hat entweder Selbstmord begangen, oder jemand will, dass es so aussieht«, erklärte Kitt.

»Wie können wir uns da sicher sein?«, fragte Grace.

»Können wir nicht. Unmöglich, etwas mit Gewissheit zu sagen, bevor der Rechtsmediziner am Tatort war. Aber es ist ein wenig verdächtig, dass wir die Haustür offen vorgefunden haben. Wer auch immer das getan hat, will uns glauben machen, dass Berkeley sich selbst die Kehle durchgeschnitten und sich dann den Kopf angeschlagen hat, als sie zu Boden fiel. Aber mir kommt das wie eine sehr drastische Methode vor, sich umzubringen, wo sie doch ein Auto in der Garage hatte. Eine Kohlenmonoxidvergiftung ist im Vergleich weniger unangenehm.«

»Geht doch nichts über einen gemütlichen Plausch über Selbstmordmethoden«, sagte Grace.

»Tut mir leid«, sagte Kitt. »Ich fürchte, daran führt kein Weg vorbei.«

»Vielleicht hat sie die Tür absichtlich offen gelassen, weil sie hoffte, dann schneller gefunden zu werden?«, sagte Patrick. »Möglich, dass sie ihren Tod akzeptieren konnte, aber nicht die Vorstellung, dass ihre Leiche hier unentdeckt liegen bleiben würde. Vielleicht war es eine Art Warnsignal, dass etwas nicht stimmte.«

»Kann schon sein.« Kitt zog ihr Handy aus der Tasche und begann zu wählen. »So oder so müssen wir aufpassen, nichts anzufassen – was habe ich gerade gesagt, Grace?«

»Tut mir leid«, sagte Grace und zog die Hand von einem Blatt Papier weg, das auf dem Esszimmertisch lag. »Ich habe es nur an der Seite berührt. Ich war ganz vorsichtig.«

»Was ist das?«

»Ein Brief, von ihrem Computer ausgedruckt, glaube ich.«

»Noch ein Brief. Wir scheinen in letzter Zeit eine Menge Briefe zu bekommen. Was steht in diesem?«, fragte Kitt, stand auf und trat an den Tisch, damit sie das Blatt anschauen konnte.

Schweigend lasen Grace, Kitt und Patrick Dekanin Regina Berkeleys Abschiedsbrief:

Es tut mir leid, anderen Schmerz zugefügt zu haben. Ich weiß, dass ich das nie wiedergutmachen kann. Da ich das, was ich getan habe, weder rückgängig machen noch damit leben kann, ist es meine einzige logische Wahl, alles hier zu beenden. Bis vor einem Jahr hatte ich ein gutes Leben, dafür muss ich also dankbar sein. Da ich nicht mehr hier sein werde, um mich den Folgen zu stellen, kann ich Ihnen ebenso gut alles erzählen, was mich an diesen Punkt geführt hat.

Falls Sie, wenn Sie dies lesen, Selina Grant nicht schon verhaftet haben, müssen Sie das sofort nachholen. Sie war es, die mich gedrängt hat, Jodie ein Verbrechen anzuhängen und sie von der Akademie zu verweisen, nachdem sie von ihrem Geheimnis erfahren hatte. Jodie hat mich zur Rede gestellt, mein Geständnis mitgeschnitten und wollte enthüllen, was ich getan hatte. Ich konnte den Gedanken nicht ertragen, meine Stelle, mein Haus und meinen Ruf zu verlieren. Also habe ich sie umgebracht.

Ich kann immer noch nicht glauben, dass ich das getan habe. Sogar, wenn ich diese Worte schwarz auf weiß lese, habe ich nicht das Gefühl, dass es wahr ist. Es kommt mir so vor, als würde ich etwas über das Leben von jemand anderem lesen. Aber ich habe es getan. Ich habe ihr meinen Pokal für die »Leitfigur des Bildungswesens« über den Kopf geschlagen und nicht aufgehört, bis sie tot war. Die Waffe habe ich dann in den See an der Akademie geworfen.

Das war alles so unnötig. Hätte Jodie das alles ruhen lassen, hätte sie einfach die Akademie verlassen, wie es ihr befohlen wurde, wäre uns allen so viel Schmerz erspart geblieben. Jetzt werde ich, genau wie sie, den höchsten Preis bezahlen.

Patrick kniff die Augen zusammen. »Ich dachte, in Jodies Brief stehe, Selina habe sie entführt, aber am Leben gelassen?«

»Ja«, sagte Grace. »Das hier ist eine vollständig andere Version der Ereignisse. Und es geht nicht besonders in die Einzelheiten. Berkeley redet davon, Jodie hätte herausgefunden, was Selinas Geheimnis war, aber worin dieses Geheimnis bestand, darüber schweigt sie sich aus.«

»Außerdem«, sagte Kitt, »ist dieser Hund sehr gepflegt. Überaus geliebt, nach seiner Gestalt zu urteilen, und es steht nichts davon da, wer sich nach ihrem Tod um ihn kümmern soll.«

»Das … ist in der Tat ein wenig eigenartig«, sagte Grace. »Keine Ahnung, wie ihre Lebenssituation war, aber wenn der Hund ihr einziger Gefährte war, sollte man meinen, dass sie ihn erwähnen würde.«

»Und bei einem Ausdruck kann man auch keine Handschriften vergleichen«, sagte Kitt. »Wir wissen bereits, dass Selina mehr als ein Geheimnis zu verbergen hatte. Wenn Berkeley das hier also wirklich geschrieben hat, können wir der Frage, von welchem Geheimnis sie geredet hat, nur auf den Grund gehen, wenn Selina ein Geständnis ablegt.«

»Und das kommt mir nicht besonders wahrscheinlich vor. Ich habe das Gefühl, dass ihre Anwälte ihr trotz all der Indizien, die gegen sie sprechen, raten werden, auf ›nicht schuldig‹ zu plädieren, während sie nach einem Schlupfloch suchen«, erklärte Patrick.

»Ich vermute, das Einzige, was die Polizei überprüfen könnte, ist die Mordwaffe. Sie sagt, sie hätte sie in den See an der Akademie geworfen. Wenn die Polizei den ausbaggert und nichts findet, wissen wir, dass dieser Brief eine Fälschung ist«, sagte Grace.

»Kann schon sein, aber es kann wegen der Ablagerungen am Boden sehr zeitraubend sein, so etwas in einem See zu finden«, sagte Kitt. »Die Polizei könnte wochenlang suchen und nichts entdecken.«

»Wenn dieser Brief echt ist«, sagte Patrick, »dann würde das heißen, dass jemand den anderen Brief gefälscht hat und dass Jodie … wirklich tot ist.«

»Bevor wir vorschnelle Schlüsse ziehen, müssen wir mehr wissen. Kann sein, dass wir vor mehreren Möglichkeiten stehen«, sagte Kitt. »Ja, eine davon ist, dass Jodie den Brief nicht geschrieben hat und dass er von jemandem gefälscht wurde, den wir noch identifizieren müssen. Aber denkbar ist auch, dass die Person, die Berkeley ermordet hat, nichts von Jodies Brief weiß. Sie könnte einfach etwas geschrieben haben, um Berkeley zu belasten, ohne zu ahnen, dass ein weiterer Brief, der angeblich von Jodie stammt, schon bei der Polizei vorliegt.«

»Dann besteht noch Hoffnung?«, fragte Patrick. »Dass sie noch lebt, meine ich.«

Kitt nickte. »Ganz auszuschließen ist das nicht, aber ich fürchte, unter einem Vorbehalt. Der Umstand, dass wir zwei Briefe am selben Tag erhalten haben, könnte auch darauf hinweisen, dass sie von derselben Person stammen. Ich versuche allerdings immer noch zu begreifen, um wen es sich handelt und welche der beiden Versionen der Geschichte, wenn überhaupt, der Wahrheit entspricht.«

Neunundzwanzig

Halloran strebte eilig ins Wohnzimmer und schloss die Tür hinter sich. Er war vor einer halben Stunde eingetroffen, kurz nach Constable Chalmers, die vom Revier in Durham geschickt worden war, nachdem Kitt angerufen und den Fund von Berkeleys Leiche gemeldet hatte.

Constable Chalmers war eine sanfte Asiatin, die höflich darauf bestanden hatte, dass alle im Wohnzimmer auf Inspector Hallorans Eintreffen warteten. Kitt hatte sich ein wenig gesträubt, da sie wie immer an vorderster Front der Ermittlung mitmischen wollte, hatte jedoch schließlich eingelenkt, als klar wurde, dass Constable Chalmers zu unbeirrt war, um mit sich streiten zu lassen.

Grace für ihren Teil war einigermaßen erleichtert gewesen, in einen anderen Teil des Hauses dirigiert zu werden. Sie hatte damit gerechnet, in Berkeleys Haus alles Mögliche anzutreffen, aber irgendwie hatte sie nicht an eine Leiche gedacht, und sie hielt nichts davon, sich länger als nötig im selben Raum mit einer Toten aufzuhalten.

»Gut, Liebling«, sagte Halloran und schloss Kitt in die Arme. Grace wandte den Blick ab, um den beiden ein wenig Privatsphäre zu gönnen, und konzentrierte sich auf Patrick. Während der letzten halben Stunde hatte sie ihm immer wieder über den Rücken gestrichen, um ihn darüber hinwegzutrösten, dass sie immer noch im Ungewissen darüber waren, ob Jodie tot war oder lebte, aber viel hatte er nicht gesagt. Der Basset, der laut seinem Halsband Roxy hieß – also eine Sie und kein Er war –, lag auf Patricks Schoß und blickte sich betrübt im Zimmer um. Das arme Ding musste die ganze Szene miterlebt haben. Die Hündin sah zu Halloran auf und legte dann den Kopf wieder auf ihre Pfoten.

»Und, wie lautet das Urteil?«, fragte Kitt. »Ist es das, wonach es aussieht, oder steckt mehr dahinter?«

»Selbstmord haben wir ausgeschlossen, aber es ist ein ziemlich ausgeklügelter Versuch, einen vorzutäuschen«, erklärte Halloran.

»Woran können Sie erkennen, dass es kein Selbstmord war?«, fragte Grace, obwohl sie nicht wirklich sicher war, dass sie die Antwort hören wollte. Immer, wenn Kitt früher mit solchen Ermittlungen zu tun gehabt hatte, war in ihr das Gefühl aufgekommen, außen vor gelassen zu werden und etwas äußerst Aufregendes zu verpassen. Heute hatte sie allerdings erfahren, dass nicht jede Aufregung so richtig wünschenswert war. Jedes Mal, wenn sie die Augen schloss, sah sie Berkeleys kalten, leeren Blick, der sich starr auf sie richtete. Manche Menschen hätten vielleicht eingewandt, dass die Frau sich das selbst zuzuschreiben hatte, vor allem, wenn sie zusammen mit Selina Grant in einen Drogenring verwickelt gewesen war. Aber Grace konnte sich einfach nicht dazu entschließen, das so zu betrachten. Für Menschen wie Berkeley existierten nachhaltigere Formen von Gerechtigkeit, als sie umzubringen.

»Es ist eine dumme kleine Sache, die alles verraten hat. Sie hält das Messer verkehrt herum«, erklärte Halloran. »Wenn sie es in dieser Haltung an ihren Hals gesetzt hat, dann hätte es ihre Haut mit der stumpfen Seite der Klinge berührt. Und sie hätte die Position des Messers in ihrer Hand nicht verändern können, nachdem sie tot war, also ist klar, dass jemand anderer es getan hat.«

»Aber warum sollte sich jemand die Mühe machen, es so aussehen zu lassen, als habe Berkeley sich umgebracht und einen langen Brief zu schreiben, der sie belastet – und dann solch einen Fehler zu begehen?«, wollte Kitt wissen. »Wenn man sich schon die ganze Arbeit macht, sollte man meinen, dass man auf Einzelheiten achtgibt.«

»Ich vermute, dieses kleine Mädel hat etwas damit zu tun«, sagte Halloran und streichelte Roxy den Kopf. Kurz schnüffelte sie an seiner Hand, als wollte sie sich ein Bild von Halloran machen, und dann, nachdem sie entschieden hatte, dass er keine Bedrohung darstellte, schubste sie ihn mit der Nase an, damit er weitermachte. »Du hast gesagt, sie hätte gebellt, als ihr hereingekommen seid. Gut möglich, dass sie losgelegt hat, als der Angreifer noch hier war, und er sich Sorgen gemacht hat, erwischt zu werden.«

»Wenn das so ist, hat sie Glück, noch am Leben zu sein«, sagte Kitt. »Ich kann mir nicht vorstellen, dass jemand, der bereit ist, Dekanin Berkeley zu ermorden, zögern würde, den Hund auch umzubringen, falls er im Weg ist.«

Patrick drückte instinktiv den Hund fester an sich. Grace streckte eine Hand aus und kraulte Roxy die weichen Ohren. Sie mochte nicht einmal daran denken, dass jemand einen anderen Menschen umbrachte, aber schon gar kein wehrloses Tier.

»Tut mir leid, das zu sagen, aber wahrscheinlich wurde der Hund nicht aus Gnade verschont, sondern weil dem Täter die Zeit davonlief, um etwas gegen ihn zu unternehmen«, erklärte Halloran.

»Was meinen Sie?«, erkundigte sich Grace.

»Ich meine, dass Berkeley noch nicht lange tot ist. Was bedeutet, dass ihr sie nach dem Überfall ziemlich schnell gefunden habt. Wahrscheinlich innerhalb von Minuten.«

»Mal, du willst doch nicht sagen … dass der Mörder vielleicht noch hier war, als wir gekommen sind?«

»Oh mein Gott«, sagte Grace und erschauerte. »Sagen Sie mir, dass das nicht stimmt, sonst kann ich nie wieder schlafen.«

»Es ist gut möglich, dass die Person euch hereinkommen gehört hat und durch die Hintertür verschwunden ist, bevor ihr sie sehen konntet.«

»Großer Gott«, stöhnte Kitt und griff sich an die Brust. »Das ist eine gute Erinnerung daran, keine Befragungen allein zu unternehmen. Wahrscheinlich ist er bloß nicht auf uns losgegangen, weil wir zu dritt waren.«

»Es hat schon seinen Grund, warum die Polizei Hausbesuche immer zu zweit durchführt, weißt du«, sagte Halloran.

»Moment mal«, sagte Grace. »Wenn Selina momentan in Haft ist, kann sie nicht für Berkeleys Tod verantwortlich sein, oder?«

»Nicht direkt«, gab Halloran zurück. »Aber solche Leute tun ihre schmutzige Arbeit nicht selbst. Sie wird einen Komplizen haben, oder wenigstens einen Auftragskiller.«

»Aber das hätte sie dann arrangieren müssen, bevor sie verhaftet wurde«, sagte Grace. »Ist das wahrscheinlich?«

»Vermutlich hatte Selina eine Art Notfallplan für den Fall, dass sie verhaftet würde und ins Gefängnis käme. Wenn der Mörder ein Profi ist, besteht wenig Aussicht, an Berkeleys Leiche DNA-Spuren zu finden. Diese Individuen wissen, was sie tun, und sind schwer zu kriegen.«

»Aber die Notiz auf Berkeleys Tisch hat Selina ohnehin

belastet«, sagte Kitt. »Warum sollte sie den Mord an Berkeley anordnen und sich in deren Abschiedsbrief selbst belasten?«

»Der Brief bezeichnet sie als jemanden der ›Druck‹ auf Berkeley ausgeübt hat, um eine Studentin von der Akademie zu verweisen. Das ist zweifelhaftes Verhalten, aber was eine Privatakademie tut, geht nur sie etwas an. Es ist keine juristische Angelegenheit. Der Brief macht klar, dass Berkeley die Sache selbst in die Hand genommen hat, unabhängig von irgendwelchem Druck, den Selina vielleicht ausgeübt hat. Daher könnten Selinas Anwälte argumentieren, dass Berkeley Selina vor ihrer Gewissenskrise und ihrem Selbstmord die Sache in die Schuhe geschoben hat und dass aus diesem Grund Beweise bei ihr zu Hause und in ihrem Schließfach aufgetaucht sind.«

»Hast du eine Ahnung, was für Beweise genau gefunden wurden, die Selina belasten?«, fragte Kitt.

»Anscheinend Fläschchen mit Chloroform und GHB – Liquid Ecstasy.«

»Beweist das denn zweifelsfrei, dass sie etwas mit Jodies Verschwinden zu tun hatte?«, wollte Grace wissen.

»Zusammen mit dem Fund der Lappen in dem Nebengebäude ist das schon ein starkes Indiz, aber es kommt noch mehr«, erklärte Halloran. Bevor er weitersprach, warf er Patrick einen Blick zu. »Die Wolljacke, von der Sie sagten, Jodie hätte sie am Tag ihres Verschwindens getragen. Sie wurde in Selinas Kleiderschrank gefunden. Blutbespritzt.«

»Jodies Blut?«, fragte Patrick.

»Das ist noch nicht bestätigt«, erklärte Halloran. »Aber da es ihr Kleidungsstück ist und sie seit einiger Zeit vermisst wird, müssen wir leider davon ausgehen.«

»Moment mal, wo genau wurde diese Wolljacke in Selinas Kleiderschrank gefunden?«, erkundigte sich Grace.

»Ich bin mir nicht sicher. Ist das wichtig?«, fragte Halloran.

»Kann schon sein«, sagte Grace. »Ich war in diesem Kleiderschrank, wissen Sie noch? Bei Selinas Party habe ich eine ganze Zeit darin herumgestöbert. Ich habe die Jacke nicht gesehen, und ich habe ausdrücklich nach belastendem Material gesucht. Ich wusste, welche Farbe die Fasern hatten, aber mir ist keine Jacke in dieser Farbe aufgefallen. Das kommt mir unwahrscheinlich vor, oder?«

»Vielleicht waren Sie zu aufgeregt, um sie zu bemerken«, sagte Kitt. »Diese Art von Schnüffelaktionen neigt dazu, das Adrenalin hochzutreiben, und Sie wussten nicht genau, wonach Sie Ausschau halten sollten.«

»Kann schon sein«, sagte Grace und biss sich auf die Unterlippe.

»Was denn? Was haben Sie?«, fragte Kitt.

»Es ist nur, dass beide Schreiben, die wir bekommen haben, widersprüchliche Informationen enthalten, aber beide belasten Selina. Und jetzt taucht diese Jacke auf, von der ich keine Spur gesehen habe, als ich ihr Zimmer durchsucht habe. Halloran sagte, Selinas Anwälte könnten argumentieren, dass sie ein Sündenbock für jemanden ist, und da könnten sie recht haben. Oder, angesichts der widersprüchlichen Hinweise, vielleicht sogar für mehr als eine Person?«

»Wie soll das denn funktionieren?«, sagte Halloran. »Warum sollte mehr als eine Person versuchen, Selina ein Verbrechen anzuhängen?«

»Keine Ahnung«, räumte Grace ein. »Aber eins weiß ich: Nachdem Selina jetzt in Haft sitzt, läuft da draußen immer noch mindestens ein Mörder frei herum.«

Dreißig

Kurz trat Schweigen ein, während alle im Raum Graces Bemerkung verdauten. Schließlich unterbrach das Summen von Hallorans Handy die Stille.

»Banks«, nahm Halloran den Anruf seiner Partnerin aus York an. »Was haben Sie?« Eine Pause. »Ach, wirklich? Wann? Also, das ist ein Durchbruch. Ja, gut. Danke.«

Halloran beendete das Gespräch und stand einen Moment lang nachdenklich da.

»Komm, lass uns hier nicht zappeln, Mal. Los, rück schon raus damit.«

»Entschuldige, dass ich mir einen Moment Zeit zum Überlegen nehme«, gab Halloran zurück.

»Na gut, ich verzeihe dir«, sagte Kitt leise lächelnd.

»Sehr großmütig. Ich hatte Banks gebeten, sich für uns ein wenig weiter in Berkeleys Finanzen zu vertiefen, und es sieht zunehmend so aus, als hätte sie tatsächlich etwas mit Jodies Verschwinden zu tun gehabt.«

»Aber ich dachte, die Polizei hätte ihre Finanzen schon untersucht und nichts gefunden«, sagte Grace.

»Als sie nachgeschaut haben, sah das vermutlich nach nichts Außergewöhnlichem aus, und Berkeley hätte es wahrscheinlich leicht erklären können. Sie hat Bareinzahlungen auf ihr Konto erhalten, aber keine großen Summen. Es waren jeweils zwischen fünfhundert und tausend Pfund. Die erste Rate zwei Monate vor Jodies Verschwinden. Danach eine Pause, vermutlich, weil die Polizei sie überprüft hat. Drei Monate nach Jodies Verschwinden wurden die Zahlungen wieder aufgenommen und hörten sechs Monate später auf. Insgesamt beliefen sie sich auf zehntausend Pfund.«

»Tja, das bestätigt praktisch, dass dieser Abschiedsbrief das Papier nicht wert ist, auf das er gedruckt ist«, sagte Grace.

»Sie haben recht«, sagte Kitt. »Einen Monat vor Jodies Verschwinden waren Selina und Jodie sich noch nicht einmal begegnet. Wenn diese Zahlung also in Verbindung zu ihrem Verschwinden steht, dann stützt sie die Annahme nicht, dass Selina Druck auf Berkeley ausgeübt oder sie irgendwie bestochen hat, um Jodie loszuwerden. Es widerlegt sogar so ziemlich alle Details in Berkeleys angeblichem Abschiedsbrief.«

»Aber zehntausend Pfund!«, überlegte Grace. »Das reicht vielleicht, um jemanden zu bestechen, damit er eine Studentin von der Akademie verweist, aber um sie verschwinden zu lassen oder zu ermorden? Ich kann mir vorstellen, dass das teurer käme.«

»In dem Punkt könnten Sie recht haben, aber das ist noch nicht alles«, erklärte Halloran. »Das Geld, das an Berkeley ging, ist bar an immer demselben Geldautomaten eingezahlt worden, und wir haben ein Bild der Sicherheitskamera von dem Kerl, der es eingezahlt hat.«

»Obwohl das schon drei Monate her ist?«, fragte Kitt.

»Geldinstitute neigen wegen Problemen wie Geldwäsche dazu, ihr Videomaterial länger zu speichern. Die meisten derartigen Operationen erstrecken sich über einen noch längeren Zeitraum, bevor sie gestoppt werden. Banks hat mir eine Kopie des Bildes geschickt. Dies könnte ein Foto der Person sein, die für Jodies Verschwinden verantwortlich ist.«

Halloran wischte über seinen Handybildschirm und tippte auf die Nachricht. »Jepp. Sieht für mich aus, als wäre Ihr geheimnisvoller Mann in Schwarz doch kein Produkt Ihrer Fantasie.«

Halloran drehte Patrick seinen Bildschirm zu.

»Oh mein Gott«, stieß dieser stirnrunzelnd hervor. »Das ist er, und ohne Sonnenbrille erkenne ich ihn jetzt auch. Er hat für meine Mutter gearbeitet. Vor Jahren. Er war Chef der Security in ihrer Möbelfabrik.«

»Das Foto passt auch zu der Beschreibung des Mannes, den Selina bei ihrer Party erwischt hat. Wahrscheinlich hat sie auch Videoaufnahmen davon, wie er sich Zugang verschafft, und hoffentlich hat sie sie inzwischen an Inspector Thompson übergeben.«

»Hat dieser Mann seinen Job verloren, als Ihre Mum sich ins Privatleben zurückgezogen hat?«, wollte Kitt wissen. »Möglich, dass er nie über den Verlust seiner Stellung hinweggekommen ist und nach Wegen sucht, Sie und Ihre Familie zu quälen.«

»Obwohl das Berkeleys Tod nicht wirklich erklärt«, sagte Grace.

Patrick schüttelte den Kopf. »Sie hat ihn entlassen, lange bevor sie in den Ruhestand ging. Aber an Ihrer Theorie könnte etwas dran sein. Sie hat es nicht direkt gesagt, aber sie hat ein- oder zweimal angedeutet, er sei aufbrausend gewesen, verstehen Sie? Ich glaube, er hat es bei ihr vielleicht ein paarmal zu weit getrieben.«

»Auf welche Art?«, wollte Halloran wissen.

»Keine Ahnung, ich hatte einfach den Eindruck, dass zwischen den beiden etwas vorgefallen ist. Ich war damals noch jünger, deswegen wusste ich, dass ich keine klaren Antworten bekommen würde, wenn ich Fragen stellte.«

»Kennen Sie seinen Namen oder wissen Sie irgendwelche anderen Einzelheiten über ihn?«, fragte Halloran.

»Das ist so lange her. Aber ich glaube, sein Familienname war Marks. Mr. Marks. Obwohl mein Gedächtnis mich auch täuschen könnte. Tut mir leid, an etwas anderes erinnere ich mich nicht.«

»Ist schon gut. Wir werden Ihre Mum so bald wie möglich befragen, und ich schicke Banks den Namen und schaue, ob das irgendwelche Hinweise ergibt.«

»Moment mal ... Wenn dieser Kerl mit der Sache zu tun hat und er einen Groll gegen Mum hegt, dann könnte sie in Gefahr sein – oder schlimmer noch«, sagte Patrick. »Er hat Berkeley ermordet, und sie könnte die Nächste sein.«

»Wissen Sie, wo Ihre Mutter jetzt ist?«, fragte Halloran. Er klang alarmiert.

»Das Letzte, was ich gehört habe, war, dass sie auf dem Weg hierher ist, aber selbst bei dichtem Verkehr braucht man aus Chester-le-Street nicht so lange. Sie müsste eigentlich schon hier sein.«

Hektisch holte Patrick sein Handy hervor und wählte.

»Stellen Sie sie auf Lautsprecher, ja?«, sagte Halloran. »Wenn am anderen Ende der Leitung etwas Wichtiges los ist, müssen wir das mithören. Wahrscheinlich ist sie nicht in Gefahr, aber wenn doch, gibt es uns vielleicht ein paar Hinweise.«

Patrick tat, wie ihm geheißen. Der Freiton erklang in dem sonst stillen Wohnzimmer. Dann ein Knacken, als die Verbindung zustande kam.

»Wo bist du, Mum?«

»Immer noch unterwegs zu Berkeley, Schatz. Schrecklicher Verkehr«, ließ sich Cynthias Stimme hören.

Patricks Körperhaltung entspannte sich sichtlich. »Gott sei Dank geht's dir gut.«

»Warum sollte es nicht?«

»Es ist Dekanin Berkeley, Mum. Sie ist … sie ist tot.«

»Tot? Oh mein Gott, was … Was ist passiert?«, fragte Cynthia. »Ich dachte, Selina Grant sei verhaftet worden. Sind ihre Leute irgendwie an Berkeley herangekommen?«

»Um ehrlich zu sein, willst du die ganzen grausigen Details wahrscheinlich nicht wissen, aber wir sind zu ihr nach Hause gefahren, um sie zu Jodies Verschwinden zu befragen, und haben sie tot aufgefunden.«

»Mein armer Junge! Das muss ja furchtbar für dich gewesen sein! Erst fälschlich wegen Mordes verhaftet, und jetzt auch noch das. Ich bin ganz bald bei dir. Ich bin nur noch ungefähr zwanzig Minuten entfernt.«

Doch noch während sie sprach, erklang im Hintergrund ein eigenartiges, schrilles Summen.

»Was ist das für ein Geräusch, Mum?«, fragte Patrick.

»Nur eine Sirene, die vorbeifährt.«

Aber dann meldete sich eine vertraute Automatenstimme zu Wort. »Wir erreichen Tynemouth. Dieser Zug bedient alle Haltestellen zum Flughafen Northumberland.«

Patrick legte die Stirn noch tiefer in Falten. Als er jetzt sprach, zitterte seine Stimme. »Warum sitzt du im Zug zum Flughafen, Mum?«

Vom anderen Ende kam kein Ton. Kitt, Halloran und Grace wechselten einen düsteren Blick.

»Mum? Antworte mir. Warum fährst du mit diesem Zug?«

»Ich …«

»Mum?«

»Es … Es tut mir schrecklich leid, Patrick. So sollte das nicht enden.«

Und dann brach die Verbindung ab.

Einunddreißig

»Ich weiß, was Sie jetzt alle denken«, sagte Patrick, während um sie herum die Sirenen an Hallorans Polizeiwagen jaulten.

Roxy, die immer noch auf Patricks Schoß saß, hatte ab und zu ein unzufriedenes Ächzen ausgestoßen, aber ansonsten hatte niemand besonders viel gesagt, seit klar geworden war, dass ein Mann, der früher für Cynthia Howard gearbeitet hatte, derjenige gewesen war, der Berkeley bestochen hatte. Ganz zu schweigen davon, dass Patricks Anruf bei seiner Mutter offenbart hatte, dass sie unterwegs zum Flughafen Northumberland war und anscheinend flüchten wollte.

»Wir kennen ja noch nicht die ganze Geschichte«, sagte Grace und versuchte sich einzureden, dass das stimmte, obwohl für alle ziemlich offensichtlich war, dass Cynthia die ganze Zeit gewusst hatte, was aus Jodie geworden war, und anscheinend auf irgendeine Art daran beteiligt war. Allerdings passten immer noch definitiv einige Puzzleteile nicht zusammen, jedenfalls soweit Grace sich einen Reim darauf machen konnte, also existierte vielleicht irgendwo eine merkwürdige und unerwartete Erklärung. Andererseits, warum hatte Cynthia dann nicht einfach am Telefon erklärt, was los war? Schließlich wartete ihr Sohn verzweifelt auf

Antworten. Grace konnte nur zu dem Schluss kommen, dass Cynthia etwas getan hatte, wofür sie sich schämte, und sich nicht überwinden konnte, es ihrem Sohn zu gestehen.

»Nein, aber auf die eine oder andere Art glaubt ihr alle, dass Mum etwas Schlimmes getan hat«, sagte Patrick.

»Falls Ihnen ein Motiv einfällt, das sie haben könnte, um Jodie aus dem Weg zu räumen, dann wäre das wahrscheinlich eine logische Erklärung«, sagte Kitt und musterte Patrick im Rückspiegel.

Patrick zuckte mit den Schultern. »Nichts, was all das wert gewesen wäre.«

»Dann … war da etwas?«, fragte Grace so behutsam sie konnte. Patrick hatte in den letzten 24 Stunden unglaublich viel durchgemacht, ganz zu schweigen von dem Jahr, das hinter ihm lag, und das Letzte, was er jetzt gebrauchen konnte, waren Vorwürfe. Mehr als alles andere wollte Grace, dass er sich nicht allein fühlte. Ganz egal, was seine Mutter getan hatte.

»Im Rückblick hat sie sich … nie wirklich für Jodie erwärmt. Ein- oder zweimal hat Jodie erwähnt, sie sei schroff zu ihr gewesen. Ich habe sie immer darauf angesprochen, und nach ein paar Malen schien sie sich zurückzunehmen. Ihr wäre es lieber gewesen, wenn ich ein Mädchen aus einer anderen reichen Familie geheiratet hätte. Aber das war nur das typische Verhalten einer überfürsorglichen Mutter – keine Frau war gut genug für ihren Sohn. Aber mehr war da nicht dran. Das ist kein Motiv, um loszuziehen und jemanden zu entführen und verschwinden zu lassen. Wir sind uns hier doch bestimmt alle einig darüber, dass das der Sache nicht angemessen wäre, oder?«

»Sicher, Ihre Mutter hat nie Anzeichen dafür gezeigt, dass sie so überreagieren würde«, räumte Kitt ein. »Aber wissen

Sie noch, wie sie auf Ihre Verlobung mit Jodie reagiert hat?« Grace fiel auf, dass Kitt sich die größte Mühe gab, sanft zu klingen; genau wie sie selbst eben. Momentan fühlte sich jedes Gespräch mit Patrick so an, als versuchte man, jemandem gut zuzureden, damit er nicht von einem Hochhaus sprang. Sie hatte das Gefühl, dass er am Rand eines heftigen Zusammenbruchs stand, und wer hätte ihm das unter diesen Umständen auch verübeln können? Das Beste, was sie tun konnten, war, dafür zu sorgen, dass er ruhig blieb.

»Sie, na ja, war zuerst nicht glücklich darüber. Aber dann, ich weiß nicht, schien sie es zu akzeptieren«, erklärte Patrick. »Sie hat davon geredet, mit Jodie nach einem Hochzeitskleid zu schauen, und angefangen, ihr Links zu Locations und Catering-Firmen zu schicken. Sie kam richtig in Schwung. Ich dachte wirklich, sie wäre über ihre anfänglichen Bedenken hinweg.«

»Wie lange waren Jodie und Sie ungefähr verlobt, bis sie verschwunden ist?«, fragte Halloran und blinkte, um auf den Flughafen-Zubringer einzubiegen.

»Mal sehen. Ende Juli waren wir in Berlin. Den Antrag hab ich ihr an der Spree gemacht. Ich weiß noch, dass der Himmel so tiefblau war, dass der Fluss blauer wirkte als sonst. Wir konnten keinen Laden finden, der Champagner verkaufte, also haben wir uns ein Eis geholt, um zu feiern.«

»Klingt sehr romantisch«, sagte Grace.

»Ja, und Ende Juli … Das würde heißen, dass Sie Jodie den Heiratsantrag etwas über zwei Monate vor ihrem Verschwinden gemacht haben«, sagte Kitt.

Grace presste die Lippen zusammen. Zwei Monate. Deswegen hatte also Halloran Patrick nach dem Zeitrahmen gefragt. Konnte das wirklich Zufall sein? Patrick verlobt sich, und dann erhält die Dekanin der Akademie, an der

Jodie ihr Studium beginnen will, Bargeld dafür, sie unter Vorspiegelung falscher Tatsachen von der Hochschule zu verweisen. Das war bestimmt das Letzte, was Patrick glauben wollte, aber er erkannte doch wohl, dass die zeitliche Abfolge kein gutes Licht auf seine Mutter warf, oder?

Patrick schluckte heftig. »Sie glauben, Mum hat ihre Einstellung zu der Verlobung geändert, weil sie Berkeley bestochen hat, Jodie hinauszuwerfen? Wozu, um uns auseinanderzubringen?«

»Zumindest ist das eine Möglichkeit, die Sie nicht ausschließen sollten«, sagte Kitt. »Ich behaupte nicht, dass Ihre Mutter wirklich Schaden anrichten wollte. Sie handelte wahrscheinlich aus dem Blickwinkel einer überfürsorglichen Mutter, die sich um ihren Sohn sorgt. Sie haben selbst eingeräumt, dass sie in den Augen der meisten Leute sehr jung für eine Verlobung waren. Ihre Mutter glaubte vielleicht, Sie vor einem Fehler bewahren zu müssen, den Sie sonst später bereuen würden. Aber falls sie das getan hat, sind wir uns sicher einig darüber, dass dabei etwas furchtbar schiefgelaufen ist.«

Patrick nickte. »Im äußersten Fall kann ich mir vielleicht vorstellen, dass sie in einem Moment mütterlicher Unzurechnungsfähigkeit versucht hat, Berkeley zu bestechen, aber alles andere – Jodies Verschwinden, Berkeleys Tod – Mum würde sich einfach nicht an so etwas beteiligen. So … ist sie nicht.«

»Wir wollen alle vom Besten ausgehen, und bald wissen wir sowieso, was los ist«, sagte Halloran, als er so nahe wie möglich vor dem Eingang zum Flughafen hielt und die Sirene abschaltete. Vor ihnen ragte der Terminal in der Dunkelheit auf. Die grünen Neon-Wegweiser wirkten irgendwie unheimlich. Grace hatte schon immer gefunden, dass

Flughäfen merkwürdig irreale Orte waren. Eine Art Zwischenwelt, wo alles im Fluss war und nichts fest oder gewiss. Jetzt hatte sie noch einen weiteren Grund, sie nicht leiden zu können. Was immer in der nächsten halben Stunde passieren würde, würde sehr wahrscheinlich nichts Gutes sein.

»Wenn sie in Tynemouth war, als Sie telefoniert haben, wird sie wahrscheinlich noch nicht ganz hier sein«, erklärte Halloran und riss Grace aus ihren Gedanken. »Wir sollten in der Lage sein, sie abzufangen, bevor sie durch die Passagierkontrolle geht. Wir haben die Flughafenpolizei gebeten, für alle Fälle auf der anderen Seite Ausschau nach ihr zu halten. Um das ganz klarzumachen, wir sind nur als Beobachter hier. Falls Sie die Zielperson sehen, nähern Sie sich ihr nicht. Hast du das gehört, Kitt?«

»Ich habe nicht die geringste Ahnung, warum du gerade mich ansprichst.«

Halloran starrte sie durchdringend an.

»Ja, na schön, ich habe verstanden.«

»Patrick, ich weiß, dass sie Ihre Mutter ist, aber die Regel, keinen Kontakt aufzunehmen, gilt auch für Sie. Wir dürfen kein Risiko eingehen, bis wir wissen, was hier wirklich los ist. Es wird verlockend sein, auf sie zuzugehen, wenn Sie sie sehen. Sind Sie sicher, dass Sie nicht lieber im Auto warten wollen?«

Patrick schüttelte den Kopf. »Ich kann nicht hier sitzen, während Sie alle hineingehen. Ich habe gesagt, dass ich diese Ermittlung durchziehe, ganz gleich, was dabei herauskommt, und das werde ich. Sie ist meine Mum. Wenn etwas Schlimmes passiert, muss ich dabei sein.«

Halloran nickte, löste seinen Gurt und öffnete die Autotür. Patrick öffnete die auf seiner Seite und wickelte Roxys Leine auseinander. Anscheinend waren Patrick und Roxy nicht so leicht zu trennen. Grace fragte sich, ob sie vielleicht einen guten Wachhund abgeben würde, wenn sie in eine gefährliche Lage stolperten, oder ihnen vielleicht sogar helfen könnte, die Verbrecher auszuschnüffeln. Doch als Grace zusah, wie der mollige Hund kurz hinter der Autotür loswatschelte, zerstoben alle derartigen Hoffnungen. Nun gut, wenigstens würde Roxy Patrick in einer wahrscheinlich schwierigen Zeit begleiten und beruhigen.

Grace glitt selbst aus dem Auto und bemerkte, dass ihre Hände zitterten. Sie steckte sie in die Taschen, bevor jemandem das auffallen konnte, gab sich große Mühe, sie ruhig zu halten, und versuchte, im Kopf alle denkbaren Erklärungen für das Geschehene aufzustellen, abgesehen von der offensichtlichsten: Patricks Mutter war eine Komplizin bei einem Doppelmord.

Zweiunddreißig

Grace und Kitt erreichten den Eingang zum Flughafen als Erste. Sie rissen die Tür auf und stürzten hinein, dicht gefolgt von Halloran und Patrick, der Roxy im Schlepptau hatte.

Beim Hereinkommen war Grace nicht sicher, wie sie darauf hoffen konnten, Cynthia unter der Masse von Menschen zu entdecken, die herumwimmelten. Doch nachdem Halloran kurz den Blick über die Menge hatte schweifen lassen, trat er energisch auf einen uniformierten Vertreter der Flughafen-Security zu. »Inspector Halloran vom Revier in York. Wir hatten angerufen wegen Cynthia Howard, die verdächtigt wird, mehrere schwere Verbrechen begangen zu haben. Ihr Pass ist markiert und ihr Foto in Umlauf gebracht worden. Können Sie sich über Funk erkundigen, ob sie schon irgendwo festgehalten wird? Es würde mir meinen Job leichter machen, wenn Sie sie schon erwischt hätten.«

Der Mann, den Hallorans unauffälliger Versuch, die Stimmung aufzulockern, nicht zu beeindrucken schien, nickte, ohne irgendwelche Höflichkeitsfloskeln von sich zu geben, und sprach direkt in sein Funkgerät. »Kontrolle, kommen.«

»*Kontrolle hier, over*«, sagte eine Frauenstimme am anderen Ende.

»Können Sie überprüfen, ob eine Cynthia Howard in Gewahrsam ist? Anscheinend ist sie schon im System zur Festnahme ausgeschrieben.«

Kurz trat eine von Knistern erfüllte Stille ein, und dann kam die Antwort. »*Keine Festnahmen, nicht viel los heute Abend.*«

»Schön, danke«, sagte Halloran. »Dann werde ich mich nach ihr umsehen. Je nachdem, wie sich die Dinge entwickeln, könnte ich Ihre Hilfe gebrauchen.«

»Ich bin hier«, erklärte der Flughafenpolizist.

Halloran lächelte verhalten. Es war klar, dass er von der Einstellung des Mannes genauso wenig beeindruckt war wie dieser von Halloran. »Wenn sie nicht schon festgenommen ist, heißt das, dass sie nur bis zum Check-in-Schalter kommen kann, wenn wir sie nicht zuerst finden. Schwärmt aus. Wir müssen uns die Schlangen vor den Check-in-Schaltern genau ansehen … Womit habe ich diesen Blick verdient?«

»Habt ihr auch alle ›Buttons‹ von den Pussycat Dolls gehört, begleitet von leisem Geschrei?«, fragte Kitt und zog die Nase kraus.

Alle runzelten die Stirn und drehten sich zu der Geräuschquelle um. Eine kleine Ecke der Abflughalle war mit Stellwänden abgesperrt, und davor stand eine Frau mit einer Sammelbüchse, mit der sie ab und zu rappelte.

»Oh ja, ein paar junge Männer von der Check-in-Theke führen einen Striptease für die Krebsforschung auf«, erklärte der Security-Mann weit munterer als eben, als Halloran versucht hatte, ihm Informationen über eine potenzielle Gefahr für den Flugverkehr zu entlocken. »Sie sind gerade dabei, sich mit Klettverschlüssen zusammengehaltene Pilotenuniformen vom Leib zu reißen. Man hat mich gefragt, ob ich mitmachen will, aber ich habe abgelehnt. Wollte nicht, dass die jungen Leute Minderwertigkeitskomplexe kriegen.«

Grace sah den Mann an und hoffte, dass ihr Abscheu bei dem Gedanken, er könnte sich ausziehen, nicht allzu deutlich wurde. Es lag nicht eigentlich an seinem Körper – obwohl sie argwöhnte, dass die fettige Schweißschicht nicht an seinem Hals aufhörte –, sondern eher an seiner Einstellung. Normalerweise hatten Menschen mit einem derartigen Maß von Arroganz eine einzige patentierte, unsexy Tanzbewegung, von der sie glaubten, sie könnten damit durchkommen, obwohl alle anderen wussten, dass dem nicht so war.

»Ich fragte mich, ob Cynthia sich dort verkrochen hat«, sagte Kitt und zeigte auf den abgesperrten Bereich. »Kann nicht schaden, schnell mal nachzuschauen, nur zur Sicherheit.«

»Oh nein, aber nicht du«, sagte Halloran mit amüsiertem Unterton. »Wenn überhaupt jemand die Nase dort hineinsteckt, dann ich, und zwar kurz.«

»Aber ist Kitt nicht besser qualifiziert? Schließlich hat sie persönliche Erfahrungen mit Striptease«, warf Grace ein. Ihr war schon klar, dass sie keine Zeit für Wortgeplänkel hatten, aber wann würde sich ihr wieder eine solche Gelegenheit bieten, beiläufig ins Gespräch einzuflechten, dass Kitt als Flitzerin auf dem Fußballfeld der Akademie erwischt worden war?

»Was soll das heißen?«, fragte Halloran und musterte Kitt von oben bis unten.

»Ach, ignorier sie einfach, ja?«, gab Kitt zurück und wedelte wegwerfend mit der Hand. »Und Grace, hören Sie um Himmels willen auf! Unsere Priorität ist es, Cynthia zu finden, nicht, dumme Witze zu reißen.«

»Ich weiß, ich weiß«, sagte Grace.

»Richtig«, sagte Halloran. Er wirkte immer noch ein wenig verunsichert über Graces Scherz, beschloss aber offensichtlich, dass sie aktuell größere Probleme hatten. »Fangt an, diese Schlangen genau anzuschauen, und ich überprüfe, ob sie sich nicht in dieser Benefiz-Veranstaltung versteckt. Sie können uns auch bei der Suche helfen, wenn Sie wollen«, erklärte Halloran, an den Security-Mann gerichtet.

»Könnte ich wahrscheinlich«, erwiderte der.

Halloran wandte sich ab und setzte sich in Bewegung, doch dabei hörte Grace, wie er halblaut vor sich hinmurmelte. »Tu uns bloß keinen Gefallen, Kumpel. Hier läuft ja bloß eine verdammte Mörderin frei herum.«

Hallorans spitze Bemerkung entlockte Grace ein leises Lächeln, doch das verflog schnell, während sie, Patrick und Kitt Pläne schmiedeten, um auszuschwärmen. Sie wählten pro Person eine Gruppe von Check-in-Schlangen aus und machten sich auf zu ihrer Suche nach Cynthia. Der Plan war, wieder zueinanderzustoßen, sobald sie alle in der Schlange überprüft hatten.

Zuerst hielt Grace Ausschau nach einer blonden Frau, doch dann fragte sie sich, ob Cynthia sich vielleicht mit einer Perücke oder einer anderen Verkleidung unkenntlich machen würde, um nicht entdeckt zu werden. Das würde zum Problem werden, wenn sie ihren eigenen Pass benutzte. Doch an diesem Punkt ging ihr auf, dass die Überprüfung der Pässe, die Halloran angeordnet hatte, vielleicht nutzlos sein würde. Cynthia war nicht so reich wie Selina Grant, aber auch nicht arm. Wahrscheinlich hatte sie das Geld, um sich, wenn nötig, einen falschen Pass zu besorgen, und Grace konnte nicht glauben, dass Cynthia einfach spontan beschlossen hatte, zum Flughafen von Northumberland zu flüchten. Wahrscheinlicher war, dass er seit einiger Zeit auf ihrer Liste der letzten Auswege stand. Graces Herz schlug plötzlich schneller, als ihr mit einem Mal klar wurde, wie wichtig es war, Cynthia zu finden, bevor sie durch die Security des Flughafens ging.

Grace sah an den Schlangen entlang und passierte zahlreiche Familien; bei einer oder zweien hielt eine erschöpft wirkende Mutter ein schlafendes Kind an der Schulter. Mehrere Männer in Anzügen flogen wahrscheinlich nach irgendeinem geschäftlichen Treffen zurück nach Hause, und da es Samstagabend war, konnte Grace nur vermuten, dass sie Workaholics waren. Wer flog schon am Wochenende zu Geschäftsterminen herum? Aber niemand unter den Wartenden in der ersten Schlange, angefangen mit der jungen Frau, die ihre Musik so laut hörte, dass jeder im Umkreis von fünf Metern den Rhythmus mitbekam, bis zu einem älteren, tief gebräunten Paar, das wahrscheinlich auf der Suche nach Sonne im Winter war, war Cynthia.

Seufzend ging Grace zur nächsten Schlange weiter und nahm sich die Zeit, jedem, den sie passierte, gründlich ins Gesicht zu schauen. Sie überlegte, dass es den wartenden Menschen nicht allzu merkwürdig vorkommen würde. Wahrscheinlich dachten sie nur, dass sie nach Familienmitgliedern suchte oder vielleicht nach ihrem Freund, mit dem sie fliegen wollte. Doch jedes Gesicht war eine neue Enttäuschung.

Grace war fast am Ende ihrer zweiten Schlange angekommen und wollte schon zurückgehen, um sich mit den anderen zu treffen und zu hören, ob sie Glück gehabt hätten, als mit einem Mal jemand ihren Arm packte und sie spürte, wie sich etwas Spitzes in ihre Rippen bohrte.

»Wenn du auch nur einen Mucks von dir gibst, steche ich dich auf der Stelle ab«, sagte eine tiefe, knarrende Stimme. Grace warf einen Blick auf die Hand, die sie festhielt, und sah einen schwarzen Mantelärmel.

Der Mann in Schwarz.

Er hatte sie gefunden.

»Wenn sie hier ist, dann ist sie nicht allein«, meldete sich eine andere Stimme. Eine Frauenstimme. Cynthia.

»Wen hast du noch bei dir?«, murmelte der Mann in Schwarz.

»Niemanden«, sagte Grace, die wünschte, ihre Stimme würde nicht so stark zittern.

»Du lügst.« Das Messer stach tiefer in Graces Seite. Sie versuchte auszuweichen, aber der Mann hielt sie fest im Griff. Wenn er noch stärker zudrückte, würde er mit Sicherheit ihre Haut durchbohren. »Sag mir, wer sonst noch hier ist, oder ich schlitze dir den Bauch auf.«

Grace hätte gedacht, in einer solchen Situation würde sie viel mutiger sein. Sie liebte das Abenteuer. Hatte Spaß daran, impulsiv zu sein. Doch in diesem Moment konnte sie nur an Berkeley denken, deren Leiche mit durchschnittener Kehle auf dem Boden ihres Esszimmers lag. Sicher konnte Grace sich nicht sein, aber sie hätte gewettet, dass der Mann in Schwarz das getan hatte. Sie glaubte ihm, dass er ihr den Bauch aufschlitzen würde, und wie Randy Hobbs es ausgedrückt hatte, am Leben zu bleiben war gut. »Kitt und Halloran sind hier«, erklärte sie mit verzagter, resignierter Stimme.

»Der Cop«, sagte der Mann in Schwarz mürrisch.

»Patrick ist auch da«, erklärte Grace und atmete flach, damit die Messerspitze sie nicht stach. Der Mann in Schwarz musste das Messer irgendwie unter seinem Mantel versteckt haben, da niemand um sie herum ihnen auch nur die geringste Aufmerksamkeit schenkte. »Er macht sich Sorgen um Sie, Cynthia. Als er Berkeley gefunden hat, war Ihre Sicherheit seine erste Sorge. Er will Sie nur sehen. Mit Ihnen reden. Versuchen, alles zu verstehen.«

Kurz herrschte Schweigen, dann hörte sie die knurrende Antwort des Mannes in Schwarz. »Wenn sie die ganze Bande bei sich hat, sind unsere Chancen, hier in einem Flieger abzuheben, gleich null. Wir müssen zu Plan B übergehen.« Er stieß Grace voran. »Beweg dich zum Ausgang und verhalte dich natürlich. Wenn du irgendetwas tust, um Alarm zu schlagen, ist es aus mit dir.«

Grace schluckte heftig, tat, wie ihr befohlen, und ging auf den Ausgang zu. Bei jedem Schritt spürte sie das Messer an ihren Rippen. War es Jodie auch so ergangen?, fragte sie sich, während ihr Tränen in die Augen traten. Hatten sie sie erst später betäubt? Hatte der Mann in Schwarz sie auf diese Art über den Weg am Fluss geschoben und dann bei der ersten Gelegenheit umgebracht? Der bloße Gedanke, ihr könnte das gleiche Schicksal wie Jodie blühen und sie würde spurlos verschwinden, bereitete Grace Übelkeit.

Sie musste einen Ausweg finden, aber ihr fiel keiner ein. Wenn sie schrie, würden Kitt und Halloran sie ganz bestimmt hören, aber würden sie schnell genug handeln können, um ihr zu Hilfe zu kommen, bevor der Mann in Schwarz sie tötete? Es stimmte schon, sie wusste noch nicht genau, was sie mit ihrem Leben anfangen sollte, aber sie wäre gern noch ein wenig hiergeblieben, um ein paar Optionen auszuprobieren. Und da war auch noch anderes. Dinge, die sie vorgehabt hatte, sobald sie ein paar grundlegende Bedürfnisse wie Wohnung und Arbeit geklärt hatte. Sie wollte den Sonnenuntergang über der Golden Gate Bridge sehen; mit dem Schiff nach Island fahren und das Nordlicht bewundern; und sie wollte sich verlieben. Sich richtig in jemanden verlieben, dem es ernst war, wenn er sie küsste. Wahrscheinlich hatte Jodie das alles auch vorgehabt, bevor ihre Träume zunichtegemacht worden waren.

Das Bellen eines Hundes riss sie aus ihren Gedanken.

»Grace?«

Sie hörte Patrick rufen, wagte aber nicht, sich zu ihm umzudrehen. Der Mann in Schwarz drückte ihr das Messer tiefer in die Seite, damit sie schneller ging.

»Grace! Mum!«, schrie Patrick. An seiner abgehackten Stimme hörte sie, dass er ihnen nachrannte. Roxy rastete vollkommen aus. Wahrscheinlich, weil sie den Mann in Schwarz von ihrer früheren Begegnung in Berkeleys Haus wiedererkannte.

»Halten Sie diesen Mann auf!«, hörte sie Halloran mit Donnerstimme brüllen, so laut, dass er sogar das Stimmengewirr in der Flughafenhalle übertönte. »Halten Sie diese Leute auf!«, schrie er noch einmal. In diesem Moment stieß der Mann in Schwarz Grace aus der Tür und auf den Parkplatz des Flughafens.

In dem Moment, in dem sie nach draußen trat, drang die Oktoberkälte auf sie ein, obwohl es durchaus sein konnte, dass sie vorher schon gezittert hatte.

»Setz die Beine in Bewegung«, sagte der Mann in Schwarz und verfiel in einen Laufschritt. »Wenn du morgen noch leben willst, beweg dich schneller.«

Weniger als eine Minute später blieben sie neben einem grünen Honda Civic stehen. »Einsteigen!«, knurrte der Mann.

»Machen Sie sich nicht die Mühe einzusteigen, Grace, diese Leute bringen Sie nirgendwohin«, ließ sich Hallorans Stimme hören. Ein Sekundenbruchteil der Erleichterung, doch dann fuhr der Mann in Schwarz herum, und als Nächstes spürte Grace, dass ein Messer an ihrer Kehle saß.

Dreiunddreißig

Aus weit aufgerissenen Augen sah Grace in den Kreis der Gesichter, die sie umgaben. Kitt, Halloran und Patrick standen alle wie angewurzelt da. Dazu kam ihr zögerlicher Verbündeter, der Flughafenpolizist von vorhin, der angesichts seiner besorgten Miene wahrscheinlich wünschte, er hätte Halloran ein wenig ernster genommen. Roxy bellte immer noch unablässig; offensichtlich würde sie sich nicht zufriedengeben, bis sie sich heiser gekläfft hatte.

Hallorans in tiefe Falten gelegte Stirn bestätigte Grace, was sie schon vermutet hatte, als sie zum ersten Mal das scharfe Metall auf der Haut gespürt hatte: Der Mann in Schwarz hielt das Messer so, dass es nur eine schnelle, jähe Bewegung brauchen würde, damit es mit ihr aus war.

»Es ist vorbei«, erklärte Halloran trotzdem ungerührt. »Die Flughafenpolizei ist alarmiert, und Verstärkung ist unterwegs. Wir sehen Ihr Fluchtfahrzeug, also wird es kein Problem sein, Sie aufzuspüren. Sie haben schon Blut an den Händen. An Ihrer Stelle würde ich es nicht noch schlimmer machen, indem ich noch jemanden verletze.«

»Tja, Sie sind aber nicht ich«, sagte der Mann in Schwarz. »Wir fahren, und wenn einer von Ihnen auch nur auf die

Idee kommt, uns zu verfolgen, schneide ich ihr sofort die Kehle durch.«

Grace spürte, wie die Klinge sich tiefer in ihre Haut grub, und schrie auf. Sie war nicht bereit zu sterben. Sie durfte nicht sterben, nicht so. Nicht, solange sie mit ihrer ganzen Familie zerstritten war. Wenn sie starb und sie ihren Streit nie beilegen konnten, würden sie sich das nie verzeihen. Das Gesicht ihrer Mutter trat vor Graces inneres Auge. Aus dem Nichts heraus sah sie, wie ihre Mutter ihr beibrachte, mit dem Abakus zu rechnen. Und wie sie mit ihrem Handy eine Million Fotos schoss, als sie ihren Abschluss an der Vale-of-York-Universität gemacht hatte. Mit einem Mal konnte sie nur noch daran denken, wie stolz ihre Mutter auf sie war. Wie sehr sie sich das Beste für sie wünschte, auch wenn sie eine komische Art hatte, das zu zeigen. Wenn sie nur noch ein letztes Mal mit ihr reden dürfte, könnte sie ihr das sagen.

»Und was dann?«, fragte Kitt. »Wenn Sie Grace umbringen – sie heißt übrigens Grace und ist erst zweiundzwanzig –, dann haben Sie keinen Verhandlungsspielraum mehr, und die Polizei verfolgt Sie auf jeden Fall. Ist die Sache es wirklich wert, dafür noch ein Leben zu beenden, obwohl Sie dem Unvermeidlichen nicht entkommen werden?«

»Bis dahin sind wir längst über alle Berge.«

»Es hat keinen Sinn, Quentin«, sagte Cynthia. »Wir kommen nicht davon. Dieses Mal nicht.«

»Halt die Klappe«, stieß Quentin wütend hervor. »Hättest du nicht zugelassen, dass diese dumme kleine Kuh dein Geständnis mitschneidet, dann wäre nichts von alldem passiert, und ich hätte dein Schlamassel nicht in Ordnung bringen müssen.«

»Versuch bloß nicht, mir das in die Schuhe zu schieben«,

gab Cynthia empört zurück. »Du hast sie schließlich entführt.«

»Und du hast sie umgebracht!«, stieß Quentin hervor.

Grace nutzte den Moment, in dem Quentin durch Cynthias unerwartete Vorwürfe abgelenkt war, packte mit aller Kraft seinen Arm und begann, das Messer wegzuschieben.

»Wag es bloß nicht, du kleine …« Aber es war zu spät. Als Halloran sah, dass Grace kurzfristig nicht unmittelbar in Lebensgefahr schwebte, stürzte er auf Quentin zu und packte seinen Messerarm. Es kam zu einem Handgemenge, aber es gelang Halloran und Grace, ihm gemeinsam das Messer abzunehmen. Nachdem er entwaffnet war, begann Quentin mit den Fäusten um sich zu schlagen. Halloran wich den Hieben aus und versetzte Quentin selbst zwei ins Gesicht. Er ging nicht zu Boden, doch die Treffer waren heftig genug, um ihn zu verwirren, und Halloran nutzte die Gelegenheit, um ihn festzusetzen.

»Sie dürfen mir jederzeit zur Hand gehen«, sagte Halloran zu dem Flughafenpolizisten.

»Oh, sicher, klar«, gab dieser zurück, trat heran und half Halloran mit den Handschellen.

Grace trat, schwer atmend und mit dem Messer in der Hand, aus dem Kampfgetümmel zurück.

»Das nehme ich«, erklärte Kitt, zog eine Plastiktüte aus ihrer Umhängetasche und ließ das Messer hineinfallen.

Kaum hatten Halloran und der Polizist Quentin im Griff, da schrie Patrick auf.

»Mum! Nein!«

Cynthia versuchte in dem Durcheinander, die Flucht zu ergreifen.

Wie sie auf die Idee kam, zu Fuß zu fliehen, war Grace nicht ersichtlich, aber anscheinend hatte alles logische Denken sie verlassen, und sie handelte aus Verzweiflung. Patrick holte sie innerhalb von Sekunden ein, packte ihren Arm und schüttelte ihn. »Hast du Jodie umgebracht?«

»Nicht, Patrick, ich …«

»Hast du es getan? Hast du sie umgebracht?«

»Ja! Aber ich wollte das nicht. Sie war sofort tot. Sie hat nicht gelitten. Ich …«

»Wie konntest du so etwas tun? Warum hast du das gemacht?«

»Sie war nicht gut genug für dich. Du solltest nicht mit ihr zusammen sein. Sie war … arm und schlecht angezogen und … Herrgott, Automechanikerin! Ich konnte nicht zulassen, dass du dich damit zufriedengibst. Du warst viel zu jung zum Heiraten. Du warst dabei, einen Fehler zu machen. Aber … Sie sollte nicht sterben. Ich hatte nie vor, sie umzubringen.«

»Halt den Mund!«, schrie Patrick sie an und taumelte dann zurück, als hätte sie ihn ins Gesicht geboxt.

Halloran musterte den Flughafenpolizisten von oben bis unten.

»Glauben Sie, Sie könnten auf den hier aufpassen?« Mit einer Kopfbewegung wies er auf zwei weitere Polizisten, die vom Haupteingang aus auf sie zukamen. »Sieht so aus, als wären Ihre Kollegen endlich munter geworden, also können Sie ihnen helfen. Ich komme wieder, um ihn über seine Rechte zu belehren, sobald ich die andere festgenommen habe.«

Grace sah zu, wie Halloran mit großen Schritten auf Cynthia zutrat.

»Werden die Handschellen nötig sein?«

Cynthia sah Patrick und dann wieder Halloran an. Langsam schüttelte sie den Kopf.

»Cynthia Howard, ich nehme Sie fest wegen des Mordes an Jodie Perkins und der Mittäterschaft an dem Mord an Regina Berkeley«, erklärte Halloran und begann, sie über ihre Rechte zu belehren – eine Rede, die Grace, seit Kitt begonnen hatte, Mordfälle zu untersuchen, vertraut geworden war. Sie brachte eine merkwürdige Erleichterung mit sich; allerdings oft zusammen mit unaussprechlicher Trauer, weil jemand geglaubt hatte, er hätte das Recht, das Leben einer anderen Person zu beenden. Aber es bedeutete auch, dass der Täter gefasst war. Dass das Töten ein Ende hatte und hoffentlich der Gerechtigkeit Genüge getan würde.

Halloran führte Cynthia zu Quentin zurück und verlas dann diesem seine Rechte. Grace warf Patrick einen Blick zu und bemerkte, dass er unsicher auf den Beinen zu sein schien. Sie ging zu ihm.

»Patrick … geht's dir …«

Doch bevor Grace ihre Frage überhaupt aussprechen konnte, ehe er mit Worten reagieren konnte, fiel Patrick auf dem buckligen Asphalt auf die Knie und schmiegte den Kopf an Graces Bauch.

»Sie ist tot!«, schluchzte er. »Sie ist wirklich tot. Ich werde sie nie wiedersehen.«

Da sie keine Ahnung hatte, was sie sonst sagen sollte, und sofort begriff, dass nichts, was sie sagen konnte, Jodie wieder zum Leben erwecken oder den Verrat seiner Mutter ungeschehen machen konnte, tat Grace das Einzige, was ihr in den Sinn kam. Sie streichelte Patricks dunkles Haar und drückte seinen Kopf an sich, als könne das allein ausreichen, um ihn vor weiterem Schmerz zu beschützen.

Vierunddreißig

Im zwölften Stock des *Ryedale*-Hotels in York saß Grace auf dem Balkon, von dem man über die Ouse hinaussah. Durch die Glastür, die sie nur angelehnt hatte, warf sie einen Blick nach drinnen und überzeugte sich davon, dass Patrick noch gut zugedeckt im Bett lag und schlief. Beruhigt, weil er sich nicht gerührt hatte, klappte sie ihren Laptop auf und wählte sich in einen Zoom-Anruf ein. Sekunden später leuchtete auf dem Bildschirm ein vertrautes Gesicht auf.

»Hi, Selina«, sagte Grace mit unsicherer Stimme. »Wie geht's dir?«

Grace war verblüfft gewesen, als Selina ihr eine Textnachricht geschickt und um einen Videoanruf gebeten hatte. Nach allem, was zwischen ihnen vorgefallen war, bevor die Polizei sie in Gewahrsam nahm, hätte Grace nicht gedacht, dass sie je wieder mit ihr reden dürfte.

»Mir geht's … besser. Bin froh, dass die ganze Geschichte um Jodie geklärt ist.«

»Das finde ich auch«, sagte Grace. »Aber es tut mir leid, dass ich dich hinters Licht führen musste, um zur Wahrheit durchzudringen. Wahrscheinlich schauen die Leute dich an und sehen bloß dein Geld, aber du hast so viel zu bieten, wovon sie keine Ahnung haben, und es war nie meine Absicht, alles noch schlimmer zu machen. Kitt und ich waren nur auf der Suche nach der Wahrheit.«

»Ich weiß«, gab Selina zurück. »Ich will nicht behaupten, dass ich nicht wütend war, als ich das herausgefunden habe, aber wenn ihr nicht gewesen wärt, Kitt und du, wäre ich vielleicht für Jodies Verschwinden oder sogar den Mord an ihr verantwortlich gemacht worden. Die Polizei hatte all diese Indizien gegen mich, mehr als genug für eine Verurteilung, und wenn ihr nicht herausgefunden hättet, was wirklich los war, bin ich mir nicht mal sicher, ob die Anwälte meiner Familie mich da hätten raushauen können.«

»Dann … verzeihst du uns?«

»Sagen wir mal, ich finde, dass eure guten Taten die schlechten aufwiegen.«

Grace nickte. Ihr war schon klar, dass sie von Selina keine vollständige Vergebung erwarten durfte. Die arme Frau musste nicht nur ihre wahre Identität verstecken, sondern war deswegen auch von einem Familienmitglied misshandelt worden. Es war verständlicherweise schwer, ihr Vertrauen zu gewinnen, und Kitt und sie hatten zwar in bester Absicht gehandelt, aber manchmal gelangte man eben nicht ganz ohne Kollateralschäden zur Wahrheit.

»Falls ich je etwas tun kann, um dich dabei zu unterstützen, die finanzielle Unabhängigkeit zu erreichen, von der du geredet hast«, erklärte Grace, »dann lass es mich bitte wissen. Ich will nicht mit dem Gedanken leben, dass du für immer in dieser Situation festsitzt.«

»Mache ich«, versprach Selina. »Wie geht's Patrick?«

Grace warf einen Blick zurück ins Hotelzimmer, um sich davon zu überzeugen, dass er das Gespräch nicht mitbekam, aber er lag immer noch schlafend da, tief in ein dickes Oberbett gewühlt.

»Weiß nicht«, sagte sie. »Er muss viel verkraften. Über seine Mutter ist allerhand herausgekommen, und auch über den Mann, mit dem sie zusammengearbeitet hat, diesen Quentin.«

»Ich habe online etwas gelesen. Die beiden sollen vor Jahren in ihrer Firma zusammengearbeitet haben und schuld am Tod eines Angestellten gewesen sein, stimmt das?«

Grace holte tief Luft, und plötzlich war ihr ziemlich übel. Cynthia hatte Jodies Brief zwar gefälscht, aber in einem Punkt war etwas Wahres daran gewesen. Abgesehen von der bitteren Erkenntnis, dass Jodie wirklich nicht mehr lebte, hatte ihr Tod Auswirkungen auf die Menschen, die sie geliebt hatte, und das würde niemals enden. Halloran hatte zusammen mit Inspector Thompson Jodies Eltern aufgesucht, um ihnen die Nachricht zu überbringen. Sie waren verständlicherweise niedergeschmettert gewesen, als sie die letzte Gewissheit darüber erhielten, dass ihre Tochter nie wieder nach Hause kommen würde. Grace konnte nur hoffen, dass die Aufdeckung der Wahrheit ihnen erlaubt hatte, eine Art Schlussstrich zu ziehen. Sie würden eine Beerdigung ausrichten können, und obwohl man sich von solch einem Verlust nie erholte, konnten sie jetzt richtig Abschied von Jodie nehmen.

Was Patrick anging, war es schlimm genug für ihn gewesen, dass die Verfehlungen Quentins und seiner Mutter Jahre zurückreichten, aber dass all das an die Öffentlichkeit gelangt war, sodass die Welt die beiden – und ihn – verurteilen konnte, war sogar noch schlimmer.

»Ja, es hat einen Unfall im Zusammenhang mit der Sägemühle in Cynthias Möbelfabrik gegeben, der nie hätte passieren dürfen. Es war fahrlässiges Verhalten sowohl von Quentin als auch von Cynthia, aber sie haben es vertuscht und behauptet, alle Sicherheitsvorkehrungen getroffen zu haben. Es hieß, der Angestellte sei unvorsichtig gewesen. Kurz darauf haben sich ihre beruflichen Wege getrennt, aber natürlich waren die beiden von diesem Punkt an abhängig voneinander. Cynthia hat Quentin gedroht, wenn er sie bei ihrem Problem mit Jodie nicht unterstützte, würde sie ihn wegen des Unfalls vor Jahren an die Polizei ausliefern.«

Selina schüttelte den Kopf. »Armer Patrick. Es muss ... unerträglich sein, solche Dinge über die eigene Mutter herauszufinden.«

»Um ehrlich zu sein, habe ich ihn größtenteils vom Internet ferngehalten. Informationen bekommt er von mir nur häppchenweise, damit er überhaupt eine Aussicht hat, sie zu ... verkraften. Aber die ganze Sache ist unglaublich verwickelt. Als wir versucht haben, das zu entwirren, wussten wir kaum, wo wir anfangen sollten. Deswegen haben wir auch unsere verdeckten Ermittlungen so intensiv betrieben.«

»Also, ich habe die Überwachungsvideos, die Quentin am Abend der Party auf dem Gelände zeigen, an die Polizei übergeben, damit sie den Beweis haben, dass er Gelegenheit hatte, Jodies Sachen in mein Haus zu schmuggeln. Allerdings versuche ich, nicht allzu sehr darüber nachzudenken. Die Vorstellung, dass diese blutbespritzte Wolljacke einfach so in meinem Kleiderschrank gehangen hat ... Ich habe der Polizei bei ihrer Durchsuchung zugesehen. Allein hätte ich die nie gefunden. Sie muss seit der Party dort gehangen haben. Und ich hatte keine Ahnung ...«

Grace traten die Tränen in die Augen. Sie konnte sich selbst kaum überwinden, darüber nachzudenken. Als die Geschichte angefangen hatte, hatte sie die naive Hoffnung gehabt, sie hätten eine Chance, Jodie lebend zu finden.

Mehr als alles andere hatte sie sich gewünscht, sie könnten eine verlorene Tochter zurück nach Hause holen. Und nun hatten sie zwar die Mörder gefasst, aber die ursprüngliche Hoffnung war zunichtegemacht, obwohl sie die Mörder gefasst hatten. Das war eine bittere Pille und etwas, was Grace noch einige Zeit nachhängen würde.

»Oh, tut mir leid«, sagte Selina und wischte sich eine Träne ab. »Jetzt habe ich mich aufgeregt. Es ist einfach nicht fair, weißt du. Sie hatte noch ihr ganzes Leben vor sich, und das passiert so vielen jungen Frauen.«

»Ich weiß«, sagte Grace und schniefte, während sie sich fragte, ob sie etwas gegen diese Ungerechtigkeit tun könnte. Sie hatte es Kitt noch nicht gestanden, aber sie hatte bereits beschlossen, ihre Ausbildung zur Bibliothekarin am Venerable Bede's nicht fortzusetzen. Nach allem, was passiert war, konnte sie einfach nicht dort bleiben. Jodie hatte sie nicht retten können, aber wenn sie sich für einen entsprechenden Lebensweg entschied, könnte sie vielleicht anderen helfen.

»Schätze, das ist eine Erinnerung daran, das Leben nach Kräften zu genießen, solange wir können«, sagte Selina und unterbrach Graces Gedanken.

»Ich finde, das kriegst du schon ganz gut hin, oder?«, sagte Grace, um nach dem emotionalen Moment die Stimmung aufzuheitern. »Ich glaube, ich habe noch nie jemanden gekannt, der so wild auf todesmutige Aktionen ist wie du.«

»Kann schon sein, aber ich denke gern, dass es noch andere Möglichkeiten gibt, sich lebendig zu fühlen, als aus einem Flugzeug zu springen.«

»Ich auch, denn dabei erwischst du mich bestimmt nicht!«

Die beiden kicherten.

»Wie spät ist es?«, rief Patrick gerade so laut, dass Grace es hören konnte, aus dem Zimmer.

»Patrick ist aufgewacht«, erklärte Grace. »Ich sollte lieber Schluss machen.«

»Gut.«

»Aber, Selina? Ich mag ja nicht mehr deine neue beste Freundin sein, zumal nach allem, was passiert ist, aber lass uns in Verbindung bleiben, ja?«

»Abgemacht«, erklärte Selina, lächelte leise und beendete dann den Zoom-Anruf.

Fünfunddreißig

Grace drehte sich auf ihrem Platz auf dem Balkon um und sah, dass Patrick sich die Augen rieb und ins Licht blinzelte, das durch die Tür einfiel. Langsam klappte sie den Laptop zu und ging hinein.

»Fast halb zwölf. Ich treffe mich gleich mit Kitt und muss los«, erklärte sie.

Patricks einzige Reaktion war, die Arme auszubreiten und sie nach ihrem Aufenthalt in der kühlen Oktoberluft zurück in die Wärme einzuladen.

Sie nahm die Aufforderung gern an und streckte sich auf dem Bett aus.

Patrick umschlang sie und legte den Kopf an ihren Bauch. Es war jetzt drei Tage her, seit seine Mutter auf dem Parkplatz des Flughafens Northumberland gestanden hatte, Jodie ermordet zu haben, und während dieser drei Tage hatte er das Bett kaum einmal verlassen.

Verständlicherweise hatte er nicht nach Durham zurückkehren wollen, solange alles noch so frisch war. Und er wollte auch nicht allein sein. Für Letzteres war Grace dankbar. Ein Mensch konnte nur mit einer begrenzten Menge an Traumata fertigwerden, und sie zog es vor, bei ihm zu bleiben, um über ihn zu wachen und dafür zu sorgen, dass er nicht zu viel über alles nachdachte. Vor allem aber sollte er nicht an einen Punkt kommen, an dem es ihm schwerfiel, Gründe zum Weiterleben zu finden.

York war Durham zwar optisch nicht unähnlich, aber Patrick hatte beschlossen, dass York gerade weit genug von allem entfernt lag, was passiert war. Deshalb hatte er für eine Woche ein Zimmer im Ryedale-Hotel gemietet. Die letzten drei Tage hatte er im Wesentlichen verschlafen und nur dann etwas gegessen, wenn Grace ihm wirklich Druck machte. Er lag einfach nur da und erlaubte Grace, ihn festzuhalten, während er weinte.

»Danke«, sagte er, als sie ihm durchs Haar strich. »Dass du mich … für deine Umarmungen.«

»Yeah«, sagte Grace, »weil es ja so außerordentlich beschwerlich ist, heiße, gequälte Jungs zu umarmen. Wie soll ich je damit fertigwerden?«

Er hob den Kopf, sodass sein Kinn auf ihrem Bauch lag, und sah zu ihr auf. Sie war sich nicht vollkommen sicher, aber sie glaubte, den schwachen Abglanz eines Lächelns auf seinem Gesicht zu erkennen. Das war immerhin ein Anfang.

»Wird Kitt dich über den Fall auf dem Laufenden halten, wenn du sie triffst?«

»Wahrscheinlich«, gab Grace zurück. »Allerdings war sie am Telefon ein bisschen komisch. Sie kam mir merkwürdig aufgeregt vor … beinahe ausgelassen. Ein Wort, von dem ich nie gedacht hätte, dass ich sie einmal so beschreiben würde.«

»Nein, ich auch nicht. Ich bin ihr bloß ein paarmal begegnet, aber sie kommt mir nicht wie der überschwängliche Typ vor.« Er unterbrach sich und sprach dann weiter. »Du weißt jetzt schon mehr, als du mir erzählt hast, stimmt's? Über das, was Mum getan hat.«

»Alle Mädchen haben ihre Geheimnisse.«

»Grace …«

»Ach, schon gut. Dir entgeht eben nichts … und meinen Eltern oder Kitt auch nicht, was das betrifft. Anscheinend bin ich dazu verurteilt, ein offenes Buch für alle Menschen in meiner Umgebung zu sein.«

Angesichts ihres Protests glomm ein kleines Licht in Patricks Augen auf, verschwand aber sekundenschnell wieder.

»Ich muss das wissen.«

Grace zog einen Schmollmund. »Als ich gestern mit Kitt telefoniert habe, hat sie mir das Neueste über ein paar Dinge berichtet, die ans Licht gekommen sind.«

»Erzähl es mir.«

»Bist du sicher, dass du bereit bist, das zu hören? Kann es nicht vielleicht warten, bis ich von meinem Treffen mit Kitt zurück bin? Damit ich bei dir bleiben kann.«

»Ich werde schon damit fertig.«

Grace holte tief Luft. Wo sollte sie anfangen? »Also, das größte Rätsel, das gelöst worden ist, betrifft Berkeley. Laut Aussage deiner Mutter hat sie das Bestechungsgeld für Jodies Verweis vollkommen ungerührt angenommen, aber als Jodie verschwunden ist, hat sie vermutet, was Cynthia getan haben musste, und gedroht, zur Polizei zu gehen. Deine Mum hat ihr erklärt, sie lasse sie beobachten, und wenn sie das tun würde, würde sie Berkeley alles in die Schuhe schieben und dafür sorgen, dass es ihr genauso ergeht wie Jodie …«

»Weiter …«, sagte Patrick. »Ich muss wissen, was sie getan hat. Alles.«

»Na schön. Berkeley hat das, was Jodie zugestoßen war, für sich behalten, weil sie um ihr Leben fürchtete. Ganz zu schweigen davon, dass, wenn sie das den Behörden mitgeteilt hätte, ans Licht gekommen wäre, dass sie das Bestechungsgeld angenommen hatte. Aber als die Polizei einen neuen Appell um Informationen herausgegeben hat, sah sie eine Chance und hat jemanden dafür bezahlt, zu behaupten, er hätte dich direkt vor Jodies Verschwinden unten am Fluss mit ihr gesehen.«

»Moment mal. Wieso ich? Wieso nicht Mum? Wenn Berkeley wusste, wer es getan hatte, warum hat sie dann mich mit hineingezogen?«

»Quentin hat Berkeley zu einem vollen Geständnis gezwungen, bevor er sie umgebracht hat, damit er über seinen nächsten Schritt entscheiden konnte, und laut ihm wollte sie nicht, dass deine Mutter den bestochenen Zeugen zu ihr zurückverfolgen konnte. Wenn Berkeley einen Zeugen dafür bezahlt hätte, sich zu melden und mit dem Finger auf deine Mum zu zeigen, dann hätte das direkt zu ihr geführt. Doch wenn der Zeuge behauptete, du wärest der Täter, lagen die Dinge ein wenig anders. Ihre Überlegung war, dass du deiner Mum wichtig warst, wenn sie sie bestochen hatte, um deine Zukunft zu sichern. Berkeley dachte, wenn sie dich beschuldigt, wäre deine Mutter vielleicht gezwungen, sich zu offenbaren und ihr Verbrechen zu gestehen.«

Patrick stieß einen langen, tief empfundenen Seufzer aus. »Hat eigentlich Mum den angeblichen Brief von Jodie geschrieben?«

Grace nickte. »Die Polizei hat für den Tag, an dem ich den Brief entdeckt habe, Überwachungsvideos von Quentin in der Silver Street gefunden. Selina hat das Material aus ihren Überwachungskameras ebenfalls an die Polizei weitergegeben, als sie in Gewahrsam war. Er muss Selinas Haus aufgesucht haben, um dort Beweisstücke zu platzieren, und dann ein paar Tage später den Brief in meine Tasche gesteckt haben, als ich nicht aufgepasst habe. Deine Mum hat versucht, die Handschrift so gut wie möglich nachzuahmen, und sie hat es auch fast geschafft, aber auf dem Papier wurden keine DNA-Spuren von Jodie gefunden, und bei genauem Hinsehen wies die Handschrift ein paar kleine, aber erkennbare Unterschiede auf.«

Patrick zuckte zusammen und rieb sich die Schläfe. »Jodie hat mit ihrem Leben dafür bezahlt, dass sie mit mir zusammen war«, erklärte er. »Mit ihrem Leben!«

»Du darfst nicht alles, was passiert ist, von dieser Warte aus betrachten, okay?«, sagte Grace. »Du hattest keine Ahnung, dass deine Mutter zu so etwas fähig war. Keiner von uns hat das geahnt. Dich trifft keine Schuld.«

Patrick nickte, runzelte dann aber gleich wieder die Stirn. »Die Geschichte passt aber nicht zu Berkeleys Abschiedsbrief. Wenn Mum und Quentin hinter beidem steckten, hätten sie sich dann nicht bemüht, beide Geschichten übereinstimmen zu lassen?«

»Als deine Mum den ersten Brief schrieb, war ihr nicht klar, dass Berkeley hinter dem bestochenen Zeugen steckte. Sie hat ihn bloß verfasst, um dich aus der Haft freizubekommen. Als Quentin und sie darauf kamen, dass Berkeley das eingefädelt hatte, haben sie sie ausgeschaltet und einen weiteren Brief in der Hoffnung geschrieben, die Polizei zu verwirren und sie noch weiter von der richtigen Spur abzubringen. Quentin hat sogar den Pokal, der in dem Brief erwähnt wird, aus Berkeleys Haus gestohlen und auf dem Weg zu deiner Mum in den See an der Akademie geworfen.«

Patrick schwieg ein paar Sekunden und sprach dann weiter. »Bist du dir sicher, dass die beiden es getan haben und mich nicht irgendwie schützen? Ich hatte diese Flashbacks, weißt du noch? Ich habe gesehen, wie ich die Hände um Jodies Hals gelegt habe. An nichts anderes konnte ich mich erinnern, aber das habe ich gesehen. Ich habe gesehen, wie ich ihr wehgetan habe. Ich …«

»Psst«, beruhigte Grace ihn. »Die Beweise sprechen dich ohne den Schatten eines Zweifels von jedem Fehlverhalten frei. Diese aufblitzenden Szenen waren wahrscheinlich keine Erinnerungen, sondern ein Symptom einer posttraumatischen Belastungsstörung.«

»Ich hoffe, du hast recht. Es ist alles so verfahren«, sagte Patrick, setzte sich auf und strich sich das Haar aus dem Gesicht. »Noch etwas, was ich wissen sollte?«

»Noch nicht, aber nach meinem Treffen mit Kitt weiß ich vielleicht mehr.«

Patrick nickte. »Es dauert aber nicht lange, oder?«

»Ich glaube nicht. Kitt hat Mittagspause, und ihre Vorgesetzte ist, wie soll ich sagen, ein wenig strikter als andere. Roxy wird dir Gesellschaft leisten, solange ich unterwegs bin.«

Als die Bassethündin in der Ecke ihren Namen hörte, hob sie den Kopf und sah zu ihnen herüber. Als klar geworden war, dass Berkeley keine nahen Angehörigen hatte und Roxy sonst im Tierheim gelandet wäre, hatte Patrick sie auf der Stelle zu sich genommen.

Grace stand auf, ging zu der Hündin hinüber und schaffte es mit beträchtlicher Mühe gerade so, sie hochzuheben und dann zum Bett zu tragen. »Da, Roxy ist fast genauso kuschelig wie ich.«

»Und was ist mit ihren Küssen?«, fragte Patrick. In seinen Augen stand kein Funkeln, und seine Lippen lächelten nicht, aber angesichts des Umstands, dass er in den letzten paar Tagen bloß ein paar einsilbige Äußerungen von sich gegeben hatte, war ihr klar, dass sein Scherz ein großer Schritt nach vorn war.

»Das musst du mir sagen«, gab Grace lächelnd zurück, während sie ihren Mantel anzog.

»Hey«, sagte Patrick und griff nach ihrer Hand. »Tut mir leid, dass ich dir, du weißt schon, im Moment nichts bieten kann.«

Grace schüttelte den Kopf und runzelte die Stirn, als wäre der bloße Gedanke, er könne ihr mehr als Freundschaft anbieten, verrückt – was nach allem, was passiert war, auch zutraf. »Ist schon okay, ich verlange nichts von dir.«

Er lächelte und begann, Roxy zu streicheln, die ihn auf der Suche nach Aufmerksamkeit mit der Nase anstieß. Grace ging zur Tür. »In einer Stunde bin ich wieder da. Vermiss mich nicht zu sehr«, sagte sie und trat dann auf den Gang hinaus. Sie drückte den Knopf, um den Aufzug zu rufen, und war blitzschnell im Erdgeschoss angekommen.

Als sie das Gebäude verließ, wurde ihr klar, dass sie auf dem Weg zu ihrer Verabredung mit Kitt am Münster noch einen Anruf erledigen sollte. Sie zog ihr Handy aus der Tasche, wählte und spürte, wie sich ihr Magen nervös zusammenzog, als der Rufton erklang. Nach wenigen Sekunden kam die Verbindung zustande.

»Mum? Hier ist Grace«, sagte sie, während sie am Fluss entlangging, um die Herbstsonne zu genießen.

Sechsunddreißig

»Alles in Ordnung?«, fragte Kitt, als Grace den Anruf bei ihrer Mutter beendete und sich zu ihr auf die Bank vor dem Münster setzte.

»Ja, ich musste nur gerade zu Hause anrufen und, Sie wissen schon, meiner Familie mitteilen, dass es mir gut geht.«

Kitt nickte. »Ich kann mir vorstellen, dass alles, was in der letzten Woche oder so passiert ist, Ihre Meinungsverschiedenheit in einem anderen Licht erscheinen lässt.«

»Ähm, ja. Ein wenig.«

»Wie geht's Patrick?«

»Ich glaube, er versucht immer noch, alles zu überschlafen. Schlaf ist jedenfalls ein großes Thema gewesen.«

»Und Sie spielen seine Florence Nightingale?«, fragte Kitt mit einem Blick, der für Graces Geschmack ein wenig zu wissend war.

»Wenn Sie glauben, dass da etwas läuft, haben Sie den *Englischen Patienten* einmal zu oft gesehen«, gab Grace zurück. Obwohl sie insgeheim nicht abstreiten konnte, dass sie seit dem Showdown am Flughafen Northumberland vor drei Tagen nur den Wunsch hatte, Patrick in den Armen zu halten und seinen Schmerz wegzuküssen. Doch ihr war klar, dass das keine angemessene Reaktion auf die Art von Trauer war, die er erlebte. Momentan würde sie sich damit zufriedengeben müssen, ihn zu umarmen, und wenn er vielleicht dann nach sechs Monaten intensiver Therapie ihre Gesellschaft immer noch genoss, würde sie sich von ihm zu einem Milchshake einladen lassen und sehen, wie sich die Sache entwickelte. Unterdessen konnte sie ihn nur nach besten Kräften dabei unterstützen, mit den undenkbaren Herausforderungen, die vor ihm lagen, fertigzuwerden.

»Ich bin wahrscheinlich die einzige Person auf dem Planeten, die den Film nicht gesehen hat. Das Buch habe ich aber gelesen.«

»Warum überrascht mich das nicht?«

Kitt zog die Augenbrauen hoch. »Die Longlist des Booker-Preises ist Pflichtlektüre für jemanden in meinem Berufsfeld. Außerdem war die Liebesgeschichte besonders …«

»Genug über den *Englischen Patienten*, ja?«, unterbrach Grace. »Ich brauche Einzelheiten. Wie sieht es mit Jodies Fall aus? Hat Cynthia endlich gestanden, wo sich Jodies Leiche befindet, oder was?«

Grace versuchte nicht, unhöflich zu sein, aber das Versteck von Jodies Leiche war, soweit sie wusste, das einzige Detail, das die Polizei Cynthia nicht entlockt hatte. Patricks Mutter hatte gestanden, Quentin damit beauftragt zu haben, die Drogen in Jodies Schließfach zu deponieren und Patrick K.-o.-Tropfen zu verabreichen, während dieser in seinem Zimmer schlief – wobei er den Ersatzschlüssel benutzt hatte, den Patrick ihr anvertraut hatte. Auf diese Weise würde Patrick erst aufwachen, wenn alles zu spät war. Quentin hatte ihnen beiden auch Drogen in die Drinks bei Selinas Party gemischt, damit er die Beweise in Selinas Haus platzieren konnte, ohne dass sie ihn erkannten. Patrick hatte zwar darum gebeten, über alles, was mit dem Fall zu tun hatte, auf dem Laufenden gehalten zu werden, aber Grace fand, wahrscheinlich sei es das Beste, ihm diese Informationen häppchenweise zukommen zu lassen. Es gab so viel zu besprechen, so viele abscheuliche Einzelheiten, dass sie fürchtete, es würde zu viel, wenn sie ihm trotz seiner gegenteiligen Proteste alles auf einmal erzählte.

Die Polizei hatte den See an der Akademie ausgebaggert und Berkeleys Pokal als »Leitfigur des Bildungswesens« gefunden, doch Cynthia hatte bald gestanden, dass dieser Pokal nicht die Mordwaffe war, sondern nur ein Versuch, Berkeley Josies Tod anzuhängen.

Doch trotz all dieser unschönen Eingeständnisse hatte sie den Verbleib von Jodies Leiche nicht preisgegeben.

Graces Unterbrechung verärgerte Kitt, wie immer, wenn einer ihrer weitschweifigen Monologe gebremst wurde, doch sie erholte sich bald und reagierte auf Graces Frage mit einem leisen Nicken. »Halloran vermutet, dass es heute Abend in den Nachrichten gebracht wird, daher lassen Sie am besten den Fernseher und das Radio ausgeschaltet und warnen Patrick, das Internet zu meiden, zumindest heute Abend. Es hat sich herausgestellt, dass Patrick Jodies letzter Ruhestätte näher gekommen war, als er hätte ahnen können. Cynthia hat dafür gesorgt, dass die Leiche nie von jemandem entdeckt werden würde, der im Wald seinen Hund ausführt, indem sie Jodie unter ihrer Garage begraben hat. Dann hat sie Quentin Beton darüber gießen lassen.«

»Wie hat sie das denn fertiggebracht, ohne dass die Nachbarn etwas mitbekommen haben?«

»Na ja, es war im Inneren der Garage, daher vermute ich, dass sie ihr Auto anderswo geparkt hat. Dann musste Quentin das Material bei Nacht holen, als niemand hingesehen hat, und sie haben die Garagentür geschlossen, damit niemand merkte, was sie vorhatten.«

»Sie meinen, jedes Mal, wenn Patrick im letzten Jahr zu Hause war und seine Mum besucht hat, lag Jodies Leiche … so ziemlich direkt unter seinen Füßen?« Grace presste eine Hand auf ihren Magen. Würde sie sich erbrechen müssen? Es fühlte sich jedenfalls so an. Sie holte tief Luft, stieß den Atem langsam wieder aus und tat, was sie konnte, um nicht darüber nachzudenken, wie Jodies Körper langsam verwest war, während Cynthia mit wohlhabenden Freundinnen zum Essen ging oder das Sonntagessen für ihren Sohn kochte.

»Ich fürchte, ja. Cynthia hatte Quentin aufgetragen, ein paar Gegenstände zu verstecken, die sich als nützlich erweisen könnten, um andere zu belasten, sollten sie jemals ernsthaft in Bedrängnis geraten. Jodies Strickjacke zum Beispiel, und er ist auch noch einmal zu dem Lagergebäude gegangen, um Kalkstein von Berkeleys Einfahrt dort zu platzieren.«

Grace schüttelte ungläubig den Kopf. »Wie in aller Welt soll Patrick je über all das hinwegkommen? Sein Leben weiterführen …«

»Mithilfe seiner Freunde wird er hoffentlich in der Lage sein, genauso weiterzumachen wie wir alle, wenn etwas Schreckliches passiert: immer einen Schritt und einen Atemzug nach dem anderen«, sagte Kitt.

»Ich weiß«, sagte Grace. »Aber selbst das ist anfangs schmerzhaft. Ich kann einfach nicht glauben, wie sich das alles abgespielt hat. Was zum Teufel hat sie sich dabei gedacht?«

»Diese ganze Sache verleiht dem Wort ›abstoßend‹ eine vollkommen neue Dimension«, sagte Kitt. »Cynthia behauptet immer noch, sie habe Jodie nicht umbringen wollen. Sie wollte nur, dass sie ihr die Aufnahme ihres Geständnisses, Berkeley bestochen zu haben, übergibt. Als offensichtlich wurde, dass Jodie das nicht tun würde, hat sie Quentin angerufen. Ihm Druck gemacht, indem sie ihn mit dem alten Zwischenfall in ihrer Fabrik erpresst hat. Er hat Jodie entführt, sie unter Drogen gesetzt und zwei Tage in diesem Lagerhaus eingesperrt, bis er sicher war, dass die Luft rein war.«

»Also hätte die Polizei Quentins Auto nicht gesehen, selbst wenn sie für die Nacht von Jodies Verschwinden die Verkehrsüberwachungskameras überprüft hätte«, überlegte Grace.

»Richtig, und er hatte noch eine andere Vorsichtsmaßnahme getroffen. Er hatte das Kennzeichen mit Klebeband verändert.«

»Er hat das wirklich durchdacht.«

»Ja«, gab Kitt zurück. »Na, es war auch nicht das erste Mal, dass einer der beiden Spuren verwischen musste, ich muss also leider zugeben, dass beide Übung damit hatten. Trotzdem ist Einiges passiert, womit Cynthia nicht gerechnet hatte. Sie hat zugegeben, hinter Patricks Rücken oft gemeine Bemerkungen zu Jodie gemacht und deutlich zum Ausdruck gebracht zu haben, dass sie in der Familie nicht willkommen war. Sobald Jodie den Brief mit dem Verweis erhalten hatte, war ihr klar, dass Cynthia damit zu tun hatte.«

»Dann hat sie also versucht, die Wahrheit aus Berkeley herauszubekommen? Berkeley hat ja erzählt, Jodie sei in ihr Büro gestürmt.«

»Richtig, aber als Berkeley sich nicht darauf einlassen wollte und sie von der Security entfernen ließ, ist Jodie direkt zu Cynthia gegangen und hat versucht, mit ihr zu reden. Sie hat zu erklären versucht, wie sehr das alles Patrick verletzen würde, und sie angefleht, zurückzunehmen, was immer sie durch ihren Einfluss in Gang gesetzt hatte. Und da hat Cynthia Jodie erzählt, was sie getan hatte.«

»Und Jodie hat was getan? Das Gespräch als Beweismittel mitgeschnitten?«

»So sieht es aus. Sie war klug genug, zu warten, bis sie das Haus verlassen hatte, und dann hat sie Cynthia zurückgerufen und ihr die Aufnahme vorgespielt. Sie hat noch einmal versucht, Cynthia dazu zu bewegen, die Bestechung und ihren Verweis von der Akademie rückgängig zu machen, andernfalls würde sie mit der Aufnahme zu Patrick gehen.«

»Aber Cynthia hat nicht eingelenkt?«

Kitt schüttelte den Kopf. »Sie hat Jodie erklärt, wenn sie Patrick aufsuche, werde sie das bereuen. An diesem Vormittag hat sie dafür gesorgt, dass Quentin Jodie folgte. Nachdem Jodie Cynthia ihren Besuch abgestattet und ihr dann verraten hatte, dass sie ihr Gespräch aufgenommen hatte, hat Cynthia Quentin befohlen, sich auf Jodies Spur zu setzen. Er sollte versuchen, sie zu bestechen, damit sie ihm die Aufnahme übergab, und wenn das nicht klappte, sollte er in Patricks Wohnung gehen, ihn mit K.-o.-Tropfen ausschalten und Jodie aufhalten, falls sie es wagte, dort aufzutauchen.«

»Ist sie deswegen so spät zu Patrick gekommen?«, fragte Grace. »Weil sie dachte, es wäre zu gefährlich, früher zu ihm zu gehen?«

»Das vermuten wir. Patrick hat berichtet, er hätte eine ganze Menge verpasster Nachrichten und rätselhafter Sprachnachrichten von ihr entdeckt. Sie hat eindeutig mehrmals versucht, ihn anzurufen und ihm zu sagen, sie müssten reden. Wahrscheinlich wollte sie nicht zu ihm nach

Hause gehen für den Fall, dass Cynthia ihre Drohung wahrmachen würde. Aber ihr gingen die Optionen aus. Cynthia wusste, dass Jodie eine belastende Aufnahme hatte, die ihren Ruf ruinieren könnte – ganz zu schweigen von der Beziehung zu ihrem Sohn –, und Jodie fürchtete wahrscheinlich, dass Cynthia zu extremen Mitteln greifen würde, um die Sache zu vertuschen.«

»Und sie hatte recht«, sagte Grace seufzend. »Als sie also Patrick nicht erreichen konnte und glaubte, Cynthia sei hinter ihr her, hat sie beim Radio angerufen?«

»Ja. Quentin hat gestanden, dass er vorhatte, sie zu entführen. Die beiden wussten, dass Jodie früher oder später zu Patrick gehen würde, also hat er sich mit Cynthias Hausschlüssel in dessen Wohnung geschlichen und K.-o.-Tropfen in sein Glas gegeben, das auf dem Schreibtisch stand, während Patrick im Bad war. Er wollte ihn bewusstlos machen, damit er nichts von dem mitbekam, was passieren würde.«

Ein Schauder überlief Grace. Die Vorstellung, dass Quentin bei einem zu Hause herumschlich, ohne dass man davon ahnte, war allerdings gruselig. »Und dann hat er vor Patricks Haus darauf gewartet, dass Jodie auftauchte?«

»Sein Plan war, sie zu überrumpeln, aber er hat ein Geräusch verursacht, als er näher kam, und sich verraten. Jodie hat sich nicht damit aufgehalten, sich nach der Quelle umzusehen; sie war offensichtlich nervös und ist einfach losgerannt. Unterwegs muss sie in ihrer Verzweiflung auf die Idee gekommen sein, beim Radiosender anzurufen und Cynthia auf diese Weise zu entlarven. Vielleicht hatte sie sogar vor, die Aufnahme, die sie gemacht hatte, live in der Sendung abzuspielen, als Randy sie unten am Fluss zurückgerufen hat.«

»Als Jodie also sah, dass Quentin sie verfolgte, hat sie ihn von vorher wiedererkannt, als er versucht hatte, sie zu bestechen?«

»Ja, er hatte am frühen Abend versucht, ihr Geld anzubieten, und gehofft, damit sei die Angelegenheit erledigt. Aber sie hat ihn nicht angehört.«

»Und das ›sss‹. Jodie hat versucht, ›Cynthia‹ zu sagen.«

»Ich glaube schon«, sagte Kitt. »Hätte sie noch ein paar Silben mehr herausgebracht, wäre Berkeley noch am Leben, und Cynthia wäre viel früher verhaftet worden. Sogar, wenn Randy sie nur ein wenig früher in die Sendung eingespielt hätte, wäre die arme Jodie noch am Leben.«

»Dann hat Quentin Jodie nach dem Lagerhaus zu Cynthia gebracht?«

»Ja. Quentin hat die Gelegenheit verpasst, Jodie vor ihrem Anruf beim Radio aufzuhalten, und dieser Anruf bedeutete, dass die Polizei alarmiert wurde und wusste, dass etwas im Busch war.«

»Aber als Quentin Jodie schließlich zu Cynthias Haus brachte, muss ja schon eine ausgewachsene Polizeiermittlung im Gang gewesen sein, um ihr Verschwinden zu klären.«

»Korrekt. Den beiden war also klar, dass sie in Schwierigkeiten steckten, und sie mussten einen Weg finden, die verfahrene Lage, die sie geschaffen hatten, in Ordnung zu bringen.«

»Und was dann? Ist Cynthia einfach in Panik geraten und hat Jodie umgebracht?«

»Nicht ganz. Zuerst haben sie versucht, mit Jodie zu diskutieren. Sie sollte sich mit einer Geschichte einverstanden erklären, nach der sie angeblich ins Wasser gefallen, ohnmächtig geworden und ein Stück weiter flussabwärts wieder zu Bewusstsein gekommen sei. Die beiden haben erklärt, wenn sie bei ihrer Geschichte mitspiele und die Tonaufnahme löschen würde, in der Cynthia gestanden hatte, Berkeley bestochen zu haben, dann könnten sie alle die Sache einfach vergessen und ganz normal weitermachen.«

»Aber Jodie war dazu zu integer, sie hat nicht nachgegeben.«

»Ja. Jetzt geriet Cynthia wirklich in Panik und hatte Angst, was Patrick von ihr halten würde. Sie befürchtete, ihn für immer zu verlieren, und schließlich kam es zu einem Handgemenge zwischen Jodie und ihr. Cynthia hat Jodie eine Vase über den Kopf geschlagen, sie ist nach hinten gefallen und mit dem Kopf gegen den Steinkamin geprallt. Und das war's. Cynthia und Quentin haben die Leiche im Haus versteckt, bis es dunkel wurde, und sie dann in der Garage vergraben, sobald sie sicher waren, dass die Nachbarn schliefen und nichts mitbekommen würden.«

Grace schüttelte den Kopf. »Das war alles so unnötig!«

»Ich weiß. Leider können wir die Vergangenheit nicht ändern, sondern nur die Wahrheit ans Licht bringen und versuchen, Trost darin zu finden, dass einigermaßen Gerechtigkeit geübt wird.«

Tränen begannen Grace übers Gesicht zu rinnen, und sie öffnete ein paarmal den Mund zum Sprechen, bis es ihr gelang, den nächsten Satz herauszubringen. »Ich muss Ihnen etwas sagen.«

»Ich höre.«

»Es tut mir leid, und ich will unsere gemeinsame Arbeit in all den Jahren auch nicht abwerten. Ich habe es geliebt, in der Bibliothek mit Ihnen zusammenzuarbeiten und Menschen dabei zu helfen, Neues über die Welt und sich selbst zu entdecken. Aber ich wollte, dass Sie es als Erste erfahren:

Ich habe das Studium der Bibliothekswissenschaften an der Akademie abgebrochen. Angesichts der Umstände war die Akademie sogar bereit, die Studiengebühren zu erstatten.«

Kitt sah Grace lange an. »Dass Sie die Ausbildung abgebrochen haben, weiß ich schon, Grace. Die kommissarische Dekanin ist eine alte Freundin von mir. Ich hatte sie angerufen, um mit ihr über Lowenthal zu reden und sicherzugehen, dass Patrick und Ihnen nach allem, was passiert ist, ein angemessener Sonderurlaub von Ihren Studien gewährt wird. Da hat sie mir erzählt, dass Sie das Studium abgebrochen haben.«

»Oh … Tut mir leid, dass Sie es auf diese Art herausgefunden haben, aber ich musste. Ich … Ich kann das einfach nicht mehr. Wenn ich mir einen Beruf aussuchen könnte, um einfach nur glücklich zu sein, würde ich Bibliothekarin werden. Der Job ist nicht einfach, aber so dankbar! Ich war noch nie so glücklich wie in der Zeit, als ich mit Ihnen in der Abteilung Frauenstudien zusammengearbeitet habe. Deswegen hatte ich mich auch für den Kurs an der Akademie beworben.«

»Aber …«, half Kitt ihr auf die Sprünge.

»Aber wenn so etwas passiert, muss ich, glaube ich, mehr tun, als nur nach meinem persönlichen Glück suchen. Ich muss dort draußen sein und etwas tun, um zu verhindern, dass noch jemand so endet wie Jodie.«

»Sie brauchen sich nicht bei mir zu entschuldigen. Ich kann Ihnen nicht übel nehmen, dass Sie nicht noch drei Jahre dort verbringen wollen, nachdem das alles in den ersten sechs Wochen passiert ist. Und angesichts dessen, was Jodie zugestoßen ist, kann man verstehen, dass Sie einen etwas anderen Weg einschlagen wollen. Haben Sie schon entschieden, was sie als Nächstes vorhaben?«

Grace bewegte ruckartig den Kopf zur Seite. »Sie klingen schon wie Mum. Ich bin doch erst vor zwei Tagen ausgestiegen! Geben Sie mir eine Chance, ja?«

Kitt lächelte. »Und was, wenn ich Ihnen keine Chance geben will? Wenn ich Ihnen ein Angebot mache, bevor Sie mir jemand anderer wegschnappt?«

Grace runzelte die Stirn und trocknete ihre Tränen. »Was für ein Angebot?«

Lächelnd zog Kitt ein schwarzes, rechteckiges Kästchen aus ihrer Umhängetasche und reichte es Grace.

»Was ist das?«

»Machen Sie es auf und schauen Sie nach.«

»Es ist aber nicht der Kopf von Gwyneth Paltrow, oder?«

»Warum sollte es Gwyneth Paltrows Kopf sein? Im Übrigen ist das Kästchen dazu zu klein.«

Mit einem Mal bekam Grace einen kurzen Eindruck davon, wie sich Kitt fühlte, wenn sie selbst wieder eine von deren vielen Anspielungen auf Bücher nicht verstand. »Egal.«

Sie bedachte die Schachtel mit einem zweifelnden Blick, nahm den Deckel ab und fragte sich dabei, ob ihr etwas Widerwärtiges oder Erschreckendes entgegenspringen würde. Nach all den Streichen, die sie Kitt im Laufe ihrer Zusammenarbeit in den letzten drei Jahre gespielt hatte, war ihr klar, dass die Rache dafür lange überfällig war, aber jetzt war doch sicher nicht der Zeitpunkt dazu, oder? Glücklicherweise hatte sie den Eindruck, dass ihre Freundin und ehemalige Vorgesetzte nicht nachtragend gelaunt war.

In dem Kästchen fand Grace einen Stapel Visitenkarten vor. Darauf standen ihr Name und die Adresse eines kleinen Büros, das, der Postleitzahl nach zu urteilen, direkt außerhalb der Stadtmauer und gleich hinter dem Walmgate-Tor liegen musste. Das Verblüffendste und Aufregendste daran war jedoch der Firmenname, der in goldgeprägten Buchstaben oben auf der Karte stand.

»Hartley und Edwards, Privatermittlungen«, las Grace laut vor. Sie traute ihren Augen kaum. »Ist das Ihr Ernst?«

»Vollkommen. Was würden Sie sonst von einer pedantischen Bibliothekarin erwarten?«, fragte Kitt mit einem Funkeln im Blick.

Grace hatte den Anstand, den Bruchteil einer Sekunde lang beschämt dreinzusehen, doch dann setzte sich ihre Aufregung wieder durch. »Was soll das heißen? Wäre ich Ihre Assistentin?«

»Zu Anfang ja, aber mit etwas Training rechne ich damit, dass sie bald zu einer vollwertigen Partnerin in der Firma werden. Das heißt, falls Sie interessiert sind.«

»Ja, natürlich bin ich interessiert! Obwohl …«, sagte Grace, und zum ersten Mal, seit ihr das Messer am Hals gesessen hatte, trat ihr vorlautes Grinsen wieder auf ihr Gesicht. »Wenn es so weit ist, sollten wir den Firmennamen vielleicht in ›Edwards und Hartley‹ ändern. Das klingt viel besser, finden Sie nicht auch?«

»Nein«, gab Kitt zurück, »aber wenn Ihnen das so wichtig ist, dürfen Sie, sobald Sie sich qualifiziert haben, gern kündigen und Ihre eigene Konkurrenzagentur gründen.«

»Ausschließen will ich das nicht, aber dann würde es viel mühsamer, Ihnen Streiche zu spielen oder Sie aufzuziehen, daher bin ich nicht davon überzeugt, dass daraus etwas wird.«

Kitt kicherte, und Grace fiel ein.

»Moment mal, heißt das, dass Sie auch die Bibliothek aufgeben? Sie können die Bibliothek nicht verlassen! Wie soll die ohne Sie überleben?«

»Manchmal glaube ich, Sie kennen mich überhaupt nicht. Natürlich kündige ich meine Stelle nicht. Ich bin wie eine dieser durchgefärbten Zuckerstangen; wenn Sie mich entzweibrechen, steht überall im Inneren ›Bibliothekarin‹. Ich gehe auf Teilzeit – zwei Tage die Woche. Im Gegensatz zu gewissen anderen Leuten kann ich mich nicht so leicht von etwas verabschieden, das ich am meisten auf der Welt liebe.«

»Erzählen Sie das lieber nicht Halloran«, sagte Grace kichernd.

»Wie ich sehe, haben Sie bei alldem Ihren Sinn für Humor nicht verloren«, sagte Kitt.

»Wie könnte ich, wenn das Halbjahres-Jubiläum des Erzflitzer-Tags nur noch einhundertsiebzig Tage entfernt liegt?«

Kitt seufzte.

»Besten Dank. Genau das brauchte ich jetzt.«

»Willkommen im Club«, sagte Kitt.

Grace beugte sich vor, umarmte Kitt und lächelte, als ihre Freundin es erwiderte. »Also, wollen Sie Ihr neues Büro sehen?«, fragte Kitt.

»Oh ja!«, rief Grace und sprang auf.

Die beiden brachen in Richtung Walmgate-Tor auf. Trotz Kitts Stellenangebot war Grace immer noch nicht so sicher darüber, was die Zukunft für sie bereithielt, wie sie es gern gewesen wäre. Aber traf das letztendlich nicht auf jeden zu? Niemand wusste wirklich, was ihn hinter der nächsten Ecke erwartete, ob seine Pläne Wirklichkeit werden oder, so wie bei Jodie, ein unerwartetes Ende finden würden. Vielleicht war es das Beste, trotz aller Ungewissheit einfach weiterzumachen. Wie Kitt sagte, immer einen Schritt und einen Atemzug nach dem anderen.

Dank

Ein tief empfundener Dank geht an Hazel Nicholson, die mir für diese Serie immer so wunderbares Feedback zur Polizeiarbeit gibt. Ihre Anmerkungen machen meinen Charakteren meist einen Strich durch die Rechnung, was natürlich die Geschichte umso interessanter macht.

Ich danke auch meiner Agentin Joanna Swainson, die meine schriftstellerische Arbeit wahrhaft bereichert und fördert. Mein Dank gilt auch Quercus Books für die Entscheidung, noch weitere Folgen dieser Serie zu veröffentlichen, sowie meiner Lektorin Stef Bierwerth, deren Bemerkungen und Anregungen zweifellos zum Gedeihen dieser neuesten Geschichte beigetragen haben.

Dankbar bin ich wie immer für meine Familie und meine Freunde, die oft lange nichts von mir hören, wenn ich versuche, den Abgabetermin für das neueste Buch einzuhalten, und trotzdem gern ans Telefon gehen, wenn ich endlich Zeit zum Anrufen finde.

Und ich danke meinem Mann Jo, der so enthusiastisch zahllose Gespräche über meine Charaktere und die Situationen, in die sie sich hineinmanövrieren, durchsteht. Ich habe keine Ahnung, ob es diese Bücher ohne all diese Unterstützung geben würde.